UTRACONE ZIEMIE

ZMIERZCH EPOKI TOM 2

SHAUN L GRIFFITHS

Przekład: Damian Kwapisiewicz
Redakcja: Wioletta Sytek
Projekt okładki: Llynara.com

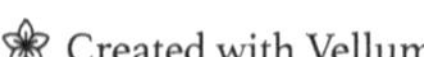 Created with Vellum

SPIS TREŚCI

PROLOG

UBIEGŁEJ NOCY

Nawet w otaczającej ciemności Sam mógł rozpoznać krępe sylwetki Naza i Vina. Białe futro śnieżnych niedźwiedzi mocno kontrastowało ze wzgórzami w oddali. Sam skinął głową w podzięce za to, że obaj zdecydowali się towarzyszyć mu w nadchodzącej walce. Wystąpił naprzód, zwołując ludzi do zwarcia szyku.

Naz poczuł, że pęcznieje z dumy na myśl, że Sam traktuje ich jak równych sobie.

– Stanie na pierwszej linii! – powiedział Naz do Vina, ustawiając się obok niego. – Sam będzie naprawdę wielkim przywódcą tego klanu, gdy tylko dopną swego i koronują go na króla.

– A do tego nazwał nas przyjaciółmi, Naz, słyszałeś to?

Naz potrząsnął głową z niedowierzaniem.

– Słyszałem. W domu nigdy nam nie uwierzą, że mamy przyjaciela króla!

Kątem oka Naz dostrzegł zbliżającego się Cartera. Szturchnął Vina w żebro.

– Oto idzie młody bohater – powiedział cicho.

Vin obrócił się i zobaczył Cartera, który potężnymi skokami wzbijał tumany kurzu na spopielonej łące.

– Powinieneś być nad rzeką wraz z innymi i pomagać im

dostać się na wyspę. Już wystarczająco zasłużyłeś się na tej wojnie – powiedział Vin.

– Moje miejsce jest u boku Sama. Przychodzę tu jako goniec, będę przekazywał wieści.

– Słyszałem, że jesteś jednym z najszybszych – powiedział Naz. – Staniemy jako tylna straż. Już nasza w tym głowa, żeby żadna małpa się nie prześlizgnęła. Dopilnujemy, żebyś miał wolne pole.

Carter zadarł wysoko głowę, próbując spojrzeć potężnym niedźwiedziom w oczy.

– Chciałbym, żebyście wiedzieli, że to była prawdziwa przyjemność móc was poznać – powiedział.

– Och, Carter, już mi się tak nie roztkliwiaj, to przecież nie jest koniec. Damy sobie radę, a tym małpom tak dowalimy, że ani się obejrzą, a wylądują po drugiej stronie lasu. No weź, już jutro będziemy się z tego wszyscy śmiać – powiedział Naz, szczerząc zęby w uśmiechu, który – miał nadzieję – wyglądał wystarczająco przekonująco.

Carter próbował odpowiedzieć uśmiechem, ale wyszedł z tego bardziej niezadowolony grymas.

– Miej oczy dookoła głowy, Carter – powiedział Vin. – W tym mroku mogą zaatakować z każdej strony. Nie skupiaj się tylko na jednym punkcie. Musisz zachować czujność i obserwować, co się dzieje dookoła. Informuj Sama, gdyby jakieś małpy próbowały nas zajść od tyłu.

– Tak jest – obiecał Carter.

Niedźwiedzie obserwowały ludzi ustawiających się w szyk skierowany w stronę lasu. Syczące płomienie rzucały na nich potężne, rozedrgane cienie. Naz dostrzegał niepokój wśród niektórych. Jedni nerwowo przebierali nogami w miejscu, poprawiając jednocześnie chwyt swoich kosturów. Inni zastygli w niemal całkowitym bezruchu. Widać było tylko przesadnie silne falowanie ramion, gdy brali głębokie oddechy, próbując się uspokoić. Głucha cisza wisiała pomiędzy ludźmi. Na czele stał

Sam, opierający się o swoją laskę, cierpliwie wyczekując właściwego momentu, jak podczas połowu.

– Pierwszy szereg... przyjąć postawę! – krzyknął.

Pierwsza linia walczących przyklęknęła, ustawiając kostury pod kątem jako śmiertelnie groźną barierę przeciw nadchodzącym małpom.

– Pierwszy szereg! Na mój rozkaz wykonujecie pchnięcie i natychmiastowy odwrót – zakomenderował.

– Jaką taktykę zamierzacie obrać? – spytał Naz.

– Ci, którzy są z przodu, mają za zadanie powstrzymać pierwszą falę atakujących – powiedział Carter. – Zgodnie z planem mają wystąpić naprzód i zadać cios w brzuch bądź szyję. Kiedy małpy padną na ziemię, staną się przeszkodą dla tych, które będą nacierały za nimi. Wtedy nasi ludzie wycofują się za linię walki i zastępuje ich drugi szereg, który ma się zająć kolejnymi napastnikami. Chodzi o to, żeby spowolnić małpy i nie pozwolić im zaatakować z pełnym impetem.

– Taki plan wymaga dzielnych ludzi – powiedział Vin. – I bardzo zdyscyplinowanych.

– Ćwiczymy całe nasze życie, choć do tej pory robiliśmy to z nadzieją, że nigdy nie będziemy musieli tego wykorzystać. Lepiej, żebym zajął już swoją pozycję – rzekł Carter.

– Carter... wszystko dobrze się skończy, już nasza w tym głowa, żeby nic ci się nie stało. Do zobaczenia przy śniadaniu – powiedział Naz.

Tym razem uśmiech Cartera był szczery. Spojrzawszy ostatni raz na potężne niedźwiedzie, które miał sposobność poznać tak blisko, Carter wyruszył w stronę płonącego lasu, aby zająć miejsce blisko Sama.

– W życiu byś nie powiedział, że to podrostek – powiedział Naz. – Dźwiga na barkach ogromny ciężar jak na kogoś tak młodego.

– Szybko dorósł – przytaknął Vin. – Co się jednak dziwić, nie miał innego wyjścia.

Nikt nie zwrócił uwagi na wybuch po lewej stronie. Kolejna sosna właśnie zajęła się ogniem i eksplodowała pod wpływem rozżarzonego powietrza, tryskając wokół deszczem gałęzi i popiołów.

– Nie zostało już wiele – powiedział Vin. – Małpy rzucą się na nas, gdy tylko padnie ostatnie drzewo. Nie mają żadnej strategii, to będzie zwykła, mordercza szarża.

Naz popatrzył na towarzysza. Przez chwilę myślał o tym, że są ostatnimi ocalałymi spośród gwardzistów wysłanych po to, aby powstrzymać napaść małp. Czuł dumę, że może tu, w tej chwili, stać obok młodego rekruta.

– Vin, przetrwamy to. Udało nam się wtedy, uda nam się tego wieczoru. Jesteśmy gotowi. Jesteśmy Gwardzistami.

Vin skinął w milczeniu głową, szykując się wewnętrznie do bitwy o los Ziem Południowych. Podeszli do uformowanych już szeregów. Pożoga była bliżej z każdą upływającą chwilą. Vin poczuł, jak łomocze mu serce i drżą kolana od tętniącej w żyłach adrenaliny. *Ani kroku wstecz*, pomyślał. Szczególnie dzisiaj.

Las błyskał się czerwienią rozwścieczonych małp obserwujących każdy ich ruch. Niezdolne sforsować bariery, jaką był więżący je las, wydawały z siebie przeraźliwe wrzaski. Czerwień ich oczu błyskała pomiędzy drzewami, które stanowiły ostatnią przeszkodą oddzielającą je od upragnionej wolności. Las będący ich więzieniem od pokoleń miał już wkrótce obrócić się w nicość, a droga do zemsty na wszystkich istotach żywych stanąć otworem.

ROZDZIAŁ 1

NASTĘPNEGO RANKA

Mgła podnosiła się powoli, podczas gdy las w oddali przykryty był cienkim, białym kożuchem syczącej pary. Zapach spalonej sosny był wszechobecny. Niebo, szare i ciężkie od dymu i pary znad lasu, oraz niskie, ciężkie od deszczu chmury zdawały się przytłaczać Naza.

Przetoczył się na plecy i wydał z siebie przeciągły jęk. Jego futro, przemoczone i skołtunione od leżenia w mule rzecznym, przybrało teraz szaro-brązowy kolor. Patrząc na siebie, pomyślał: *Cóż, przynajmniej teraz mam wspaniały kamuflaż.*

Obrócił głowę i zobaczył po swojej lewej stronie zwiniętego w kulkę Vina, który chociaż raz nie chrapał. Leżał na stosie popiołu, gdzie zaległ parę godzin wcześniej, wyczerpany po wczorajszych wydarzeniach.

Przynajmniej wciąż żyjemy, pomyślał. *To była noc.*

Gdy jego świadomość powoli się rozbudzała, Naz próbował przypomnieć sobie wydarzenia minionej nocy. Z odmętów jego pamięci nie wyłaniał się jednak żaden obraz.

Wszystko na pewno wróci... po prostu trochę później, we właściwym czasie, pomyślał. Powieki kategorycznie odmówiły mu posłuszeństwa i wyczerpany Naz odpłynął z powrotem w sen bez snów.

Vin leżał na wpół przytomny i również próbował odtworzyć w swojej głowie przebieg ostatnich zdarzeń. Pamiętał, że stał za rzędem wojowników, obserwując wraz z nimi, jak płomienie zaczynają lizać ostatnie drzewa. Tylko one powstrzymywały małpy przed wydostaniem się na wolność i przetoczeniem się jak kataklizm przez te krainy. Nagle niebo się otworzyło i zaczął padać ulewny, rzęsisty deszcz. Miesiące upalnego, suchego lata właśnie dobiegły końca. Vin nie pamiętał, żeby kiedykolwiek tak się cieszył z deszczu spływającego mu po twarzy.

Kojarzył chwilę, w której do wszystkich dotarło, że to koniec. Byli uratowani. Las, który był ich najsilniejszym obrońcą, miał dalej trwać. Niektórzy padali z wyczerpania na kolana, trzęsące się od adrenaliny krążącej w ich żyłach przed bitwą. Inni wznosili zaciśnięte pięści w górę, krzycząc, śmiejąc się i śpiewając.

Naz i Vin jednak zachowywali się jak na prawdziwych gwardzistów przystało. Powściągliwi w swojej radości, jedynie uśmiechali się do siebie.

– Wygląda na to, że wracamy do domu – powiedział Naz. – Masz może jeszcze trochę ciasta? – spytał z nadzieją.

– Zachowałem kawałek na czarną godzinę – uśmiechnął się Vin.

– Lepiej mieć kawałek i nie mieć apetytu...

– Niż mieć apetyt i nie mieć ciasta – dokończył Vin.

I obaj zaczęli się śmiać, aż rozbolały ich brzuchy, a po policzkach zaczęły płynąć łzy mieszające się z kroplami deszczu. Pamiętał, że obaj padli na ziemię, wycieńczeni atakiem wesołości. Wtedy też Vin darował sobie zdystansowaną pozę i zrzucił z siebie tłumione do tej pory napięcie przed walką.

– Zawsze wiedziałem, że będzie z ciebie dobry gwardzista, Vin – udało się wykrztusić Nazowi pomiędzy napadami śmiechu. – Gwardzista zawsze wie, gdzie jest jego ciasto.

– Dzięki, Naz, ale gdzie jest twoje ciasto?

– W *twojej* torbie.

Ich śmiechom jeszcze długo nie było końca.

Kilka godzin później Naz zaczął sobie przypominać więcej. Były to przeważnie bezładne przebłyski ubiegłej nocy. Zaczęło się świętowanie, pamiętał, że śpiewał, a w pewnym momencie usiłował nawet tańczyć. Jęknął głośno. *O pewnych rzeczach chyba lepiej zapomnieć*, pomyślał.

Przynieśli jedzenie. Mnóstwo jedzenia. Czekała na nich smażona ryba, warzywa i ciężkie bochny grubego chleba. Pamiętał, że ktoś podał mu kubek, w którym była jakaś żółtawa ciecz. Frank, tak, chyba tak miał na imię. Mówił, że robi najlepszy sok z żółtych jagód w całych Południowych Ziemiach. Wspomnienia nabierały coraz wyraźniejszego kształtu. Sok rzeczywiście dobrze smakował, a do tego był całkiem mocny. Po czwartej dolewce nie czuł już języka. Kojarzył, że Frank był jego nowym najlepszym przyjacielem, a wszyscy Południowcy to w gruncie rzeczy naprawdę fajni ludzie. *Muszę spytać Franka o ten sok, zanim wrócimy do domu*, pomyślał wtedy, zaprzęgając do tego resztki tlącej się świadomości. Leżał teraz w błocie i na próżno próbował sobie przypomnieć, co się działo dalej. Nie miał pojęcia, jak się tu znalazł ani tym bardziej, gdzie właściwie było „tu".

Odpocznę jeszcze przez chwilę, wkrótce wszystko się samo wyjaśni.

Jego powieki znowu stały się niewyobrażalnie ciężkie. Naz poczuł, że ponownie zaczyna go wsysać otchłań głuchego, kamiennego snu. Ostatnią jego myślą było: *Wkrótce wrócimy do domu.*

Holly mocno zaciskała powieki, nie chcąc przyznać, że to, co się właśnie dzieje, wcale nie jest koszmarem sennym. Brakowało jej tchu, a ból w piersi sprawiał, że jej oddech był krótki i sapliwy. Wiedziała, że za zamkniętymi oczami czekało białe światło. Jej ciało jednak było sparaliżowane, nogi i ręce nie były w stanie odgarnąć śniegu, który — teraz była tego pewna — pokrywał jej twarz. Wciąż mogła tylko zdobyć się na nerwowe sapnięcia, ale nie mogła już dłużej się powstrzymywać. Czuła narastającą panikę, że to już się nigdy nie skończy, że zostanie tu na zawsze. Jej myśli w końcu wrzasnęły, wbrew niej samej, NIE... PROSZĘ, NIE W TAKI SPOSÓB! Chwyciła się jedynej rzeczy w swojej pamięci, która, miała nadzieję, mogła ją jeszcze uratować. CARTER, BŁAGAM... POMÓŻ MI!, krzyknęła w duchu, a jej rozpaczliwe wołanie rozpłynęło się w głuchej ciszy.

Carter poczuł to wszystko z przeraźliwą wyrazistością. Całun bieli przesłonił mu wzrok, a kości przeszył dotkliwy chłód. Miał wrażenie, że coś przygniata go do ziemi i coraz trudniej mu oddychać. Próbował łapać powietrze, ale na próżno. Płuca wciąż potrzebowały więcej. Nie mógł się ruszyć, całe jego ciało zamarzło w lodowym więzieniu. Był pogrzebany żywcem. W tym koszmarze nie mógł przestać krzyczeć.

Po drugiej stronie obozowiska Vin natychmiast zerwał się na nogi, futro na karku miał całe zjeżone.

– Naz, mamy problem – rzucił. Już był rozbudzony i czujny.

Krzyk rozległ się ponownie po drugiej stronie obozu. Krzyk mężczyzny, bardzo młodego mężczyzny. Gonitwa myśli w głowie Vina zaczęła mu powoli rysować obraz niebezpieczeństwa w pobliżu. Naz podniósł się chwiejnie na nogach.

– Sprawdzę to – powiedział Vin.

– Idę z tobą – rzucił Naz, podążając tuż za nim.

Kroczyli szybko przez otwarty teren, nie czując już dolegliwości po nocy spędzonej w błocie.

Ujrzeli innych ludzi biegnących do szałasu, z którego dobiegły wrzaski; kilkoro z nich już stało niedaleko wejścia. Gdy Vin i Naz przybyli, ze środka wyłonił się Sam, schylając się przy wejściu.

– W porządku, to tylko zły sen. Nie ma się czym martwić – zapewnił Sam.

– Te koszmary prawdopodobnie będą go jeszcze nękać przez pewien czas, biorąc pod uwagę, ile przeżył – powiedział Naz.

Sam spojrzał na niedźwiedzie stojące z tyłu zbiegowiska.

– Carter będzie potrzebował waszej pomocy i zrozumienia – powiedział Naz. – Widziałem takie rzeczy już wcześniej.

Kerri przybiegła i utorowała sobie drogę między dwiema górami niedźwiedziego futra.

– Wszystko w porządku, Sam? – spytała z troską w głosie.

– To tylko koszmar, Kerri.

– Mogę się z nim zobaczyć?

– Jestem pewny, że to przyniesie mu ulgę – zgodził się Sam.

Kerri przedostała się do środka i ujrzała Cartera siedzącego na łóżku. Usiadła obok z teatralną przesadą, zwracając się w jego stronę.

– Co tam, śniło ci się, że skończyłeś wyścig na drugim miejscu tuż za mną? – zażartowała.

Carter podniósł głowę i spojrzał na nią. Ujrzała jego wymuszony uśmiech i niemal widziała, że na jego zapadniętych barkach spoczywa jakiś ciężar.

– To było zbyt prawdziwe, Kerri – wyszeptał Carter.

Kerri położyła mu rękę na ramieniu.

– Musisz przestać o tym myśleć – powiedziała delikatnie.

– Holly ciągle tam jest... sama.

Kerri zesztywniała.

– Musisz przestać o niej myśleć – powiedziała bardziej gwałtownie.

– Kerri, ja słyszę jej głos, kiedy próbuję zasnąć.

– To dlatego, że czujesz się odpowiedzialny za jej śmierć. Ale to nie była twoja wina. Zrobiłeś wszystko, co mogłeś. To przez burzę nie byłeś w stanie jej usłyszeć. – Kerri przebiegł dreszcz na wspomnienie nocy, która zdawała się mieć miejsce tak dawno, a w rzeczywistości rozegrała się nie dalej niż tydzień temu. Przycisnęła Cartera do siebie.

– Niedługo to przestanie cię nękać, zobaczysz – powiedziała cicho, a jej głos przywołał go do rzeczywistości.

– Marzę, by widzieć cię codziennie po przebudzeniu – powiedział Carter, tym razem naprawdę się uśmiechając.

– Miejmy nadzieję, że twoi rodzice tego nie słyszeli! – odpowiedziała, dając mu kuksańca w żebra.

– No wiesz przecież, co mam na myśli.

Kerri zerwała się na nogi.

– Chodź, poszukajmy jakichś naleśników. Od razu ci się polepszy – powiedziała, kierując się w stronę wyjścia.

Gdy wyłoniła się z szałasu, zobaczyła czekającą na nią Lulu. Na jej twarzy malowało się zmartwienie, jakiego Kerri nigdy u niej nie widziała.

Lu jest zawsze taka beztroska, co się stało?

– Po prostu zły sen, Lu – powiedziała Kerri, ale gdy podeszła bliżej, wydało jej się, że Lulu nie patrzy na nią, lecz na coś w oddali, co tym bardziej jej się nie podobało.

– Lu? Co się dzieje? – Kerri poczuła niepokój.

– To tylko zły sen – powtórzyła Lulu bez przekonania w głosie.

– Pójdziesz z nami coś zjeść? – spytała, chcąc poprawić jej nastrój.

– Jasne – powiedziała Lulu, wyrywając się z transu.

– A co z naszymi przerośniętymi futrzastymi kulkami? Jecie coś poza ciastami? – spytała Naza i Vina.

– Obawiam się, że mój żołądek wymaga dziś łagodniejszych potraw, ale może dam radę, jeśli dostanę trochę tego mchu, który daliście Vinowi na jego guza – rzekł Naz.

– Przesadziłeś z sokiem z żółtych jagód? – zaśmiała się Kerri.

– Po prostu starałem się być towarzyski – powiedział cicho Naz.

– Doktor Mossman jest tam – powiedziała Lulu, wskazując w stronę mężczyzn, którzy właśnie szukali jedzenia.

– Dziękuję, panienko Lucindo.

– Nie bawmy się w formalności – powiedziała. – Mów mi Lulu, każdy tak robi.

Naz skłonił się lekko, wciąż pod wrażeniem pozycji Lulu w klanie.

– Panowie, nie wiedziałam, że potraficie być tacy zgrabni – powiedziała Kerri do Vina i Naza.

– Czy to, co wczoraj wyprawialiście, nazywacie u siebie tańcem? – Lulu również zaczęła się z nimi przekomarzać.

Pełen zawstydzenia uśmiech i błysk białych kłów mógł być wzięty za warknięcie przez kogoś, kto nie miał sposobności poznać śnieżnych niedźwiedzi

– No już, już, to tylko żarty – powiedziała Kerri, figlarnie klepiąc Vina po brzuchu.

Vin zgiął się w pół, oczekując bolesnego uderzenia od dziewczyny, która już raz nabiła mu guza.

– Czy mamy szansę zobaczyć waszą prawdziwą postać, zanim odejdziecie? – spytała Lulu.

– To jest coś, o czym musimy porozmawiać z Samem – powiedział Naz, szybko zmieniając temat.

– O czym, o przemianie?

– Nie, o naszym odejściu – powiedział Naz. Musimy wkrótce wyruszyć.

– Przyjdźcie pożegnać się ze mną, zanim odejdziecie, proszę – powiedziała Lulu z wyczuwalnym smutkiem w głosie.

– Przyjdziemy, panienko Lucindo... Lulu – poprawił się Naz. Kiwnął głową i obrócił się w kierunku ludzi jedzących śniadanie przy stołach ustawionych w okrąg.

– Chodź, znajdźmy ten mech – rzucił Naz, a Vin ruszył za nim.

Kiedy miała już pewność, że niedźwiedzie ich nie słyszą, Lulu obróciła się do Kerri. Chwyciwszy ją pod ramię, delikatnie poprowadziła Kerri w stronę przewróconego drzewa na skraju obozowiska.

– Czy Carter mówił ci, o czym był jego sen? – spytała Lulu, gdy obie usiadły.

– Powiedział, że słyszy głos Holly we śnie – Kerri głośno westchnęła, prostując się.

Lulu nic nie odpowiedziała. Znów wbiła wzrok w przestrzeń.

– Lu, po prostu dręczą go wyrzuty sumienia, rozumiesz? Nie wydaje ci się, że już wkrótce się z tego wszystkiego otrząśnie?

Lulu siedziała w milczeniu.

– Wszystko będzie z nim dobrze, co nie, Lu? Jest młody, a poza tym wszyscy jeszcze noszą w sercu tę stratę. Jestem jednak pewna, że mu przejdzie.

Lulu w końcu zebrała się w sobie, by spojrzeć na Kerri.

– Po prostu martwię się, że zrobi coś bardzo głupiego – powiedziała.

– Co masz na myśli? – spytała Kerri zaskoczona słowami przyjaciółki.

– Mam złe przeczucia.

– Ale dlaczego, Lu? Holly nie żyje. Byłam tam, nie czułam jej oddechu. Ona już nie wróci, musimy pomóc Carterowi to zrozumieć. I wytłumaczyć mu, że jej śmierć nie jest jego winą– powiedziała szybko Kerri, wyrzucając z siebie wszystkie swoje obawy.

Lulu ścisnęła ją za ramię.

– Wiem, że masz rację. Ale nie rozumiem, co się teraz dzieje w mojej własnej głowie – powiedziała Lu. – Wydaje mi się, że ja również słyszałam jej wołanie i *poczułam*, że Carter chce jej pomóc, wyciąga rękę ku niej.

– Lu, zaczynasz mnie przerażać. Przestań natychmiast.

– Kerri, przykro mi, wiem, że bardzo kochałaś Holly... Zaczynam się bać sama siebie. Po prostu obiecaj mi, że jeśli wpadnie mu do głowy jakiś głupi pomysł, to przyjdziesz i mi o tym powiesz, dobrze?

– Z kim innym mogłabym o tym porozmawiać? – Kerri poczuła zbierające się w jej oczach łzy. Wolno złapała oddech, by je powstrzymać. *Nie będziesz płakać, nie dziś. Holly już tu nie ma, ale Lu zawsze będzie obok*, powiedziała sobie.

Lulu znów ją uścisnęła i uśmiechnęła się.

– To pewnie przez głód myślę o takich niemądrych rzeczach. Pójdźmy coś zjeść.

Vin i Naz, dzierżąc kubki w łapach, dotarli do miejsca spotkań. Doktor Mossman nalał każdemu z nich mieszanki podgotowanego mchu i ziół, która miała przynieść ulgę ich zbolałym głowom. Zapach świeżo upieczonego chleba sprawił, że żołądki zaburczały im w chóralnym proteście. Na widok serów i naleśników zapomnieli na chwilę o swoich bolących głowach.

Sam zauważył, że podeszli i zawołał ich, by do niego dołączyli.

– Widzę, że dobrze się wczoraj bawiliście – powiedział Sam z lekkim uśmiechem.

– Zdecydowanie wiecie, jak należy świętować – odpowiedział Naz.

– Jedzenie jest tam – Sam skinął głową w stronę centrum miejsca spotkań.

Niedźwiedzie sowicie napełniły swoje talerze i usiadły pomiędzy Samem i Caseyem przy prostym, drewnianym stole.

– Sam, jakkolwiek bardzo doceniamy twoją gościnność, na nas już czas – powiedział Naz.

– Rozumiem – powiedział Sam. – Czy przebywanie tutaj jest obciążeniem dla waszych ciał? Starzejecie się szybciej?

– Wszystko w porządku, bycie tu pod postacią niedźwiedzi w dużej mierze chroni nas przed starzeniem towarzyszącym przekraczaniu granic, ale nie sądzę, żebyśmy mogli zostać tu dłużej. Już teraz dochodzimy do kresu bezpiecznego przebywania poza naszym światem.

– Macie plan, jak wrócić? Te małpy pewnie wciąż są wściekłe po tym, jak deszcz ugasił płonący las. Tak niewiele brakowało i mogłyby wedrzeć się tutaj, a potem biec w amoku, aż natrafią na kolejną granicę.

– Rozmawialiśmy o tym i według nas najlepiej będzie, jeśli udamy się daleko na zachód i przejdziemy przez wzgórza. Jeśli rzeczywiście wpadlibyśmy w zasadzkę, udamy się w wysokie góry. Nie przetrwają w takich temperaturach i na takich wysokościach, zwłaszcza o tej porze roku.

– Dobry plan – zgodził się Sam. – Szkoda, że musicie nas opuścić. Miałem nadzieję, że zdążymy porozmawiać w przyjemniejszych warunkach.

– My również, jest tyle rzeczy, których nie wiemy o was i o waszych ziemiach. Ale jeszcze dziś możemy zostać, prawda, Vin?

Vin mógł jedynie kiwnąć głową w odpowiedzi, jako że jego pysk wypełniony był chlebem i serem.

– Miło mi to słyszeć – powiedział Sam. – Możemy usiąść wraz z moją córką, Lulu.

– Poznaliśmy już królewnę Lucindę – powiedział Vin, dołączając do rozmowy. – Poprosiła, byśmy spotkali się z nią, zanim odejdziemy.

– Lu pewnego dnia zostanie królową, więc jestem pewien, że jest to jak najbardziej wskazane. Jestem również pewien, że uszczęśliwicie ją, nazywając ją Lulu. Wszyscy tak robią.

Niedźwiedzie uśmiechnęły się znad swoich talerzy.

– Macie tu bardzo dziwne zwyczaje. W naszych stronach podkreśla się pozycję każdej osoby.

– Nie przepadamy za formalizmem. Każdy ma prawo się wypowiedzieć i zostać wysłuchanym z wyjątkiem jednego dnia: tego, w którym koronujemy naszego nowego przywódcę. Ale tu bardziej chodzi o zachowanie tradycji. Dzieci ją zresztą bardzo lubią – uśmiechnął się Sam.

– Za pozwoleniem, chciałbym o coś spytać – powiedział Naz.

– Nie krępuj się. Jak mówiłem, każdy ma tu prawo głosu – zapewnił go Sam.

– Czy możemy zabrać czarny kamień, który znaleźliśmy wczoraj, aby otworzyć bramę do innej krainy?

– Oczywiście, jest już przygotowany dla was. Postarałem się o to dziś rano.

– Dziękujemy. Co zamierzacie zrobić z uchodźcami?

– Ci ludzie byli zgubieni, gdy tylko opuścili swoje miasto. Wiem, że niedługo będą musieli stąd odejść, zanim ci, którzy nie potrafią zamieniać się w koty albo lwy górskie, jak sami o sobie mówią, umrą ze starości. Jak myślicie, ile mają czasu?

– Niezbyt dużo. Im są starsi, tym gwałtowniej będą się starzeć po tej stronie granicy. Najstarsi nie mają zbyt dużo czasu, prawdopodobnie nie więcej niż tydzień. Przechodzenie przez bramy bardzo szybko niszczy ciało, jeśli nie robi się tego w zwierzęcej postaci – powiedział Naz.

– Cóż, widzę sam po sobie! Musimy więc opracować plan jeszcze dziś – powiedział poważnie Sam. Przy stole na moment zapadła cisza. Każdy myślał o tym, co może spotkać zbiegłych z miasta ludzi. – Tym ludziom naprawdę grozi zagłada – dodał w końcu. Bezsilność zdawała się go męczyć.

– Zastanawiałeś się, co z Carterem? – powiedział Vin.

– Cały czas o nim myślę. O co ci chodzi, Vin? – rzekł Sam.

– Wygląda na to, że jest w szoku. Po takiej bitwie każdy ma prawo do załamania, nawet tak doświadczeni wojownicy jak my. Ale ktoś tak młody... – Vin urwał, pozwalając wybrzmieć tej myśli.

– W naszych stronach każdego, kto doświadczył czegoś takiego, wysyła się na intensywne szkolenie, aby przywrócić mu pewność siebie. To jak spaść z konia. Trzeba wrócić na siodło.

Wszyscy pogrążyli się w milczeniu, myśląc o tym, jak najlepiej pomóc Carterowi. W końcu odezwał się Sam.

– Co to jest koń?

· · ·

Kiedy słońce w końcu zetknęło się z horyzontem, niebo rozbłysło czerwonymi, pomarańczowymi i purpurowymi barwami, przynosząc spokój siedzącemu na północnych równinach klanowi, który ostatnie chwile dnia spędzał na Północnej Równinie. Kerri stała ze wzrokiem utkwionym gdzieś nad wzgórzami. Powolne nadejście ciemności budziło jej coraz większy niepokój.

W końcu dostrzegła czyjąś głowę pośród równiny. Gdy postać wdrapała się na kolejne wzgórze, dało się rozpoznać w niej Cartera. Kerri odetchnęła z ulgą.

– Witaj, nieznajomy – zawołała. – Już myślałam, że się zgubiłeś.

– Spacerowałem – uśmiechnął się Carter.

– Żeby oczyścić umysł? – spytała Kerri.

– Właściwie nie tylko.

– Usiądziesz ze mną dziś wieczorem przy posiłku? Szykuje się prawdziwa uczta na cześć Vina i Naza. Jutro stąd odchodzą.

– Wiesz, że bardzo bym chciał z tobą usiąść, Kerri, ale myślę, że dziś powinienem usiąść z moimi rodzicami.

– Och, oczywiście, to tylko taka propozycja – powiedziała Kerri, ale Carter dostrzegł ślad zawodu na jej twarzy.

– Przepraszam, Kerri. Muszę porozmawiać z Nazem i Vinem przed ucztą. Do zobaczenia później?

– Jasne – wyksztusiła Kerri. Patrzyła, jak odchodzi w stronę ucztujących. *Wygląda, jakby dźwigał na barkach ciężar całego świata.*

Carter nie miał problemu z odszukaniem w obozie niedźwiedzi, zdecydowanie górujących nad swoim otoczeniem. Zbliżając się do Naza i Vina, próbował patrzeć im prosto w oczy, ale ich wzrost jednak znacząco utrudniał to zadanie. Chciał z nimi porozmawiać, ale nie wiedział, jak zacząć.

– Hej, Carter, coś cię trapi? – spytał delikatnie Vin.

– Słyszałem, że jutro nas opuszczacie.

– Chcielibyśmy wyruszyć jak najwcześniej. Będziemy szli na

zachód przez cały dzień, aż natrafimy na granicę – odpowiedział Vin.

– Pamiętacie, o co was prosiłem w związku z Holly? Żeby nie zostawiać jej na pastwę zwierząt, które odnajdą ją wiosną. Żeby zabrać ją gdzieś, gdzie jest ciepło i zielono, aby spoczywała w spokoju.

– Oczywiście – powiedział Vin. – Daliśmy ci słowo, że zrobimy co w naszej mocy. Jesteśmy gwardzistami, Carter. Nasz honor nie pozwala postąpić inaczej.

– Tak sobie pomyślałem, może mógłbym wam jutro towarzyszyć?

Naz i Vin z trudem ukryli zdziwienie, nie wiedząc, co powinni odpowiedzieć. W końcu Naz odważył się przemówić.

– Carter, co ci chodzi po głowie?

– Po prostu muszę to zrobić. Muszę mieć pewność, że Holly naprawdę nie żyje. Tylko w ten sposób sam będę mógł zaznać spokoju.

– Proszę, zostaw to nam. Masz nasze słowo, że zrobimy co w naszej mocy, by ją znaleźć.

– Wiem, gdzie dokładnie się znajduje – powiedział Carter.

– Nie wiem, czy to najlepszy pomysł. Czy właśnie to ci zaprzątało głowę przez cały dzień? – zapytał Naz.

– Nie mogę przestać o tym myśleć. Nie umiem znieść świadomości, że tak po prostu zostawiliśmy ją w górach. Muszę ją znaleźć i wyświadczyć jej tę ostatnią przysługę.

– To zrozumiałe, że chcesz naprawić to, co *uważasz* za swój błąd. Ale, Carter, nie zrobiłeś nic złego. Nie miałeś wyjścia, musiałeś wydostać się z gór. W taki sposób, przyjacielu, nie pozbędziesz się swoich trosk – powiedział Vin. – Daj sobie chwilę, ból z czasem mija.

– Muszę znaleźć Holly. Muszę udowodnić samemu sobie, że odeszła. Jeśli mi nie pomożecie, pójdę tam sam.

– Ejże, spokojnie. Nie powiedzieliśmy, że nie chcemy z tobą

iść, tylko że to nie jest najlepszy pomysł. Rozmawiałeś o tym ze swoimi rodzicami albo z Samem?

– Z nimi porozmawiam w następnej kolejności, ale łatwiej im będzie zaakceptować moją decyzję, jeśli będą wiedzieli, że idę z wami dwoma.

– A jak zamierzasz wrócić do domu, kiedy już ją znajdziesz? – spytał Vin.

– O to będę się martwić później – odpowiedział Carter. – Teraz najważniejsze dla mnie to znaleźć Holly. Nie chcę wymykać się w środku nocy, nie żegnając się z nikim, ale jeśli to będzie jedyny sposób, zrobię to bez wahania.

– Nie sądzę, żeby był to do końca przemyślany plan – powiedział Vin.

– Czy planowaliście przybyć tutaj, do naszej krainy, kiedy wyruszyliście po klejnot? Albo czy myśleliście o ratowaniu tych wszystkich ludzi i sprowadzeniu ich tutaj?

– To była konieczna zmiana planów – powiedział Naz.

– W takim razie to jest moja zmiana planów. Wierzcie mi, ja naprawdę nie chcę tam iść. Wiem jednak, że to wszystko wciąż będzie siedzieć mi w głowie, dopóki nie upewnię się, że Holly spoczywa w pokoju. Jeśli natomiast okaże się, że będę musiał iść sam... cóż, niech i tak będzie.

– Posłuchaj, Carter, jeśli wszyscy zgodzą się na twoje odejście, będziemy szczęśliwi, mogąc ci towarzyszyć. W końcu towarzystwo w podróży jest zawsze mile widziane. Jednak mówiąc szczerze, nie wierzę, by ktokolwiek zgodził się na twój powrót do Górnych Przełęczy zimą.

– Dzięki. Znajdę was przed nadejściem poranka – powiedział Carter, obracając się na pięcie z zamiarem odszukania swojego ojca.

Naz i Vin stali zdumieni.

– Co on ma w tej głowie? – powiedział Naz.

– Nie mam pojęcia, ale mam złe przeczucia – odparł Vin.

Rodzice Cartera czekali już na niego w pobliżu miejsca wypiekania chleba. Zapach ściętych sosen, które pełniły rolę ścianek glinianego pieca, mieszał się z kojącym ciepłem i unoszącym się wokół aromatem chleba i słodkich wypieków. Pochyły dach zbudowany z drewnianych bali pokryty był trawą i ubitą ziemią. Zazwyczaj było to ulubione miejsce Cartera, ale tego wieczoru ani gorący chleb, ani ciepły blask otulający tę prowizoryczną piekarnię nie pobudziły jego apetytu. Carter usiadł między rodzicami, patrząc to na matkę, to na ojca, rozpaczliwie próbując znaleźć słowa, którymi umiałby wyrazić przemożną potrzebę odnalezienia Holly.

– Nie możemy pozwolić, byś tam wrócił – powiedział Ned Woodman.

– Dopiero co cię odzyskaliśmy, synu. Nie możemy ponownie cię stracić – powiedziała matka Cartera.

Ned pokiwał głową ze zrozumieniem.

– Synu, masz dopiero piętnaście lat, jesteś zbyt młody, by ryzykować życie podczas takiej wyprawy.

– Tato, ile miałeś lat, kiedy po raz pierwszy poszedłeś sam w dół rzeki?

– To co innego. Wiedziałem, dokąd idę. I nie było tam wściekłych małp próbujących mnie zaatakować.

– Nie wiedziałeś, co cię tam spotka – sprzeciwił się Carter. – I ja też wiem, dokąd idę. Byłem tam już wcześniej, no i mam dwóch świetnych przewodników, którzy się o mnie zatroszczą.

– Nie możemy ci na to pozwolić – powiedziała matka Cartera.

– Bardzo mi przykro, że do tego doszło. Miałem nadzieję, że się zgodzicie. Muszę to zrobić i pójdę tam, choćbym miał być zupełnie sam.

Ned usiadł oszołomiony.

– Jak możesz prosić nas o zgodę na wyprawę, która może odebrać cię nam na zawsze? – zapytał bezradnie Ned.

– Wcale nie na zawsze, wkrótce do was wrócę. A dzięki tym

wszystkim zakrzywieniom czasu przy przechodzeniu przez bramy zdążę na twoje urodziny.

– Carter, nie rób sobie żartów – powiedziała jego matka, coraz bardziej poirytowana. – Jesteś za młody.

– Mamo, tato, posłuchajcie. Bardzo dojrzałem od czasu przekroczenia granicy. Przejście przez bramę zmienia człowieka w każdy możliwy sposób. Wiem, że dla was wciąż jestem małym chłopcem, ale tak nie jest. Dorosłem, a ta wyprawa to jest coś, co po prostu muszę zrobić.

– Carter... Holly nie żyje i już nie wróci. To nie była twoja wina– smutek w głosie Neda sprawił, że matka Cartera nie była w stanie dłużej wstrzymywać płaczu.

– Przykro mi, tato, ale muszę być absolutnie pewny i samemu się o tym przekonać.

Siedzieli, spoglądając na siebie nawzajem. Ned mocno obejmował matkę Cartera, wciąż łkającą na myśl o ponownej utracie syna.

– Przykro mi. Muszę to zrobić.

Na chwilę zapadła bolesna cisza. W końcu Ned zwrócił się do Cartera.

– Lepiej, żebyś wyruszył przygotowany, niż miał się wymykać bez pożegnania. Pomogę ci, jak tylko będę mógł – rezygnacja w głosie ojca i łzy matki niemal zachwiały postanowienie Cartera. *Czy to wszystko naprawdę jest warte tego bólu, który teraz im zadaję?*

W chwili, gdy zaczęło go ogarniać silne zwątpienie, znów usłyszał krzyk dobiegający z wnętrza jego głowy, przenikający całe ciało. Wrzask chwytał go za serce i rozsadzał mu pierś.

CARTER, PROSZĘ, POMÓŻ MI!

– COŚ TY POWIEDZIAŁ?! – krzyknęła Kerri.

– Nigdzie nie idziesz, nie ma takiej opcji – powiedział Sam.

Wydawało się, że świat zastygł w bezruchu, gdy Casey

westchnął zaskoczony. Carter mógł się teraz przyjrzeć z bliska jego potężnym rozmiarom i zobaczyć, ile ten człowiek zajmuje miejsca. Ludzie zazwyczaj woleli siedzieć naprzeciw Caseya niż obok, chyba że nie mieli nic przeciwko siedzeniu na samym skraju ławy. To miejsce zresztą było zazwyczaj zarezerwowane dla Kerri. Gdy budowano stoły, nikt nie przypuszczał, że będzie z nich korzystał ktoś wzrostu Caseya. Carter spojrzał na jego potężne ręce, zaciśnięte teraz w pięści. Wiedział, że Casey przede wszystkim myślał o tym, jak na nowinę zareaguje Kerri. Wiedział również, że musi ostrożnie dobierać słowa. Odkąd Casey przygarnął Kerri do swojego domu po tym, jak jej rodzice zaginęli w lesie, postrzegał siebie jako jej strażnika. Do tego wyjątkowo groźnego.

Carter spojrzał na Kerri, siedzącą naprzeciwko. Czuł, że się trzęsie. Nie umiał jednak powiedzieć, czy z wściekłości, czy z niepokoju.

– Wyjaśniłem już wszystko moim rodzicom. Lepiej, żebym wyruszył z waszą pomocą, niż całkowicie sam. Zrozumcie, muszę to zrobić. Nie mogę tam zostawić Holly.

– Holly była moją najdroższą przyjaciółką – powiedziała Kerri. – Nie zostawiłabym jej tam, gdyby wciąż żyła. Carter, musisz pogodzić się z tym, że ona już nie wróci. Niedźwiedzie przyrzekły, że spróbują ją znaleźć i zabrać z przełęczy. Proszę... – Kerri ścisnęła jego dłoń. – Proszę, zostaw to niedźwiedziom.

– A co, jeśli jej nie znajdą? Całe życie będę cierpiał w niepewności. Wszyscy wiemy, że niektóre zwierzęta potrafią miesiącami spać w śniegu, nawet przez całą zimę, a gdybyś je znalazła, mogłabyś przysiąc, że nie żyją. A potem przychodzi wiosna... Dlaczego z Holly nie mogłoby być podobnie?

Spojrzeli na Cartera, niezdolni do odpowiedzi.

– Dlaczego jesteś tak przekonany, że ona wciąż żyje? – spytał Sam.

– To tylko przeczucie.

– Więc chcesz ryzykować życie dla przeczucia?

– Sam, czy nigdy nie zaryzykowałeś wszystkiego, co masz, nawet życia, z powodu przeczucia? – powiedział Carter.

– To co innego. Teraz jestem dorosły i ponoszę odpowiedzialność za cały klan.

– Każdy mi mówi, że to „co innego", Sam. Zupełnie jakby to z góry oznaczało, że nie mam racji. Tak czy inaczej, byłem odpowiedzialny za Holly – powiedział Carter.

– I do tego się to wszystko sprowadza – powiedziała Kerri. – Czujesz się winny z powodu tego, co ją spotkało. To nie była twoja wina, Carter. Musisz się z tym pogodzić. To wszystko przez tę straszliwą burzę. Wszyscy mogliśmy zginąć tamtej nocy – Kerri zadrżała na samo wspomnienie. – Sam, proszę, pomóż mi.

– Czy twoi rodzice zgodzili się ci pomóc? – zapytał Sam.

Carter skinął głową.

Sam potrząsnął głową. Zdecydowanie nie chciał podejmować decyzji w tej sprawie.

– Cóż, nie mogę trzymać cię pod kluczem dzień i noc. Mogę ci jedynie powiedzieć, że to naprawdę zły pomysł i nie powinieneś tego robić. Jeśli jednak podjąłeś już decyzję, to wiem, że nie będę w stanie cię powstrzymać. Pozwól, że porozmawiam z Nazem i Vinem.

– Już z nimi rozmawiałem – powiedział Carter.

– SAM! Pozwalasz mu odejść? – wykrzyknęła Kerri z niedowierzaniem.

– Nie zdołam go powstrzymać – powiedział bezradnie Sam.

Kerri szybko się podniosła. Odbiegła od stołu, przewracając swój stołek, a po policzkach płynęły jej łzy.

Wszystkie kubki i talerze podskoczyły w górę, gdy rozgniewany Casey huknął pięścią w stół.

– Jeśli cokolwiek ci się stanie, złamiesz jej serce i odpowiesz za to przede mną – powiedział z wyraźną groźbą w głosie.

Kerri znalazła Lulu nad brzegiem rzeki. Podbiegła do niej i rzuciła się jej na szyję.

– On chce wrócić i odszukać Holly – wykrztusiła Kerri, szlochając Lulu w ramiona.

– Wiedziałam, że będzie chciał zrobić coś takiego – powiedziała Lulu.

– Skąd?

– Kerri, on nie jest głupi ani szalony. Spójrz na mnie i posłuchaj... Holly go wołała, słyszałam ją i czułam, jak próbuje go dosięgnąć, jak próbuje go dotknąć. Ona nie wie, że wyczuwam jej obecność, po prostu cały czas siedzi w jego głowie. Doprowadzi go do szaleństwa, jeśli tam nie pójdzie.

– *Słyszysz* ją? Dlaczego tylko ciebie i Cartera to dotknęło, a mnie nie?

– Nie umiem tego wyjaśnić, ale jestem pewna, że słyszę głos Holly. Rozmawiałam dzisiaj z Nazem i Vinem. Opowiedzieli mi o wszystkim, co zdarzyło się po tamtej stronie. Wiesz, że Duma ukradł im Kryształ?

Kerri kiwnęła głową, przypominając sobie historię, którą opowiedziały im niedźwiedzie.

– Następnie ukrył go w mieście, gdy Holly, Carter i ja zostaliśmy uprowadzeni. Wydaje mi się, że to, co się teraz dzieje, może mieć związek z przebywaniem w pobliżu Kryształu. Naz powiedział mi, że to magia tak potężna, iż nawet oni się jej boją. Żaden z ich pobratymców nie ośmieliłby się zbliżyć do kamienia, jego władza nad umysłami jest zbyt wielka, nikt nie oparłby się jego pokusom. Dlatego trzymają Kryształ w złotej szkatułce, której strzegą.

Kerri patrzyła w dal, przypominając sobie całą podróż. Mieli uratować dzieci porwane z polecenia Dumy, ale wszystkie plany wzięły w łeb. Potrząsnęła głową, nie mogąc pogodzić się z tym, co właśnie słyszała.

– Lu, nie. Nie uwierzę w to. Holly nie oddychała, kiedy do niej podeszłam. Nigdy nie zostawiłabym jej tam żywej, nigdy! To była moja najlepsza przyjaciółka.

– Tu nie chodzi o ciebie, Kerri. Nikt cię za to przecież nie będzie obwiniał. Dzieje się coś, czego jeszcze nie rozumiemy. Przemawia do niego duch Holly. On może to usłyszeć, i ja również.

– Nie wierzę w to i nie pozwolę mu odejść.

– Kerri, pomóż Carterowi, wtedy na pewno powróci cały i zdrowy. Jeśli będziesz z nim walczyć, zmusisz go, by toczył dwie bitwy naraz.

– Jak ja... co mogę zrobić?

– Daj mu odejść i bądź dla niego wsparciem, kiedy powróci.

Lulu obejmowała ją, dopóki jej szloch nie ustał.

Następnego poranka spotkali się na wzgórzu oddalonym od miejsca spotkań. Harri Boatman uścisnął łapy Naza i Vina.

– Drewno jest bardzo dobrze zapakowane, panie Boatman – powiedział Vin.

– Chociaż tyle mogłem zrobić dla mojej córki. Żałuję, że nie mogę wybrać się z wami – powiedział Harri.

– Domyślamy się, ale bez zdolności przemiany to byłoby samobójstwo – powiedział Naz. – Zrobimy co w naszej mocy, żeby Holly mogła spocząć w ciepłej i zielonej okolicy. Znam piękny dąb, który góruje nad doliną położoną tuż przy naszej granicy. Moja przyjaciółka całkiem dobrze maluje, poproszę ją, żeby uwieczniła ten widok, a obraz przekażemy Carterowi. Holly na pewno zazna tam spokoju.

– Trumna na pewno się ładnie wkomponuje w krajobraz. Takie dryblasy jak wy bez trudu ją udźwigną – powiedział Harri Boatman.

– Dziękujemy, panie Boatman – powiedział Naz.

– Dziękuję wam obu. Jeśli kiedykolwiek zdarzy się wam powrócić w te strony, mówcie mi Harri – pan Boatman czuł, że pierś mu drży i że zaraz zaniesie się szlochem. Wziął głęboki oddech i zawrócił, żeby niedźwiedzie nie zobaczyły jego oczu mokrych od łez na myśl o stracie córki.

Sam zbliżył się do Naza i Vina. Spojrzał w górę i dostrzegł smutek w ich oczach.

– Przypuszczam, że nie możecie doczekać się powrotu do waszych rodzin i domowego jedzenia.

– Tutaj z całą pewnością się nie mylisz, Sam, ale mimo wszystko przykro nam, że musimy was pożegnać. To była szalona wyprawa. Nie spodziewaliśmy się czegoś takiego – powiedział Vin.

– Lu i ja cieszymy się, że mogliśmy z wami wczoraj porozmawiać. Pamiętajcie, że jeśli wasz szef zechce wysłać do nas posła, będzie on tu zawsze mile widziany. Prześlemy wam wiadomość, gdy tylko Zagubieni gdzieś się osiedlą. Pracujemy nad tym, co zasugerowaliście – powiedział Sam.

– Ty i królewna Lucinda zostaniecie opisani w naszej Księdze Dziejów – powiedział uroczyście Naz.

– Tej, którą wasz bohater, Ran, przekazał wam wraz z Kryształem? – dopytał Sam.

– Księga wymienia wszystkich wielkich przywódców, którzy żyli na przestrzeni wieków. Wasze imiona również się tam znajdą – odparł Naz.

Lulu przytuliła Cartera i biorąc go za rękę, odeszła z nim nieco dalej.

– Carter, rozumiem, dlaczego to robisz. Nie wiem, dlaczego to się dzieje, ale ja również słyszę Holly. Słyszałam, jak cię woła.

Carter spojrzał na nią zdziwiony.

– Więc nie oszalałem?

– Nie, nie oszalałeś – Lulu pokręciła głową.– Holly nie wie, że ja również mogę ją usłyszeć, a dopóki nie odkryjemy, dlaczego tak się dzieje, to lepiej, by tak zostało.

– Dlaczego, Lu? Może odzyska spokój, jeśli będzie wiedzieć, że ją wspierasz. Brzmi jakby... jakby była torturowana.

– Wiem, również to czuję. Czułam jej strach. Posłuchaj, obiecaj mi jedną rzecz. Kiedy wokół panować będzie głucha cisza, a ty zabłądzisz w mroku i nie będziesz wiedział, co robić, wsłuchaj się w głos dochodzący... stąd – powiedziała, kładąc mu rękę na piersi.

– Nie bardzo rozumiem, co masz na myśli, ale postaram się tak zrobić. Obiecuję, Lu.

Pocałowała go w policzek ostatni raz.

Kerri podeszła do niedźwiedzi. Na jej widok Vin ukłęknął. Kerri i tak musiała wyciągać szyję, by spojrzeć mu w oczy.

– Dbaj o niego albo mi za to odpowiesz – uśmiechnęła się do niego.

Vin zachichotał, przypominając sobie guza, jakiego mu kiedyś nabiła. Kiedy wstał, Kerri objęła ich obu, ledwo sięgając ich futrzastych brzuchów. Następnie zwróciła się do Cartera po raz ostatni.

Zanim zdołała cokolwiek powiedzieć, był szybszy.

– Kerri, jeśli miałbym wybór, to wiesz, że zostałbym tu z tobą. To wszystko, o czym zawsze marzyłem.

Kerri nie mogła znaleźć słów, bojąc się, że jej odpowiedź będzie pogmatwana i pozbawiona sensu.

– Dziękuję – powiedziała po prostu.

Spojrzała na niego, na jego czarne kręcone włosy, ciemnobrązowe oczy i ten koślawy uśmiech. Chciała zapamiętać dokładnie, jak wyglądał w tej chwili.

– Nie każ mi patrzeć, jak odchodzisz, Carter – westchnęła, po czym odwróciła się i odeszła.

Carter wraz z niedźwiedziami wyruszyli, zostawiając za sobą członków klanu. Ich sylwetki kładły się długim cieniem na ziemi, gdy zmierzali na zachód, w stronę gór i w stronę nieznanego.

ROZDZIAŁ 2

WYPRAWA

Otaczała ją głucha cisza. Tak głęboka, że słyszała swój chrapliwy, świszczący oddech. Słyszała, jak krew dudni jej w uszach. W głowie huczały dziesiątki myśli, a każda z nich była jak piorun rozdzierający spokój nocy. Chłód przenikał ją do szpiku kości, miała wrażenie, że jej nogi i ręce płoną. Tylko ruch oczu uświadamiał jej, że to nie był żaden koszmar. Wszystko było przerażająco prawdziwe. Uwięziona, sparaliżowana... i wtem usłyszała hałas.

— Co to było? — natężyła wszystkie zmysły, próbując uchwycić dźwięk. — O nie, znowu! To wróciło...

Serce waliło jej jak młot. Ogarnął ją strach tak silny, że niemal zapomniała o mrozie. Wstrzymała oddech, bojąc się wydać najmniejszy szmer, choć jej mózg krzyczał ODDYCHAJ! Nie chciała jednak, żeby On ją usłyszał i znalazł.

Nagle znowu się zaczęło.

— Nie, znalazł mnie... proszę, nie, nie znowu!

Jej oczy rozwarły się szeroko, ale nie widziała nic z wyjątkiem bieli śniegu, który ją pokrywał.

Nie mogła już dłużej wstrzymywać oddechu, zaczęła nerwowo i chrapliwie łykać powietrze. Czuła Jego mroźny dotyk, jak sonduje jej umysł. Siarczyste chłody wyjących wiatrów i śnieżnego grobowca, który więził ją w Górnej Przełęczy, nie były nawet w połowie tak zimne.

Nie mogła już dłużej powstrzymać krzyku.

CARTER, BŁAGAM, POŚPIESZ SIĘ!

Odpowiedział jej lepki, przesłodzony głos. Czuła tę obrzydliwą słodycz w gardle. Była już chora ze strachu.

– Jeszcze nie, ptaszyno... twój czas dopiero nadejdzie.

Szepty nie miały końca, szmery w jej głowie zdawały się dochodzić ze wszystkich zakamarków świadomości. Zepsute, złe myśli krążyły wśród nich.

Holly leżała pod śniegiem z wytrzeszczonymi oczami, wpatrzona w światło. Krzyczała, żeby sobie poszedł, walczyła o kontrolę nad własną świadomością przy pomocy jedynej myśli, która utrzymywała ją przy zdrowych zmysłach: „Carter przyjdzie, na pewno... wiem, że przyjdzie".

Miska z warzywami upadła z brzękiem na podłogę, a jej zawartość rozprysnęła się na drewnianą podłogę, ochlapując nogi i spódnicę Lulu. Dziewczyna stała jak rażona piorunem. W okamgnieniu zjawiła się Salli.

– Lu?... Lu?... czy to znowu Holly?

– Wszystko w porządku tam w środku? – zawołał Sam, stojąc na dworze.

– Wszystko dobrze! – odkrzyknęła Salli, podchodząc do sparaliżowanej Lulu. – Co się stało? – spytała, kładąc jej dłonie w swoje własne.

– Mamo, ja znowu ją słyszałam. Słyszałam, jak krzyczy.

Salli objęła córkę za szyję.

– Czy jesteś pewna, że to Holly? – spytała.

– To na pewno była ona. Mamo, ona wciąż woła Cartera. Nie powiedziałam ci o tym wczoraj, ale *czułam*, że coś jeszcze próbuje się do niej dostać. To było tak, jakby ona panicznie próbowała uciec przed czymś lub przed kimś.

– Czy *słyszałaś* kogoś innego? Jakiś inną osobę?

– Nie, tylko Holly. Teraz jestem stuprocentowo pewna, że to ona. Mamo, strasznie się o nią boję.

– Mówiłaś o tym Kerri?

– Tak. Musiałam ją przekonać, że Carter nie oszalał.

Salli stała, tuląc mocno córkę. W końcu podjęła decyzję.

– Sam, możesz tu przyjść? – zawołała. – Wydaje mi się, że czas się przygotować – szepnęła Lulu na ucho.

Trzej wędrowcy maszerowali wzdłuż pagórków. Carter, idący pomiędzy niedźwiedziami, miał niewiele do powiedzenia, ale za to dużo do przemyślenia. Naz i Vin, jakkolwiek nie czuli przymusu rozmowy, chętnie słuchali tego, co Carter ma im do powiedzenia. Słońce świecące na ich plecy oraz wiejący z tyłu wiatr uprzyjemniały powolny spacer przez pagórki, którymi gdzieniegdzie usłana była Północna Równina. Ich nieliczne rozmowy miały bardziej za zadanie wzajemnie poznanie się. Gdy słońce wskazywało południe, Naz i Vin nie czuli się już skrępowani obecnością nowego towarzysza.

Zarządzili postój, żeby coś przekąsić i nabrać sił do dalszej wędrówki. Naz odpakował pierwsze zawiniątko spośród zapasów, które dostali, i wyjął z niego menażkę z wodą.

– Ulżyło mi, nie dali nam soku z żółtych jagód – powiedział Vin.

– Wystarczy mi go aż do końca tej wycieczki – dodał Naz.

– Carter, a tobie co dali na drogę?

– Mam nadzieję, że smażoną rybę. Uwielbiam ją.

– Twoja mama naprawdę o ciebie dba. Tego jedzenia wystarczyłoby, żeby nakarmić Naza i mnie przez cały dzień! No to od czego zaczniesz?

Carter zaśmiał się wtedy po raz pierwszy tego dnia.

– Teraz lepiej – powiedział Naz. – Wesoły podróżnik to szybszy podróżnik. Resztę popołudnia powinniśmy spędzić tutaj. Potem będziemy maszerować po zmroku, granicę przekroczymy o świcie. Na koniec przyspieszymy tempa i udamy się w wysokie góry.

– Niezły plan. Obudź mnie, jak będziesz chciał ruszać.

Carter odpoczywał przez pozostałą część popołudnia, leżąc na plecach i obserwując chmury, które leniwie sunęły po niebie. Gdy tak na wpół drzemał, słyszał, jak Vin cicho chrapie tuż obok. Spojrzał na pogrążonego w spokojnym śnie niedźwiedzia, a następnie na świat pogrążony w tym samym błogim spokoju. Naz tymczasem siedział, uważnie obserwując równinę.

Kiedy Carter otworzył oczy, spostrzegł, że Naz się w niego wpatruje.

– Więc o co tutaj właściwie chodzi, przyjacielu?

– Co masz na myśli? – spytał Carter.

– Holly. Dlaczego tak bardzo nalegałeś, żeby z nami pójść, skoro sami bylibyśmy w stanieją znaleźć?

– Sam nic wam nie powiedział?

– Tylko tyle, że czujesz się odpowiedzialny. A to, co robisz, to dość karkołomny sposób na walkę z wyrzutami sumienia.

– Uwierzyłbyś mi, gdybym powiedział, że według mnie Holly wciąż żyje?

– Uff... daj mi chwilę, żebym to wszystko ogarnął. Skąd ci to przyszło do głowy?

– Słyszę jej głos... w środku, w mojej głowie. – Carter spojrzał na Naza, chcąc wybadać, czy niedźwiedź mu wierzy. – Najpierw tylko w snach, ale teraz słyszę ją również na jawie.

– To może być wstrząs po tamtej bitwie. Swoją drogą plan Kerri i twój, żeby odciągnąć małpy od uciekinierów, był szalenie odważny.

– Dzięki, Naz. Po prostu czułem, że trzeba coś zrobić.

– Wróćmy do tych twoich głosów w głowie.

– Cóż... to nie jest tak, że rozmawiamy w ten sposób. Słyszę, jak Holly wzywa pomocy. Czasami krzyczy. A czasami mam wrażenie, że ktoś usiłuje ją skrzywdzić.

– Naprawdę słyszysz to wszystko?

– Tak. Naz, to naprawdę mrozi krew w żyłach.

– Znajdziemy Holly i dowiemy się, o co tutaj chodzi.

– Wiesz co, nie powiedziałem tego do tej pory, ale jestem wam wdzięczny, że zgodziliście się, żebym z wami szedł.

– Lepiej, żebyś był z nami, niż miał się gdzieś samemu błąkać. Poza tym ten twój nos przyda nam się, jak już przekroczymy granicę, a ty zmienisz postać na bardziej kudłatą.

Carter znów się uśmiechnął.

– Zobaczysz, że dobra z nas drużyna.

– Wstawać, Gwardzisto! – zawołał Naz.

Vin zbudził się natychmiast i wstał na rozkaz.

– Zwarty i gotowy. Czas na nas?

– Ruszamy. Góry same do nas nie przyjdą.

Wędrowali całą noc. Księżyc wisiał nisko na niebie i rzucał bladoniebieską poświatę, która prowadziła ich wśród falujących wzniesień. Maszerowało im się teraz znacznie łatwiej – skwar dnia ustąpił miejsca chłodnemu, nocnemu powietrzu. Gdy tylko na wschodzie nieba zamajaczył najbledszy odcień błękitu, Naz zarządził postój.

– Sądzę, że jesteśmy wystarczająco daleko – powiedział.

– Tutaj powinno być równie dobrze jak gdzie indziej – rzekł Vin.

Naz wyjął czarny kamień z grubego płótna, którym był owinięty. Kamień był ciepły i nieznacznie drżał, wydając z siebie ciche buczenie.

– Jesteśmy bliżej granicy, niż myślałem – powiedział Naz.

– W porządku, Carter, ustalmy plan, zanim pójdziemy dalej – rzekł Naz. – Kiedy będziemy bardzo blisko granicy, rzucę kamień do przodu. Jak tylko dotknie ziemi, powinno się otworzyć przejście. Przechodzimy razem i jeśli po drugiej stronie będą na nas czekać jakieś małpy, wówczas cofamy się – fachowo nazywa się to „taktyczny odwrót" – jasne?

Carter przytaknął.

– Jeśli będziemy musieli wiać, Vin, ruszasz pierwszy i zabierasz Cartera ze sobą. Idę za wami jako straż tylna. Gdy tu wrócimy, podnoszę kamień i ciskam go z dala od granicy, żeby zamknąć przejście.

– Naz, to niesprawiedliwe. Poparzyłeś sobie łapy poprzednim razem. Ja mogę to zrobić.

– Vin, mam większe łapy niż ty, lepiej, żebym ja to zrobił. Ale to bardzo miłe, że się zaofiarowałeś. Mamy jeszcze mech?

– W worku.

– Dobra, chodźmy. Pamiętajcie, jak tylko będzie widać zagrożenie, dajemy w dłu..., to znaczy przystępujemy do odwrotu strategicznego. Tędy – powiedział Naz, ruszając na północ.

– Naz, skąd się wzięły te kamienie? – spytał Carter.

– Cóż, spadają z nieba, zostawiając za sobą ogniste ślady, po czym z impetem rozbijają się o ziemię. Skąd jednak dokładnie pochodzą, nie umiem powiedzieć. Niektórzy twierdzą, że pochodzą od bogów, ale ja jakoś nie mam przekonania do tej wersji. No bo dlaczego bogowie mieliby w nas ciskać kamykami? To nie ma najmniejszego sensu.

– Co ty w takim razie o tym sądzisz?

– Wydaje mi się, że spadają z nieba, ponieważ coś złego dzieje się tam, na górze.

– Co takiego? – spytał zaskoczony Vin.

– Tak mi się wydaje – powiedział Naz. – Pomyśl. Jeśli uderzysz kamień młotem albo upuścisz swój talerz na podłogę, odłamki lecą we wszystkich kierunkach. Więc może, jeśli gwiazdy na górze mogą się ze sobą na przykład – zupełnym przypadkiem – zderzać, to jestem pewien, że po czymś takim ich odłamki fruwałyby w każdą stronę w kosmosie.

– Naz, to się kupy nie trzyma według mnie. Dlaczego gwiazdy miałyby się zderzać?

– Pojęcia nie mam, ale to dla mnie jest bardziej rozsądne niż wizja, że czyiś bogowie rzucają we mnie kamieniami.

– Hmm, rozumiem. Długo myślałeś nad tą teorią, Naz?

– Teraz to już się ze mnie nabijasz. Chodźcie, mamy przejście do otwarcia.

W pomroce wczesnego poranka z trudem mogli dostrzec migoczące w oddali wzniesienia oraz całun przesłaniający gwiazdy położone nisko nad horyzontem – charakterystyczne punkty, które wskazywały położenie granicy. Naz szedł w stronę północy, zataczając szeroki łuk kamieniem, który niósł przed sobą. Szedł tam, gdzie buczenie stawało się głośniejsze. Im bliżej byli granicy, tym klucz do bramy stawał się gorętszy i głośniejszy. Naz dotarł w końcu do miejsca, w którym kamień był rozżarzony do czerwoności.

– Poczekajcie obaj, nie dam rady już dłużej. Jest za gorący, dalej go nie uniosę – powiedział Naz.

– Szybko, rzuć go przed siebie! I pamiętajcie, z drugiej strony może się wyłonić dosłownie wszystko.

Naz popatrzył na Vina i Cartera, którzy stali, wyczekując dalszych wypadków. Naz cisnął czarny kamień w stronę niewidzialnego muru oddzielającego ziemie, na których się znajdowali, od Północnych Równin. Zasłonili oczy w oczekiwaniu na oślepiającą jasność, która eksplodowała z chwilą, gdy kamień dotknął granicy, oraz na krąg światła, który się przed nimi roztoczył. Gdy otworzyli oczy, ujrzeli wyczekiwany tunel, którym mieli przedostać się na północ.

– Przejście nie utrzyma się zbyt długo. Znalazłem ten kamień w dniu, gdy małpy szykowały się do inwazji. Nie traćmy czasu – powiedział Naz. – I pamiętajcie, nie zastygajcie w bezruchu, marząc na jawie, gdy przedostaniecie się na drugą stronę.

Niedźwiedzie ruszyły pierwsze w stronę tunelu światła. Ich wejściu towarzyszył głośny huk. Oba weszły szybkim, zdecydowanym krokiem i z pochylonymi głowami. Carter powoli za nimi podążył, kolejny trzask sprawił, że dzwoniło mu w uszach. Niepewny gruntu pod stopami, przesuwał się powoli przed siebie, dopóki nie poczuł twardej ziemi znanych mu wzgórz położonych na skraju Północnych Równin. Południowe słońce opromieniało Cartera, który stanął jak wryty, ponownie zauroczony pięknem tej krainy, jej zielonymi wzgórzami biegnącymi do majestatycznych, wysokich gór, których szczyty pokryte były śniegiem i dominowały nad całym krajobrazem.

Musisz się ruszyć, to niebezpieczne tak sterczeć... RUSZ SIĘ!, krzyczała każda część jego świadomości.

Carter jednak czuł się przytwierdzony do ziemi, zauroczony pięknem okolicy. Zdał sobie sprawę, że ktoś trąca jego ramię, a następnie że Vin ciągnie go po ziemi. Resztką woli potrząsnął mocno głową, próbując wyzwolić się z działania czaru, który zmuszał go do tępego wpatrywania się w przestrzeń. Vin docisnął go do ziemi, a jego szept odbijał się głośnym echem w uszach Cartera.

– Oddychaj, skup się na moim głosie – powiedział Vin.

Świadomość Cartera zaczęła się powoli wyostrzać, mógł się już skupić na tym, co się do niego mówi. Mgła przesłaniająca oczy zniknęła, mógł już dostrzec, jak naprawdę wygląda otoczenie.

– Nic się nie stało, każdego trafia przy pierwszym przejściu. Taki rodzaj hipnozy, patrzysz w zachwycie na wszystko, co jest wokół, ale idzie się do tego przyzwyczaić i przygotować. To najbardziej niebezpieczne sekundy – w razie ataku jest się absolutnie bezbronnym.

Carter kiwnął głową. Leżąc obok Vina, poczuł świeży jeszcze swąd spalenizny niesiony w ich stronę przez wiatr. Naz leżał na szczycie wzniesienia, obserwując okolicę w poszukiwaniu niebezpieczeństwa.

– Mieliśmy szczęście – Vin wskazał na bramę tuż za nimi. – Wyszliśmy w niecce położonej między pagórkami, nie sposób dostrzec przejścia. Chyba jest bezpiecznie, w przeciwnym razie Naz gnałby tutaj, aż by się za nim kurzyło.

Starali się nie wychylać, obserwując Naza skrytego tuż przed szczytem wzgórza, wypatrującego śladów zagrożenia. Po chwili pomachał w stronę Vina i Cartera, dając sygnał, że jest bezpiecznie.

– Wszystko wygląda raczej spokojnie, przedostaliśmy się tutaj, nie wzbudzając zainteresowania – szepnął Naz.

Leżeli w trawie po obu stronach Naza, uważnie wpatrując się w okolicę w poszukiwaniu najdrobniejszego ruchu. Wszystko jednak było jak zastygłe.

– Jesteś w stanie wyczuć małpy? – Naz spytał Cartera.

– Nie, w powietrzu czuć tylko spaleniznę – odparł Carter.

– W porządku, plan jest zatem taki. Zadekujemy się w tej niecce i pilnujemy przejścia, dopóki nie zniknie. Nie sądzę, żebyśmy musieli długo czekać. Użyliśmy tego kamienia wcześniej, żeby przedostać uchodźców przez granicę, więc z pewnością nie pociągnie już zbyt długo. Kiedy kamień się wypali, a granica zamknie, nic nie będzie w stanie zaatakować Południowych Ziem. Wtedy ruszamy.

– Dobry plan, Naz.

– Co się stało z upływem czasu? Jeszcze przed chwilą był ranek – spytał Carter.

– To jedna z rzeczy, do których trzeba się przyzwyczaić przy tego rodzaju podróży. Czas ulega zakrzywieniu i nie sposób odgadnąć, czy trafisz na dzień czy noc, kiedy zjawisz się po drugiej stronie – wyjaśnił Naz.

– Zgadza się. Zatrzymasz się na kawałek ciasta po jednej stronie wrót, a tu nagle się okazuje, że po drugiej zdążył już upłynąć cały dzień – dodał Vin.

– Carter, lepiej zmień postać. Nie będziesz się starzeć tak szybko. Poza tym przydałby nam się twój węch, małpy mogą teraz grasować dosłownie wszędzie.

– Dlaczego przebywanie w ludzkiej postaci po drugiej stronie tak postarza człowieka? – spytał Carter.

– Nie mam pojęcia – powiedział Naz. – To po prostu tak działa. Nie wiemy o bardzo wielu rzeczach związanych z bramami, ale jedno jest pewne. Przekraczanie granic może mieć niszczycielski wpływ na ciało kogoś, kto nie przyjął zwierzęcej postaci. Spójrz, co się stało choćby z Samem.

Carter przytaknął, po czym odwrócił się i wycofał na wzgórze, gdzie nikt nie mógł go dostrzec.

Zamknął oczy i odciął zmysły od wszelkich bodźców, skupiając wszystkie myśli na swoim wewnętrznym ja. Usłyszał wołanie dochodzące z serca, jakby stary przyjaciel chciał wydostać się na wolność. Carter czuł, że jego serce pęcznieje i staje się coraz mocniejsze z każdym kolejnym uderzeniem.

Przypomniał sobie, czego uczyli go ludzie z gór, zanim wysłali go na przełęcze.

– Wejrzyj w swoje serce – mówili.

Poczuł przypływ sił, który ogarnął całe jego ciało. Serce wciąż rosło, a wzywany ogar był coraz bliżej, aż w końcu pierś Cartera rozerwała czysta, nieskrępowana moc. Spojrzał w dół i zobaczył, że jego ręce i nogi się wydłużyły, dłonie i stopy zmieniły w łapy, a paznokcie stały ostrymi pazurami. Grzbiet wyciągnął się, próbując utrzymać w ryzach potężne ciało zwierzęcia. Długie futro spływało po jego bokach, a pysk zwieńczony był potężną żuchwą i nosem, który potrafił wychwycić najdrobniejsze zmiany zachodzące wokół. Carter znów poczuł znajome uczucie wolności, odwagi i mocy pozwalającej przeżyć w tej niebezpiecznej krainie.

Naz i Vin odwrócili się, gdy Carter cicho zszedł z powrotem ze wzgórza i położył się obok nich.

– Niech mnie, naprawdę groźna bestia z ciebie – powiedział Naz z podziwem w głosie. – Cieszę się, że jesteś po mojej stronie.

– Mam nadzieję, że małpy mają podobne odczucia – powiedział Carter.

– Nie liczyłbym na to. To opętane potwory, niezdolne do myślenia, nie ma nic, czego by się nie bały i nic, czego nie zaatakują.

– Dobrze to pamiętam – Carter cofnął się w myślach do ich ostatniego spotkania.

– Ten ich smród, od którego skręca człowieka w środku, ma jedną zaletę. Można je wyczuć z odległości kilku mil.

– Pójdziesz obserwować wschodnie wzniesienie, o, tam – Naz wskazał na prawo. – Jeśli wyczujesz coś niepokojącego, przybiegasz tutaj, tylko cicho. Vin, zajmujesz zachodnie wzgórze. Ruszamy, gdy tylko brama się zamknie.

Naz leżał tuż pod szczytem wzniesienia, obserwując spalone łąki. Zapach popiołu był nie do zniesienia. Myślał o Carterze; bolało go, że chłopak musiał tutaj wrócić, do miejsca, w którym wciąż żywe było wspomnienie strachu i przemocy. Jednocześnie jednak jakaś część Naza cieszyła się, że Carter wybrał się z nimi. Jego węch stanowił potężny atut, który mógł ich ostrzec zawczasu przed wszelkim niebezpieczeństwem.

Przed oczami ponownie stanęła mu pożoga trawiąca łąkę i wszystko wokół, czemu przyglądał się z sercem ściśniętym ze strachu. Wiedział wówczas, że zagłada tych ziem to niechybna śmierć ludzi, którzy tu żyli. Gdy tylko las zapłonął, otwierając tym samym drogę dla siejących spustoszenie małp, jasne było, że okoliczni mieszkańcy nie mają najmniejszych szans w starciu z wrogiem. Teraz zaś skazani byli na szybką śmierć ze starości, jakby ta stanowiła jakąś zapłatę za możliwość przedostania się na Południowe Ziemie.

Co za strata... to naprawdę piękne miejsce, pomyślał ze smutkiem.

Naz spojrzał w lewo, żeby upewnić się, czy Vin wciąż czuwa. Z ulgą i zadowoleniem stwierdził, że jego kompanowi nie zbywało na czujności, a on sam pilnie obserwował okolicę.

Wyrósł z niego pierwszorzędny gwardzista, dodał w myślach. *Jeden z najlepszych, z jakimi miałem okazję działać.*

Słońce leniwie przesuwało się od gór wschodnich do zachodnich, wystawiając senną trójkę na popołudniowy skwar. Z ciężkimi powiekami obserwowali łąki, które się przed nimi rozciągały, mając nadzieję, że czarny kamień spłonie szybciej w upale dnia i zamknie tym samym przejście między światami.

Przez dłuższą chwilę Naz obserwował zachód słońca. Góry zdawały się żarłocznie wpijać w niebo, a ich cień z wolna pogrążał świat w ciemności. Czerwień nieba gładko przeszła w fiolet, który natomiast ustąpił miejsca czerni, pieczętującej ostatecznie koniec dnia.

Naz poczuł delikatny powiew.

Wiatr z północy, pomyślał. *Błagam, niech w przejściach nie zaskoczą nas burze. Nie wiem, czy Carter wytrzyma psychicznie kolejne starcie z żywiołem.*

W końcu usłyszeli za sobą głośny trzask. Obrócili się i zobaczyli światło skrzące się między dwoma wzniesieniami. Brama rozbłysła i zniknęła ze świstem górskiego wiatru, nie zostawiając za sobą najmniejszego śladu.

Teraz można iść tylko naprzód, powiedział Naz w duchu.

Vin i Carter dołączyli do niego na zboczu wzniesienia, gdy tylko przejście się zamknęło.

– Chodźmy znaleźć Holly – rzekł Naz.

Ciałem Cartera wstrząsnął dreszcz, gdy cel jego podróży w końcu głośno wybrzmiał.

– A potem do domu na jakieś świeże ciasto – powiedział Vin dla dodania otuchy. – Nieskromnie powiem, że nigdy nie jedliście nic równie dobrego jako moje ciasto.

– Nawet smażona ryba się chowa? – rzucił Carter, dołączając się do przekomarzania.

– Dla ciebie zrobię nawet zapiekankę z rybą, której nigdy nie zapomnisz. Już nigdy nie będziesz chciał opuścić naszego miasta, tak się w niej zakochasz – zaśmiał się Vin.

Pozostali również zaczęli się śmiać. Podniesieni na duchu spojrzeli na północny zachód, w stronę strzelistych gór, których sylwetki odcinały się na tle rozgwieżdżonego nocnego nieba.

– Vin, idziesz na czele, Carter, ty maszerujesz w środku i węszysz, aż ci nos odpadnie.

– Tak jest, szefie – zawołał Carter z uśmiechem.

– Taką postawę to ja rozumiem, tylko że nie jestem żadnym szefem. Przynajmniej na razie.

– Jak tylko usłyszą w domu o twoich wyczynach, zrobią cię szefem w trymiga – powiedział Vin.

– Vin, to po prostu wykonywanie powierzonych zadań – odparł Naz. – Ciebie czeka na pewno zsyłka do kuchcików.

– Nie ma mowy – krzyknął Vin zza ramienia. – Jestem teraz gwardzistą.

I to piekielnie dobrym, pomyślał z dumą Naz.

Vin poprowadził ich przez spopielone łąki. W ciemności nie było widać chmur pyłu, które wzbijali razem z każdym krokiem. Naz ciągnął za sobą gałąź, zacierając w ten sposób ślady pozostawiane przez nich w zgliszczach. Miał w pamięci opowieści południowców o tym, jak małpy przeczesywały teren i działały w grupie, żeby wytropić zaginionych ludzi z miasta. To było coś niespotykanego do tej pory i Szef Szefów zdecydowanie musiał się o tym dowiedzieć, ponieważ wszyscy zawsze zakładali, że małpy działają całkowicie bezrozumnie. Ich zdolność do działania w grupie czyniła je jeszcze bardziej niebezpiecznymi niż do tej pory.

Z wyraźną ulgą dotarli do pogórza, które zmiana kierunku wiatru ocaliła przed zniszczeniem. Powietrze tutaj było znacznie czystsze i wolne od swądu spalenizny, a do tego nie wzbijali tumanów kurzu przy każdym kroku, dzięki czemu mogli narzucić sobie szybsze tempo. Wspinali się całą noc, docierając ostatecznie do położonych niżej piarżysk i porozrzucanych tu i ówdzie głazów.

Naz wysunął się na czoło pochodu, chcąc zwrócić uwagę Vina.

– Vin, przeszliśmy już wystarczająco dużo, możemy znaleźć sobie jakąś kryjówkę pomiędzy kamieniami i tam odpocząć dłuższą chwilę.

– W porządku, spróbujmy tylko dotrzeć do końca tych piargów, zanim się zatrzymamy. Powoli świta, skorzystajmy z tej odrobiny światła.

– Dobry pomysł. Znajdź jakieś miejsce na postój na skraju tego pola.

Wspinali się prędko, pokonując kolejne głazy porozrzucane na szlaku, by wydostać się z pogmatwanego skalnego labiryntu przed świtaniem. Nagle Vin dał znak, żeby się zatrzymać. Naz i Carter natychmiast się zniżyli, żeby nikt ich nie zauważył, po czym cicho przesunęli się naprzód do przyczajonego Vina.

– Vin, co się dzieje? – szepnął Naz.

– Dostrzegłem jakiś ruch na zboczu na skraju piarżyska.

Naz popatrzył na Cartera.

– Czujesz coś?

– Kozę. Kojarzę ich zapach z domu, nie czuję, żeby w pobliżu były jakieś małpy, a ich smród można spokojnie wychwycić z kilku mil.

– Vin, czy to mogła być koza?

– Wszystko jest możliwe, widziałem to wszystko jedynie kątem oka, nie mogłem się w żaden sposób lepiej przyjrzeć.

– Dobrze, zatrzymujemy się zatem tutaj. Wszyscy trzej pełnimy wartę, dopóki nie upewnimy się, że jesteśmy bezpieczni. Dopiero wtedy możemy odpocząć.

Ustawili się z różnych stron głazu, przeczesując okolicę wzrokiem w poszukiwaniu najdrobniejszego drgnięcia. Po chwili odezwał się Vin z wyraźną ulgą w głosie.

– Teraz widzę, to rzeczywiście była koza. Tam, po lewej.

Pozostała dwójka również odetchnęła, uspokojona.

– Możecie się położyć jako pierwsi, tylko bądźcie tak mili i dajcie mi coś do picia – poprosił Naz. – Pierwszą wartę obejmę ja. Obudzę potem któregoś z was, żeby mnie zmienił.

Vin i Carter zaszyli się głębiej w szczelinie pomiędzy głazami, wyciągnąwszy koce ze swoich pakunków. Vin podał wodę Nazowi, który pił łapczywymi łykami, chcąc pozbyć się w końcu pyłu i popiołu, który osiadł mu w gardle. Oddając Vinowi menażkę z wodą, spostrzegł, że Carter zdążył już paść z wyczerpania i zasnął.

– Dobrze się spisuje jak na kogoś tak młodego – powiedział Vin, dołączywszy do Naza.

– Niestety przez to całe przekraczanie granicy i przyspieszone starzenie już teraz jest znacznie bardziej posunięty w latach, niż powinien. Wróci do domu jako dorosły.

– Ale zmiana postaci ochroni go chociaż przed najgorszymi skutkami.

– Do pewnego stopnia tak. Vin, nie czujesz się starszy?

– Nie zauważyłem nic takiego. Czuję się po prostu bardzo zmęczony.

– Tak, to też skutek podróży między światami. Wiesz co, nie mogę się doczekać powrotu do domu.

– Tak samo jak ja. Założę się, że twoja rodzina cię nie rozpozna.

– To mnie martwi. Ta podróż była znacznie dłuższa, niż ktokolwiek mógłby przypuszczać. Lepiej pójdź się zdrzemnąć, obudzę cię później.

Vin zszedł pomiędzy skałami na dół, rezygnując z jedzenia na rzecz snu, którego potrzebował znacznie bardziej. Spojrzał na Cartera, który nawet teraz zdawał się walczyć ze swoimi demonami, wierzgał nogami tak, jakby chciał uciec przed czymś, co tylko on był w stanie dostrzec.

Mam nadzieję, że wkrótce znajdziesz upragniony spokój, pomyślał Vin tuż przed zaśnięciem. We śnie widział swoją rodzinę i mnóstwo, mnóstwo domowych wypieków.

Lulu leżała w swoim łóżku, zdjęta strachem, który zdawał się fizycznie uciskać jej serce. Czoło miała zlane zimnym potem, było jej gorąco, ale jednocześnie trzęsła się z zimna.

W głowie słyszała głos. Swój głos. Krzyczała coś, krzyczała z bardzo daleka...

Obudź się... obudź się... to sen.

Zmusiła się do otwarcia oczu i westchnęła z ulgą, widząc, że znajduje się we własnym łóżku. Poranne słońce powoli wspinało się na szczyty sosen położonych w oddali, przez okno zaś dochodziły dźwięki krzątaniny zwiastującej nadejście kolejnego dnia.

Usiadła wyprostowana na łóżku, zimna piżama kleiła się do jej spoconego ciała. Próbowała wypędzić ze swojej głowy ostatnie głosy, które wciąż huczały w najgłębszych zakamarkach jej umysłu.

– Mamo, tato... jest coś, o czym muszę wam powiedzieć – zawołała.

Natychmiast usłyszała ojca, którego kroki dochodziły z holu.

– O co chodzi, Lu? – spytał, otworzywszy gwałtownie drzwi. W jego głosie pobrzmiewała troska.

– Chodzi o Holly, słyszałam ją znowu. Tam... tam był ktoś jeszcze.

– Carter? – spytała Salli, która przed chwilą weszła do pokoju i stanęła obok Sama.

– Ktoś z nią rozmawiał, ale to nie był on. Ten głos był naprawdę... on należał do kogoś naprawdę złego. Ktokolwiek to był, miałam wrażenie, że mówi Holly, co ma robić, jakby ją kontrolował. Mamo, ona się bardzo, bardzo bała.

– Co mówił ten głos? To był męski czy kobiecy głos? – spytała Salli.

– Męski, kazał jej czekać, mówił, że jej czas dopiero nadejdzie, ale ma to nastąpić już niedługo. Był strasznie niski, przypominał raczej buczenie niż ludzką mowę. Słyszałyśmy ten głos, nie wiem, jak to ująć, jakby rozbrzmiewał wewnątrz nas – powiedziała, dotykając serca. – To było naprawdę przerażające.

– Co mówiła Holly? – spytał Sam.

– Wydawało się, że jest przytomna, ale nie mogła nic zobaczyć. Cały czas wołała, błagała Cartera, żeby się zjawił. A potem ten głos, on... jakby owinął się wokół Holly, a ona zaczęła krzyczeć. Cały czas krzyczała... to było przerażające, nie mogłam tego słuchać.

– Wiem – powiedziała Salli. – Ja również to słyszałam.

– Co?! – spytał wstrząśnięty Sam, nie umiejąc wykrztusić nic więcej.

– Jak to, kiedy je słyszałaś? Od kiedy je słyszysz? Wiesz, kto dręczy Holly? – Lulu nie potrafiła powstrzymać natłoku pytań, które szalały w jej głowie.

Salli usiadła na łóżku obok córki. Sam, kompletnie zagubiony i zdezorientowany, przysunął sobie krzesło i usiadł.

– Nie chciałam nic mówić, dopóki nie miałam absolutnej pewności – zaczęła Salli, trzymając córkę za rękę. – Ale za każdym razem, kiedy słyszałaś Holly, ja również ją słyszałam. Tego ranka również. Ten inny głos również słyszałam, ale nie chciałam straszyć cię bardziej.

– Boję się o Holly i Cartera. Kim jest tamten człowiek, czego on chce od Holly?

– Miałaś rację, mówiąc, że próbuje ją opętać. Holly jest jednak silna i opiera się jego woli. Wierzy, że Carter przyjdzie i ją uratuje, *ufa mu*. Tylko dzięki temu nie odeszła jeszcze od zmysłów, inaczej już dawno by oszalała od słuchania tego głosu.

– Ale kto to jest? Kto próbuje opętać Holly? – spytał Sam.

– Nie mogę wam powiedzieć, nie teraz. Muszę mieć najpierw pewność, że moje przeczucie jest właściwe, a Lu nic nie grozi z jego strony.

– Grozi? – powtórzył Sam, nie dowierzając. – Jak? Jak on może skrzywdzić Lu?

– Nie może się dowiedzieć, że Lu i ja jesteśmy w stanie go usłyszeć. W przeciwnym razie przyjdzie po nas.

– Salli, nie rozumiem, o czym ty w ogóle mówisz.

– Sama nie rozumiem jeszcze wszystkiego, co się tu dzieje, ale zanim powiem cokolwiek więcej, muszę mieć absolutną jasność.

– Mamo, kim jest ten głos?

– Naprawdę nie mogę wam tego teraz powiedzieć. Boję się nawet wymówić jego imię, nie chcę, żeby mnie usłyszał.

– Salli, przecież to jakieś wariactwo, nikt cię nie usłyszy!

– A to, że nasze dzieci potrafią zmieniać się w psy, uważasz za normalne? Albo tamtych uciekinierów zmieniających się w koty, lwy górskie czy jak tam chcą się nazywać? Jeśli Lu i ja go słyszymy, to wiem, że z kolei on usłyszy nas, jeśli odpowiemy. Nie mogę powiedzieć nic więcej, Sam, proszę, zaufaj mi.

– Wiesz, że ufam ci całkowicie, ale muszę wiedzieć, co się dzieje, jeśli mam was chronić – powiedział Sam.

– Dowiecie się wszystkiego we właściwym czasie, ale najpierw sama powinnam wszystko pojąć i połączyć ze sobą. Muszę dotrzeć do czegoś, co dotyczy mojej przeszłości. Przysięgam, że wkrótce wyjaśnię, co się dzieje. Proszę jednak, nie zadawajcie więcej pytań. Nawet myślenie o tym może sprowadzić na nas niebezpieczeństwo. Lu, jeśli znowu będziesz miała wizję, nie wolno ci pod żadnym pozorem odpowiadać, nie próbuj pomóc Holly w żaden sposób, bo tamten cię usłyszy. Rozumiesz?

– Nie, ale zrobię, co każesz.

Salli wyciągnęła ramiona i objęła mocno córkę. Sam podniósł się i podszedł do żony i córki i mocno je przytulił, przyciskając do siebie silnymi ramionami.

.   .   .

Carter poczuł, że ma zatkany pysk. Wierzgał i machał pazurami, próbując się uwolnić, ale potężny ciężar przygważdżający go do ziemi nawet nie drgnął.

– Ćśś! – usłyszał.

Carter leżał w bezruchu, próbując zorientować się, gdzie właściwie się znajduje. Nic nie pamiętał, wszystko wokół wydawało mu się obce. Powoli jednak wszystko sobie przypominał: przejście przez granicę, całonocny marsz przez spalone łąki, a następnie przez góry. Oddychał głęboko i miarowo, uświadamiając sobie, że Naz i Vin są tu z nim. Kiedy już w pełni odzyskał świadomość, spojrzał na Vina, którego ciężka łapa zakrywała Carterowi nos i szczękę.

– Ćśś... – szepnął znowu Vin. – Musimy być cicho.

Carter dał znak głową, że rozumie. Ucisk na szczęce zelżał.

– Co się dzieje? – spytał cicho.

– W pobliżu jest małpa, ale już się od nas oddala. Wrzeszczałeś i miotałeś się we śnie, miałeś jakiś koszmar.

– To znowu była Holly, krzyczała, cała przerażona, żebym się śpieszył – wyjaśnił Carter.

– Dotrzemy na miejsce w ciągu dnia bądź dwóch i sprawa się rozwiąże.

– Czy byłbyś tak uprzejmy i ze mnie zszedł? Nic mi nie jest, ale zaraz się uduszę.

Vin przewrócił się na bok, uwalniając Cartera, po czym cicho odezwał się do Naza.

– Czy ta małpa wciąż tu jest?

– Nie, kieruje się w stronę gór. Powinniśmy poczekać do zmroku, żeby mieć pewność, że nas nie zauważy – powiedział Naz.

– Była naprawdę blisko, o mały włos, a by nas znalazła. Węszyła tu w pobliżu przez chwilę, jakby wiedziała, czego dokładnie szuka – rzekł Vin.

– Jeśli chcecie odpocząć, to teraz ja mogę pełnić straż. Dam sobie radę – zaproponował Carter.

– Zrobię coś do jedzenia – powiedział Vin.

– Chodź ze mną – Naz zwrócił się do Cartera. – Pokażę ci, gdzie jest teraz małpa.

Carter wspiął się na duży głaz, na którym leżał Naz, ostrożnie spoglądający zza jego szczytu.

– Patrz, tam jest – Naz wskazał na ruchomy punkcik, ledwie widoczny na tle skał, przemieszczający się w górę zbocza.

– Będę ją mieć na oku. I przepraszam za hałas.

– Nie przejmuj się, przecież nie prosiłeś się o te koszmary. Zresztą nic złego się ostatecznie nie stało – rzekł Naz, po czym zszedł z powrotem do wgłębienia w skale, aby usiąść obok Vina, który właśnie wyciągał zapasy.

Carter leżał, obserwując, jak maleńki punkt w oddali powoli znika w promieniach zachodzącego słońca. Ciemność zapanowała niemal natychmiast, gdy słońce schowało się za szczytami. Przyszedł chłód, który przypomniał Carterowi, co go dalej będzie czekać. Zadrżał. Jednak nie od chłodu, lecz na wspomnienie tragicznej nocy w górach, kiedy rozszalała się burza. Oddzieliła go od Holly, która musiała sama bronić przejścia. Znowu słyszał głos Kerri mówiącej, że to nie była jego wina.

Chciałbym być teraz obok niej, pomyślał.

Kiedy skończyli jeść, pozbierali wszystkie okruchy, żeby nie zostawić żadnego śladu swojej bytności tutaj. Naz wspiął się i położył obok Cartera.

– Wiadomo, co z małpą? Wraca w tę stronę? – spytał.

– Cóż, ja raczej nic nie dostrzegłem. Wciąż się wspinała, kiedy straciłem ją z oczu, było już dość ciemno – powiedział Carter.

– Pcha się prosto w objęcia burzy. Czujesz, jak wiatr z północy przybrał na sile? Widzisz, jak szybko oddala się od szczytu tamten pióropusz? – Naz wskazał na długą chmurę, którą wicher przeganiał z gór. – To znak, że na miejscu już szaleje burza. Te góry są tak wielkie, że wytworzyły sobie własną pogodę.

– Zdecydowanie nie chciałbym się tam dzisiaj znaleźć – powiedział Carter.

– Co racja, to racja – odparł Naz. – Pójdziemy na północ, trzymając się niższych zboczy. Może uda nam się ominąć najgorszą nawałnicę. Dopiero wtedy podejdziemy wyżej, jakoś przed nastaniem ranka. Lepiej już ruszajmy, jeszcze trochę czasu upłynie, zanim wzejdzie księżyc.

– Melduję gotowość, Naz – powiedział Vin. – Pójdę na czele.

Gdy opuścili piarżysko, wspinaczka od razu stała się łatwiejsza. Szli własną ścieżką przez góry, unikając szlaków wydeptanych przez zwierzęta, z obawy przed tym, że małpy podążą za nimi najłatwiejszą drogą.

Około północy Carter zatrzymał się, by spojrzeć na zawieszony nad wschodnimi szczytami półksiężyc, który rzucał przyćmione szare światło na ich stronę doliny. Było na tyle jasno, że podczas wspinaczki rzucali w trójkę fantazyjnie powykrzywiane, upiorne cienie. Carter patrzył, jak Vin toruje sobie drogę naprzód, szedł z nisko pochyloną głową, walcząc z mroźnym północnym wiatrem dmącym im w twarze. Carter czuł pewien niepokój, którego nie umiał wytłumaczyć. Ponownie rzucił okiem na wyższe zbocza gór, ale znowu nic nic dostrzegł, żadnego ruchu, żadnej sylwetki. Nie umiał jednak pozbyć się wrażenia, że coś jest nie tak.

Wiatr na chwilę ustał, Carter znów zaczął węszyć w powietrzu. Udało mu się w końcu uchwycić ledwie wyczuwalne niebezpieczeństwo, które wisiało w powietrzu. Zgubił trop, gdy tylko wiatr zerwał się na nowo. Tego zapachu jednak nie dało się zapomnieć, a już na pewno nie od chwili, gdy uratował Kerri przed szarżującą małpą, opętaną czystą żądzą krzywdzenia innych. Zrobiło mu się niedobrze na samo wspomnienie tej kreatury.

– Vin, STÓJ! – krzyknął, chcąc przebić się przez wycie wiatru.

Vin spojrzał za siebie i gdy zobaczył Cartera węszącego w

powietrzu, od razu pojął, że sytuacja jest groźna. Kątem oka dostrzegł ruch na skarpie. Zdążył się w porę obrócić i zobaczył olbrzymi głaz toczący się w dół zbocza, puszczony tak, by ich zmiażdżyć. Leciał niemal wprost na Vina, który natychmiast odskoczył z powrotem do Naza i Cartera. Spojrzał w górę i zobaczył pędzącą w ich kierunku małpę, której pysk wykrzywił grymas wściekłości. Wszyscy trzej stali jak wryci, kompletnie zaskoczeni sytuacją.

– Zajmę się tym! – krzyknął Naz, występując naprzód.

Pochylił się do przodu, przygotowując się na zderzenie z rozwścieczonym przeciwnikiem, i mocno wbił łapy w ziemię. Małpa szarżowała bez jakiegokolwiek planu, jej jedynym celem było zabić Naza i rozszarpać jego truchło. Skoczyła, podczas gdy Naz, odmierzywszy moment, wykonał unik tuż pod nią, kiedy była w powietrzu, chwycił ją za gardło i nogę, po czym, wykorzystując jej siłę rozpędu, posłał małpę w przepaść. Wylądowała z ohydnym trzaskiem i bezwładnie sturlała się wzdłuż zbocza góry, łamiąc sobie po drodze ręce i nogi. Wszyscy trzej patrzyli, jak ciało małpy w końcu się zatrzymało, pozostawiając za sobą chmurę pyłu i żwiru, którą szybko rozwiał północny wiatr. Potwór leżał nieruchomo, a jego kończyny były w niemożliwy sposób powykręcane.

Naz stanął, wyprostował się. Oddychał głęboko, miarowo.

– Dzięki – powiedział Vin. – Swoją drogą szybko poszło.

– Dziękuj Carterowi, to on nas ostrzegł.

– Ten głaz przerobiłby mnie na miazgę, gdyby nie ty – rzekł Vin. – Wiesz co, nadawałbyś się na gwardzistę.

– A płacą chociaż dobrze?

– Jeszcze czego – odparli jednocześnie Naz i Vin.

Spojrzeli na siebie i wybuchnęli śmiechem, rozluźniając panujące poczucie zagrożenia. Naz przetrząsnął swój pakunek w poszukiwaniu wody. Kiedy menażka wędrowała od jednego do drugiego, zapytał:

– Zauważyliście, że małpa próbowała nas strącić z góry, zanim się na nas rzuciła?

– Trudno było nie zauważyć. Co masz na myśli? – odparł Vin.

– Chodzi mi o to, że to był plan. Ona wpadła na *pomysł*, nie rozumiecie? Zastanawiała się, jak może nas zaatakować, to nie był po prostu bezmyślny atak od frontu, do którego małpy zdążyły nas przyzwyczaić.

– Hmm... widzę, do czego zmierzasz. To prawda, stanowią teraz jeszcze większe zagrożenie, zwłaszcza jeśli przyjmiemy, że potrafią działać w grupie. Pamiętasz, co południowcy mówili, kiedy zobaczyli je w pobliżu przejścia, jak szukały uciekinierów?

– Tak. Chyba najwyższa pora zacząć inaczej o nich myśleć i działać z jeszcze większą ostrożnością.

– Masz rację, Naz. Skubane zrobiły się niepokojąco sprytne.

– No ale co to dla nas? – rzucił Naz, próbując podnieść przyjaciela na duchu.

– Mhm, taa... – odparł Vin bez entuzjazmu. – Wiesz co, doszedłem do wniosku, że ta kraina naprawdę jest już stracona na dobre.

– Nie mów tak, na pewno znajdziemy sposób na przepędzenie stąd tych małp.

Vin westchnął głęboko, ramiona wyraźnie mu opadły, kiedy jeszcze raz rzucił okiem na martwą małpę leżącą głęboko w dole. Odwrócił wzrok i z ciężkim sercem ruszył w stronę Górnej Przełęczy.

Gdy przekroczyli linię wiecznych śniegów, wyraźnie odczuli spadek temperatury. Wiatr, przynoszący ze sobą siarczysty mróz, tylko pogarszał sprawę.

– Kojarzę, że niedaleko stąd jest taka niewielka grota. Powinniśmy tam zrobić postój – powiedział Naz.

– Jak dla mnie może być – odrzekł Vin. – Carter, a ty? Chcesz odetchnąć?

– Chciałbym móc to wszystko jak najszybciej zakończyć – stwierdził.

– Mam nadzieję, że to nie przez nasze towarzystwo.

– Cóż, ale zjeść to bym jednak zjadł – odparł Carter, rozbawiony wcześniejszą odpowiedzią.

Nagle zastrzygł uszami.

– Słyszeliście to?

– Co takiego? – spytał Naz, obserwując czujnie górskie ściany wokół nich.

– To brzmiało jak krzyk.

Naz i Vin głośno przełknęli ślinę, uświadomiwszy sobie, co to znaczy.

– Miasto znajduje się tuż za następną granią – rzekł Vin.

– Wiem – odparł Naz.

– W mieście była tylko jedna osoba, kiedy mieszkańcy je opuścili – kontynuował Vin.

– To też wiem.

– Duma? – spytał Carter. Gardło miał tak ściśnięte, że ledwo mógł przełknąć ślinę, a co dopiero wykrztusić z siebie cokolwiek.

– Duma – potwierdzili obaj.

– To nie jest dobre miejsce na postój. Wydaje mi się, że powinniśmy o tym na razie zapomnieć i ominąć to miejsce tak szerokim łukiem, jak tylko możliwe – powiedział Vin.

– Wiatr cichnie, zabierajmy się stąd. Vin, chcesz dalej prowadzić? – spytał Naz.

Vin poprowadził ich znacznie ponad granicę wiecznego śniegu. Górskie powietrze tkwiło w bezruchu, a okolicę wypełniały dobiegające z oddali wrzaski. Wszyscy poczuli zimny dreszcz, lecz mimo to szli dalej.

– Chyba już wolałbym, żeby wiatr znowu zaczął wiać, przynajmniej nie musielibyśmy tego słuchać – powiedział Vin.

– Ten zbir zasłużył sobie na to, co go spotkało – powiedział Naz.

– Potraktowaliśmy go jak swojego, a on wystawił nas do wiatru i uciekł z najpotężniejszym artefaktem, który mieliśmy – dorzucił Vin.

– Carter, Duma był potwornym kłamcą. Z chwilą, gdy przeniósł Kryształ przez granicę, małpy zaczęły odchodzić od zmysłów. Wiedziały, gdzie jest Kryształ i bardzo chciały go odzyskać. Bardzo – wyjaśnił Naz.

– Widzisz, trzymaliśmy go przez całe lata w ukryciu, żeby małpy nie latały wszędzie niesione szałem. A potem tego parszywego złodzieja zaświerzbiły ręce... i zaczął się ten cały galimatias. Gdyby nie zjawił się w naszej Oazie, wyglądając, jakby ktoś go rzucił wprost w burzę piaskową i błagając o wodę, wszyscy bylibyśmy teraz w domach i zajmowali się swoimi codziennymi sprawami.

– Powinniśmy byli go odprawić – przytaknął Naz.

Carter zauważył zakłopotany wyraz twarzy Naza, który po chwili dodał:

– Ja wiem, że ideałem to on na pewno nie był, ale mimo wszystko nie wydaje mi się, żeby zasługiwał na tak wielkie cierpienie.

– Może masz rację, jak się nad tym zastanowić. To musi trwać już naprawdę ładnych kilka dni. Zastanawiam się, co oni muszą mu robić, żeby aż tak krzyczał.

– Vin, nie chcesz tego wiedzieć.

– Im więcej tego słucham, tym bardziej nie musisz mnie przekonywać. Zabierajmy się stąd jak najszybciej.

Vin poprowadził ich przez grań, aż w końcu miasto znalazło się całkowicie poza zasięgiem ich wzroku i słuchu. Ostre wzniesienia już się skończyły, więc Vin mógł narzucić reszcie lekki trucht. Vin nie zauważył złowrogo wyglądających kopców, gdy wkraczali do pierwszej z Górnych Przełęczy, ale zmysł węchu Cartera zareagował natychmiast. Zatrzymał się, cały spięty.

Upłynęło jeszcze kilka chwil, zanim Vin zorientował się, że pozostali za nim nie podążają. Spojrzał za siebie i zobaczył, że Carter i Naz wpatrują się intensywnie w przełęcz. Wrócił po swoich śladach i przyklęknął obok nich.

– Co się dzieje? Widzicie coś? – szepnął.

– Chodzi bardziej o to, co czuję. W powietrzu wisi śmierć, mnóstwo śmierci – powiedział Carter.

– Jeśli czujesz śmierć, to w takim razie niewiele będziemy mogli tu zdziałać – rzekł Naz.

– Prawda – dodał Vin. – Nie wyobrażam sobie, żebyśmy mogli mieć jakikolwiek wpływ na to, co tutaj zaszło. Powinniśmy trzymać się pierwotnego planu.

– Carter, co ty na to? – spytał Naz.

– Chcę tylko znaleźć Holly. Możemy ruszać? Nic nam chyba tutaj nie grozi.

– Vin, przyspieszmy trochę – rzucił Naz.

Minęli w biegu drugą przełęcz, która z kolei była powierzona Carterowi do obrony podczas nawałnicy. Dotarli w końcu do trzeciej przełęczy, czując jednocześnie ulgę i strach.

Carter wziął głęboki wdech, próbując przygotować się na to, co miało niedługo nastąpić.

– To tu. Tutaj Holly poległa – powiedział. W jego głosie słychać było głęboki smutek.

Wydawało się, że Carter boi się wkroczyć do przełęczy. Stali przez chwilę w miejscu i rozglądali się wokół. Słońce wyłoniło się zza wschodniej grani, zalewając górską ścianę potokiem pomarańczowego światła.

Śnieg był nietknięty przez nikogo, odkąd Holly stoczyła tutaj walkę z niedźwiedziami. Wiatr z północy uformował gładkie kopczyki, które trzeszczały, gdy na nie następowali. Kruchość tych maleńkich wzniesień skrzyła się milionem uwięzionych kryształków lodu, które odbijały światło poranka. Grzbiety górskie spoglądały dumnie z obu stron, zdając się podtrzy-mywać cały firmament, a ich biel ostro wkłuwała się w błękit nieba. Wszyscy trzej niemal czuli, jak góry przygniatają ich swoim ciężarem.

– Pamiętasz, gdzie leży? – spytał Naz.

Carter zdobył się jedynie na to, by wskazać miejsce. Bał się, że kompletnie straci panowanie nad emocjami i zacznie wyrzucać z siebie cały nagromadzony ból, jeśli tylko się odezwie. Naz i Vin ruszyli we wskazanym kierunku, przedzierając się przez grube warstwy śniegu. Szli pod górkę, a gdy się zatrzymali, spoglądali już z góry na całą przełęcz.

– Gdybym patrolował to miejsce, z całą pewnością czuwałbym tutaj – powiedział Naz. – Z góry lepiej widać.

– Nie ma żadnych śladów zwierząt. Chyba nic się tutaj nie przybłąkało od czasu starcia.

– Taka strata... biedna Holly, zmuszona walczyć z naszymi gwardzistami tylko po to, żeby ten szubrawiec Duma nie utracił Kryształu.

– Który i tak nie należał do niego.

– Prawda, w ogóle nie miał do niego prawa. I co mu niby z tego przyszło? – burknął Naz, stąpając z trudem po świeżym śniegu.

– Czekaj, Naz, patrz! Widzisz tamto wybrzuszenie? Nie pasuje zbytnio do reszty, jak sądzisz?

– Jak będziemy tu stać, to się nigdy nie dowiemy.

Niedźwiedzie popatrzyły na Cartera, który stał zastygły w tym samym miejscu, gdzie go zostawili.

Wzięli głęboki wdech, mając nadzieję, że wszystko będzie dobrze. Wiedzieli jednak, że muszą być jednocześnie gotowi na najgorsze.

– Vin, miejmy to za sobą.

ROZDZIAŁ 3
PÓŁNOCNE RUBIEŻE

Holly spoczywała w lodowej trumnie, której chłód już dawno przeniknął całe jej ciało. Wiedziała, że nie jest w stanie ruszyć choćby mięśniem bez względu na to, ile wysiłku by w to włożyła. Nic, nawet palec, nie chciało poddać się jej woli. Istniał jeden wyjątek, mogła bowiem otworzyć oczy. Zaciskała je jednak z całych sił, przerażona widokiem, który ujrzała ostatnim razem. Nie widziała wówczas nic oprócz pożerającej wszystko śnieżnej bieli, nieznośnie rozświetlonej przez blask słońca. Teraz jednak najbardziej przerażały ją cienie, które przesuwały się na wysokości jej twarzy. Niedźwiedzie wróciły ją wykończyć? Czy może po prostu dzikie zwierzęta usiłowały znaleźć coś do jedzenia pośród śniegów? Była już na skraju paniki. Zdołała jednak wstrzymać oddech, bojąc się drgnąć bądź wydać najcichszy odgłos. Zacisnęła powieki jeszcze mocniej i zaczęła znowu wołać w duchu: *Carter... proszę, pośpiesz się... Carter... wróć, proszę...*

Wtedy też usłyszała dźwięki.

– Coś tu jest!

Z całą pewnością coś się przemieszczało w jej kierunku. Serce zaczęło walić Holly jak młotem, jej oddech stawał się coraz bardziej rwany. Wszystkie nerwy miała napięte jak postronki, była wyczulona na każdy, najmniejszy nawet szmer.

TRZASK! Ktoś przebija się przez śnieg?

ŁUP! Dotarł do lodu, który jest pod spodem? Jeszcze raz to samo, tym razem bliżej. Jej panika rosła.

Czy to on?

Wtedy znowu go usłyszała, ten obrzydliwy, przyprawiający o ciarki szept. Dochodził z głębi świadomości, pełzał wśród jej najskrytszych myśli. Głos, który dręczył ją przez te wszystkie dni i noce. Znowu wrócił.

Holly myślała, że zaraz oszaleje ze strachu.

Kolejny odgłos! Znowu słychać było trzask lodu. Był tam, na zewnątrz, przyszedł ją uratować. Zacisnęła powieki tak szczelnie, jak tylko pozwalały jej na to mięśnie, i zacisnęła zęby. Oddychała nerwowo, czuła, że serce zaraz jej wyskoczy z piersi, cała drżała ze strachu. Skupiła się na jednym widoku, jednym słowie, które powtarzała jak mantrę, żeby nie zacząć krzyczeć z przerażenia. *Carter... Carter... Carter...*

– *Pobudka, ptaszyno... pora wstawać. Twój czas właśnie nastał* – głos w jej głowie zdawał się lepić do każdego zakamarka jej umysłu.

Kolejny hałas. Rozpoznała ten dźwięk, ktoś odgarniał górne warstwy śniegu. Docierało do niej coraz więcej światła. Wciąż jednak nie otwierała oczu, zbyt przerażona tym, co mogłaby zobaczyć. Tym razem poczuła, że ktoś odgarnia zalegający na niej śnieg..

– *To on... to on... to on...* – Holly była już na skraju szaleństwa, panika ogarnęła całe jej ciało.

– Znaleźliśmy ją – nie rozpoznawała tego głosu. Był bardzo niski i buczący.

Ktoś dotknął jej powieki, odgarniając resztki śniegu. Nie mogła już dłużej zamykać oczu, wytrzeszczyła je i spojrzała przed siebie. Zobaczyła wpatrzony w nią pysk, wyszczerzone kły i maleńkie, czarne oczy... *NIEDŹWIEDZIE! PRZYSZŁY MNIE DOBIĆ!*

Nie mogła się ruszyć, nie miała jak uciec. Zrobiła więc

jedyną rzecz, na którą jeszcze mogła się zdobyć: wydała z siebie wrzask.

– Nie!!!

Żaden dźwięk jednak nie wydobył się z jej ust. Cały czas próbowała krzyczeć, ale nie mogła usłyszeć swojego głosu. Wrzaski w jej głowie nie ustawały, nie mogąc znaleźć żadnej drogi ujścia. Próbowała krzyczeć, dopóki łzy nie trysnęły jej z oczu.

Naz stał w śniegu, nisko pochylony, próbując delikatnie zgarnąć śnieg z twarzy Holly. Już wcześniej widział, jak jego towarzysze giną w starciu z małpami, to było jednak coś zupełnie innego. To była Holly. Młoda, niewinna, choć zarazem zdeprawowana ofiara ambicji Dumy, który ją omotał, żeby chronić samego siebie i nie utracić skarbu, który zawłaszczył. Wysłał ją tutaj i kazał walczyć... dziecku!

Naz znowu czuł narastającą wściekłość na myśl o Dumie, ale wszelki gniew i żądza zemsty prędko zgasły, gdy tylko wrócił do odgarniania śniegu z twarzy Holly. Widok jej ciała, zamarzniętego i spoczywającego samotnie na obcej ziemi, łamał mu serce.

Delikatnym gestem odgarnął ostatnie płatki śniegu osiadłe na jej oczach i ustach. Poczuł napływające łzy na myśl o stratach, które tak wielu musiało ponieść, a wszystko przez chciwość jednego człowieka. Na widok małej Holly, samotnej nawet po śmierci, nagle wszyscy stanęli mu przed oczami – Jojo, jego szef, polegli przyjaciele i niezliczeni mieszkańcy miasta. Wszyscy, których zabiła chciwość Dumy.

Pogrążony we wspomnieniach musnął policzek Holly. Nagle jej oczy się otworzyły, spojrzenie miała pełne trwogi. Naz, przerażony tym widokiem, gwałtownie odskoczył i upadł na plecy.

– Co się dzieje, Naz? – zawołał zaniepokojony Vin, widząc, jak tamten próbuje wygramolić się ze śniegu, po czym sam ujrzał szeroko otwarte oczy Holly. – Carter! Carter! Powinieneś to zobaczyć, szybko! – krzyknął, teraz sam przerażony.

Carter pognał przez zaspy do Vina i Naza, którzy teraz gorączkowo kopali w śniegu. Skierował wzrok w dół i zobaczył otwarte, wpatrzone w przestrzeń oczy Holly. Od razu zauważył, że jej spojrzenie było przesycone dzikim strachem.

– Carter, ona żyje! – powiedział Naz. – Szybko, pomóż nam ją odkopać. Łap mój koc i przykryj ją. Musisz zmienić się z powrotem w człowieka, żeby mogła cię rozpoznać. Rusz się!

Carter owinął się kocem, tak jak mu pokazali, i zaczął zwalniać swój oddech. Zamknął oczy i zobaczył swoje serce, jak potężnymi uderzeniami pompuje krew. Siłą woli zaczął je spowalniać, przymuszać do odpoczynku, skurczać, żeby jego pierś mogła je objąć. Czuł, że na nowo odzyskuje palce u rąk i nóg, a futro skraca się i powoli chowa pod skórą. Zęby i szczęka znowu zaczynały przypominać ludzkie. Niemal z żalem rozstawał się z tym poczuciem siły, które przepełniało go w zwierzęcej formie. Znowu był człowiekiem, jego ciało znowu było ciałem młodego chłopca. Carter czuł się jednak znacznie, znacznie starzej niż do tej pory.

Pochylił się, żeby spojrzeć w oczy Holly.

– Holly? Holly, widzisz mnie? To ja, Carter.

Dostrzegł minimalny ruch, może rzeczywiście poznała jego głos.

– Holly, to ja. Przyszedłem zabrać cię do domu.

Coś mignęło w jej oczach, to było pewne, próbowała nimi poruszyć, skupić na nim wzrok.

– Ona żyje, Naz, wiedziałem to, ona naprawdę żyje! Wyciągnijmy ją z tego śniegu.

Naz i Vin podnieśli ją, podczas gdy Carter owijał kocem jej zesztywniałe z wyziębienia ciało. Kiedy kładli ją ostrożnie na ziemi, Carter chwycił dłoń Holly i zaczął delikatnie pocierać, chcąc jej przywrócić choć odrobinę ciepła. Wciąż wołał jej imię.

– Holly, obudź się, to ja, Carter. Jestem tu, żeby cię zabrać z powrotem do domu.

Naz owinął ją w dodatkowe koce, które mieli ze sobą.

– Vin, rozpal ogień i przygotuj owsiankę oraz coś ciepłego do picia, migiem! – powiedział.

– Robi się – powiedział Vin, biegnąc w stronę pakunków z zapasami.

– To już nam się nie przyda – rzekł Vin, łamiąc na mniejsze kawałki drewno mające pierwotnie służyć za trumnę, w której miało spocząć ciało Holly.

Vin dokopał się aż do skał i już po chwili nad trzeszczącym ogniskiem, płonącym potężnym ogniem, zawisł garnuszek z bulgoczącą zawartością. Potem dodał soku z czerwonych jagód oraz szczyptę mchu, tak jak nauczył go doktor Mossman. Wywar gotował się jeszcze przez chwilę i Vin zaniósł go Holly, otulonej szczelnie w kokon z ich koców.

Carter wziął łyżkę i dotknął nią warg Holly. Kiedy poczuła smak słodkawego soku, zobaczył, że nieznacznie je rozchyliła, chcąc wypić jeszcze więcej. Spostrzegł, że jej oczy się poruszyły, a źrenice wyrwały z letargu, próbując skupić na nim wzrok.

– Holly, już wszystko dobrze – powiedział delikatnie. – Jestem tu. Przyszedłem zabrać cię do domu.

Nabrał kolejną łyżkę soku, Holly otworzyła usta, łaknąc ciepła i otuchy, które niósł każdy kolejny łyk. Próbowała coś powiedzieć, ale dało się słyszeć tylko szmer.

– Już, już, Holly, ćśś, pij – rzekł Carter.

Przyłożył do jej ust jeszcze jedną łyżkę. Tym razem łapczywie połknęła, spragniona ciepła, sił i wspomnień domu, które nieodłącznie łączyły się z naparem.

Poruszyła głową, żeby móc mu się przyjrzeć, dopiero teraz była w ogóle w stanie spojrzeć mu w oczy. Chwilę jej zajęło poznanie, kto na nią patrzy, jak i uświadomienie sobie, co się właśnie dzieje. Gdy obie myśli runęły na nią jednocześnie, wzięła rozpaczliwy wdech, wszystkich w ten sposób strasząc. Bez ostrzeżenia zarzuciła ręce wokół szyi Cartera i zaniosła się rozdzierającym serce płaczem.

– Wiedziałam, że przyjdziesz, wiedziałam, że mnie tutaj nie zostawisz – mówiła, zalewając się łzami. Jej oddech przerywały potężne napady szlochu.

Carter przytulił ją mocno do siebie, czując, jak pod wpływem jego dotyku ciepło ogarnia Holly, której umysł z każdą sekundą coraz pewniej stąpał wśród żywych.

Lulu przybiegła na miejsce spotkań, gdzie w całkowitym bezruchu stała Salli, wpatrująca się w rzekę.

– Mamo! Mamo! Słyszałaś ją?

– Tak – odparła Salli, wyrwana z zadumy. – Słyszałam.

– A słyszałaś ten inny głos? Ten, który każe jej robić różne rzeczy?

– Również – skinęła. Jej zmartwiony wyraz twarzy mówił wszystko.

– Mamo, kto to jest? Czego on chce od Holly?

– Nie jestem pewna. Czy próbowałaś ją wołać?

– Nie, pamiętałam, o czym mówiłaś i przed czym ostrzegałaś.

– Nie umiem powiedzieć, czego ta istota od niej chce. Cokolwiek by to nie było, wydaje mi się, że Carter jest już przy niej. Chodź, musimy porozmawiać z ojcem.

Salli udała się w stronę plaży w kształcie półksiężyca, położonej tuż naprzeciw wyspy. Sam siedział na burcie łodzi, którą wcześniej wyciągnięto na brzeg. Wokół niego stała starszyzna Zagubionych. Lulu była wstrząśnięta, gdy zobaczyła, jak ciężkim doświadczeniem był dla niektórych pobyt tutaj. Przerażająco szybko posunęli się oni w latach. Wszyscy ci, którzy nie nauczyli się przyjmować zwierzęcej postaci, byli na to skazani, a proces stawał się tym szybszy, im dłużej przebywali na Południowych Ziemiach. Ci zaś, którzy mogli, ponieważ ich jaźń odpowiednio się ukształtowała, przybrali już formę górskich lwów.

Lulu spostrzegła, że Sonny siedzi z dala od reszty. Patrząc, jak zerka z nadzieją, że ktoś go zauważy bądź zaprosi do swego grona, domyśliła się, że chce być na nowo częścią życia całej wspólnoty. Widziała jednak, że czuje się bardzo osamotniony i odizolowany. Zdawał się brać odpowiedzialność za czyny swojego ojca, nawet jeśli sam nie zawinił w niczym. Żaden z mieszkańców nie potępiał go za to, że Duma ukradł Kryształ, lub za porwania dzieci, nie licząc tylko jego samego. Większość ludzi darzyła go szacunkiem za przeciwstawienie się ojcu i próbę odzyskania klejnotu. Im bardziej jednak Sonny się izolował, tym bardziej ów szacunek tracił.

Powinnam z nim wkrótce porozmawiać, pomyślała. *Czekają go naprawdę trudne wyzwania.*

Właśnie toczyła się burzliwa dyskusja na temat przyszłości mieszkańców miasta.

– To tylko bajanie – mówił jeden.

– A co, jeśli nie ma żadnej granicy? – dopytał inny głos.

– Czy istnieje jakaś mapa? – zawołał kolejny.

– Nawet jeśli znajdzie się bramę, jak niby otworzyć przejście, które znajduje się w wodzie? Czarne kamienie nie unoszą się na powierzchni! – zawołał głos z tyłu.

Salli zauważyła, w jaki sposób Sam spojrzał na Caseya.

– Ci dwaj stali się nierozłączni ostatnimi czasy – rzekła.

– Casey jest najszczęśliwszy wtedy, kiedy może się kimś opiekować – odparła Lulu.

Odwrócił głowę.

– Chyba usłyszał, jak o nim mówisz – szepnęła Salli.

Casey lekko szturchnął Sama i wskazał wzrokiem miejsce, gdzie stały Salli oraz Lulu. Sam skinął im głową na powitanie. Salli spostrzegła, że tym razem nie towarzyszył temu najmniejszy nawet uśmiech.

– Rozumiem wasze obawy – powiedział Sam. – W tej chwili jednak to jedyne rozwiązanie, które daje wam choć cień szansy na przeżycie. Spójrzcie na swoich ludzi, przyjrzyjcie się, jak nieubłaganie czas obchodzi się z waszą starszyzną. Jeśli nie znajdziecie szybko drogi do domu... cóż, opowieści o was, o waszych Sforach szybko zginą w pomroce dziejów. Musicie to rozsądzić między sobą, nie macie czasu do stracenia. Spotykamy się ponownie dziś wieczór, możemy wtedy wrócić do tej sprawy.

Sam spróbował wyprostować plecy.

Musi być potwornie zmęczony, pomyślała Salli.

Sam uśmiechnął się na powitanie żony i córki.

– Sądzę, że Carter rzeczywiście mógł odnaleźć Holly – powiedziała, ujmując go za ramię i wyprowadzając z tłumu.

Sam zatrzymał się, wyraźnie osłupiały.

– Co? Jak, skąd to wiesz? Holly żyje?

– Razem z Lu słyszałyśmy jej wołanie... ale słyszałyśmy również głos, który kazał jej się przebudzić. Sam, ktoś próbuje ją opętać.

– Tak długo czekałam, żebyś po mnie przyszedł i mnie stąd zabrał – powiedziała.

– Wiem, Holly, wiem. Wybacz mi, myślałem... – wzruszył ramionami, wzdragając się przed słowami, które miał na języku.

– Nie przejmuj się. Przyszedłeś, jesteś już tutaj. Dlaczego jednak niedźwiedzie są z tobą? – spytała.

– Nie ma czego się bać, przyszły tu, bo chciały pomóc mi cię znaleźć.

– Znaleźć mnie? Napadną południe i zaatakują nasz klan!

– Nie, Holly, to wszystko nie tak, okłamano nas. Duma nas okłamał. Od czasu tej śnieżycy i twojej walki z niedźwiedziami wydarzyło się bardzo, bardzo dużo. Na razie po prostu uwierz mi, że niedźwiedzie są po naszej stronie i pomogą nam wrócić do domu.

– Jestem strasznie zmęczona, chce mi się spać.

– Odpocznij, będziemy czuwać.

Holly położyła się na kocu obok płonącego ogniska. Po chwili zapadła w głęboki, lecz niespokojny sen.

– Jak to jest w ogóle możliwe? Nic z tego nie rozumiem, przecież nie oddychała, kiedy ją znalazłem. Kerri także sprawdzała i powiedziała, że Holly nie oddycha.

Naz i Vin popatrzyli po sobie i wzruszyli ramionami, nie wiedząc, co powiedzieć.

– Nie pociągniecie długo w tej postaci – powiedział Vin. – Powinniście się znowu przeistoczyć. My dwaj możemy ponieść Holly, trzeba ją tylko owinąć kocem. Musimy się jednak śpieszyć, żeby zabrać ją stąd, zanim się ochłodzi i zapadnie zmrok.

– Słuszna uwaga – dodał Naz. – Powinniśmy prędko opuścić przełęcz, dopóki jest widno.

– A jak mamy przekroczyć granicę? – spytał Carter. – Nie mamy nawet jednego kamienia do otwarcia bramy.

– Nasi strażnicy będą patrolować granicę, zauważą, kiedy nadejdziemy. Pamiętajcie jednak, że my nie będziemy w stanie ich zobaczyć. Przyniosą Kryształ, żeby otworzyć nam przejście – powiedział Naz.

– Więc Kryształ do tego służy? Cały ten rozlew krwi w imię klucza otwierającego granice – Carter potrząsnął głową z niedowierzaniem.

– Jego moc jest znacznie większa – odparł Naz. – Nie chcemy go jednak używać, jest zbyt niebezpieczny dla istot takich jak my. W przeciwnym wypadku wszyscy popadlibyśmy w szaleństwo jak te małpy.

– Czy one również mogą się zmieniać w ludzi, kiedy chcą? – spytał Carter.

– Mogę ci opowiedzieć po drodze. Na razie powinniśmy się stąd zabierać, a tobie przydałoby się trochę futra.

Carter przytaknął. Spojrzał jeszcze raz w głąb duszy, wzywając zwierzę, które miało uratować mu życie.

· · ·

Gdy spakowali pozostałe zapasy, Vin ruszył jako pierwszy w stronę Górnej Przełęczy. Góry zaczęły się zbiegać z obu stron, kierując ich w stronę wąwozu, który do niej prowadził.

Z każdym kolejnym krokiem niedźwiedzie stąpały coraz bardziej nerwowo.

– Carter, czujesz coś? – spytał idący z tyłu Naz. Niósł Holly, zakutaną w koce, w swoich wielkich futrzastych łapach, trzymając ją blisko piersi. Spała, ale sen nie przynosił jej ulgi. Drżała, wydając z siebie co jakiś czas ciche jęki, jakby zmuszona toczyć w swoich snach kolejne walki.

– Nic, żadnego śladu małp w powietrzu, ale futro na karku cały czas mam zjeżone – powiedział.

Vin i Naz zatrzymali się i spojrzeli na Cartera.

– Co? O co chodzi? Powiedziałem coś nie tak? – spytał Carter.

Obaj wlepiali w niego wzrok, po czym prędko przykucnęli w śniegu, rozglądając się bacznie wokół.

– Cicho – upomniał go Naz. – Kiedy tak się dzieje, w pobliżu na pewno czai się jakieś niebezpieczeństwo, zazwyczaj ktoś próbuje cię zajść od tyłu. To takie wczesne ostrzeżenie, twój duch mówi ci, żebyś uważał na swoje tyły.

– Mój duch? – powiedział Carter. – Skąd nagle wzięły się tutaj duchy?

– Nie wiesz jeszcze o wielu rzeczach, my sami zresztą nie wiemy wszystkiego, ale zaufaj nam: jeśli odczuwasz mrowienie na karku, spójrz za siebie.

– Tutaj nie ma gdzie się ukryć – powiedział Vin. – Zostawiliśmy w śniegu tak wyraźne ślady, że każdy może nas bez problemu znaleźć.

– Biegniemy? – spytał Carter.

– Nie ma dokąd, to przejście będzie się ciągnąć w nieskończoność, to teren graniczny. Wszystko zależy od tego, kiedy strażnicy nas zobaczą – powiedział Naz.

– Poruszamy się plecami do ściany? – zasugerował Vin.

Naz przytaknął bez słowa.

– Jesteś pewien, że nic nie czujesz? – spytał Cartera jeszcze raz. Ten potrząsnął głową. – W porządku, wszyscy pod ścianę – nakazał.

– Cokolwiek spróbuje nas zaatakować, będzie musiało iść pod słońce. My mamy tę przewagę, że będziemy stać w cieniu. No i teraz już nie zaatakują nas tak łatwo od tyłu.

– Jesteś pewny, że małpy są w pobliżu? – spytał Carter.

– Ufam twoim przeczuciom bardziej niż ty – odparł Naz.

Podeszli do ściany skalnej, co chwila rozglądając się na boki. Na miejscu przykucnęli, wciąż bacznie obserwując otoczenie.

– Zrobimy tak – zaczął Naz. – Vin, idziesz przodem tuż przy ścianie, ja idę po tobie i niosę Holly. Carter, ty masz nosa i czujną sierść na karku, więc zamykasz pochód i sprawdzasz, czy nic nas nie śledzi, choćbyś miał cały czas iść tyłem. W porządku?

Obaj skinęli.

– Musimy iść przed siebie, aż otworzy się brama. Nie wiadomo, ile to może zająć, więc naszym głównym zmartwieniem jest przeżyć. Jeśli coś na nas wyskoczy, zostawiam Holly pod ścianą, a ty, Carter, jej pilnujesz, podczas gdy ja i Vin blokujemy napastników. Nie mieszaj się do walki, chyba że zostaniesz już tylko ty, zrozumiano?

Carter przytaknął. Poczuł płynącą w żyłach adrenalinę, nogi zaczęły mu się lekko trząść na myśl o przyczajonym niebezpieczeństwie. Zauważył to Naz.

– Odrobina strachu nie zaszkodzi – powiedział. – Ale nie trać zimnej krwi, nie możesz sobie na to pozwolić. Im mniej chojraczenia, tym łatwiej uda nam się wyjść z tego cało, a jutro przy śniadaniu będziemy mogli się z tego wszystkiego pośmiać i wsunąć jakieś ciasto – dodał i pacnął Cartera w ramię dla otuchy.

Ten ponownie skinął głową, usta miał zbyt suche, żeby cokolwiek powiedzieć.

– Poradzisz sobie, odwagi ci nie brakuje – rzekł Naz. – Po prostu trzymaj się planu i nie odstępuj Holly na krok.

Carter jeszcze raz kiwnął głową.

– Vin, możesz ruszać. I pamiętaj, cicho jak mysz.

Powoli skradali się wzdłuż ściany wąwozu, ostrożnie badając otoczenie przed postawieniem kolejnego kroku.

– Wciąż nic? – szepnął Naz do Cartera.

Carter nie odpowiedział. Stanął w pół kroku, sparaliżowany. Futro na jego szyi drżało, na jego obliczu widać było poruszenie. Coś było zdecydowanie nie tak, w powietrzu wisiał ledwie wyczuwalny odór małp, mógł go niemal posmakować. Wykrzywiał nos we wszystkie strony, próbując ustalić, skąd dochodzi zapach.

– Są tu – powiedział. – Czuć je w powietrzu.

Naz i Vin natychmiast zamarli. Spojrzeli na siebie, rozumiejąc, że pora działać. Naz delikatnie ułożył Holly i oparł jej plecy o skałę.

– Pamiętaj, o czym ci mówiłem – powiedział cicho do Cartera.

Niedźwiedzie zrobiły trzy kroki i lekko się schyliły. Carter stanął bliżej Holly.

– Nie widzę żadnego ruchu, jesteś pewien, że coś jest w pobliżu? Jest szansa, że ci się tylko wydawało? – szepnął Vin.

Holly wydała z siebie cichy jęk. Mówiła przez sen, wciąż tocząc jakąś wewnętrzną walkę.

– CARTER! – wrzasnęła nagle, błagając o pomoc.

Jej krzyk odbił się echem od ścian wąwozu, roztrzaskując ich milczenie, po czym z wolna zniknął w oddali. Serca biły im jak oszalałe, gdy czekali na ponowne nadejście ciszy.

Wszyscy spojrzeli na Holly, życząc jej spokojniejszego i, co ważniejsze, cichego snu.

– Niewykluczone, że się pomyliłem. Zapach był naprawdę ledwie wyczuwalny, wiatr mógł go przynieść z miejsca odległego o całe kilometry. Nie umiem jeszcze do końca panować nad moimi zmysłami, to wszystko jest dla mnie nowe.

– Rozumiem. Tak czy owak dobrze się spisujesz. Chodźmy dalej. Po prostu miejmy nadzieję, że następnym razem uda ci się lepiej wywęszyć ich położenie. Może nawet uda nam się stąd wydostać, zanim...

Nagły wybuch obok nich zasypał ich chmurą drobnego śniegu. Trzy małpy wyłoniły się spod pokrywy śnieżnej, gdzie dotąd spoczywały w ukryciu. O ich obecności świadczyły nieznaczne wybrzuszenia terenu, nie do zauważenia przez ciągłe podmuchy wiatru smagające i kształtujące powierzchnię.

Pierwsza z małp rzuciła się z wyciągniętymi łapami na Vina, by go rozszarpać. Jej kły błyszczały niecierpliwie na samą myśl o tym. Tym razem jednak był przygotowany, pamiętając o przestrodze Naza – *skróć dystans, siły użyj w odpowiednim momencie*. Zrobił krok naprzód i unik przed lecącym w jego kierunku przeciwnikiem. Chwycił małpę za szyję, a drugą łapą uderzył z całej siły w nieosłaniany przez żebra brzuch. Cuchnąca stęchlizna wydobyła się z płuc małpy prosto w twarz Vina, który zaczął się dusić i krztusić, próbując nie zwymiotować od smrodu zgnilizny. Wysoko nad ziemią trzymał za szyję małpę, która bezradnie szamotała się w poszukiwaniu powietrza, uderzenie Vina jednak skutecznie zablokowało przeponę. Oczy małpy płonęły czystą nienawiścią, gdy próbowała wyrwać się z żelaznego uścisku niedźwiedzia, który wtem chwycił ją drugą łapą za nogę, wziął potężny zamach i cisnął w stronę kamiennej ściany. Pierwsza uderzyła głowa, rozległ się głośny chrzęst i ciało osunęło się martwe na ziemię.

Pozostałe dwie małpy obrały za cel Naza, który postanowił zastosować ten sam manewr i złapać małpę w locie, jednak druga z nich uderzyła go z rozpędu w pierś, wytrącając z równowagi. Naz zatoczył się do tyłu, udało mu się jednak utrzymać chwyt na szyi pierwszej z małp, która we wściekłych konwulsjach orała pazurami ramię Naza, rozpaczliwie próbującego mocniej ścisnąć ją za gardło. Druga małpa tymczasem usiłowała wydrapać mu oczy. Gdy próbował ją złapać, poczuł, że jakaś siła brutalnie wyrwała ją z jego chwytu. Kątem oka zobaczył wyciągniętego jak strzała Cartera, który rzucił się z wyciągniętymi pazurami na napastnika.

Małpa przeturlała się w śniegu i prędko stanęła z powrotem w kucki. Tym razem nie atakowała, czekała, charcząc na Cartera. Ślina ciekła jej z pyska, wydzielając smród, od którego Cartera zemdliło. Małpa wciąż wyczekiwała, pazury miała wbite w ziemie dla lepszej stabilności, a jej oczy, skrzące się płomieniami, uważnie obserwowały Cartera.

Naz zdołał utrzymać małpę na odległość ramienia i stanąć pewnie na obu łapach. Następnie ze zwinnością, o której później Vin przez lata snuł historie, Naz puścił małpę i jednocześnie kopnął ją z pełnego obrotu, zanim upadła na ziemię. Małpa poszybowała daleko, niesiona siłą uderzenia.

Oba niedźwiedzie zatrzymały się na chwilę i patrzyły w zdumieniu, jak małpa zakreśliła w powietrzu łuk, po czym uderzyła o ziemię, wzbijając chmurę śnieżnego puchu. Patrzyli na nią jeszcze przez moment, ale nie dawała już żadnych śladów życia.

Vin pierwszy wyrwał się z tej zadumy i odwrócił w stronę małpy, która toczyła pojedynek z Carterem. Cały czas stała w pewnej odległości, nie przechodząc do ataku. Vin rzucił się na małpę i wgniótł ją w ziemię, wykorzystując do tego swój ciężar. Szybkim ruchem skręcił jej kark, zostawiając pod sobą bezwładne zwłoki.

Przewrócił się na plecy, dysząc. Próbował uspokoić oddech i bicie rozszalałego serca. Całe starcie było krótkie, stanowiło jedynie efemeryczny rozbłysk przemocy, lecz wszyscy trzej z trudem mogli ustać na nogach, brakowało im tchu. Holly wciąż leżała oparta o ścianę wąwozu, najwyraźniej dalej nieprzytomna i nieświadoma tego, co właśnie wydarzyło się wokół.

– Dobra robota – powiedział Naz, którego oddech stał się

bardziej miarowy wraz z odpływem adrenaliny. – Mówiłem, żebyś się nie mieszał do walki, jeśli to nie będzie konieczne. Dalibyśmy sobie radę – rzekł do Cartera.

– Wiem, że dalibyście sobie radę, ale za długo wam to szło. Jak można się tak ociągać? – odparł Carter.

Oba niedźwiedzie wyszczerzyły zęby w odpowiedzi na tę próbę żartu.

– Poza tym jak miałem stać z boku i nic nie robić, gdy moi przyjaciele byli w niebezpieczeństwie?

Naz i Vin zwrócili uwagę na to, że Carter po raz pierwszy nazwał ich „przyjaciółmi”.

– Prawda – uśmiechnął się Naz. – Przyjaciele trzymają się razem i sobie pomagają. Gdybyś nie był taki chuderlawy, to byłbyś całkiem niezłym gwardzistą – zażartował.

– Nie jestem chuderlawy, tylko przystosowany do szybkich biegów.

Wszyscy się zaśmiali, puszczając w niepamięć całe napięcie towarzyszące nieudanej zasadzce małp.

– A może by tak dało się zrobić z niego honorowego gwardzistę? Na przykład honorowego zwiadowcę? – zaproponował Vin.

– Niezły pomysł, przekażę Szefowi. Może dostaniesz nawet jakieś dodatkowe racje.

– Co? Więcej ciast?! Naz, dlaczego nigdy ich nie dostałem? – spytał Vin.

– Pewnie czekają na twój awans. Dobra, dosyć tego, ile można gadać. Chodźmy, słońce jest już nisko. Ale najpierw przyłóżmy trochę tego waszego magicznego mchu na rany, po co prosić się o zakażenie. Licho wie, co te małpy robią, że tak cuchną.

Gdy skończyli oczyszczać rany, odezwał się Naz.

– W porządku, idziemy tak jak poprzednio. Vin na czele, ja niosę Holly, a Carter idzie z tyłu. Gwardziści, wyruszamy!

Vin i Carter uśmiechnęli się na myśl, że obaj mieliby być gwardzistami. Udali się w głąb wąwozu, mając nadzieję, że w końcu, za następnym zakrętem, ujrzą upragnione światło otwierającej się bramy. Słońce jednak zdążyło się schować za zachodnimi szczytami, pogrążając całą okolicę w ciemnościach. Powietrze znacznie się ochłodziło, a wciąż nie było widać żadnego wyjścia.

W końcu Naz nakazał im się zatrzymać. Położył Holly na ziemi, upewniając się, że jest szczelnie otulona kocami.

– Lepiej zjeść coś teraz, zanim temperatura jeszcze spadnie. Będziemy potrzebować dodatkowych sił na później – powiedział. – Zapowiada się długie czekanie.

– Może jednak nie... – rzekł Vin, wskazując na migoczące światło, które pojawiło się w oddali. – Coś mi się zdaje, że wracamy do domu!

Naz podniósł Holly i wszyscy trzej, szczęśliwi, pobiegli w stronę przejścia, które właśnie się otworzyło.

Zaraz po wyjściu z tunelu przystanęli, zachwyceni widokiem, który ujrzeli. Na ich powitanie wyszedł sześcioosobowy patrol gwardzistów.

Carter był zdumiony ich wyglądem. Wszyscy byli wysocy i dobrze zbudowani, ich chód zdradzał pewną dumę. Cerę mieli jasną, podobnie jak włosy, w przeciwieństwie do klanu Cartera, gdzie wszyscy byli ciemniejszej karnacji i mieli czarne włosy. Cała szóstka nosiła długie włosy, niektórzy zapuścili do tego imponujące brody, co sprawiało, że wydawali się jeszcze więksi.

– Naz, czy to ty? – spytał Szef.

– No jasne, Szefie.

– W życiu bym cię nie poznał. Co się stało z twoim obwisłym brzuchem, który wszędzie ze sobą wlokłeś od ładnych kilku lat? Dobrze się trzymasz, Naz! A ten to co za jeden?

– Szefie, to ja, Vin.

– Vin? Nie, nie ma takiej możliwości – zaśmiał się Szef. –

Musimy cię trochę podtuczyć ciastami. Twoja mama pomyśli, że jesteś chory. Kim jest zaś nasz gość?

– Szefie, chciałbym ci przedstawić naszego *przyjaciela*, Cartera.

Gwardziści przyglądali się z zainteresowaniem Carterowi, jako że nigdy nie mieli okazji poznać ogara.

– To dla nas zaszczyt, że możemy cię gościć.

– Dziękuję, panie. Nasz przyszły król, Samuel Southernland, przesyła pozdrowienia oraz zaproszenie dla twojego ludu. Będziemy szczęśliwi, mogąc was ugościć, gdy tylko nadarzy się okazja. Otrzymałem również od niego listy polecające, muszę je tylko wydobyć z mojej sakwy.

– Twoją wiarygodność potwierdzili nasi gwardziści, Naz oraz Vin. Jestem pewien, że Szef Szefów z radością przyjmie twoje listy polecające i osobiście cię ugości. Naz, co masz w tym zawiniątku? – spytał, zwracając się do niedźwiedzia.

– Niejaką Holly.

– Przynieśliście południowca? Coś jej się stało, jest cała?

– To dość długa historia, którą z chęcią opowiem, ale dopiero przy stole. Szefie, będziemy mogli dostać trochę jedzenia?

– Ależ oczywiście, wyglądacie na wygłodniałych. Gwardia! Przekażcie im swoje racje. Możemy jeść w drodze.

Szef pozostawił instrukcje trzem gwardzistom, którzy mieli zostać i pilnować granicy, podczas gdy pozostali zamierzali wrócić z Kryształem do miasta.

– No, możesz mi ją przekazać, już się nanosiłeś. Teraz moja kolej – powiedział Vin do Naza.

– Dzięki, Vin, moim łapom przyda się trochę odpoczynku. Carter, chodź, pokażemy ci nasz dom.

Skierowali się na północ. Maszerowali z lekkością, której od dawna nie było im dane czuć.

Wyżyna, która rozciągała się przed nimi, przystrojona była w soczyste odcienie zakwitającej pustyni. Młode pędy roślin wzbijały się ku niebu po niedawnych ulewach, w bujny zielony dywan wpleciona była istna tęcza kwiatów, które z całych sił korzystały z dobrodziejstw deszczu, tak rzadkiego tutaj.

– Dobrze być w domu, co nie, Vin?

– Jeszcze jak. Pierwszy przystanek – łaźnia.

– Niezłą walkę stoczyliście z tymi małpami – zawołał Szef.

– Widzieliście to? – spytał Vin.

– Jasne, wszyscy obgryzaliśmy tutaj paznokcie z przejęcia, ale nie mogliśmy nic uczynić, żeby wam pomóc. Podobnie jak wy, mogliśmy tylko czekać, aż chłopaki przyniosą Kryształ. Jesteście ranni?

– Tylko parę draśnięć. Ich lekarz dał nam trochę magicznego mchu; jak się położy na ranę, to jest zaleczona w okamgnieniu. Mamy jeszcze trochę ze sobą.

– Serio? Nasz doktor na pewno będzie chciał rzucić na to okiem. I to po prostu mech?

– Ano, u nich rośnie dziko prawie wszędzie.

– To naprawdę *wielki* skarb.

Wędrowali przez płaskowyż aż do późnego popołudnia, oddalając się od gór. Holly po raz pierwszy w trakcie całej wyprawy spała spokojnie. Carter czuł się bardzo swobodnie w towarzystwie gwardzistów, biegł lekkim truchtem, żeby nadążyć za szybkim tempem narzuconym przez Vina i Naza, którzy chcieli wrócić do domu. Kiedy słońce chyliło się ku zachodowi, Carter zobaczył w oddali coś, co wyglądało jak chmura tuż nad horyzontem.

– Czy w naszą stronę nie kieruje się burza piaskowa? – spytał Vin.

– Żadna burza, po prostu światła palą się w mieście. Jestem pewien, że trochę ludzi zostanie do późna, żeby móc nas powitać. Już niedługo dotrzemy na miejsce i będziecie mogli najeść się i wyspać do woli. Zasłużyliście.

Chmura na horyzoncie bardzo szybko zmieniła się w gorejący ciepłym blaskiem płomień, a następnie w światła, które migotały w oddali.

– Już widzę mój dom – zawołał Naz, po czym wyraźnie przyspieszył.

– Szefie, mógłbyś coś dla mnie zrobić? Poniesiesz za mnie naszego gościa? – spytał Vin.

– Nie ma sprawy, już ją przejmuję.

Vin podszedł następnie do Cartera.

– Chodź, tobie też się spodoba – powiedział, puszczając oko.

– Co niby?

Vin podbiegł do Naza, który szedł szybszym krokiem.

– Zbyt dobrze nas tu widać. Im szybciej zejdziemy z płaskowyżu, tym lepiej, zgodzicie się ze mną?

Naz spojrzał na niego zdziwiony i nagle przypomniał sobie dzień po tamtej stronie granicy, kiedy Vin powiedział dokładnie to samo.

– Taaaak, im szybciej zejdziemy z płaskowyżu, tym lepiej – odparł z uśmiechem.

Naz przyspieszył kroku, a Vin zaczął iść jeszcze szybciej. Widząc to, Naz przyspieszył, na widok czego z kolei Vin zaczął biec. Chwilami biegli tak szybko, jak obaj mogli.

– Carter, nie ociągaj się! Ostatni ma zimną wodę do kąpieli- rzucił głośno Vin przez ramię.

Carter wystartował, dołączając do zabawy. Z łatwością wyprzedził ich obu.

– Ej, to niesprawiedliwe, masz cztery łapy! – krzyknął za nim Naz, któremu z trudem przychodziło biec i śmiać się jednocześnie.

– Patrzcie tylko na tych klaunów – powiedział Szef do swoich ludzi. – Czasami nikt by się nie domyślił, patrząc na ich wygłupy, że to jedni z naszych najbardziej doświadczonych gwardzistów.

Carter znów mógł rozkoszować się wiatrem, który gładził jego futro. Pogrążył się w myślach, dbając o to, żeby być tylko odrobinę szybszym od niedźwiedzi i tylko odrobinę ich wyprzedzać.

Odpłynął myślami do chwil, które spędził z Kerri, do szaleńczego biegu z powrotem do bramy. Do niebezpieczeństwa, podniecenia, ale też towarzystwa dziewczyny, którą zawsze podziwiał. Przez którą zawsze chciał być zauważony. Która była najlepszym biegaczem aż do dnia, kiedy to on pobiegł szybciej. Nie lubiła kończyć druga, ale w głębi ducha miał nadzieję, że nie obrazi się, jeśli przybiegnie właśnie za nim. Pamiętała przecież już jego imię, poprosiła go do tańca i pocałowała w policzek, kiedy stracił głowę. Wciąż miał w pamięci dotyk jej warg. *Kerri*, pomyślał, *co robisz teraz?*

Myśli Cartera z impetem wróciły z obłoków. Zaczął dostrzegać rządek ludzi trzymających pochodnie, którzy wskazywali im drogę do domu. Uprzytomnił sobie, że jest przecież obcy w tej krainie. Gwałtownie zahamował, wzniecając chmurę pyłu.

– Prosisz się o zimną kąpiel! – krzyknęli Naz i Vin, mijając go.

Nie mógł się nie uśmiechnąć pomimo stresu związanego z przybyciem do obcego miasta. To, że oba niedźwiedzie nazwały go „przyjacielem", sprawiało mu niewypowiedzianą przyjemność.

Niedźwiedzie wparowały w tłum wyczekujących mieszkańców miasta, śmiejąc się i klepiąc się nawzajem po ramieniu. Całe miasto wyruszyło im na powitanie.

Każdy chciał uścisnąć łapę Vina oraz Naza albo wyściskać ich po długiej rozłące. Po kilku chwilach Naz odchrząknął i zawołał głośno.

– Moi drodzy, chciałbym przedstawić wam kogoś, kto uratował nam życie...

– *Dwukrotnie!* – krzyknął Vin.

– ...kto dwukrotnie uratował nam życie – poprawił się Naz. – Co więcej jednak, przyjął również naszą przyjaźń. Poznajcie, proszę, Cartera.

Rozległo się mnóstwo pomruków uznania, niektórzy kiwali

głową w podziwie. Carter usłyszał, że szczególne wrażenie na niektórych zrobiło owo „dwukrotnie".

– Dobra, Carter, wystarczy tego ścisku – zawołał Naz przez ramię. – Chodź z nami.

Szef dogonił ich i zaczął iść obok Cartera.

– Jesteś teraz wśród przyjaciół, pójdź razem z Nazem i Vinem. Ja zaopiekuję się twoją przyjaciółką... Holly, dobrze pamiętam?

– Tak, panie, ma na imię Holly. Bardzo długo była nieprzytomna. Kiedy się obudzi, na pewno będzie bardzo osłabiona.

– Zajmiemy się nią najlepiej, jak umiemy. Ty tymczasem idź się odświeżyć po podróży.

– Zabierzecie mnie do niej, kiedy się obudzi? Na pewno będzie się bardzo bała, jej życie to ostatnio koszmar śniony na jawie.

– Opiekunki z całą pewnością dobrze się nią zajmą. Nie przejmuj się, takie urazy nie są nam obce.

– Dziękuję panu – powiedział Carter, po czym pobiegł dogonić Naza i Vina.

– Musisz nam, i sobie, odpowiedzieć na jedno szalenie ważne pytanie – powiedział z uśmiechem Naz, odwracając się w jego stronę. – Lubisz wodę?

– Naz, ja urodziłem się po to, żeby pływać.

– W takim razie będziesz zachwycony.

Poprowadzili go do dużego budynku, pełnego kunsztownych ornamentów wykutych w kamieniu, całość podtrzymywały kolumny z błyszczącego marmuru. Carter przyglądał się temu wszystkiemu absolutnie zdębiały. Wszystko było tak wielkie i piękne. Minęli sklepione przejście i wkroczyli do olbrzymiego pomieszczenia zwieńczonego kopułą, w którym kolumny miały kształt ludzi dźwigających na swoich barkach ciężar filarów.

– To nasi bohaterowie z dawnych epok – powiedział Naz, przybierając na chwilę poważny ton głosu. – Tutaj zaś znajduje się Ran – dodał z dumą, wskazując na postać na marmurowym cokole. – Opowiadaliśmy ci o nim?

– Nie znam tej historii.

– Ach, no tak, opowiedzieliśmy ją tylko temu dużemu, Caseyowi. Na pewno przedstawimy ci tę historię, ale najpierw zajmijmy się może poważnymi sprawami – rzekł Naz.

Poprowadził ich po schodkach do olbrzymiego basenu, który zajmował powierzchnię całego piętra tego budynku. Nad lustrzaną powierzchnią wody unosiły się strużki pary.

Na ścianach płonęły pochodnie, których miękki blask tworzył atmosferę spokoju wraz z ciszą panującą w budynku, przerywaną jedynie cichym bulgotem wody z jednej i delikatnym pluskiem wodospadu z drugiej strony basenu.

– Woda jest podgrzewana pod ziemią – powiedział Vin, w którego głosie pobrzmiewała wyraźna duma z osiągnięć jego ludu. Wskazał na strumień wody, który spływał leniwie po kamieniach do głównego zbiornika na końcu. – Wypompowujemy ją z ziemi i kierujemy prosto do basenu, odpływ jest natomiast tam – wskazał.

– Woda jest zawsze czysta – powiedział Naz. – Cóż, wypadałoby się w końcu umyć i pozbyć tego futra przy okazji. Chodź tędy.

Naz udał się do pomieszczenia z boku basenu. Gdy Carter musnął gładką ścianę z polerowanego marmuru, z zaskoczeniem spostrzegł, że jest ona ciepła.

– Tłoczymy wodę również przez ściany, żeby je ogrzać – wyjaśnił z dumą Naz.

– Brak mi słów – powiedział Carter. – Nie widziałem nigdy czegoś tak pięknego.

– To jeszcze nic – zaśmiał się Vin. – Poczekaj tylko, aż zobaczysz moją kuchnię!

– Carter, możesz się tutaj bez obaw zmienić z powrotem w człowieka – powiedział Naz. – Przyspieszone starzenie nie będzie miało na ciebie wpływu po przekroczeniu granicy, nie grozi ci zniedołężnienie w trzy dni.

– Chwila, nie mówiliście mi przypadkiem, że szybko się zestarzeję, jeśli będę przebywał poza granicami moich ziem w ludzkiej postaci?

– Zgadza się, tak ci powiedzieliśmy i to wszystko prawda, tylko że nie w tym mieście. Kryształ nas chroni! Emituje wokół miasta jakiś krąg, który powstrzymuje wszystkie złe skutki, na które narażeni byliby ludzie spoza tych ziem. Nasze miasto to takie małe sanktuarium dla każdego człowieka. Nie mamy pojęcia, na jakiej zasadzie to działa, ale każdy żyjący w pobliżu Kryształu jest odporny na starzenie się. Opowiemy ci o tym więcej po kąpieli.

– Wiecie co, w sumie to nie wiem, jak wy naprawdę wyglądacie – powiedział Carter.

– Teraz masz szansę się przekonać – odparł Vin.

Obaj wyraźnie spoważnieli. Usiedli na jednej z kamiennych ław za nimi. Carter obserwował skupienie na ich twarzach. Ich białe futro zaczęło powoli zanikać, pazury i łapy, którymi trzymali się ławy, zmieniły się w silne ręce. Ich twarze się skurczyły, przybierając szerokie, męskie rysy. Ostre kły Carter po raz pierwszy ujrzał jako białe zęby wyszczerzone w szerokim uśmiechu. Już po chwili siedziało przed nim dwóch mężczyzn.

– O tak, zdecydowanie lepiej.

Carter uświadomił sobie, że nigdy nie myślał o swoich nowych przyjaciołach jako o ludziach, w jego świadomości zawsze byli niedźwiedziami. Siedzieli teraz na kamiennej ławie, dobrze zbudowani, z blond włosami, tak kontrastującymi z jego własnymi. Uśmiechali się.

– Nie tego się spodziewałeś, co? No już, twoja kolej. Łap ręcznik i idziemy dalej.

Carter przeszedł przez przemianę tak, jak go nauczono, po czym wszyscy trzej, przepasani ręcznikami, minęli kolejne sklepione przejście, które z kolei poprowadziło ich do trzech głębokich basenów wykutych w kamiennej podłodze.

– W pierwszym jest gorąca woda, w środkowym ciepła, a w tym ostatnim zimna. Jako gość masz prawo wybrać pierwszy.

– Wezmę sobie ten środkowy.

– Dobry wybór – powiedział Vin. – Naz, jeśli chcesz, możesz skorzystać z gorącego basenu.

– Nie, nie, Vin, nie trzeba. Możesz sam z niego skorzystać.

– Cóż, dzięki, Naz – powiedział, po czym wskoczył do basenu, ochlapując podłogę falą ciepłej wody.

Naz zupełnie zbaraniał.

– Vin, teraz była twoja kolej na naleganie, żebym to ja wszedł do basenu z gorącą.

– Naprawdę? Oj... wybacz, Naz. Następnym razem na pewno będę pamiętać – zaśmiał się, po czym cały zniknął pod wodą.

Naz wszedł bardzo powoli do zimnego basenu, pokrzykując, w miarę jak woda stopniowo go przykrywała.

– Dobra, Carter, obmywamy się z tego piachu i żwiru, a potem idziemy popływać.

– I to rozumiem! – odparł Carter.

Po kąpieli udali się z powrotem do basenu, którego schodki zapraszały do ciepłej wody. Po raz pierwszy od wielu tygodni Carter poczuł harmonię ze światem, w miejscu, które kochał najbardziej – w wodzie.

Pływali, nurkowali, ślizgali się i dryfowali, rozkoszując się wodami basenu. Carter kompletnie zgłupiał ze szczęścia, z szaloną radością to nurkował, to bezwładnie unosił się na powierzchni, wpatrując w zdobiony sufit. Z tego snu na jawie wyrwał go w końcu Vin.

– Hej, słyszysz to? Słyszysz, jak mój brzuch domaga się uwagi? Nie pociągnę dalej, jeśli nie dostanę czegoś do jedzenia – powiedział. – Poszedł jako pierwszy do bocznego pomieszczenia, również wykutego w marmurze, gdzie przygotowano dla nich ręczniki oraz czyste ubrania, podczas gdy pływali.

– Te są dla ciebie – rzekł Vin, wręczając strój Carterowi. Spodnie były z miękkiego, jasnobrązowego materiału. Różnokolorowa koszula była ciepła i dobrze pasowała rozmiarem.

– Będę musiał zajrzeć do Holly – powiedział Carter.

– Szef zostawił ją u mnie w domu, moja mama jej dogląda. Pójdziemy tam teraz i zobaczymy, jak się czuje – rzekł Vin.

Ruszyli przez miasto. Vin z dumą wskazywał najpiękniejsze kamienne zdobienia na najważniejszych budynkach. Przywitawszy się z niemal każdym mieszkańcem miasta, dotarli do domu Vina. Solidne, drewniane drzwi były już otwarte. Vin wszedł do pomieszczenia, które według Cartera było najprawdopodobniej kuchnią. Jego centralnym punktem był olbrzymi stół pośrodku. Nad dużym glinianym piecem wbudowanym w jedną ze ścian stała pochylona kobieta, która właśnie wyciągała tacę chrupkich brązowych wypieków. Mama Vina obróciła się, gdy weszli i uśmiechnęła serdecznie na ich widok. Ruszyła ku nim, zapominając całkowicie o tacy, która wylądowała się z brzękiem na podłodze.

– I to się nazywa ciepłe powitanie – powiedział Vin, mocno przytulając mamę i radośnie bujając nią wokół.

– Carter, chciałbym, abyś poznał moją mamę.

– Więc to tobie należą się podziękowania za przyprowadzenie mojego syna – powiedziała. Podeszła do niego i mocno uścisnęła w podzięce. – Jestem Rosalie, ale możesz mówić mi Rosie.

Carter stał, bezskutecznie próbując coś powiedzieć. W końcu sobie to darował i po prostu odwzajemnił uścisk.

Aby nie zawstydzać nadmiernie gościa, Rosie zwróciła się do Naza i przytuliła go na powitanie.

– Naz, dziękuję, że go do nas przyprowadziłeś całego i zdrowego – powiedziała, uśmiechając się do największego mężczyzny w pokoju.

– Bez niego na pewno by mi się nie udało – odparł Naz.

– Jesteście głodni?

– Myślałem, że już nigdy nie zapytasz – zaśmiał się Vin, czując jednocześnie ulgę, że nareszcie wrócił do domu.

– Siadajcie, chłopcy, ciasta są już gotowe i czekają na was – powiedziała.

– Proszę pani, czy mógłbym zobaczyć Holly? – spytał Carter.

– Mów mi Rosie, wszyscy tak na mnie mówią – zaśmiała się. – Oczywiście, że możesz, skarbie, już cię prowadzę.

Pokazała mu mały pokój obok. Holly leżała w łóżku, przykryta miękkim, jasnym kocem z wełny. Gdy wszyscy w trójkę zajrzeli, Holly miotała się we śnie, krzycząc co jakiś czas.

– Biedactwo. Ma tak, odkąd ją tutaj przynieśli. Nie gorączkuje, więc mam nadzieję, że to po prostu z wycieńczenia. Dam wam jeść, a potem spróbuję ją obudzić i dać jakieś lekarstwa. Może któreś pomoże jej spać trochę spokojniej – powiedziała Rosie.

Wrócili do kuchni i zasiedli przy ciężkim drewnianym stole.

Carter rozejrzał się wokół. *To wyłącznie kuchnia*, pomyślał, *ale największa, jaką kiedykolwiek widziałem.* Ściana naprzeciwko była pokryta półkami zapełnionymi słojami, butelkami i pudełkami z rozmaitymi ziołami, przyprawami i sosami we wszystkich możliwych kolorach. W powietrzu unosił się przepiękny zapach świeżo upieczonego ciasta, wyrazisty aromat przypraw oraz słodyczy, od której obu ciekła ślina. Carter nie mógł dostrzec, skąd dokładnie dochodził zapach. *Pewnie coś jest w piekarniku*, pomyślał.

Mama Vina postawiła talerze, na których znajdowały się grubo pokrojone kawałki ciasta, po czym zaczęła im dokładać chochlą smażone warzywa, aż zabrakło miejsca. Podawali sobie garnuszek z gęstym, aromatycznym sosem, który Vin i Naz nałożyli sobie łyżkami na ciasto.

– Rosie, jesteś najlepszą kucharką świata – powiedział Naz.

– Drugą najlepszą – zaśmiał się Vin, który miał już usta

pełne ciasta. – Ale jeśli dalej będziesz przyrządzać takie wypieki, to już nigdy nie ruszę na żadną misję.

– Chłopcy, jesteście kochani, to miłe, że wam tak smakuje.

– Nigdy nie jadłem nic tak dobrego, proszę pa... mmm, Rosie – powiedział Carter.

– Najedzcie się do syta, jest jeszcze dużo porcji na dokładkę – powiedziała. – Wydaje mi się, że zarówno wam, jak i małej Holly przyda się cisza i wypoczynek. Niczego wam tutaj nie zabraknie.

Kiedy już skończyli jeść, mama Vina pokazała Carterowi łóżko w pokoju, który przylegał do tego, gdzie leżała Holly. Położył głowę na miękkiej poduszce i poddał się atmosferze ciepła i wygody domu Rosie oraz Vina. Nie zdążył nawet przykryć się grubym kocem, tylko od razu zapadł w głęboki sen pozbawiony snów.

ROZDZIAŁ 4

SPOTKANIE Z SZEFEM

Ciepłe promienie słońca obudziły w końcu Cartera późnym rankiem. Znalazł czyste ubrania przygotowane dla niego, po czym wyszedł na korytarz łączący sypialnie. Pamiętał wrażenie, że cały dom wydawał się być kuchnią. Usłyszał głosy dochodzące zza drzwi i zapukał.

– Nie ma potrzeby, żebyś pukał – usłyszał głos Rosie. – Wejdź, czuj się jak u siebie.

Uśmiechnął się do Rosie na powitanie. Zrobił krok w stronę kuchni i nagle, ku jego zaskoczeniu, ktoś na niego skoczył. Holly zarzuciła mu ręce wokół szyi i mocno przytuliła.

– Carter, Carter, nawet nie wiesz, jak się cieszę, że cię widzę. Właśnie opowiadałam mamie Vina o tym, jak cały ten czas leżałam w śniegu i myślałam, że już nikt nigdy mnie nie uratuje, ale obietnica to obietnica! – zaśmiała się.

Carter cofnął się i spojrzał na Holly.

– Nie wierzę, że wyglądasz tak dobrze i... radośnie – powiedział.

– Czuję... czuję się jak nowo narodzona – odparła, próbując znaleźć słowa, które oddałyby jej radość. – I strasznie głodna! Próbowałeś już ciasta mamy Vina?

– Mów mi Rosie, skarbie.

– Dobrze, proszę pani – powiedziała Holly.

Wszyscy się zaśmiali, rozkoszując się leniwą atmosferą poranka.

– Siadaj, Carter, musisz coś w końcu zjeść – powiedział Vin. – Potem powinniśmy udać się z wizytą. Jest ktoś, kto na ciebie czeka.

– Kto taki? – spytał

– Szef! – powiedział Vin, wciąż pod wrażeniem sytuacji.

– A nie poznałem go wczoraj?

– Nie, nie, to był Szef, a teraz mówimy o *Szefie*!

– Chwila, skąd wiecie, o którym rozmawiacie w danej chwili? – spytał Carter.

– To łatwe. Kiedy mówisz o Szefie, mówisz Szef, ale kiedy masz na myśli *Szefa*, to mówisz...

– Vin... – wtrąciła się Rosie. – Niepotrzebnie komplikujesz. Masz na myśli Wielkiego Szefa, synku, Szefa Szefów.

– Yyy... rozumiem – powiedział Carter, gubiąc się jednak w zawiłościach tutejszej hierarchii. Stwierdził, że zachowa tę kwestię na później, teraz znacznie ważniejsza była zapiekanka rybna, którą Rosie przed nim postawiła.

Po skończonym posiłku Vin zwrócił się do Cartera.

– Carter, przeszedłbyś się na spacer omówić parę spraw? – spytał.

Zaprowadził go do ogrodu, gdzie w cieniu potężnego dębu czekało na nich kilka krzeseł. Rozwieszony baldachim dawał przyjemne schronienie przed gorącem porannego słońca. Kiedy się rozsiedli, Vin przeszedł do sedna.

– Chciałbym cię o coś poprosić.

– Jasne, pomogę, jak tylko będę mógł.

– Nauczysz mnie, jak używać tych waszych kosturów?

– Cóż... na pewno mógłbym ci pokazać parę ruchów, ale

żeby dobrze opanować ten rodzaj walki, trzeba naprawdę sporo czasu, ćwiczeń, a i bez siniaków się nie obejdzie.

– Siniaków?

– No wiesz, zdarzają się, nazwijmy to, wypadki.

– Poważne wypadki? – dopytywał Vin.

– Tylko jeśli jesteś nieostrożny.

Vin siedział, rozważając za i przeciw swojej prośby.

– Dobra, to czy możemy zrobić tak, że obaj będziemy ostrożni, a ty nauczysz mnie paru ruchów? – spytał, podjąwszy decyzję.

– Nie ma sprawy, kiedy chcesz zacząć?

– Nawet teraz, im szybciej, tym lepiej.

– Jak chcesz, Vin. Tylko na początek umówmy się, że będziemy *bardzo* ostrożni, dobrze?

Rosie włożyła właśnie kolejną blachę wypieków do glinianego pieca. Gdy otworzyła jego drzwiczki, kuchnię zalała fala gorąca.

– Skarbie, jesteś jeszcze głodna? – rzuciła przez ramię.

– Nie, proszę pani, czuję się bardzo najedzona.

– Mówiłam, mów mi Rosie po prostu. Naprawdę się cieszę, że tu jesteście. W domu jest znacznie przyjemniej, kiedy są jakieś głodne brzuchy do wykarmienia, którym jeszcze smakuje twoja kuchnia, to bardzo miła motywacja, a Vin w ogóle jest strasznym głodomorem.

– Naprawdę świetnie pani gotuje. To Vin panią tak nauczył?

– Chciałby, żeby tak było – powiedziała, puszczając oczko. – Holly, jak się dzisiaj czujesz?

– Znacznie lepiej, proszę pani, czuję, że tutaj naprawdę mogę odetchnąć. To chyba przez Kryształ.

Rosie odwróciła się i zobaczyła dziwny, obcy grymas, który prędko przemknął po twarzy Holly.

– Co konkretnie masz na myśli, kochanie?

– Oj, po prostu to, że jesteśmy tutaj bezpieczni i nie musimy się już o nic martwić.

– Ach, teraz rozumiem. Tak, to na pewno jest dla was duża ulga nie musieć przejmować się już tymi okropnymi małpami.

– A czy Kryształ jest dobrze strzeżony, proszę pani?

– Jak najbardziej. Przetrzymują go w Domu Gwardzisty, gdzie trenują wszyscy gwardziści. Domyślam się, że Vin i Naz pójdą tam jeszcze dzisiaj, bo muszą opowiedzieć Szefowi o wszystkim, co zaszło.

– Tyle kłamstw... – powiedziała Holly, wyglądając przez okno.

Rosie nie była pewna, czy Holly dalej z nią rozmawia, czy też rozpamiętuje swoje przejścia. *Chyba przyda jej się rozmowa,* pomyślała.

– Holly, jak dużo pamiętasz z tego, co się wydarzyło?

– Pamiętam wszystko. Co do sekundy – w jej głosie słychać było ślad irytacji.

– Gdybyś chciała o tym porozmawiać, kochanie, jestem tu, żeby cię wysłuchać – powiedziała Rosie, siadając przy stole naprzeciw dziewczynki.

– Chciałabym... – powiedziała Holly.

Nagle drzwi otworzyły się na oścież i do kuchni weszli Vin z Carterem.

– Vin, wszystko w porządku? Wydaje mi się, że kulejesz – odezwała się Rosie.

– Nie, nie, wszystko gra. Widziałaś może mech, który ze sobą przyniosłem?

– Ten na bóle?

– Zgadza się.

– Tam go znajdziesz – powiedziała, wskazując na kredens. – Vin, po co ci ten mech jest teraz potrzebny?

– Chcę go pokazać Szefowi, właśnie idziemy się z nim spotkać.

– Dlaczego tak dziwnie układasz ramię? Jesteś pewien, że nic ci nie jest?

– Holly, gotowa? – spytał Vin.

– Jasne, że tak – uśmiechnęła się.

– To ja tylko wezmę mój kapelusz – odparł Vin, zabierając woreczek z mchem.

– Naz, chłopcze, witaj! Cholernie się cieszę, że was widzę całych i zdrowych. Chodźcie, siadajcie.

– Dzięki, Szefie, dobrze być nareszcie w domu.

– Może chcesz o tym opowiedzieć?

Naz nie mógł nie spojrzeć na obraz, który wisiał na ścianie za biurkiem Szefa. Był to portret Rana, ich największego bohatera, ubranego w pełen mundur. Trzymał w ręku złotą szkatułkę, dar dla swojego ludu. Naz wiedział, że obraz nie wisiał tu przypadkiem, miał być zachętą dla wszystkich gwardzistów, którzy siedzieli tu, na jego miejscu, by nie pozwolili tej historii odejść w zapomnienie.

Spojrzał w lewo, czując, jak promienie słońca wpływają do pomieszczenia przez wysokie okno. Ranek był przepiękny, powietrze ciepłe, a ponadto znajdowali się już setki kilometrów od piekła, przez które musieli przejść ledwie wczoraj. Naz wziął głęboki wdech, próbując przypomnieć sobie przebieg misji, która tak bardzo wymknęła się spod kontroli.

Nie był w stanie spojrzeć na Szefa, nie wiedział nawet, od czego powinien zacząć. Wyjrzał jeszcze raz przez okno, choć właściwie nie mógł dojrzeć skąpanego w słońcu placu centralnego, który znajdował się na zewnątrz. Wlepił wzrok w przestrzeń, ponad pokryte śniegiem Alpy, ponad piaski i pył płaskowyżu, ponad spalone łąki i wzgórza, aż w końcu ujrzał ich drogę ucieczki przez bramę prowadzącą do nowych ziem na południu.

– Może się napijesz?

– Nie, Szefie, dziękuję.

– Powiedz mi w takim razie, co pamiętasz. Co się stało z Jojo?

– Poległ. Nie dostał potrzebnego wsparcia podczas walki, a ja nie byłem w stanie do niego wrócić.

– Caldo i Fonz powiedzieli mi, że widzieli go ostatni raz, kiedy wyprowadzał ludzi z miasta na płaskowyż.

– Tak, na płaskowyż... – Naz znowu miał przed oczami ten widok, wszędzie krew i chmura pyłu. – Wtedy właśnie wszystko zaczęło się sypać.

Ponownie spojrzał za okno, widząc teraz śmierć i pożogę, której byli świadkami razem z Vinem, gdy tylko powrócili na płaskowyż. Te wspomnienia miały mu już towarzyszyć do końca życia.

– Jojo posłał nas przodem – zaczął Naz. – Kazał iść w stronę przejścia. Widzisz, Szefie, poznaliśmy w międzyczasie pewnego południowca, miał na imię Sam. Okazało się później, że jest przyszłym królem Ziem Południowych. Jojo wpadł na pomysł. Jedyną szansę, by uratować tych wszystkich ludzi, widział w tym, żeby ewakuować ich na ziemie południowców. Vin i ja mieliśmy pójść przodem i wynegocjować bezpieczne przejście dla uciekinierów – ciągnął dalej. – Mógł ich tam porzucić, zostawić własnemu losowi, ale wiedział, że małpy przełamały już granicę lasu. Dobrze wiedział, że ci ludzie nie mieli szans na przeżycie. W każdym razie Vin i ja otrzymaliśmy zapewnienie, że południowcy wpuszczą do siebie uchodźców, więc popędziliśmy z powrotem, żeby poprowadzić ludzi do bramy. Okazało się, że w trakcie marszu przez płaskowyż wybuchła panika i to wystarczyło, by rozpętało się piekło. Ludzie upadali pod ciężarem tłumu, tratowano dzieci, a chmura pyłu, którą wszyscy wzbili, była tak gęsta, że nie dało się absolutnie nic zobaczyć. I nagle pośród tego chaosu pojawiła się małpa. Szefie, *jedna* małpa! Dziesięciu zabitych i dwudziestu ośmiu rannych.

Naz pokręcił głową, wciąż nie mogąc uwierzyć, że jeden potwór był w stanie dokonać takiego spustoszenia.

– Opatrzyliśmy niedobitków i poprowadziliśmy ich następnie przez spalone łąki. Kiedy nas znowu zaatakowały, brama była już w zasięgu wzroku. Musiało być, nie wiem, około trzydzieści albo nawet czterdzieści małp. Jojo ustawił szyki obronne tak, żeby dać uciekinierom wystarczająco dużo czasu, ale małp było po prostu za dużo. Padł, walcząc z czterema naraz. To była rzeź. Gdyby Vin mnie nie wtedy nie odciągnął, nie byłoby mnie teraz tutaj. Szefie, to był prawdziwy bohater. Wiedział, że nie powróci, ale nie zamierzał wydać tych ludzi na pewną śmierć z rąk małp – kontynuował. – Co dalej… tak, Vin mnie odciągnął, nie było nic, co mogliśmy zrobić, żeby ocalić Jojo. Wycofaliśmy się do tunelu granicznego i wtedy wyłonili się południowcy przybywający z odsieczą. Gdyby zjawili się trochę wcześniej, udałoby się ocalić więcej istnień. Uratowali Vina, mnie i resztki Sfory czy też górskich lwów, jak sami siebie nazywają po przemianie. Południowcy przeprowadzili pozostałych uchodźców przez bramę. Nie przyszli nieprzygotowani na tę bitwę, mieli przemyślany sposób walki. Używają długich, ciężkich kijów, sami nazywają je kosturami. Przeprowadzają falowo kontrolowany odwrót, szereg z tyłu osłania tych z przodu. Działali jak jeden mechanizm, to było niesamowite. Nie odnieśli właściwie żadnych strat podczas walki. Mogą sprawiać wrażenie rolników i rybaków, ale z całą pewnością wiedzą, jak się obronić. Moglibyśmy się od nich sporo nauczyć.

– Naz, to brzmi, jakbyś udał się do piekła.

– Nigdy czegoś takiego nie widziałem i mam szczerą nadzieję, że już nigdy nie będę musiał.

– Przykro mi to mówić, Naz, ale teraz moja kolej na przekazanie złych wieści. Lepiej, żebyś usłyszał to ode mnie niż kogokolwiek innego. Oddział wysłany, by odzyskać Kryształ, nigdy nie wrócił.

– CO?!

– Niestety dobrze słyszysz. Przejęliśmy Kryształ, ale to Cal i Fonz donieśli go do domu. Wygląda na to, że kiedy się z nimi rozstaliście, udali się spotkanie z Jojo na płaskowyżu. To musiało mieć miejsce przed wybuchem paniki i pojawieniem się małpy, ponieważ żaden mi o tym nie wspomniał. Kiedy Jojo powiedział im, żeby podążyli zachodnią przełęczą, poinformował ich też, że w okolicy widziano małpę i najlepiej będzie udać się do domu najkrótszą możliwą drogą. Właśnie wracając, natknęli się na nasz oddział. Wszyscy byli martwi, z wyjątkiem Szefa, który wyzionął ducha w ich ramionach. Zostali zaatakowani przez *jedną* małpę! Jedna wystarczyła, żeby ich wszystkich zgładzić. Cal i Fonz znaleźli ją, również już nie żyła, zginęła albo od ran, albo z zimna. Nawet po śmierci kurczowo ściskała szkatułkę z Kryształem.

– Zachodnia przełęcz? Wracaliśmy tamtą drogą do domu i wtedy nagle coś odbiło Carterowi, zrobił się cały roztrzęsiony. Powiedział, że śmierć wisi tam w powietrzu. To musiał być nasz oddział. Szefie, z czymś takim jeszcze nigdy nie mieliśmy do czynienia. Te małpy nie są już po prostu bezmyślnymi zwierzętami, za jakie do tej pory je mieliśmy. One myślą, planują, współpracują ze sobą. Mają swoich przywódców i wydaje mi się, że od kogoś dostają rozkazy, co mają robić i dokąd się udać. Musimy spojrzeć na całą sytuację w zupełnie inny sposób.

– Naz, potrzebuję raportu. Chcę, żebyś usiadł i spisał wszystko, co pamiętasz z tej misji. Muszę mieć jak najwięcej danych, żeby zrozumieć, co tu się dzieje, skąd biorą się te zmiany i kto stoi na czele małp.

– Zajmę się tym. Szefie, ja... naprawdę nic nie mogłem zrobić, żeby go uratować.

– Wierzę ci. Znam cię i dobrze wiem, że gdybyś mógł przyprowadzić Jojo żywego, to z całą pewnością byś to zrobił. Nie obwiniaj się za jego śmierć. Widzisz to miejsce, tu? – Szef wskazał na kawałek ściany za Nazem. – W tym miejscu zawiśnie portret Jojo. Nie musiał pochylać się nad losem ludzi z miasta, jego rozkazy mówiły tylko, że ma odzyskać Kryształ. I właśnie ten odruch człowieczeństwa będę chciał uhonorować.

– Był najwybitniejszym gwardzistą, pod którym miałem okazję służyć.

– Domyślam się. Naz, muszę ci zadać to pytanie. Czy zamierzasz zostać w Gwardii? Zapracowałeś na możliwość, żeby z niej wystąpić.

– Wystąpić z Gwardii? Szefie, to moje życie! Ja urodziłem się, żeby być gwardzistą!

– Nie spodziewałem się innej odpowiedzi, ale mimo wszystko musiałem o to spytać. Jak Vin to wszystko zniósł? Na początku wydawał się dość niechętnie nastawiony do całej misji. Wysłałbyś go na kolejną?

– Nie mógłbym sobie wymarzyć lepszego partnera u boku. Vin bardzo się zmienił. Jojo mianował go na pełnoprawnego gwardzistę przed swoją śmiercią. Vin prowadził kolumnę uchodźców, a teraz poprowadził nas do domu. Jest świetnym zwiadowcą i chcę go zgłosić do awansu na elitarnego zwiadowcę. Mógłby świetnie nauczyć rekrutów zasad postępowania w terenie.

– Rozważę to, nie chciałbym awansować go zbyt szybko. Już widziałem takie przypadki, ludziom strasznie wtedy odbija, mają się za nie wiadomo kogo i zaczynają niepotrzebnie ryzykować. Lepiej będzie, żeby doszedł do tego awansu trochę mniejszymi krokami.

– Decyzja należy do ciebie, Szefie. Z przyjemnością stawię się z nim ponownie do służby, gdyby okazało się, że trzeba mi kogoś przydzielić.

– Cóż, trudno chyba o bardziej wartościową pochwałę. Naz, powiedz mi, co sądzisz o południowcach?

– To honorowy lud, Szefie. Odważny i zdyscyplinowany, chociaż nie mają właściwie żadnej hierarchii, każdy może zabrać głos, kiedy zechce. Wolą rozmawiać i nawiązywać nowe więzi, niż walczyć, ale jeśli coś ich do tego zmusi, to, wierz mi, Szefie, nie chciałbym toczyć z nimi walk. Młoda dziewczyna należąca do tego plemienia powaliła naszego gwardzistę dwoma uderzeniami!

– Żartujesz! Kim był ten gwardzista?

– Nie mogę sobie teraz przypomnieć, Szefie, trudno było się rozeznać podczas bitwy. A co do południowców, to potrafią przemieniać się w ogary i są wtedy jeszcze straszniejszymi przeciwnikami. Umieją wywęszyć małpy z odległości kilku mil, a taka zdolność zdecydowanie się przyda w najbliższym czasie. Ten, który przybył razem z nami, Carter, *dwukrotnie* ocalił nam życie!

– Mówisz poważnie, dwukrotnie? Nie mogę zatem się doczekać spotkania z tym młodzieńcem. Coś mi się wydaje, że im szybciej nawiążemy relacje z południowcami, tym lepiej dla obu stron. Wysłałem im oficjalne zaproszenie, bardzo chciałbym ich lepiej poznać – powiedział Szef. – Co sądzisz o tym, że ta dziewczynka, Holly, zdołała przeżyć tyle czasu przykryta śniegiem?

– Nie wiem, co o tym myśleć, Szefie. To było najbardziej piorunujące doświadczenie w całym moim życiu. Byliśmy przekonani, że zaniesiemy ją w trumnie do jej ojczystej krainy, a ona nagle otworzyła oczy. Myślałem, że umrę ze strachu.

– Dzieje się tu podejrzanie dużo niezwykłych rzeczy, Naz. Mam wrażenie, że po tych wszystkich cichych latach coś się zaczyna zmieniać. Dostarcz mi ten raport najszybciej, jak możesz, a potem weź sobie parę tygodni wolnego. Odpocznij, zjedz trochę ciast. O, byłbym zapomniał! Naz, otrzymujesz awans, jesteś teraz szefem. Gratuluję.

– Wow, dzięki, Szefie. Czy to oznacza większe przydziały jedzenia i wyższą pensję?

– Hmm... cóż, możemy to oczywiście omówić... ale później. Odpocznij i przekaż w stołówce, że przydzieliłem ci dodatkowe racje żywnościowe na odzyskanie sił po misji.

– Jasne, Szefie. Do zobaczenia.

– Nie ma sprawy, Naz. I szczerze, wykonałeś kawał znakomitej roboty. Nie bierz śmierci Jojo na siebie. Dobrze wiedział, co robi. Dobrego przywódcę można poznać właśnie po tym, że umie podejmować trudne decyzje.

– Zapamiętam to, Szefie.

Naz opuścił pomieszczenie, czując, że właśnie zrzucił ze swoich barków ogromny ciężar.

A teraz najgorsze. Ten raport sam się nie napisze, pomyślał.

Po południu Vin znowu poprowadził ich przez miasto, jeszcze raz z dumą opowiadając o architekturze poszczególnych budynków i pomnikach bohaterów, które mijali po drodze. Gdy skręcili w jedną z ulic, ich oczom ukazała się potężna bryła budynku zajmującego niemal całą powierzchnię placu w sercu miasta. Na kamiennych balkonach, nad którymi widać było wysokie okiennice, umundurowani gwardziści cicho gawędzili. Popołudniowe słońce nadawało budowli przyjaznego wyglądu, jednocześnie jednak podkreślając siłę, którą emanowała nawet sama jej fasada.

– Oto Główna Hala – rzekł Vin, zamaszyście machnąwszy ręką. – W tym miejscu odbywa się cały nasz handel oraz podejmowane są najważniejsze decyzje dotyczące miasta i jego mieszkańców. Chodźcie, pokażę wam to i owo.

Szerokie kamienne schody poprowadziły ich do zwieńczonego łukiem przejścia, w którym bez problemu mogli się zmieścić w trójkę. Ciężkie drewniane drzwi stały otworem, zapraszając ich do chłodnego wnętrza. Po obu stronach biegły rzędy pięknie wykonanych drzwi. Vin skręcił do najbliższych, które stały otworem.

– Witaj, Szefie – powiedział Vin. – Przyprowadziliśmy naszych gości.

– Witaj, Vin, cieszę się, że widzę cię całego i zdrowego.

– Dziękuję, Szefie, przedstawiam ci Holly i Cartera.

Szef zbliżył się, by ich powitać. Tak jak Vin miał krótko obcięte blond włosy oraz brodę. Po jego umięśnionych ramionach i barkach można było poznać, że wiele czasu spędził, służąc Gwardii. Choć nosił tytuł Szefa wszystkich Szefów, jego ubrania nie różniły się od ubrań innych mieszkańców. Spodnie były z miękkiej, brązowej wełny, ale wyglądały na grube i ciepłe. Nosił jaskrawą koszulę z podwiniętymi rękawami. Wyglądał, jakby właśnie zabierał się do pracy.

– Wiele słyszałem o was obojgu. Naz był tu wcześniej, opowiadał o waszej misji. Jesteś bohaterem, Carter.

– Nie, nie sądzę, sir.

– Naz mówił, że dwukrotnie uratowałeś ich z opresji oraz pokonałeś jedną z małp podczas ataku.

– Nie było to nic, czego Vin i Naz nie zrobiliby dla mnie, sir.

Szef spojrzał na niego i uśmiechnął się, a potem zagadnął: – Czy otrząsnęłaś się już po swoich przejściach, panno Holly?

– Tak, dziękuję panu. Wszystko dzięki Carterowi. On *naprawdę* jest bohaterem. Wiedziałam, że jeśli będę go wołać, to przybędzie mnie uratować.

Carter odkaszlnął, zakłopotany zainteresowaniem swoją osobą, chcąc jak najszybciej zmienić temat rozmowy.

– Mam list polecający dla pana – powiedział, podchodząc z zapieczętowanym pergaminem. – Nasz przyszły król, Samuel Southernland, przesyła pozdrowienia dla ciebie, panie, jak i twoich ludzi oraz z całego serca dziękuje twoim Gwardzistom za pomoc, którą zaoferowali przy strzeżeniu granicy przed inwazją. Prosił mnie, bym przekazał, że ma szczerą nadzieję, iż nasze kraje połączą wkrótce więzy trwałej przyjaźni.

– Cóż... nie spotkałem się nigdy z podobnym listem. Nie pozostawię go oczywiście bez odpowiedzi i liczę, że przekażesz moją odpowiedź, gdy tylko znajdziesz się wśród swoich.

– To będzie dla mnie przyjemność – powiedział Carter.

– Dobrze, zatem skoro już mamy za sobą formalności, usiądźmy i odprężmy się – Szef uśmiechnął się, wskazując krzesła stojące przy drewnianym stole, przy którym wcześniej pracował nad jakimiś papierami.

– Czy mogę zaproponować coś do picia bądź jedzenia, panno Holly? – spytał Szef, gdy usiedli.

– Jeśli mamy się odprężyć, to proszę mówić mi Holly, Holly Boatman. I dziękuję panu, ale nie potrzebuję niczego. Pani mama Vina dobrze się nami zaopiekowała.

– Rozumiem. Holly, możesz mi mówić Ross, ale wszyscy inni nazywają mnie Szefem.

Holly wyszczerzyła zęby w uśmiechu.

– A wy, Carter, Vin? Macie na coś ochotę?

Obaj zaprzeczyli.

– Nie mogę się doczekać, aby usiąść z wami i posłuchać o waszej krainie i zwyczajach. Czy zechcielibyście towarzyszyć mi jutro przy obiedzie? Chyba że twoja mama już zaplanowała coś specjalnego, Vin?

– Nic, o czym bym wiedział, Szefie.

– Zatem zapraszam was, Naza również.

– Dzięki, Szefie, przekażę mu – powiedział Vin.

– Czy jest coś, czego byście potrzebowali podczas waszego pobytu?

– Nie, myślę, że na tę chwilę niczego nam nie brak – powiedział Carter.

– Dobrze, cóż, jeśli byłoby cokolwiek...

– Właściwie to ja mam pewną sprawę – przerwała Holly – związaną z magicznym Kryształem, o którym tyle słyszałam.

– Tak? – powiedział Szef.

– Cóż, to musi być niesamowity Kryształ, jeśli chroni *wszystkich* w waszej krainie od starości oraz otwiera bramy kiedy tylko chcecie, dobrze mówię?

– Tak? – powtórzył Szef, spoglądając pytająco na Vina.

– Cóż, zastanawiałam się, to wszystko brzmi tak... magicznie, może opowiecie nam o nim?

– Oczywiście, Holly. Kryształ nie powstrzymuje starzenia się u każdego, ale chroni podróżujących takich jak wy przed najgorszymi zmianami pojawiającymi się po przekroczeniu granicy, co oznacza, że nie musicie pozostawać w tej samej postaci. Możecie znów stać się ludźmi, jeśli tylko znajdujecie się pod wpływem Kryształu.

– To brzmi niezwykle – powiedziała Holly – ale jak to działa? – tryskała podekscytowaniem.

– Nie wiemy do końca, Holly. Dostrzegamy część jego wpływu i mocy, ale nie rozumiemy *do końca*, jak to działa.

– Och, to brzmi tak ekscytująco! – Holly zachwycała się jak mała dziewczynka. Vin i Szef uśmiechnęli się do niej, ucieszeni jej entuzjazmem.

– Czy mogę go zobaczyć?

Zapadła nagła cisza, taka, że nawet mysie kroki niosłyby się echem w pokoju. Szef spojrzał na Vina, który nagle przybrał ostrożny wyraz twarzy. Odchrząknął.

– Dlaczego chciałabyś go zobaczyć, Holly? – spytał.

– Cóż, musi być piękny, a ja nigdy wcześniej nie widziałam magicznego Kryształu – kłamstwo wyrwało się jej, zanim zdążyła uprzytomnić sobie, co powiedziała.

Szef umilkł na chwilę, uważnie obserwując Holly.

– Kryształ to najważniejsza rzecz, jaką mamy, Holly. To on sprawia, że jesteśmy bezpieczni, a małpy pozostają z dala od naszej krainy, więc, jak możesz się domyślić, otaczamy go szczególną ochroną. Jest zabezpieczony w wyjątkowej szkatule, w specjalnym pokoju, który jest strzeżony przez cały czas. Nie chcemy, by ktokolwiek go zobaczył, ponieważ wywiera bardzo zły wpływ na ludzi. Każdy, kto na niego spojrzy, zdaje się ulegać jego mocy, jego czarowi, jeśli wolisz. Więc trzymamy go z dala od ludzkich oczu w złotej szkatułce.

– Och, to brzmi tak wspaniale – zachwycała się Holly. – Magiczne zaklęcia, złote szkatułki. Nigdy wcześniej nie słyszałam o czymś równie fascynującym. Mogę go zobaczyć? – zapytała ponownie.

– Cóż... – zaczął niepewnie Szef. – Jestem pewny, że nic się nie stanie, jeśli pewnego dnia Vin i Naz pokażą ci pokój, w którym go trzymamy.

– Och, dziękuję bardzo – powiedziała.

Szef skinął na Vina.

– To my już pójdziemy, Szefie. Widzimy się jutro na obiedzie, prawda?

– Prawda – przytaknął nieobecnym głosem Szef.

Kiedy szli w kierunku drzwi, Szef obserwował plecy Holly.

– Zatem do jutra – powiedział, obserwując wychodzących.

– Wy dwoje jesteście wyjątkowymi gośćmi. Nigdy nie słyszałem, by Szef zapraszał kogoś na obiad. Jestem w szoku – powiedział Vin, kręcąc w zdumieniu głową.

– To brzmi jak urocze zaproszenie – powiedziała Holly. – To taki miły człowiek... i pozwolił mi mówić do siebie Ross, i zaprosił nas wszystkich na posiłek, i pokaże mi Kryształ, i...

– Nie jestem pewny, czy pozwoli ci go zobaczyć, Holly, to mogłoby być dla ciebie zbyt niebezpieczne. Powiedział, że możesz zobaczyć pomieszczenie, w którym się znajduje, to wszystko.

– Och... Ale to i tak miło z jego strony. Ale dlaczego nie mogę go zobaczyć, Vin? – spytała Holly, a jej oczy rozszerzyły się w oczekiwaniu.

– Tak jak powiedział Szef, każdy kto go zobaczy, znajdzie się pod jego urokiem. Takich ludzi opanowuje przemożne pragnienie chwycenia go w dłonie, posiadania go, zawładnięcia nim, trzymania go tylko dla siebie... nie pozwolą nikomu nawet się do niego zbliżyć. To właśnie przydarzyło się temu złodziejowi Dumie – kiedy go zobaczył, nie mógł trzymać paluchów z dala od niego.

– Tylko jedna osoba była na tyle silna, by oprzeć się tej mocy, a był to Ran, nasz największy bohater. To on odebrał go małpom, by powstrzymać je przed inwazją za naszą granicę.

Inaczej przyszłyby tu i zniszczyły wszystko tylko po to, by sprawić kłopoty.

– Życie było naprawdę ciężkie, zanim Ran przyniósł go do nas razem z książką. Teraz wiedziemy spokojne życie i możemy budować rzeczy, by trwały, wiedząc, że żadna małpa nie przyjdzie i nie zrówna tego z ziemią.

– Jaką książkę przyniósł wam Ran, Vin?

– Ach... Księgę Dziejów. Naszą najświętszą księgę. Zawiera *wszystkie* historie, podania i opowieści, które są dla nas ważne. Skąd pochodzimy, jakie było życie, kto był u władzy, jakie były kiedyś miasta. Wszystkie te rzeczy. Zgodnie z nią nasi przodkowie pochodzą zza oceanu, przybyli do tej krainy łodziami, a gdy przybili do brzegu, ich drogi się rozeszły. Wielu ludzi wierzy, że wszyscy pochodzimy od nich, wy, ja, koty... nawet małpy!

– Ale gdzie Ran znalazł tak cenną książkę?

– Jego misją było uratowanie naszej krainy i naszych ludzi. Poszedł sam, nie mówiąc nikomu, dokąd idzie. Poszedł za małpami, przekroczył granicę i odkrył miasto, które kiedyś musiało być domem ludzi-małp, zanim stracili wolę i zdolność do ponownej przemiany w ludzi. Znalazł Kryształ i Księgę Dziejów w na wpół zrujnowanej świątyni. Chciał dzięki Kryształowi powstrzymać małpy przed przekraczaniem naszej granicy i urządzaniem krwawych napadów na naszą krainę, ale uznał, że książka również jest cenna. Wiedział, że zostanie zniszczona, jeśli tam zostanie; małpy nie umiały czytać... właściwie chrząkają, zamiast mówić. Włożył więc Kryształ oraz książkę do torby i czym prędzej stamtąd uciekł. Małpy były wściekłe, ale nie mogły nic zrobić, jako że nie były już w stanie przekraczać granicy.

– Ale Ran był na tyle silny, że oddał Kryształ. Przekazał go Gwardii, by zaopiekowała się nim, ponieważ wiedział, że prędzej czy później ulegnie jego mocy. Według opowieści po kres swoich dni Ran codziennie toczył ze sobą bitwę, by nie iść po Kryształ i nie uciec z nim, lecz każdego dnia wygrywał swoją bitwę. Kto w końcu chciałby skończyć tak jak te małpy?

– Na pewno nie ja! – powiedział Carter.

– Więc... co wy na to, żebyśmy poszli teraz popływać? – powiedział Vin.

– Teraz to mówisz? Urodziłem się, by pływać – powiedział Carter.

– Myślę, że wolę spędzić trochę czasu z twoją mamą, Vin. Obiecała, że pokaże mi, jak robić ciasto.

– Jasne. Carter i ja odprowadzimy cię najpierw do domu. Tędy.

Wykąpali się i wygimnastykowali, a teraz unosili się na plecach, obserwując malowidła sufitowe, które wolno przesuwały się nad nimi, gdy przepływali z jednego końca basenu na drugi.

– Więc myślisz, że wszyscy pochodzimy z tego samego klanu? – spytał Carter.

– Cóż, według Księgi Dziejów ludzie przybyli tu zza szerokiego oceanu. Ludzie namalowali obrazy tego, co według opowieści Ran zobaczył za granicą w krainie małp, w ich świątyni. Uznano, że to na tyle istotne, iż lepiej będzie to uwiecznić, zanim przepadnie na zawsze. Przecież nikt nie zamierza zapuszczać się znów na tereny małp.

– Co jeszcze jest tam napisane, Vin?

– Och, mnóstwo rzeczy, imiona pierwszych władców, opis krainy, z której wszyscy pochodzili, dlaczego ją opuścili...

– Dlaczego stamtąd odeszli?

– Cóż, wydaje się, że podczas suszy wszystkie plony obumarły i groziła im śmierć głodowa, więc musieli znaleźć inne ziemie, gdzie mogliby przeżyć.

– Czy jest tam coś na temat tego Kryształu, o który wszyscy walczą?

– Nie, ale jest tam napisane, że istniały trzy księgi, a w nich zawarta została wszelka wiedza, jakiej ludzie kiedykolwiek mogliby potrzebować! Ran ocalił Księgę Dziejów, istnieje jeszcze Księga Mądrości, ale nikt nie wie gdzie, oraz jeszcze jedna księga. A kiedy wszystkie trzy książki zostaną zgromadzone, wtedy zrozumiemy pełną potęgę człowieka.

– Co to znaczy, Vin, pełna potęga człowieka?

– Możemy jedynie zgadywać, ponieważ nikt nigdy nie widział dwóch pozostałych książek. Wydaje nam się jednak, że wiedza przodków, znajomość naszej historii i tego, skąd pochodzimy, to klucz do uzyskania pełni mocy, do której zdolna jest jednostka. Domyślamy się, że trzecia książka traktuje o Krysztale. Potrzeba jednak wszystkich trzech, aby go zrozumieć i wiedzieć, jak go wykorzystać.

– Kręci mi się w głowie od tego wszystkiego. Myślę, że pozostanę przy pływaniu i łowieniu ryb, życie jest wtedy dużo prostsze.

– A ja pozostanę przy pieczeniu ciast – powiedział Vin.

– Chodź, ścigajmy się – rzekł Vin, odpychając się mocno od brzegu, by zyskać przewagę.

Kiedy dotarł do mety, Carter już tam na niego czekał, dysząc.

ROZDZIAŁ 5

CIASTA I CIENIE

Następnego dnia Vin siedział sam przy stole w kuchni. Carter delikatnie zapukał do drzwi.

– Nie musisz pukać – zawołał Vin.

Carter wszedł do pokoju, szeroko uśmiechając się na powitanie.

– Mogę się przysiąść?

– Jasne, miałem zresztą nadzieję, że w końcu się zjawisz – odparł Vin.

Carter wyciągnął rękę po chleb i żółty ser leżące na stole.

– Twoja mama wypieka fantastyczny chleb – powiedział, smarując chrupiącą kromkę grubą warstwą masła.

Jedli śniadanie z dużym apetytem, delektując się błogą ciszą panującą w kuchni.

– Słyszałeś krzyki Holly tej nocy? – spytał Vin.

– Nic a nic, wszystko najpewniej przespałem. Jeszcze nigdy i nigdzie nie spało mi się tak dobrze jak tutaj.

– Mocno mnie to niepokoi, muszą ją dręczyć naprawdę przerażające koszmary, skoro krzyczy i płacze przez sen. Serce pęka od samego słuchania.

– Sądzisz, że jej stan się poprawi?

– Na pewno, tylko wymaga to czasu. Jest młoda, ale jednocześnie bardzo silna. Niektórzy z naszych gwardzistów mieli koszmary przez całe lata po tym, jak walczyli z małpami, a to, co przeszła Holly, jest po prostu niewyobrażalne. Świadomość, że walczyła z ludźmi, którzy chcieli ją uratować, z pewnością także nie poprawia jej samopoczucia.

– Może dodam jej wieczorem trochę mchu do picia, dzięki takiej mieszance od razu zapadnie w mocny sen. Niewykluczone, że na koszmary też by pomogło, skoro pomaga niemal na wszystko.

– Wiem! Przekazałem garść naszemu lekarzowi i jest zadziwiony jego możliwościami. Mówił, że będzie próbował tutaj coś wyhodować z próbki, którą wręczył nam doktor Mossman.

– Trzymam kciuki, żeby mu się udało. Nie wyobrażam sobie życia bez tego mchu.

Carter przyglądał się Vinowi, jak je śniadanie. Widać było, że jakaś sprawa uparcie zaprząta jego myśli. Odezwał się po dłuższej chwili.

– Carter, chciałem cię o coś zapytać. Kiedy Duma porwał Holly, to czy pokazał jej Kryształ?

– Nie wydaje mi się. Nie mówiła wczoraj, że nigdy nie widziała go na oczy?

– No tak, zapomniałem o tym.

– Skąd pytanie?

– A nie wiem. Tak mi wpadło do głowy, że te wszystkie koszmary, które ją dręczą, mogą mieć jakiś związek z Kryształem. On potrafi zrobić z człowiekiem naprawdę dziwne rzeczy.

– A dokładniej? – Carter odłożył chleb, uprzytomniwszy sobie, że rozmowa schodziła na poważne tory.

– Jakby to ująć... dostaje się jakichś obsesji, umysł opanowuje chciwość, a do tego w głowie pojawiają się dziwne myśli.

Carter ugryzł kęs swojej kanapki.

– Wiesz o tym, że Holly została porwana przez przypadek?

– Co? Nie! Powiedz mi o tym więcej – rzekł Vin, wziąwszy spory haust wody.

– No więc tak, dzień przed uprowadzeniem Holly, rano, Kerri była w domu Holly, żeby dać jej w prezencie jedną ze swoich starych sukienek, taką czerwoną, z białym fartuszkiem, całkiem ładną. Ostatnią, którą uszyła dla Kerri jej mama, zanim zaginęła w lesie razem z jej ojcem. Chyba dlatego tak chętnie ją zakładała. Holly nie było wtedy w domu, więc przekazała ją jej mamie – zaczął relację Carter. – Potem, jakoś po południu, Holly przybiegła do domu Kerri, żeby jej podziękować za prezent. Wiesz, że Kerri zawsze najszybciej biegała z nas wszystkich? Wręcz fruneła, nikt nie miał z nią szans! W każdym razie powiedziała Holly, żeby biegła całą drogę do domu i to był ostatni raz, kiedy ktokolwiek ją widział. Nasz klan jest przekonany, że właśnie dlatego, że biegła i była ubrana w czerwono-białą sukienkę, porywacze wzięli ją za Kerri. Innego wytłumaczenia nie ma, Holly była przecież wtedy tylko dziewczynką. Wiem, że teraz wygląda na dorosłą, ale wydaje mi się, że ma to związek głównie z przechodzeniem przez granice. W rzeczywistości ma, jeśli dobrze kojarzę, jedynie dwanaście lat. Można ją wziąć za osiemnastolatkę, ale z całą pewnością nią nie jest.

– Nie miałem pojęcia o tym wszystkim – odpowiedział Vin. – Czy dużo czasu spędziłaz Dumą?

– Nie umiem powiedzieć, zabrali ją tam przede mną, a potem jeszcze byliśmy rozdzieleni przez pewien czas.

– To, co Duma wam wyrządził, było podłe i nieludzkie. Zasłużył na swój los – stwierdził Vin.

Carter zainteresował się znowu swoim chlebem, próbując jednocześnie przypomnieć sobie swoje porwanie przez koty i pobyt w ich mieście.

– Mam straszny problem, żeby ustalić, co kiedy się wydarzyło po tym, jak mnie porwali. Zupełnie jakby prawie każde wspomnienie należało do kogoś innego.

– Może tak jest lepiej? – mruknął Vin.

– W sumie... przynajmniej mogę spokojniej spać. Z drugiej

strony ja nie spędziłem tego czasu w śpiączce, zakopany pod śniegiem.

– Wiesz co, może już dość smęcenia. Kończ śniadanie, obiecałeś mi pokazać, jak walczyć tymi waszymi patykami.

– *Kosturami*. Za patykiem to się psy uganiają.

– Niech ci będzie, *kosturami*.

Przeszli do ogrodu, bardzo zadbanego i cieszącego oko, gdzie stanęli naprzeciw siebie jak do pojedynku. Kątem oka Carter dostrzegł Holly i mamę Vina, które potajemnie obserwowały ich przez okno w kuchni, gdzie Holly niedawno skończyła jeść.

Sąsiadów żywo zainteresował mający się odbyć pojedynek, Vin i Carter, obaj z kosturami w dłoniach, zdecydowanie przykuwali uwagę, zwłaszcza przez różnicę wzrostu między nimi. Jak niby Carter miał mieć szansę w walce z kimś z Gwardii? Kimś, kto ponadto walczył z małpami, a teraz powrócił i opowiada historie, od których włos się jeży na głowie? Wszyscy zerkali w napięciu, jednocześnie jednak udając, że doglądają swoich codziennych spraw.

– Więc tak, Vin, balans przede wszystkim. Rozstaw stopy, o tak – zademonstrował Carter. – Jedna przed drugą, tak, że kiedy cię zaatakuję, ty robisz krok w tył i blokujesz mnie, jak ci pokazałem.

– Jasne, ale tym razem bez cackania się jak ostatnio. Zaatakuj mnie tak, jakbyś naprawdę chciał mnie walnąć.

– Vin, jesteś pewien? Dopiero co zaczęliśmy.

– Nigdy się nie nauczę, jeśli będziemy tacy delikatni dla siebie.

– W porządku, Vin, skoro tak mówisz…

Carter zrobił krok naprzód, szybko unosząc kostur nad głowę, i jednym płynnym ruchem zadał cios.

– Cześć, Vin – zawołał Naz.

Kij trafił czaszkę z głośnym hukiem, który rozniósł się po

okolicy. Vin lekko zatoczył się do tyłu, po czym runął na plecy, czemu towarzyszył wyraźny jęk przyglądających się sąsiadów.

– Auć, to musiało boleć – dodał Naz.

– NAZ! Nie rozpraszaj mnie, jak jestem w trakcie pojedynku!

Carter podbiegł, żeby pomóc mu w stać.

– O rany, Vin, strasznie cię przepraszam, myślałem, że jesteś gotowy – powiedział.

– Przepraszam, Vin, nie wiedziałem, że tak łatwo cię rozproszyć – rzucił Naz. – Założę się, że znowu będziesz miał guza, i to w tym samym miejscu.

Carter wstał i jak zaklęty patrzył na stopniowo rosnący guz na głowie Vina.

– No nie... to samo miejsce co ostatnio – jęknął Vin.

– Wybacz, Vin, po prostu uczą nas, żeby właśnie tutaj uderzać.

– Carter, nie martw się, to nie twoja wina, że straciłem koncentrację. Dasz mi trochę mchu na czerep?

– Jasne! Może chcesz przerobić teraz dźgnięcie w szyję?

– Wiesz, na razie dzięki. Może później, kiedy Naz nie będzie miał w planach wpaść bez zapowiedzi, żeby rozproszyć mnie w trakcie walki.

– Vin, serio mi przykro – powtórzył Naz.

– Przyszedłeś po prostu popatrzeć, jak ktoś nabija mi guza, czy twoje rozpraszanie mnie miało głębszy cel?

– Przestań się już boczyć. Przyszedłem przypomnieć ci, że widzimy się z Szefem na obiedzie. Szef stawia, więc upewnij się, że będziesz głodny. Taka okazja, Carter, nie zdarza się często. W sumie to nigdy. Nie daj się nabrać na ten szczodry gest, w głębi duszy jest strasznie skąpy, zwłaszcza gdy chodzi o obiady.

– Chodź, Vin, poszukamy ci mchu – zaproponował Carter.

Idąc do kuchni, Carter nie mógł nie zauważyć, że mnóstwo ludzi zabrało się dzisiaj za porządkowanie swoich ogródków; wszyscy wpatrywali się w ziemię, wielce zaaferowani swoimi warzywami.

– Cześć, Vin – zawołała jego mama. – Jak tam lekcja samoobrony?

– Hm... no, fajnie – odparł Vin.

– Stąd nie wyglądało to zbyt fajnie – powiedziała Holly. – Carter, to dopiero początkujący, powinieneś był mu dać fory.

– W-wiem – zająknął się Carter. – To był wypadek, myślałem, że jest przygotowany.

– Ktoś mnie zdekoncentrował – wycedził Vin, patrząc gniewnie na Naza.

– Naz, zechciałbyś może zostać na obiad?

– Obawiam się, że muszę odmówić, Rosie. Szef dzisiaj stawia.

– Co, ten stary dusigrosz stawia wam jedzenie? Vin, bądź ostrożny, będzie chciał czegoś od was.

– Nie jest taki zły, jak mówisz, trochę zmiękł ostatnio – odparł Vin.

Carter wrócił z mchem, a Rosie wyciągnęła bandaż z kredensu i przeciągnęła go groźnie łypiącemu Vinowi nad głową i pod brodą, żeby utrzymać mech w miejscu na potężnym guzie.

– Tylko nie wiąż za mocno – powiedział. – Nie będę w stanie jeść.

– Przestań się mazać. No już, sio, bo zdąży zjeść wszystko, zanim się w ogóle pojawicie – ponagliła ich Rosie.

Naz poprowadził ich przez miasto do Głównej Hali, gdzie Szef zaproponował spotkanie.

– Fajny kapelusz, Vin! – zawołał jeden ze znajomych Naza, gdy przechodzili przez rynek.

Kolejne docinki padające pod jego adresem tylko bardziej denerwowały Vina.

– Naz, to twoja wina! Jestem teraz gwardzistą, a przez ciebie poniżają mnie jak byle podnóżek.

– Weź, po prostu dla tych ludzi już zawsze będziesz Vinem, Zgubą Ciast – powiedział Naz, próbując go udobruchać.

– Banda kmiotów! – odkrzyknął Vin ku jeszcze większej uciesze ludzi zgromadzonych na rynku.

Naz szedł dalej przez miasto, zwracając przybyszom uwagę na kunsztowne kamienne rzeźby, które zdobiły pobliskie budynki. Carter i Holly nie mogli wyjść z podziwu dla dzieł sztuki, których jedynym zadaniem było po prostu przykuwać oko. Naz pokazał im następnie szkołę, którą musiało ukończyć każde dziecko, oraz arenę, gdzie odbywały się wszystkie igrzyska sportowe. Minęli w końcu budynek o poważnej, masywnej fasadzie, z mnóstwem pięter i okien.

– To nasza Akademia – rzekł Naz z dumą, po czym ruszyli przed siebie, w stronę Głównej Hali.

– W tym budynku szkolą się wszyscy gwardziści, a my uczymy się...

– Czy to tutaj przechowujecie Kryształ? – wtrąciła się Holly.

– Tak – odparł Naz. – Skąd o tym wiesz?

– Wasz Szef powiedział o tym wczoraj mnie i Carterowi. Mówił też, że ty i Vin możecie nas zaprowadzić i nam go pokazać – dodała niewinnie.

– Vin, wiesz coś o tym? Nic nie słyszałem na ten temat – Naz był wyraźnie zmieszany i przejęty.

– Wszystko się zgadza, mówił, że miał zamiar cię o to poprosić. Pewnie mu wyleciało z głowy, jak choćby moja podwyżka.

– A możemy go teraz obejrzeć? Prooooszę, proszę, to musi być naprawdę ciekawe – powiedziała Holly.

– Hm, Szef już na nas czeka, możemy tam zajrzeć później – powiedział Naz.

– Tyko na chwilkę, nigdy wcześniej nie widziałam magicznego kryształu – kłamstwo przyszło teraz Holly z olbrzymią łatwością.

Powiedziawszy to, zamilkła. Stanęła, nerwowo zaciskając dłonie.

Dlaczego to powiedziałam, pomyślała. *Przecież wiem, że nie wolno mi kłamać... ale ja naprawdę nie wiem, dlaczego wygaduję te wszystkie rzeczy.* Poczuła głęboki wstyd z powodu tego, co zrobiła, a świadomość, że rozczarowała samą siebie, tylko zasmuciła ją bardziej. Naz, Vin i Carter wzięli ten smutek za rozczarowanie

– Cóż... skoro Szef powiedział, żebyśmy go pokazali, to równie dobrze możemy to chyba zrobić teraz – powiedział Naz, chcąc ją rozweselić.

Holly odpowiedziała mu uśmiechem. Nie była już pewna, że rzeczywiście chce zobaczyć Kryształ, nie mogła zrozumieć, skąd pochodziły te myśli.

Co się ze mną dzieje?

Naz i Vin poszli przodem w stronę wejścia zwieńczonego kamiennym łukiem. Strażnik pilnujący budynku siedział nieznacznie w głębi korytarza. Kamienne płyty, na których nie widać było najmniejszego pyłku, niosły echo ich kroków przez pusty korytarz.

– Vin, Naz, jak się macie? Dzień dobry również wam dwojgu – powiedział strażnik, uśmiechając się szeroko do Holly i Cartera.

– Poznajcie naszego kumpla, Dolana. Dolan, to są Holly i Carter.

– Słyszeliśmy, co uczyniłeś dla Naza i Vina – Dolan zwrócił się do Cartera. – Wszyscy tutaj wiemy już o twoim bohaterstwie, więc jeśli jest coś, co mógłbym dla ciebie zrobić, po prostu powiedz.

– Dziękuję panu, ale naprawdę nie jestem bohaterem.

– Proszę nie słuchać tych bzdur – powiedziała Holly – Przeszedł pół świata, żeby mnie znaleźć.

– To też słyszałem. Co was tu sprowadza? Myślałem, że Szef dał wam obu wolne.

– Stęskniliśmy się i przyszliśmy cię zobaczyć – powiedział Naz.

– Serio?

– W sumie to nie. Szef powiedział, żebyśmy pokazali Holly i Carterowi, gdzie trzymamy Kryształ.

– Komnatę Kryształu? Erm... no dobra, skoro Szef tak mówił... Właśnie! Idziecie dzisiaj na arenę?

– Dzisiaj raczej nie, goszczę Holly i Cartera.

– Zabierz ich ze sobą, na pewno im się spodoba.

– Zobaczymy, dzięki za zaproszenie w każdym razie – powiedział Naz, wymigując się od jednoznacznej odpowiedzi.

– W porządku. Cóż, drogę znacie, mam nadzieję, że się jeszcze zobaczymy.

– Do zobaczenia – powiedział Carter, szczerze poruszony powitaniem.

Naz ruszył wzdłuż długiego korytarza, mijając pootwierane drzwi po obu stronach. Doszli do końca korytarza, zamkniętego wysokimi, podwójnymi drzwiami. Naz przyłożył do nich ramię i mocno pchnął, z trudem otwierając przejście, po czym weszli do środka. Pomieszczenie zdawało się puste na pierwszy rzut oka. Holly rozejrzała się wokół i dostrzegła mały stolik w pobliżu ściany, na którym znajdowała się złota szkatułka. Natychmiast zrobiła krok naprzód, na jej twarzy widać było szeroki uśmiech, cała była podekscytowana.

– Proszę bardzo, Holly, oto szkatułka, a w jej wnętrzu Kryształ – rzekł Naz.

– Co?! Tyle rabanu o taką maleńką szkatułkę? – spytała niewinnie.

– Tak właściwie to nie o szkatułkę, tylko o Kryształ.

– A mogę go zobaczyć? – ruszyła przed siebie. – Nigdy nie widziałam magicznego kryształu, a na pewno jest strasznie ładny, kolorowy i...

– Holly, nie ma mowy, żebyśmy pokazali ci Kryształ, to zbyt niebezpieczne. W całej naszej krainie nikt na niego nie spojrzał. Dysponuje mocą, która... robi z ludźmi dziwne rzeczy.

– Nikt, tak *naprawdę* nikt nie zajrzał do środka? To skąd wiecie, że Kryształ jest na miejscu?

Naz zaśmiał się na tę uwagę.

– Jest ciężki, więc dość szybko zorientowalibyśmy się, że szkatułka jest pusta. Nie martw się, wiemy, że jest na miejscu.

Holly rozejrzała się po pomieszczeniu i spojrzała na ściany pokryte pięknymi malowidłami przedstawiającymi bohaterskie czyny członków Gwardii podczas walk z małpami. Naz wskazał na obraz zajmujący zaszczytne miejsce w samym środku. Przedstawiał mężczyznę imponującego wzrostu, ubranego w tunikę gwardzistów i wręczającego szkatułkę mieszkańcom miasta.

– Oto Ran, nasz największy bohater. To jemu właśnie zawdzięczamy Kryształ oraz Księgę Dziejów – rzekł Naz, patrząc razem z Vinem na przedstawioną scenę. Widać było, jaki szacunek w nich budził.

Holly wsparła się na ramieniu Cartera.

– Chyba muszę odetchnąć, strasznie gorąco się tu zrobiło. Carter, mógłbyś otworzyć okno?

Poprowadził ją na skraj pomieszczenia, gdzie znajdowały się okna. Otworzył jedno z nich, przytrzymując jednocześnie Holly, która wychyliła się na zewnątrz, spragniona świeżego powietrza.

– Przepraszam, Carter, jakoś nagle słabo mi się zrobiło. Może wróć już do Vina i Naza, na pewno będą chcieli ci opowiedzieć więcej o historiach przedstawionych na tych obrazach. Nie dziwię się, że wydają się być z nich tacy dumni.

– Jesteś pewna?

– Tak, przewietrzyłam się i już mi lepiej. Za chwilkę do was dołączę.

Carter kroczył wzdłuż ścian, prosząc Naza, żeby opowiedział mu o historii kryjącej się za malowidłami. Na każdym z nich przedstawieni byli różni bohaterowie miasta na przestrzeni wieków. Widać było, że ręką artystów kierowało uwielbienie dla gwardzistów, którzy zapewniali wszystkim obronę.

Vin rzucił okiem na Holly, która właśnie sięgała, żeby zamknąć okno.

– Już ci lepiej? – spytał.

– Tak, tak, po prostu troszkę zakręciło mi się w głowie. To chyba od przebywania w pobliżu tak ważnego skarbu jak wasz Kryształ.

– Nawet najważniejszego. Pomaga utrzymać pokój w naszej krainie, dzięki niemu możemy wznosić monumentalne budowle jak ta bądź malować piękne obrazy. Dawniej, zanim Ran przyniósł nam Kryształ, małpy równały z ziemią wszystko, co tylko zbudowaliśmy. Cały czas znajdowaliśmy się w stanie wojny.

– Nie mogę się doczekać, żeby opowiedzieć naszym o tych wszystkich ślicznych rzeczach, które nam pokazaliście – powiedziała. – Może powinniśmy już iść? Nie chciałabym kazać czekać waszemu Szefowi.

– Skoro się już naoglądałaś, to rzeczywiście możemy. Zamknęłaś okno?

– Na cztery spusty! Strasznie się przez to wszystko głodna zrobiłam. Carter, chodźmy jeść – radość w jej głosie była tak zaraźliwa, że wszyscy natychmiast zaczęli myśleć o nadchodzącym obiedzie.

Gdy przybyli do Hali, Naz poprowadził ich prosto do pokoju, w którym pracował Szef. Stół był zastawiony, ale na talerzach brakowało już połowy jedzenia.

– Dzień dobry, Vin. Co ci się stało w głowę? – spytał Szef, kiedy weszli.

– Mały wypadek w domu. Co się stało z jedzeniem?

– Cóż, sądziłem, że nie przyjdziecie, więc pomyślałem, że byłoby szkoda, gdyby coś się miało zmarnować. Skoro jednak przyszliście, siadajcie, zjedzmy sobie co nieco.

Carter i Holly usiedli po obu stronach Szefa, który chętnie wypytywał ich o życie i zwyczaje na południu. Naz i Vin tymczasem równie chętnie pochłaniali specjalnie przygotowane dla nich jedzenie: owoce i misternie zdobione słodkie wypieki.

Kiedy już się najedli do syta, wygodnie ułożyli się w swoich siedzeniach, wyraźnie zadowoleni z losu, który przypadł im w udziale. Słuchając opowieści Holly i Cartera o zwyczajach u nich panujących, uświadomili sobie, że południowcy żyli w większej zgodzie z naturą niż oni, pomimo górskich terenów nieopodal.

– Wasza ojczyzna musi być pięknym miejscem – powiedział w końcu Szef. – Rozumiem, że będziecie chcieli niedługo tam powrócić.

– Tak, rozmawialiśmy o tym już z Holly ostatnio. Nasze rodziny na pewno się o nas martwią.

– Na pewno spotkam się z wami przed waszym odejściem. Chciałbym was poprosić, żebyście wzięli ze sobą coś dla waszego króla.

– Sama – wtrącił Naz. – Szefie, ich król nazwał mnie przyjacielem.

– Naprawdę? – spytał Szef, szczerze zaskoczony.

– Powiedział mi, że zawsze z radością będą nas gościć.

Brwi Szefa powędrowały jeszcze wyżej.

Vin przejął inicjatywę w rozmowie. Wstał i podziękował Szefowie za obiad.

– Może mógłbyś pokazać Holly i Carterowi nasze rzeźby na zewnątrz, podczas gdy ja zamienię słówko z Nazem? – zwrócił się do Vina.

– Nie ma sprawy – Vin poprowadził Holly i Cartera wzdłuż korytarza do zamkniętego ogrodu.

Kiedy pokój opustoszał, Szef odezwał się do Naza.

– Usiądź na chwilę. Jest coś, o co muszę cię poprosić.

– O co chodzi?

– Holly i Carter z pewnością będą chcieli niedługo wyruszyć. Wydaje mi się, że to będzie niebezpieczna wyprawa dla tak młodych osób.

– Też nad tym myślałem.

– Tak?

– Tak. Zastanawiałem się, czy nie zaoferować się, żeby odeskortować ich do granicy.

– Naprawdę?

– Szefie, to chyba oczywiste. Nie można puścić takich dzieciaków samych przez ziemie, na których wprost roi się od małp. Przyda im się ktoś do obrony.

– Jak rozumiem, byłbyś chętny?

– W zasadzie to tak. I tak przecież nie mam nic do roboty.

– Dzięki, Naz, ale będziesz musiał wziąć jednak jakichś gwardzistów ze sobą.

– Wydaje mi się, że jeden w zupełności by wystarczył. Będziemy mogli wtedy przemieszczać się szybko oraz bez obciążeń i być w ten sposób z powrotem w ciągu tygodnia.

– Zastanawiałeś się już, kogo byś zabrał?

– Na pewno nie poprosiłbym Vina, nie widzieli się w końcu z matką od tygodni. Caldo i Fonza raczej też odpadają. Są najbardziej doświadczeni, ale wolałbym ich nie wyciągać znowu na misję po tym, jak natknęli się na wyrżnięty oddział Gwardii na przełęczy. Myślałem, czy Dolan nie chciałby się zabrać, nie ma teraz wiele do roboty, pilnuje wejścia i tyle. Raczej skusiłby się na jakąś odskocznię i przyjął to zadanie.

– W porządku, przemyślę to i porozmawiamy jutro. Dobrze cię mieć w pobliżu, Naz.

– Dzięki, Szefie.

– I pamiętaj, że następnym razem to ty stawiasz obiad.

Naz znalazł pozostałych w ogrodzie, gdzie właśnie przyglądali się mozaikom przedstawiającym najważniejsze momenty ich historii. Jedna z nich ukazywała grupę ludzi opuszczających łódź wyrzuconą przez fale na brzeg.

– Oglądacie właśnie legendę o tym, jak nasz lud po raz pierwszy przybył do tej krainy, pokonał góry i znalazł schronienie na tej wyżynie – rzucił zza ich pleców Naz, podchodząc bliżej. – Widzicie tego faceta w długich białych szatach, który stoi przed łodzią? Wstąpił na ląd jako pierwszy i jeśli się przyjrzycie, zobaczycie, że mocno trzyma jakąś książkę. Jest to Księga Dziejów, którą ocalił Ran. Domyślamy się, że jest najważniejszą księgą, ponieważ na obrazie jest wynoszona z łodzi jako pierwsza – wyjaśnił. – A teraz spójrzcie na gościa w szpiczastym kapeluszu, który stoi za nim, on też trzyma książkę. Podejrzewamy, że to Księga Mądrości, o której wzmiankują Dzieje. Nie mamy jednak bladego pojęcia, gdzie może się teraz znajdować – Naz ciągnął dalej swój wywód. – Najciekawszy jest jednak ten fragment – rzekł, wskazując na mężczyznę, który wciąż znajdował się w łodzi. – Spójrzcie na tego w czerwonych szatach i z łysą głową, on również trzyma jakiś wolumin. Wciąż nie umiemy znaleźć odpowiedzi na pytanie, dlaczego ukazany jest wyżej niż pozostałe osoby na obrazie. I dlaczego wciąż stoi w łodzi, podczas gdy tamci już wyszli na piasek? Wszystkie obrazy, które tu widzicie, zostały skomponowane tak, aby o czymś opowiedzieć. Na zasadzie „on jest pierwszy, czyli najważniejszy" i tak dalej. Nie umiemy jednak rozgryźć, kim jest ten ostatni i jaką księgę trzyma.

– Naz, kto namalował te obrazy? – spytał Carter, uważnie przyglądając się dziełom.

– Niektóre skopiowano z Księgi Dziejów, inne powstały na podstawie opisów Rana. Wiemy, że są szalenie ważne i nie pozwolilibyśmy na utratę któregokolwiek z nich. Mamy nadzieję, że pewnego dnia w pełni zrozumiemy ich przekaz.

– Czy to wasza rzeka? – spytał Naz.

– Nie, to ocean – odparł Vin.

Naz popatrzył na Vina i uśmiechnął się.

– Carter, jestem pewien, że oszalejesz na jego punkcie!

· · ·

Po południu w ogrodzie słychać było nieustanny łoskot uderzanych o siebie kosturów. Holly siedziała w kuchni razem z Rosie, wyglądając przez okno.

– Chyba idzie mu coraz lepiej – powiedziała Rosie.

– Tak, widać, że dużo ćwiczył. W tym stylu nie ma zbyt wiele ruchów, ale biegłości można nabrać wyłącznie przez ciągły trening. My akurat uczymy się tego wszystkiego w domu. Szkoda, że nie widziałaś Kerri, mojej przyjaciółki, jest absolutnie najlepsza. Potrafi pobić znacznie starszych od siebie chłopaków, zupełnie jakby się urodziła z kosturem w dłoni. Chciałabym móc już ją zobaczyć, strasznie za nią tęsknię.

Rosie była mile zaskoczona. Holly nie była tak rozmowna, odkąd przybyli.

– Bardzo mi tutaj przyjemnie . Gdyby nie rodzina i przyjaciele, chciałabym tu zostać na zawsze. Tu, w mieście, panuje taki spokój... – westchnęła Holly.

– To bardzo miłe, co mówisz. Wiesz przecież, że możesz zostać tutaj, ile tylko chcesz – uśmiechnęła się Rosie.

– Dziękuję, pani Mamo Vina, ale wiem, że powinnam wrócić. Muszę zobaczyć moją rodzinę oraz Kerri i powiedzieć im, że naprawdę nic mi nie jest. Vinowi coraz lepiej idzie walka kosturem, szybko się uczy.

– Będzie mi was obojga brakowało – powiedziała Rosie.

– Mnie też będzie pani brakować i... i przepraszam, jeśli czasami zrobiłam coś nie tak albo powiedziałam coś nie tak. Moja rodzina jest bardzo miła i naprawdę starali się wychować mnie na dobrą osobę.

– Holly, przecież ty jesteś przekochaną osobą! Twoja mama byłaby z ciebie dumna, gdyby cię teraz widziała.

– Bardzo pani dziękuję, ale ja nie zawsze mam takie wrażenie.

– Bzdury! Nikt nie ma najmniejszego pojęcia, przez co musiałaś przejść. A tutaj, w głębi – Rosie położyła dłoń na sercu

Holly – znajdziesz najwspanialszą osobę, o której marzyć może każda matka.

Holly zarzuciła Rosie ręce na szyję i mocno wtuliła głowę w jej pierś. Po policzkach Holly popłynął gęsty strumień łez, a jej ciałem wstrząsał głęboki szloch. Jedna za drugą, łzy skapywały na bluzkę Rosie.

– Tak bardzo panią przepraszam, tak strasznie przepraszam... – wyszeptała Holly, łapiąc powietrze pomiędzy kolejnymi atakami płaczu.

Rosie mocno ją tuliła, gładząc po włosach.

– Już, już, kochanie... nie musisz niczego powstrzymywać, wyrzuć z siebie te wszystkie okropne wspomnienia. I pamiętaj, nie musisz mnie za nic przepraszać, bo nie zrobiłaś nic, za co miałoby ci być przykro.

Wciąż siedziały, mocno wtulone w siebie. Wydawało się, że czas stanął w miejscu i tylko odległe trzaskanie drewna w kominku przypominało o upływie czasu. Szloch w końcu ustał, słychać było już tylko ciche pociągnięcia nosem. Rosie sięgnęła po ręcznik i wytarła zapłakaną twarz Holly. Chociaż serce pękało jej na ten widok, wzięła głęboki wdech i zmusiła się do uśmiechu.

– A może nauczę cię czegoś, co na pewno zachwyci twoją mamę?

Holly zdobyła się tylko na skinięcie głową, nie mogąc wydać z siebie żadnego słowa.

– Pokażę ci, jak zrobić najlepsze ciasto na świecie, żebyś mogła je przyrządzić rodzicom, kiedy już wrócisz do domu. Wtedy też może, na króciutką chwilę, przypomnisz sobie o Rosie mieszkającej, hen, daleko, która nauczyła cię przyrządzać to ciasto z prawdziwą miłością. Co ty na to?

Holly skinęła jeszcze raz, trzymając twarz w ręczniku.

– Dobrze więc – uśmiechnęła się. – Ale najpierw pójdź może obmyć trochę te swoje śliczne czerwone policzki, a ja tymczasem poszukam ci fartuszka.

Holly udała się w stronę do łazienki. Gdy sięgała klamki, usłyszała głos Rosie dobiegający z kuchni.

– Nie zwracaj uwagi na to, co mówili Naz i Vin, nie ma rzeczy, której ci dwaj by nie zjedli. Pokażę ci, jak upiec ciasto, którego nie da się zapomnieć.

Po kolacji wszyscy usiedli wokół stołu w kuchni.

– Holly, chciałabyś pójść wieczorem na arenę?

– Dzięki, ale chyba sobie odpuszczę. Myślałam, czy nie iść na spacer, a potem wcześnie położyć się spać, jestem wykończona. Idź z Vinem i Nazem, zróbcie sobie męski wieczór, nie musisz się mną przejmować.

– Skoro tak mówisz... na pewno chcesz tutaj siedzieć sama?

– Nie będę sama, pani Mama Vina będzie ze mną.

– W porządku. Zajrzę do ciebie, kiedy wrócimy. Do zobaczenia.

Vin i Carter już wyszli i udali się stronę areny, natomiast Holly i Rosie wciąż siedziały przy stole.

– Wie pani, chyba naprawdę powinniśmy niedługo wyruszyć. Moi rodzice nie wiedzą przccicż, żc Carter mnie odnalazł, muszą się już okropnie denerwować.

– Z całą pewnością, Holly. Sama bym rozpaczała.

– Chyba pójdę na spacer przed snem, proszę pani.

– Chciałabyś, żebym ci potowarzyszyła?

– Dziękuję, nie trzeba. Na pewno ma pani jeszcze dużo do zrobienia. Po prostu muszę poukładać w głowie trochę rzeczy. Obiecuję, że się nie zgubię – uśmiechnęła się.

– Dobrze, Holly. Będę na ciebie czekać. Gdybyś nie mogła znaleźć drogi, zapukaj do jakiegokolwiek domu, wszyscy cię tu znają – Rosie odwzajemniła uśmiech.

Holly cicho zamknęła drzwi frontowe i ruszyła w stronę Głównej Hali.

Co też to dziecko musiało przejść..., pomyślała Rosie ze smutkiem.

Było już dawno po zmroku, gdy usłyszała, jak ktoś po cichu otwiera drzwi frontowe. Holly przeszła przez przedpokój do kuchni, w której paliło się słabe światło, i wystawiła głowę zza drzwi.

– Pójdę już spać, pani Mamo Vina – powiedziała Holly.

– Czy spacer się udał, słońce? Bardzo długo cię nie było.

– Jednak udało mi się zgubić, głupia ja. Po zmroku wszystko wygląda tu dla mnie tak samo.

– Najważniejsze, że jesteś z powrotem. Zatem do zobaczenia przy śniadaniu, kochanie.

Holly przeszła szybko całą kuchnię i mocno uściskała Rosie.

– Dobranoc, pani Mamo Vina – powiedziała. – Bardzo, bardzo dziękuję, że się pani tak o mnie zatroszczyła. – Holly prędko obróciła się na pięcie i poszła do swojego pokoju, zanim Rosie mogła dostrzec łzy w jej oczach.

Wkrótce po tym do domu wrócili Vin i Carter, obaj żywo dyskutujący nad różnymi taktykami walki kosturem. Widać było, że zwłaszcza Vin zaangażował się w rozmowę.

– Czy Holly już śpi? – spytał Carter.

– Tak, przed chwilą się położyła. Była wcześniej na spacerze – odparła Rosie.

– Cóż, miejmy nadzieję, że to jej pomoże spać spokojnie.

– Jestem pewna, że tej nocy będzie dobrze.

– Ja chyba w sumie też się położę. Dobranoc Vin, dobranoc Rosie – powiedział Carter.

Idąc do pokoju, postanowił zajrzeć do Holly. Delikatnie zapukał, zanim wsunął głowę. Holly leżała spokojnie w łóżku. Nareszcie.

Mam nadzieję, że te koszmary już nie wrócą, pomyślał Carter.

– Dobranoc, Holly – szepnął. *Spokojnej nocy*, dodał w myślach.

Dobranoc, Carter. Wiedziałam, że przyjdziesz. Zawsze przychodzisz, pomyślała Holly, mocno zaciskając oczy. *Nie będę go dziś słuchać*, powiedziała stanowczo w duchu. *Carter nie przeszedł takiej drogi po to, żeby obaczyć, jak kradnę. Nie będę go słuchać.*

Głos jednak przyszedł, a Holly nie była w stanie nic zrobić, żeby go powstrzymać.

Odejdź... Nie chcę cię słuchać, odejdź!

Głos nie dawał za wygraną, wciąż ją wzywał, wdzierając się coraz głębiej w najciemniejsze zakamarki jej jaźni i we wspomnienia, dusząc nadzieje i kpiąc z marzeń.

– *Czujesz go, jest już tak blisko* – odezwał się. – *Chodź, ptaszyno. Najwyższy czas* – głos nie ustawał, wciąż próbował złamać jej opór, myśl, której tak kurczowo trzymała się Holly, żeby nie oszaleć. – *Carter chce ci go odebrać. Chce go wyłącznie dla siebie...*

Otworzyła szeroko oczy.

– NIE! – krzyknęła. Wokół panowała duszna ciemność. Przez chwilę Holly nie mogła sobie przypomnieć, gdzie jest. *Nie, wciąż tu jestem, wciąż jestem w górach pod śniegiem.* Czuła, że zaraz wpadnie w panikę. Oddychała głęboko. Światło księżyca dochodzące zza okna uświadomiło jej, gdzie naprawdę się znajduje. Wciąż jednak słyszała w głowie ten głos, naśmiewał się z niej.

Leżała w bezruchu, wstrzymując oddech. Czekała, aż Rosie przyjdzie do niej i zajrzy przez drzwi, jak robiła to każdej nocy. Tkwiła tak, dopóki nie usłyszała, że drzwi ponownie się zamknęły, po czym zrzuciła z siebie kołdrę. Ubrała się cicho i w wielkim pośpiechu. Przeszła ostrożnie przez pokój, delikatnie stawiając kroki na drewnianej podłodze. Ostatnie, czego teraz pragnęła, to hałas. Okno było już otwarte, pchnęła je lekko i wyskoczyła na ścieżkę biegnącą wokół domu Vina. Delikatnie i powoli otworzyła bramę tak, żeby nie zaskrzypiała, po czym ruszyła w stronę miasta.

ROZDZIAŁ 6
DO GRANICY!

Holly szła pustymi ulicami, szukając cały czas cienia, w którym mogłaby się schować. Była zła i zdezorientowana, ale im bliżej była Akademii, tym większą czuła ekscytację. Idąc blisko muru, dotarła do miejsca, gdzie, jak pamiętała, znajdowało się pomieszczenie z obrazami. Ledwie opanowała podniecenie, gdy spojrzała w górę i zauważyła, że środkowe okno nieznacznie wystaje w porównaniu do pozostałych. Wciąż było lekko uchylone. *Przeoczyli je.* Sięgnęła do okna, otworzyła je na oścież i podciągnęła się, żeby rzucić okiem na pomieszczenie.

Wszystko było pogrążone w mroku. Spod drzwi wylewało się skąpe, słabe światło. Za drzwiami prawdopodobnie byli strażnicy, ale nie ruszali się z miejsca. Holly odbiła się mocniej od ziemi i wspięła po parapecie, przerzuciła nogi na drugą stronę i powoli zsunęła się na podłogę.

Zdjęła zakurzone buty i ostrożnie stawiając każdy krok, przeszła bezszelestnie po wypolerowanej drewnianej podłodze. Serce waliło jej jak młot, gdy zbliżyła się do zdobionej złotej szkatułki, którą pamiętała z domu Dumy.

Tyle czasu upłynęło..., pomyślała. *Tym razem będzie mój, tak jak mi obiecał.*

Po raz pierwszy od wielu dni głos w jej głowie milczał. Z

każdym krokiem w stronę szkatułki czuła, jak ogarnia ją coraz większy spokój. Przyjemne, znajome ciepło biło od szkatułki. Wyciągnęła rękę, żeby ją otworzyć; nie mogła powstrzymać uśmiechu na widok pięknego Kryształu, który lśnił tak dobrze jej znanym czarującym blaskiem.

Sięgnęła do kieszeni i wyciągnęła mały woreczek pełen kamieni, które zebrała wieczorem tego samego dnia. Położyła je na stole obok szkatułki. Wyciągnęła rękę po Kryształ, którego ciepło poczuła po raz pierwszy na własnej skórze. Serce prawie wyskoczyło jej z piersi.

Jest mój, obiecał mi, że go dostanę, powtarzała w głowie. Umieściła kamienie w szkatułce, schowała kryształ w sakiewce i włożyła ją do kieszeni. Czuła, jak ciepło przenika całe jej ciało. Ogarnął ją spokój, jakiego nie zaznała od dawna.

To nie jest tak, że to kradnę, obiecał mi przecież, że go dostanę, przekonywała się w duchu.

Zaczęła się powoli skradać z powrotem do okna, gdy zauważyła, że światło dobiegające spod drzwi zafalowało.

Strażnicy! Przestraszona pobiegła do okna i wyrzuciła przez nie leżące na ziemi buty. Wyskoczyła na zewnątrz i w ostatniej chwili zamknęła okno, zanim strażnik otworzył drzwi, wypełniając cały pokój światłem. Holly stała z plecami przyciśniętymi do muru, wstrzymując oddech w obawie przed wydaniem najmniejszego dźwięku. Przestraszona czekała, aż strażnicy zaczną bić na alarm.

Zamknęłam szkatułkę? Czy na stole nie zostały jakieś kamienie? Zobaczą, że okno nie jest zamknięte? W jej głowie kołatały się teraz setki wątpliwości i obaw, a strach coraz mocniej chwytał ją za gardło.

Wtem On się odezwał.

– *Spokojnie, kruszyno. Wszystko będzie dobrze* – głos wrócił, tym razem spokojny i niemalże słodki. Taki, jaki był głos Dumy. Holly czuła, że robi jej się niedobrze.

Wciąż oparta o mur, próbowała jednocześnie powoli oddychać i opanować ogarniające ją nudności. Światło w oknie zgasło, ustępując miejsca ciemności, gdy strażnik zamknął drzwi.

Muszę uciekać!

Głos w jej głowie znowu się odezwał.

– *Ruszaj się, biegnij do granicy! Pędź, nie ociągaj się!* – wyraźnie zaczynał się irytować i niecierpliwić. – *BIEGNIJ!*

Holly bez zastanowienia zaczęła w wielkim pośpiechu zakładać buty i rzuciła się do biegu przez miasto. Zanim zdała sobie sprawę, gdzie się znajduje, stała na skraju wyżyny, która się przed nią rozciągała, a w oddali widać było górskie szczyty. Zatrzymała się. Głos coś jej powiedział, próbowała sobie przypomnieć, co dokładnie.

„Biegnij do granicy", właśnie to kazał mi zrobić. Przecież nie dam rady przeżyć w górach, umrę tam z zimna, pomyślała. *Nie przetrwam w takiej postaci. On chce, żebym przeszła przez granicę. Będzie tam czekać i odbierze mi Kryształ.*

Głowa pękała jej od rozterek i wątpliwości. Podjęła w końcu decyzję. Wyjęła woreczek, w którym znajdował się Kryształ, i mocno pociągnęła za oba sznurki. Zawiązała go sobie na szyi i usiadła na piaszczystej ziemi. Oddychając głęboko, chciała przede wszystkim uspokoić rozszalałe serce, po czym skupiła wszystkie myśli, aby ujrzeć, jak jej serce, większe i mocniejsze z każdą chwilą, tłoczy krew w każdy zakątek jej ciała. Przyglądała mu się z zafascynowaniem, obserwując, jak się zmienia. Poczuła nagły przypływ siły, była teraz potężnym zwierzęciem, mogła biec cały dzień, przeżyć rozszalałą burzę przetaczającą się przez góry. Nikt nie byłby w stanie stanąć na jej drodze.

Stanęła na cztery łapy i zaczęła węszyć w powietrzu. Mogła jedynie wyczuć górskie powietrze niesione przez wiatr, chłodne i świeże. Spojrzała w prawo, księżyc wisiał wysoko nad nią, rzucając blade, błękitne światło na wyżynę. Powoli zmierzał w stronę gór. Holly pobiegła na zachód, jak najdalej od Górnej Przełęczy.

Teraz nikt ani nic nie odbierze mi Kryształu. Nie mogę pozwolić, żeby coś mu się stało, pomyślała. Gnała zdecydowanie, stawiając potężne kroki. Z każdym kolejnym czuła, jak wracają jej siły. Odzwyczajone od wysiłku mięśnie przypomniały sobie dawną moc. Każde kolejne uderzenie serca rozjaśniało umysł Holly.

Wzywający ją głos zepchnęła na najdalsze rubieże świadomości, aż w jej umyśle zapanowała cisza. W końcu, po raz pierwszy odkąd Duma pokazał jej tę śliczną szkatułkę i powiedział, że będzie mogła pokazać ją mamie, była wolna.

Nareszcie wrócę do domu, pomyślała, pędząc przez płaskowyż. Jej ślady znaczyły wzbijane tumany kurzu. – Carter, przepraszam, że wyruszyłam bez ciebie, ale uwierz mi, to było najlepsze rozwiązanie – dodała na głos.

Rosie siedziała przy stole, przygotowując rybę, którą z takim apetytem pałaszował Carter. Dochodzący z ogrodu trzask kosturów przypominał o postępach Vina i wysiłkach, jakie wkładał w szlifowanie nowo zdobytych umiejętności. Najlepszym wyznacznikiem jego rozwoju była malejąca liczba zdobiących go guzów i siniaków. Nawet sąsiedzi przestali już zerkać ukradkiem na te ćwiczenia i wyczekiwać kolejnego „wypadku”.

Holly już długo nie przychodzi na śniadanie, pomyślała. *Chyba ten wczorajszy spacer tak ją zmęczył. Szkoda tylko, że nic jej to nie pomogło na te koszmary. Okropnie mi żal tego dziecka.*

Wróciła do przyrządzania ryby na obiad.

Może po prostu zapukam i upewnię się, że wszystko w porządku.

Odłożyła nóż, prędko umyła ręce i wytarła je w fartuch, po czym udała się korytarzem do pokoju w przedniej części domu, gdzie spała Holly. Zastukała w drzwi, nikt nie odpowiedział. Delikatnie przekręciła klamkę, próbując zrobić to możliwie najciszej.

Z przerażeniem zauważyła, że łóżko jest puste. Dotknęła pościeli.

Zimna, pomyślała. *Spała w łóżku, ale musiała wcześnie wstać. Może znowu poszła na spacer?*

– Vin? Vin! – zawołała, zmartwiona i zaskoczona całą sytuacją.

– Auć! – odpowiedział jej głos z ogrodu.

– Wybacz, Vin – powiedział Carter. – Ale dobra robota tak czy owak, przynajmniej nie w głowę.

– Prosiłem, żebyś mnie nie rozpraszała! – krzyknął Vin. – To niebezpieczne.

– Przepraszam cię za to, ale... słyszałeś może, żeby Holly wstała dzisiaj rano?

– Nie, myślałem, że wciąż śpi. Carter, ty coś słyszałeś?

– Nie, pomyślałem, że najlepiej byłoby dać się jej porządnie wyspać. Rosie, o co chodzi?

– Jej łóżko jest puste, a to biedactwo na pewno nie zjadło żadnego śniadania. Może poszła na kolejny spacer?

Vin i Carter spojrzeli na siebie i wzruszyli ramionami.

– To co, Carter, pójdziemy jej poszukać?

– Jasne, tylko postarajmy się, żeby to nie wyglądało na akcję poszukiwawczą. Nie chciałbym, żeby Holly pomyślała, że boimy się puścić ją samą gdziekolwiek, mogłaby to źle przyjąć.

– Dobry pomysł. Może przejdziemy się w takim razie do miasta przed obiadem i zobaczymy, czy uda się coś ustalić.

– W porządku. Tylko, Vin, najpierw może owiń sobie trochę mchu wokół ramienia, nie potrzebujesz kolejnego siniaka do kolekcji – powiedział Carter.

Szli nieśpiesznym krokiem w stronę Głównej Hali, a ludzie, którzy witali się z Vinem, zagadywali również na chwilę Cartera.

Na rynku było tłoczno i gwarno od ludzi, którzy przyszli załatwić swoje sprawunki.

– Nie wiesz może, czy Holly nie przechodziła tędy wcześniej? – Vin zadawał to pytanie każdemu, kto zatrzymał się porozmawiać. Wszyscy kramarze zgodnie potwierdzili, że Holly nie było rano na placu. Idąc w stronę Głównej Hali, Vin rozejrzał się po rynku, ale wciąż nie było po niej żadnego śladu.

– Nie wydaje mi się, żeby opuściła miasto. Kiedy już opuści się oazę, nie ma za wiele do oglądania. Może Naz ją widział? – powiedział.

– Nie sądzisz chyba, że wróciła do Akademii? Znaczy, pamiętasz, jak bardzo chciała zobaczyć Kryształ? To chyba niemożliwe, żeby specjalnie wróciła, by jeszcze raz rzucić okiem, prawda?

– Możliwe czy nie, Akademia jest rzut kamieniem stąd – odparł Vin, wskazując głową kierunek. – Chodźmy spytać, czy tak było.

Vin wszedł do budynku pierwszy, otwierając ciężkie, drewniane drzwi i podszedł do gwardzisty siedzącego na korytarzu.

– Się masz, Vin! – zawołał. – Już z powrotem?

– Sprawdzam, czy nie śpisz! Trochę się wczoraj przeciągnęło na arenie, co nie?

– Tak, ale warto było zobaczyć zwycięstwo gwardzistów.

– Nie widziałeś dzisiaj może naszej przyjaciółki, Holly?

– Nie, ale dopiero co zaczęła się moja warta. A co, zgubiła się?

– Nie do końca zgubiła. Możemy rzucić okiem na Pokój Sztuk?

– Jasne, pójdę z wami.

Strażnik pchnął masywne drewniane drzwi znajdujące się na końcu korytarza.

– Nikogo w środku.

Vin wszedł za nim do pomieszczenia.

– Rzeczywiście, pusto – powiedział.

Już wychodził, gdy coś na stole przykuło jego uwagę.

– Ktoś chyba zapomniał wczoraj posprzątać – rzekł.

– Co masz na myśli? Zamiatałem wczoraj.

– Spójrz na stół, jest na nim mnóstwo pyłu.

Obaj spojrzeli na przestrzeń wokół szkatułki. Ze ściśniętymi gardłami podeszli do stołu.

– Ej, Holly chyba zapomniała zamknąć wczoraj okno – zawołał Carter, idąc na drugi koniec pokoju. Stanął przy parapecie i chłonął widok rozciągających się przed nim pysznie udekorowanych ogrodów, które otaczały budynek Akademii. – Już w porządku, zamykam je.

– Nie! – krzyknął Vin. – Nie dotykaj go.

Carter zdębiał, zaskoczony stanowczością głosu Vina. Ten spojrzał natomiast na strażnika, który nagle zrozumiał powagę sytuacji.

– Myślicie, że... nie, to się nie wydarzyło, prawda? Nie znowu... – wykrztusił Vin.

– Jest tylko jeden sposób. Ktoś musi osobiście sprawdzić.

– Ja bym wolał tego nie robić – powiedział Vin. – Moja mama się wścieknie, jeśli dam się opętać jakimś potężnym mocom.

– Vin, to nie jest pora na wygłupy, sytuacja jest poważna. Podniosę szkatułkę, tak najprościej ocenić, czy Kryształ wciąż jest w środku.

Uniósł szkatułkę do góry i zważył ją w dłoni.

– Uff, ale się najadłem strachu. Wciąż jest w środku.

– W takim razie skąd się wziął ten pył? – spytał Vin.

Popatrzyli obaj na siebie, na Cartera i na otwarte okno. Obu strażnikom serca podbiegły do gardeł.

– Ktoś musi otworzyć szkatułkę – powiedział Vin.

– Czy Kryształ wywiera swój wpływ, jeśli się go dotyka, ale nie widzi?

– Nie mam pojęcia – odparł Vin. – Jeśli tak, to ryzykujemy wygnanie z miasta albo, co gorsza, dożywotnią służbę polegającą na pilnowaniu tego miejsca.

– Vin, zrobimy tak: zarzucę mój płaszcz na szkatułkę i z zamkniętymi oczami spróbuję wymacać, czy Kryształ wciąż jest w środku. Pamiętam jego kształt z obrazu. Gdyby coś zaczęło się ze mną dziać, musicie mnie odciągnąć od szkatułki i wydostać stąd.

– W porządku, jesteśmy z tobą – powiedział Vin.

Strażnik nakrył stół swoim płaszczem, po czym zaczął pod nim szukać ręką na oślep. Vin widział, jak jego ręka unosi wieko szkatułki i ostrożnie bada, co jest wokół. Nagle strażnik otworzył oczy, na jego twarzy widać było przerażenie. Ściągnął szybkim ruchem płaszcz i zajrzał do wnętrza szkatułki. W środku były kamienie.

– Do diaska, nie znowu! – jęknął Vin.

– Dopiero co go odzyskaliśmy.

– Carter, lepiej podejdź, mamy bardzo poważny problem – zawołał Vin. – Ty idź poinformować Szefa – rzucił do gwardzisty.

– Dolan, pójdź odnaleźć Naza i przyprowadź go do domu Vina, będę tam niebawem. Musimy porozmawiać z jego matką. Gwardziści! Rozesłać zwiadowców na odcinku płaskowyżu między miastem a Górną Przełęczą. Przekażcie wieści patrolującym gwardzistom, mają wysłać jednostki do drugich i trzecich przełęczy. Miejcie oczy dookoła głowy. Nie możemy pozwolić, żeby Kryształ przekroczył granicę, to nie może się powtórzyć.

– Szefie, muszę iść do domu – powiedział Vin.

– Będę tam niedługo – odparł Szef.

– Carter, chodź ze mną.

– Vin, muszę iść.

– Niby dokąd?

– Znaleźć Holly, to chyba oczywiste.

– Carter, zwolnij trochę, Szef wysłał już za nią oddziały gwardzistów, możemy wybrać się razem z nimi.

– Vin, nie ma czasu do stracenia. Im dłużej będziemy czekać, tym bliżej granicy będzie Holly. Nie mam pojęcia, co w nią wstąpiło, że zdobyła się na coś takiego.

– Ja chyba mam. Kiedy porwał ją Duma, musiała zostać wystawiona na bezpośrednie działanie Kryształu. Jeśli choć raz miało się z nim styczność, już do końca będzie siedział w twojej głowie.

– Tak mi przykro, że ściągnąłem to na twój lud.

– Daj spokój, to nie twoja wina i tym bardziej nie wierzę, żeby była to wina Holly. Najpewniej znajduje się pod działaniem jakiegoś uroku, Kryształ przejął nad nią władzę. Prawdopodobnie i tak nie dałaby rady się powstrzymać, choćby próbowała z całych sił.

– Vin, chyba nigdy nie będę w stanie podziękować ci za gościnę i za to, że wraz ze swoją mamą traktowaliście mnie jak własną rodzinę, ale muszę za nią ruszyć... teraz.

– Rozumiem, ale potrzebujesz zapasów na wypadek, gdybyś już tutaj nie wrócił. Chodź prędko ze mną, spakujemy ci wodę i prowiant. Obiecuję, że będziemy tuż za tobą i jeśli złapiesz jakiś ślad Holly, daj nam znak, w którą stronę się udasz.

Carter przytaknął, w pełni zgadzając się z pomysłem Vina, po czym obaj prędko pognali do domu.

Vin w pośpiechu ładował ciasta i wodę do worka, który Carter zarzucił sobie na plecy. Narastało w nim zniecierpliwienie, chciał jak najszybciej wybiec za Holly, ale jednocześnie pragnął przedłużyć ostatnie chwile z ludźmi, których zdążył tak bardzo pokochać.

Chwycił dłonie Rosie oraz Vina.

– Jest tyle rzeczy, które chciałbym wam powiedzieć... za które chciałbym podziękować, za wszystko, co dla nas zrobiliście, za przyjęcie nas do swojego domu, za...

– Ćśś, już, już, Carter, czujemy dokładnie to samo co ty – powiedziała Rosie. – Wiemy, że musisz iść, rozumiemy to. Tylko nie zapomnij nigdy – położyła mu rękę na piersi – że tutaj zawsze będzie miejsce dla ciebie i Holly. Nikt nie będzie miał wam nic za złe, kiedy wrócicie, a ty, młody panie, masz jej koniecznie przekazać, że Rosie będzie na nią czekać z jej ulubionym ciastem.

Carter zamknął oczy, chcąc powstrzymać nadchodzącą falę łez, i uklęknął na drewnianej podłodze.

Vin i Rosie stali w milczeniu, przyglądając się, jak Carter zbiera siły i zmienia postać. Po chwili stał już na czworaka, patrząc po raz ostatni na dwójkę ludzi, którzy tak szybko stali się nierozłączną częścią jego życia. Widział, że oczy Rosie były szkliste od łez, a Vin był dosłownie przygnieciony ciężarem rozłąki, która mogła okazać się wieczna. Skinął głową na pożegnanie, po czym rzucił się w pościg.

Słońce było już w zenicie, kiedy dotarł do płaskowyżu. Cały czas węszył, próbując uchwycić zapach Holly pośród rozległej równiny. Carter biegł równym tempem, kierował się w stronę wysokich gór widocznych w oddali. Miał w głowie nieopisany zamęt, nie był w stanie pojąć, dlaczego Holly porwała się na coś tak niebezpiecznego zarówno dla niej, jak i dla całej tej krainy, gdyby Kryształ wpadł w ręce małp. Musiała być świadoma tego, że najdalej rano odkryją jej zniknięcie i że będzie miała najwyżej kilka godzin przewagi.

Co bym zrobił na jej miejscu?, pomyślał Carter. *Na pewno najpierw zmieniła postać, żeby zyskać na szybkości. Potem najważniejsze byłoby jak najszybsze opuszczenie płaskowyżu, na którym każdego widać jak na dłoni. Muszę w takim razie znaleźć miejsce jej przemiany, a potem drogę, którą podążyła w stronę gór.*

Carter cofnął się z powrotem w stronę miasta, zataczając łuk w poszukiwaniu zapachu Holly. W pobliżu domków położonych na skrajnych obrzeżach miasta zdołał zwietrzyć ledwo wyczuwalny zapach Holly. Krążył dokoła przez chwilę i wkrótce trafił na wyraźniejszy trop. Podążył za nim na skraj płaskowyżu, gdzie znalazł pozostawione buty i ubrania Holly.

Więc to tutaj zaczęłaś biec, pomyślał.

Znalazł ułamaną gałąź palmy i położył ją na drodze prowadzącej do miasta, układając jak strzałę w kierunku zachodnim, dokąd zmierzała Holly. Następnie położył na gałęzi ubrania Holly, a na czele ustawił buty, chcąc jeszcze wyraźniej zaznaczyć kierunek. Wstał i po raz ostatni spojrzał na miasto wykute w kamieniu i marmurze.

Tak piękne miejsce pełne tak życzliwych ludzi... naprawdę się cieszę, że mogłem je zobaczyć, jednocześnie jednak czuł smutek na myśl, że zostawia swoich przyjaciół.

Trop Holly z całą pewnością prowadził w stronę gór, ale Carter zauważył, że zaczyna coraz bardziej odbijać na zachód.

Co ona chce zrobić?

Stanął w miejscu i spojrzał w dal. Powietrze było przejrzyste i bez problemu mógł dostrzec przełęcze, które jednak zdradzały pierwsze oznaki nadchodzącej burzy. Zima zdążyła już uderzyć z całą mocą na Górne Przełęcze.

Nie... proszę, tylko nie kolejna śnieżyca. Carter zamarł w duchu na widok wichrów smagających skały. *Naprawdę nie wiem, czy podołam i tym razem...*

Holly biegła cały dzień, nie odczuwając najmniejszego zmęczenia. Każdy kolejny krok dodawał jej jeszcze więcej sił.

Urodziłam się, żeby biegać!, pomyślała. *Kiedyś będę tak szybka jak Kerri.*

Jej umysł miotał się w gąszczu wspomnień, nadziei, marzeń i na wpół uświadomionych myśli. Wszystkie zmysły miała wyostrzone do granic, ale nie zwracała uwagi na nic poza chłodnym powietrzem spływającym z gór i śladem, który za sobą pozostawiała. Słońce powoli kładło się za zachodnim grzbietem, świecąc Holly prosto w twarz delikatnym światłem. Cień, który rzucały potężne szczyty przed nią, gwałtownie rósł, jakby chciał ją połknąć.

Wiedziała, że wraz z nadejściem nocy w górach zrobi się

wyjątkowo mroźnie. Spostrzegła, że droga zaczynała iść pod górę, a to oznaczało, że musiała od tej chwili mieć baczenie na patrole Gwardii pilnujące granicy. Zwolniła bieg, starając się teraz ostrożnie stawiać kroki, żeby nie poślizgnąć się na pokrywającym drogę żwirze. Zauważyła, że odruchowo zaczęła się skradać i przemieszczać bliżej ziemi. Wiedziała, że najbliższa przełęcz jest pilnowana przez patrol gwardzistów.

Wtem dopłynął do niej aromat dochodzący z jakiegoś obozowiska. Leżała przez chwilę płasko na ziemi, usiłując dostrzec w ciemności jakiś ruch. Zobaczyła coraz silniejszą łunę ogniska, które ktoś właśnie rozpalał i podsycał za granią. Postanowiła odbić w prawo i ominąć obóz gwardzistów szerokim łukiem, mając nadzieję, że tamtym wystarcza obserwowanie przełęczy i nie garną się do patrolowania gór z obu stron.

Powoli zaczęła wspinaczkę, uważnie sprawdzając podłoże przed zrobieniem kolejnego kroku. Gdy tylko jakiś kamień zsuwał się pod jej ciężarem, cofała się i szukała innego punktu podparcia. Wspinała się na zachód, blask obozowiska strażników znajdował się teraz dokładnie po jej lewej stronie. Docierał do niej dym z ogniska oraz woń pieczonych właśnie potraw. Czasem nawet, przy pomyślnym wietrze, mogła usłyszeć strzępki rozmów gwardzistów siedzących wokół ognia.

Z góry roztaczał się widok na pozostałe, najdalsze nawet szczyty położone na zachodzie, gdzie zasłaniały już gwiazdy swoim ciałem. Holly dostrzegła jednak delikatną srebrną poświatę dochodzącą ze wschodu. Księżyc zaczął wschodzić. Zrozumiała, że jeśli szybko się gdzieś nie schowa, będzie widoczna w jego świetle jak na dłoni. Zmieniła trasę i skierowała się do wąwozu, który, miała nadzieję, prowadził na drugą stronę przełęczy.

Poczuła, że Kryształ zaczynał robić się ciepły. Myśl, że granica była już tak blisko, działała ekscytująco na Holly. Nogi trzęsły jej się z podniecenia wywołanego przypływem adrenaliny. Teraz najlepszym wyjściem była ucieczka. Im wyżej się wspinała, tym bardziej czuła żar wiszącego przy jej piersi Kryształu.

Wiatr zmienił na chwilę kierunek, zataczając kręgi wokół grani, po której Holly się wspinała. Usłyszała zaniepokojone głosy gwardzistów. Przyczołgała się na skraj i wychyliła głowę. Gwardziści krzyczeli i wskazywali dokładnie tam, gdzie właśnie leżała Holly. Ciepły blask promieniujący z zawiniątka zawieszonego na jej szyi przyciągnął ich uwagę. Kryształ zaczynał lśnić, co oznaczało, że granica jest już naprawdę niedaleko. Teraz jednak patrolujący przełęcz gwardziści wiedzieli, że Holly tu jest. Do powstałego gwaru, który przerodził się w pokrzykiwanie, dołączył po chwili jeszcze jeden głos, równie niespokojny. Tym, kto krzyczał, był Carter.

Jak udało mu się tutaj dostać tak szybko?, pomyślała. *Cóż, mogłam się domyślić, że i tym razem się zjawi. Zawsze się zjawia. Tylko że teraz naprawdę nie chcę go tutaj*, dodała, widząc, jak wspina się szybkimi ruchami w górę skały.

Muszę uciekać, zdecydowała. Rzuciła się do biegu, darując sobie wszelkie próby ukrycia swojej obecności. Wspinała się po skale tak szybko, jak mogła, nie bacząc na ślizgające się pod nią kamienie i hałas, jaki robiły. Nie myślała już w ogóle o tym, czy ją złapią, teraz liczyło się tylko to, żeby dotrzeć do granicy.

Słyszała, jak Carter wykrzykuje jej imię, błaga ją, żeby zawróciła. Był coraz bliżej. Z całych sił starała się nie słuchać jego wołania. Wspinaczka zaczynała przysparzać jej kłopotów, stok robił się niesamowicie stromy, a Kryształ niemalże parzył jej ciało, roztaczając wokół blask. Do uszu Holly docierał tylko odgłos szurających kamieni.

Proszę... proszę, niech granica będzie gdzieś tutaj. Niech to wszystko nie będzie na nic, błagam...

Wdrapywała się, rozpaczliwie przebierając łapami, co rusz się ześlizgując.

Wtem usłyszała rozdzierający okrzyk bólu, potem kolejny. Carter był niemal idealnie pod nią, wrzeszcząc z bólu. Holly zatrzymała się, żeby spojrzeć, co się z nim dzieje. Leżał na ziemi, trzymając się za głowę, a całym jego ciałem wstrząsały spazmy bólu.

Muszę do niego zejść, muszę mu pomóc, pomyślała i zaczęła schodzić w dół zbocza. W tym samym czasie usłyszała zbyt dobrze znany jej głos. Ten sam, który dręczył ją całymi dniami, gdy leżała skuta lodem, nie mogąc się wyrwać z koszmaru, który przeżywała na jawie. To dzięki niemu jednak wciąż żyła, choć na pewno miał on w tym jakiś interes. Głos, który ją dręczył i terroryzował, był jednocześnie tym, którego z czasem zaczęła potrzebować każdego dnia, żeby mieć pewność, że żyje. Teraz zaś powrócił.

– *Leć, ptaszyno* – zawołał swoim obrzydliwie słodkim tonem. – *Granica jest tuż-tuż, nie pozwól, żeby ci go zabrali.*

Spojrzała jeszcze raz na Cartera, który szamotał się po ziemi z bólu, trzymając się za głowę.

Muszę mu pomóc!, pomyślała, schodząc po skale.

– *NIEEEE!* – w głowie Holly rozległ się krzyk przypominający trzask błyskawicy, którego siła wstrząsnęła całym jej ciałem i odebrała dech w piersiach. Holly rozpaczliwie próbowała łapać powietrze.

– *Cofnij się, a ból minie* – powiedział w sposób nieznoszący sprzeciwu, po dawnej słodyczy nie było nawet śladu. – *Jesteś moja podobnie jak wszystko, co do ciebie należy.*

Coś w niej pękło. Ostatnia nieskażona głosem myśl umarła i Holly nie była już w stanie dłużej wstrzymywać łez. Wtem usłyszała inny głos, cichy szept dochodzący z najdalszych obszarów jej świadomości.

– *Przejął teraz nad tobą władzę, Holly, ale pomożemy ci.*

Iskierka nadziei zajaśniała w jej świadomości. Ostatkiem sił zebrała się na rozpaczliwy krzyk.

– Nigdy go nie dostaniesz... nigdy!

Zawróciła i powróciła do wspinaczki. Gwardziści wzywali ją,

wzajemnie się przekrzykując, podczas gdy Carter leżał nieruchomo u zbocza góry. Już nie krzyczał.

Wtem ciemność rozproszył oślepiający błysk. Holly ujrzała migoczący krąg światła na skraju grani, brama została otwarta.

– Carter, tak mi przykro. Nie chciałam cię w to mieszać, proszę, uwierz mi – powiedziała, odchodząc, lecz wiatr porwał jej słowa i nikt oprócz niej nie mógł już ich usłyszeć.

Lulu zwaliła się na podłogę, wrzeszcząc z bólu i łapiąc się za głowę. Sam i Salli natychmiast do niej przybiegli.

– Lu, co się dzieje? Lu!

Lulu, miotana spazmami, mogła jedynie odpowiedzieć kolejnym krzykiem. Łzy żłobiły jej czerwone od płaczu policzki.

Salli pobiegła z powrotem po mech, który położyła córce na czole i polała wodą, żeby przyspieszyć jego działanie.

– Oddychaj głęboko, Lu – powiedziała. – Możesz to pokonać, jesteś od niego silniejsza, po prostu nie spodziewałaś się ataku. Uda ci się z nim wygrać – powtarzała, próbując dodać Lulu otuchy.

– Z kim wygrać? – spytał Sam. – Co się dzieje?

– Potem ci wszystko wyjaśnię, najpierw muszę jej pomóc. Sam, zaufaj mi, wszystko będzie dobrze. Teraz idź zaparzyć herbatę z mchem, szybko!

Salli trzymała jej rękę, mocno ją ściskając, gdy kolejne spazmy bólu przeszywały jej świadomość. Lulu mocno trzymała się za głowę, oddychała z trudem, próbując powstrzymać kolejny krzyk. W końcu ból minął, Salli czuła, że oddech Lulu powoli się uspokaja, a jej ucisk słabnie.

– Już, Lulu, już… najgorsze masz za sobą. Obiecuję ci, że już nigdy nie będzie tak bolało.

– Mamo, co to było? Co się właśnie stało? – spytała Lu, łapiąc oddech. Starała się nie krzyczeć i uspokoić.

– To był On, Lulu, ten, który usiłuje opętać Holly. Tym razem zaatakował Cartera, nie chciał dopuścić, żeby dogonił Holly.

– Mamo, słyszałam Cartera, jak krzyczał z bólu, a kiedy chciałam mu pomóc i zobaczyć, co się dzieje, to nagle jakby błyskawica trafiła mnie prosto w mój umysł. Widziałam światło tak silne, że miałam wrażenie, że wypali mi wnętrze czaszki, a potem jeszcze ten wybuch, jakby ktoś zaczął ciskać gromy w mojej głowie. Myślałam, że głowa mi pęknie od tego wszystkiego.

– Uwierz mi, Lu, już nigdy nie będziesz musiała przez to przechodzić. Chciał zranić Cartera, żeby zmusić Holly do uległości. Ten „piorun” jest jedną z niewielu broni, które mu pozostały, a ponieważ doświadczyłaś tego ataku, On nie będzie w stanie już cię w ten sposób zaatakować. Nauczę cię, jak wyczuć to zagrożenie i je zablokować.

– Powinnyśmy chyba powiedzieć tacie o wszystkim. To nieuczciwe, że wciąż nie wie, co się dzieje, a my go tylko trzymamy w niewiedzy.

– Masz rację, Lu. Teraz jestem pewna, z kim mamy do czynienia i musimy zacząć przygotowania, żeby stawić Mu czoła.

– Będziemy walczyć? Naprawdę do tego dojdzie?

– Jestem tego pewna, czuję, że jest zdesperowany. Jego plany się nie powiodły i rzuci się teraz na każdego, kto stanie mu na drodze.

– Chodźmy powiedzieć tacie.

– Jak zdołałeś przekonać mamę, żeby cię puściła? – spytał Naz.

– Właściwie to nie musiałem jej za bardzo przekonywać. Po prostu wyrzuciła mnie za drzwi razem ze spakowanym prowiantem. Bardzo się przywiązała do Holly i Cartera i jest okropnie przejęta tym, co się wydarzyło. Gdybym nie powiedział, że pójdę ich odnaleźć, prawdopodobnie sama by za nimi poszła. Pokochała tych dwoje, serio.

– Sam się do nich całkiem mocno przywiązałem, Carter okazał się przecież świetnym kompanem w podróży. Mało gadatliwy, za to bystry, a taki człowiek w terenie to skarb – powiedział Naz.

– I dwukrotnie ocalił nam skórę.

– Nigdy mu tego nie zapomnę. Dobrze cię mieć znowu u boku, Vin. Nasz stary duet znowu razem.

– Za nic bym tego nie przegapił, Naz.

– Mówiłem ci, że Szef kazał mi pójść z Carterem do domu?

– Nie, nic o tym nie wiem.

– Więc tak, powiedział wczoraj, żebym to zrobił i dał mi ponadto list, który trzeba przekazać Samowi.

– Co w nim jest?

– Nie mam pojęcia, nie jest przecież adresowany do mnie, tylko do króla Ziem Południowych.

– Nawet nie zerknąłeś?

– Hmm... dobra, to było tak, że dał mi list i jednocześnie powiedział, że dostaję awans na szefa i mogę wziąć tyle racji żywnościowych, ile uznam za potrzebne.

– Jesteś szefem? Gratulacje, szefie, należało ci się!

– Dzięki, Vin. W każdym razie pomyślałem, że skoro Szef ufa mi w kwestii jedzenia, to lepiej, żebym nie zaglądał do tego listu.

– W sumie... chyba widzę, do czego zmierzasz. Nie chcemy, żeby Szef się dowiedział, że zaglądaliśmy do listu i odebrał nam dodatkowe żarcie.

– Dokładnie tak.

– Zatem, szefie...

– Vin, mów mi Naz. Za dużo razem przeszliśmy, żeby się bawić w tytuły. Nauczyłem się tego od południowców.

– Jesteś pewny, szefie? Bycie szefem to naprawdę duży zaszczyt.

– E tam, jesteśmy kumplami na misji, wolę tak o tym myśleć. Szkoda tylko, że misja szybko przerodziła się w ratunkową.

– Wiesz co, moja mama twierdzi, że Holly nie mogła się

powstrzymać przed zabraniem Kryształu, bo prawdopodobnie widziała go już wcześniej.

– Ten los przytrafił się wielu ludziom znacznie silniejszym od niej, nie mogę jej winić za tę tragedię. Powinniśmy mieć pretensje do samych siebie, że nie dostrzegliśmy niebezpieczeństwa zawczasu.

– Moja mama uważa, że Holly była wystawiona na działanie Kryształu, kiedy porwał ją ten szubrawiec Duma.

– Też mi to przyszło do głowy. Ten zbir powinien odpowiedzieć za to, co zrobił.

Szli w ciszy, rozmyślając w duchu o Dumie, sprawcy wszystkich obecnych nieszczęść. Pokonali piaszczysty płaskowyż, kierując się wskazówkami, które pozostawił za sobą Carter. Dotarli do niższych zboczy wraz z zapadnięciem zmroku, w oddali było widać już ogień obozu gwardzistów, który prowadził ich prosto do przełęczy. Wspinali się prędko, chcąc jak najszybciej doścignąć Holly i Cartera. Naz zatrzymał się na chwilę, żeby złapać oddech i spróbował ocenić w ciemności dystans, który musieli jeszcze pokonać.

– Vin, już niedaleko – zawołał przez ramię.

Nagły błysk światła nad granią rozproszył panującą ciemność. Powietrze trzeszczało, rozbrzmiewając echem po okolicy.

– Rany, Naz, spójrz na to! – wskazał na grań.

Naz obrócił się akurat, żeby dostrzec niknący blask tuż nad obozowiskiem gwardzistów, zanim ten całkowicie zgasł.

– Błagam, niech to nie będzie to, co myślę – powiedział Naz.

– Ktoś właśnie otworzył przejście i tym kimś może być tylko Holly.

– Tego właśnie się boję, wygląda na to, że nasze kłopoty właśnie zaczynają się na nowo.

– Tym razem będzie gorzej. Małpy już grasują na terenie Alp, a Holly pcha się prosto w ich łapy. Jeśli małpy zdobędą Kryształ, możemy pożegnać się z naszym basenem, cukiernią, z…

– Z całym życiem, jakie znamy, Vin. Spalą i wymordują wszystko, co znajdą po tej stronie granicy.

Spojrzeli na siebie z przerażeniem i ruszyli biegiem w stronę obozu. Gdy dotarli na skraj przełęczy, kolejny błysk rozżarzył panującą ciemność.

– Ktoś musiał za nią pobiec – krzyknął Naz. – Szybko, musimy przedostać się tym tunelem, zanim brama się zamknie.

Popędzili na złamanie karku do obozowiska.

– STÓJCIE... CZEKAJCIE... NIE ZAMYKAJCIE BRAMY! – krzyknął Naz.

Gdy dotarli na miejsce, Naz oddychał z trudem i nie mógł wykrztusić słowa. Gwardziści zajęli obronną pozycję wokół przejścia na wypadek, gdyby coś miało wyłonić się z drugiej strony.

– Spokojnie, to my, Naz i Vin. Kto przed chwilą przekroczył granicę?

– Carter. Mówił, że Holly ukradła Kryształ, czy to prawda?

– Obawiam się, że tak. Słuchajcie, Szef zmobilizował całą Gwardię, wkrótce wszyscy zostaną rozmieszczeni wzdłuż granicy, więc już niedługo otrzymacie naprawdę duże wsparcie.

– Jak udało jej się wykraść Kryształ?

– Nie mamy czasu, żeby o tym opowiadać. Spytajcie tych, których przyślą z miasta, przekażą wam szczegóły.

– Powinniście wiedzieć o jeszcze jednej rzeczy. Carter mówił, że coś go chyba zaatakowało. Wspomniał, że jak był już o włos od złapania Holly, to nagle jakby przez jego głowę przeszła błyskawica, a wewnątrz czaszki rozległ się donośny grzmot. Przynajmniej tak to opisał. Przyrządziliśmy mu potem herbaty z mchem, który miał przy sobie i jego stan się poprawił.

– Ruszamy za nim, przekażcie Szefowi, co tu zaszło.

– Nie lepiej, żebyście poczekali na posiłki?

– Nie ma czasu do stracenia, musimy pomóc Carterowi. Kto wie, w co się może wpakować po drugiej stronie?

– Pójdziemy z wami, możemy...

– Nie, wy musicie zabezpieczyć granicę i dopilnować, żeby nikt się tędy nie przedostał.

– W porządku. Zamkniemy przejście, jak tylko przejdziecie na drugą stronę.

Naz i Vin skinęli głowami na pożegnanie i zakrywając oczy przed nadchodzącym błyskiem światła, przekroczyli ponownie granicę. Blask portalu niemal natychmiast się rozpłynął, gdy gwardziści po drugiej stronie odnieśli czarny kamień, zrywając połączenie między dwoma punktami.

– No i jesteśmy z powrotem, Vin, lepiej zmieńmy postać – rzekł Naz, po czym obaj od razu przeistoczyli się w śnieżne niedźwiedzie, których siła i potężne rozmiary pozwalały im poczuć się pewniej wśród otaczającej ciemności. Ich grube białe futro z łatwością wtapiało się w pokrytą śniegiem okolicę. Zarzucili na plecy worki z zapasami, a Vin podniósł kostur, który dla siebie wykonał. Spostrzegli, że zbliżał się świt, niebo na wschodzie zaczynało się powoli rozjaśniać, ukazując sylwetki górskich szczytów położonych w oddali.

– Mogli udać się tylko w jedną stronę – powiedział Vin.

– Kierunek południe zatem! Chodźmy, Vin. Pójdę pierwszy.

Przebijając się przez śniegi, szybko znaleźli ślady Cartera, który tędy przechodził. Potem trafili na kolejne, dochodzące z prawej strony, które pokazywały, gdzie Carter wpadł na trop Holly. Trochę dalej znajdowało się jeszcze więcej śladów, tym razem jednak wszystkie były ze sobą przemieszane, jakby przez okolicę przetoczyła się jakaś armia. To nie był dobry znak. Naz przyglądał się widocznej gęstwinie tropów, próbując coś z niej odczytać.

– Wygląda na to, że małpy przybyły ze wschodu, ale za pierwszym razem przegapiły ślad Holly... spójrz, przez chwilę dalej szły w tamtym kierunku – rzekł, wskazując na zachód. – Potem zawróciły i zeszły w dół stoku, gdzie złapały trop. Niewykluczone, że zobaczymy je na zboczu góry, kiedy wzejdzie słońce.

– Szkoda, że jednak nie przegapiły tego miejsca i nie skończyły gdzieś dalej na zachodzie.

– Na pewno są w trakcie poszukiwań, a to oznacza, że wiedzą, że ktoś znajduje się w okolicy.

– Może zobaczyły błysk towarzyszący otwarciu granicy?

– Hmm... może – odparł Naz.

– Przynajmniej łatwo będzie je śledzić.

– Dobra, Vin, chodźmy znaleźć Holly i Cartera, zanim małpy to zrobią.

Ruszyli szybkim krokiem za tropem pozostawionym przez małpy, czujnie się rozglądając wokół, świadomi, że przeciwnik jest już niedaleko.

ROZDZIAŁ 7
POŚCIG

Holly porzuciła wszelką ostrożność i troskę o to, by nikt jej nie zauważył, najważniejsze teraz było jak najprędzej dotrzeć do południowej granicy. Biegła całą noc, jedyny raz zatrzymała się oczarowana grą cieni w dolinie, gdy słońce zaczęło wynurzać się zza gór na wschodzie. Dzień zagarniał kolejne połacie, zalewając je ciepłym pomarańczowym blaskiem, który z czasem przerodził się w ostrą, jasną biel słońca.

Znów pobiegła na południe, wyczulona na najdelikatniejszy zapach, który sugerowałby obecność małp w pobliżu. W ciągu poranka zeszła poniżej granicy wiecznych śniegów, co znacznie podniosło ją na duchu. Teraz małpy nie będą już w stanie śledzić jej z taką samą łatwością, a ponadto jej futro łatwiej wtopi się we wszechobecną szarość skał.

Postanowiła pobiec na zachód, trzymając się zachodnich stoków, przekonana, że grupa pościgowa pomyśli, że udała się najkrótszą drogą na południe. Kiedy słońce świeciło już wysoko na niebie, Holly zwolniła bieg; trzeba było teraz znaleźć jakieś zacienione miejsce, żeby przetrwać najgorętszą porę dnia. Zobaczyła w pobliżu półkę skalną, na którą od razu zeskoczyła. Zimny kamień i chłodne powietrze przyniosły Holly pewną ulgę. Dalej, za półką, słychać było odgłos płynącej wody. Roztopiony śnieg skapywał z położonego wyżej gzymsu do niewielkiej niecki, w której zebrała się krystalicznie czysta zimna woda. Holly piła łapczywie, korzystając z tego, że zima jeszcze nie nadeszła w tych stronach i nie pokryła wszystkiego warstwą lodu. Zauważyła, że woda z niecki ściekała poza półkę skalną, po czym płynęła wzdłuż zbocza góry.

Holly oparła plecy o chłodną ścianę, w końcu mogła odetchnąć i nabrać sił do dalszego biegu. Była senna, a jej powieki były ciężkie i co chwila opadały, gdy wtem obudził ją odległy hałas. Zaalarmowana ostrożnie przesunęła się do przodu, trzymając się blisko podłoża. Podeszła do skraju półki skalnej, którędy przepływała woda, i powiodła wzrokiem za strumieniem płynącym w dół zbocza. Była w stanie dostrzec opuszczone tarasy, na których dawniej prowadzono uprawy. Holly uprzytomniła sobie, że miasto, jeszcze niewidoczne, musi znajdować się w dolnej części zbocza.

Na samo wspomnienie tego, jak porwały ją lwy górskie i zaprowadziły do miasta, przeszedł ją dreszcz. Przypomniała sobie, jak Duma całymi dniami przetrzymywał ją zamkniętą w pokoju z ogromnym stołem, jak przychodził i za każdym razem ją dręczył, pokazując szkatułkę z pięknym Kryształem i obiecując, że będzie należał do niej. Zawsze ją jednak zabierał. Powoli doprowadzał ją do szaleństwa z wściekłości, aż Holly spędzała całe dnie, czekając, aż Duma znowu przyjdzie ze szkatułką. Zawsze to robił – obiecywał, a potem nie dawał. Teraz jednak Kryształ należał do niej i Duma już nigdy nie miał go jej odebrać. Była zbyt silna nawet dla niego.

Usłyszała kolejny hałas, z daleka dochodził czyjś krzyk niesiony przez świszczący wiatr. Padła na ziemię, wnikliwie obserwując zbocze, ale nie mogła dostrzec żadnego zagrożenia. Krzyk brzmiał jak wołanie o pomoc. Holly była skonfundowana.

Powinnam zejść zobaczyć, co się dzieje? Może ktoś potrzebuje mojej pomocy?

Ale Carter mówił, że wszyscy mieszkańcy miasta zbiegli do Ziem Południowych, kiedy nadeszły małpy.

Może o kimś zapomnieli i go zostawili w tym całym pośpiechu?

Może powinnam tam pójść i spróbować pomóc?

Szarpała się w myślach sama ze sobą. Z jednej strony nie umiała tak po prostu zignorować krzyków, ale zarazem pomysł odwlekania ucieczki był bardzo ryzykowny.

Nie mogę wejść do miasta razem z moim Kryształem, ktoś go może zawłaszczyć.

A gdybym jednak poszła naokoło i dalej podążała na południe?

Przez utrzymującą się niepewność Holly była coraz bardziej zdenerwowana i zdezorientowana.

Najważniejszy jest Kryształ, muszę go donieść do domu, pomyślała.

W tej samej chwili wiatr przyniósł ze sobą kolejny krzyk, tym razem znacznie głośniejszy.

Ktoś musi być w poważnym niebezpieczeństwie.

Strach przed utratą Kryształu paraliżował ją. Leżała na skraju półki skalnej, obserwowała dół zbocza, ale wciąż nie mogła dostrzec żadnych śladów życia ani też określić, co się może tam dziać.

Nie mogę uciec i zostawić kogoś, kto potrzebuje pomocy, ale to jest zbyt niebezpieczne... poczekam, aż się ściemni, wtedy zakradnę się do miasta i zobaczę, o co chodzi. W ciemności widzę przecież całkiem nieźle, pomyślała, dodając sobie otuchy.

Omiotła jeszcze raz wzrokiem góry wokół, wszystko wyglądało spokojnie. Spojrzawszy na słońce wiszące nad nią, uświadomiła sobie, że już niedługo cała dolina pogrąży się w mroku. Ułożyła się wygodniej, by poczekać na nadchodzący zachód słońca. Wiatr zmienił kierunek, niosąc krzyki o pomoc w inne strony. Zapanowała cisza.

A gdybym jednak ruszyła dalej?

Nie, nie można tak robić, zwłaszcza kiedy ktoś jest uwięziony jak ja kiedyś. Ale... to może być naprawdę niebezpieczne.

Wątpliwości cały czas targały Holly, która wciąż nie umiała wskazać, co byłoby najlepsze w tej sytuacji.

Po prostu poczekam tu chwilę, dopóki nie zajdzie słońce, ale lepiej schowam Kryształ na wypadek, gdyby ktoś mnie znalazł, jak będę spała.

Spojrzała na sadzawkę i dostrzegła na jej dnie duży płaski kamień. *Idealny.* Schowała Kryształ pod kamieniem, a inny umieściła w sakiewce zawieszonej na szyi.

Lepiej to jakoś oznaczyć, żebym nie zapomniała, upomniała samą siebie. Ułożyła trzy kamienie w trójkąt i położyła na nich kolejny, tworząc piramidę. *Tego na pewno nie przeoczę*, pomyślała z zadowoleniem.

Ułożyła się do spoczynku, czekając, aż słońce schowa się za łańcuchem gór na zachodzie. Sen przyszedł szybko, męczący i pełen koszmarów. Śnili jej się ludzie, którzy ją wołają, gonią i znów zakopują pod śniegiem. Próbowała krzyczeć, uwięziona ponownie w lodowej trumnie, bez możliwości najmniejszego ruchu, lecz nikt nie mógł jej usłyszeć.

Zerwała się gwałtownie ze snu, wybałuszając oczy ze strachu. Przytępiona snem nie mogła rozpoznać otoczenia, nic wokół nie wyglądało znajomo, strach powoli pełzał jej do gardła.

Kryształ, gdzie jest mój Kryształ?, myślała gorączkowo. *To ja krzyczałam? Ktoś mnie słyszał? Czy jednak to był ktoś inny?*

Wycieńczona i odwodniona nie kojarzyła miejsca, w którym się znajdowała. Oddychała głęboko, próbując opanować narastającą panikę, dopóki wszystkiego sobie nie przypomniała.

Sadzawka! Tam go ukryłam!, przypomniała sobie, czując, jak z serca spada jej kamień.

Na powierzchni wody uformowała się już cienka warstwa lodu. Przełamując ją, weszła po kolana do sadzawki. Woda była tak lodowata, że Holly natychmiast straciła czucie w kończynach, ale mogła przynajmniej ugasić palące ją pragnienie. Sięgnęła łapą pod właściwy kamień i poczuła wszechogarniającą ulgę i radość, gdy tylko dotknęła łapą ciepłego Kryształu.

Wtem usłyszała kolejny krzyk. Jeszcze głośniejszy i jeszcze bardziej przerażający. To był krzyk bólu, krzyk o pomoc i zarazem błaganie o uwolnienie – wszystko skumulowane w jednym przeszywającym dźwięku. Holly obróciła głowę, próbując znaleźć jego źródło.

Wtedy też ostatecznie podjęła decyzję. Zaczęła się powoli skradać wzdłuż zbocza usłanego pojedynczymi skałami, walcząc z ogarniającym ją strachem. Krzyk był jednak zbyt przejmujący, musiała to sprawdzić. Podążyła za ostatnim płynącym strumieniem w stronę wyludnionego miasta, które stało samotnie na skraju wyżyny, pogrążone w ciemnościach, pozbawione nadziei, całkowicie opustoszałe z wyjątkiem tego jednego głosu, który w mroku wzywał pomocy.

Wraz z nastaniem nocy powrócił przejmujący chłód, w powietrzu unosił się zapach zemsty.

Nie zejdzie mi tu długo... potem tylko trzeba pójść z powrotem wzdłuż strumienia, pomyślała.

Carter bez problemu podążał śladem Holly. Obezwładniający fetor gnijącego małpiego ciała sprawiał, że mógł na dobrą sprawę maszerować z zamkniętymi oczami. Ślad ginął w śniegu od miejsca, w którym małpy zbiegły w dół góry, ścigając Holly. Carter poczuł lęk na ten widok. Pamiętał, jak Kerri była ścigana przez jedną małpę, która o mały włos zabiłaby jego samego, gdyby nie ratunek ze strony przyjaciółki. Jedyną słuszną reakcją w obliczu stada rozszalałych małp było uciekać, i to bardzo szybko.

W pobliżu granicy wiecznych śniegów spostrzegł, że trop kieruje się na południe, w dół zbocza. Po chwili jednak zwrócił uwagę na coś dziwnego. Silny zapach małp nie mieszał się już ze śladem Holly.

Stanął w miejscu i powoli cofnął się po swoich śladach. Tuż za linią, gdzie kończył się wieczny śnieg, znalazł to, czego szukał. Trop Holly odbijał na prawo, prowadząc na zachód. Małpy przegapiły ten moment w swoim bezmyślnym pościgu.

Sprytnie!, pomyślał, czując przypływ nadziei. *Dogonię ją pierwszy.* Skierował się na zachód, droga prowadziła lekko z górki. Szedł w stronę rozszerzającej się półki skalnej, gdzie zapach Holly nagle rozproszył się w różnych kierunkach wokół skały. *Co ona tutaj robiła? Zatrzymała się!*, uświadomił sobie.

Wywęszył jej zapach na odrzuconych na bok kamieniach oraz tam, gdzie uklepała ziemię na płask.

Tutaj się położyła, żeby odpocząć.

Trop prowadził do sadzawki, z której piła wodę i gdzie ułożyła kamienie w kształt piramidy.

Jaki jest sens robienia takiej sterty? Chciała oznaczyć to miejsce!

Nie widział jednak tutaj nic, co zasługiwałoby na szczególną uwagę, nie licząc samej sadzawki. Rozejrzał się wokół, zmieszany. Zatoczył szerokie koło, zanim znowu trafił na ślad Holly, który tym razem schodził w dół zbocza. Wtedy też Carter rozpoznał, gdzie się znajduje. Na dole były tarasy, które wydzielono ponad miastem. To właśnie tutaj zaprowadziły go koty, gdy został porwany. Miasto było milczące i pogrążone w całkowitej ciemności. Holly szła prosto w jego kierunku.

Ale po co, Holly?, zastanawiał się w duchu. *To zbyt niebezpieczne.*

Przypomniał sobie pełne cierpienia krzyki dochodzące z miasta, które usłyszał, gdy przechodził w okolicy wraz z Nazem i Vinem. Miał wtedy wrażenie, że w mieście czai się przerażające zło.

Wziął głęboki wdech, mierząc się w myślach z tym, co go czekało. Nie miał jednak wyboru, musiał podążyć za tropem i odnaleźć Holly. Szedł blisko ziemi w obawie, żeby nie zauważył go ktoś na dole. Schodził po zboczu powoli i ostrożnie, starając się to uczynić możliwie bezszelestnie, wyczulony na każdy najmniejszy hałas wokół. Miasto było coraz bliżej, Carter słyszał już jęk drewnianych dachów smaganych wiatrem. Drzwi i okna opuszczonych naprędce domów złowieszczo łomotały, pomiatane podmuchami lodowego wichru. Czuł, jak futro staje mu dęba ze strachu, gdy pokonywał kolejne ulice opustoszałego miasta.

Nagle odniósł wrażenie, jakby coś uderzyło go prosto w pysk. Wiatr przyniósł mdlący odór małp. Zapach był do tego stopnia ostry i gryzący gardło, że Carter omal nie zwymiotował. Były już blisko, bardzo blisko. Carter przykucnął w wejściu jakiegoś budynku, próbując znaleźć pośród atramentowej nocy najciemniejszy kąt, w którym mógłby się schować i zniknąć. Był przerażony i bardzo samotny.

Holly cicho szła przez miasto. Podskakiwała za każdym razem, gdy wiatr huknął drzwiami z całej siły. Nerwy miała napięte jak postronki, cały czas usiłowała wywęszyć choćby najdelikatniejszą nutę znajomego zapachu. Miała wrażenie, że ostatni raz była tutaj bardzo dawno temu. Wciąż jeszcze pamiętała samą siebie z tego czasu, niewinną i wolną od chciwości i zepsucia tego świata. Pamiętała, jak Duma uwięził ją w swoim domu, kiedy u jej boku był jedynie Carter i tylko on gotów był ją obronić. Pamiętała doskonale odrażający oddech Dumy, cuchnący zgnilizną i rozkładem, który wyszeptywał jej najsłodsze obietnice, mamiąc ją podarkami, magią i wizją powrotu do domu, do mamy. Przed oczami stanęły jej wszystkie potworne dni, kiedy siedziała tam sama, szlochając za życiem wśród rodziny i przyjaciół, które jej brutalnie odebrano – ganianie się z Kerri wzdłuż brzegu rzeki, tańce z chłopakami w miejscu spotkań i falowanie brzegów jej sukienki, kiedy kręciła się dookoła. To wszystko miało miejsce przecież jeszcze ubiegłego lata, a zdawało się być odległe o całe stulecia.

Holly stanęła w miejscu, czując w powietrzu znajomą nutę. *Duma! Jest tutaj.* Z całą pewnością zapach należał do niego, wszędzie rozpoznałaby plugawą woń człowieka, który wyrwał ją z jej świata, z jej codzienności i zmienił w kogoś, komu zależało teraz wyłącznie na jednym przedmiocie, który na pewno nie przyniesie jej szczęścia, a pewnego dnia prawdopodobnie doprowadzi do jej śmierci.

Skradała się dalej przez opuszczone miasto, kierując się już wyłącznie węchem, aż dotarła do głównego placu. Poznała ratusz, do którego ją zaciągnięto, gdy tylko dotarła z porywaczami do miasta. Poczuła chorą chęć, żeby ponownie ujrzeć miejsce, w którym po raz pierwszy zło objawiło się w jej życiu tak namacalnie blisko. Gdzie wszystko się dla niej zaczęło na nowo.

Ciężkie dębowe drzwi były nadal otwarte, a dochodzący zza nich odór Dumy był jeszcze silniejszy.

Wciąż tu jest!, pomyślała w osłupieniu.

W głowie kołatały jej się sprzeczne myśli.

Zemsta!, pomyślała. *Niech zobaczy mnie teraz, silną, potężną, zupełnie niepodobną do tej zrozpaczonej dziewczynki, którą tutaj zaciągnął, gdy płakała, żeby rodzice zabrali ją z powrotem do domu. Zemszczę się za odebranie mi najlepszych chwil mojego życia, za wyrwanie mnie z mojego świata.*

Cicho zakradła się do korytarza, rozglądając się bacznie na prawo i lewo. Drewniana podłoga zaskrzypiała pod łapami Holly, która od razu się cofnęła. Słyszała czyjś oddech. Zrobiła jeszcze krok do przodu, podłoga również tym razem jęknęła.

– Kto tam jest... czego teraz ode mnie chcecie? Błagam, zostawcie mnie już w spokoju... – odezwał się głos dochodzący z ciemności.

Ktokolwiek to był, był przerażony, wycieńczony i złamany

psychicznie. Holly nie miała jednak wątpliwości, że głos należał do Dumy.

– Czy jesteś tu sam? – spytała.

– Co? Kim jesteś? Tak, jestem tutaj sam, nie ma tu nikogo innego.

Holly podeszła bliżej. Dostrzegła w ciemności jego powykręcaną, połamaną postać. Był przywiązany do krzesła, sznur opasywał jego pierś oraz nogi, a ręce miał związane z tyłu. Czuła i widziała krew cieknącą mu z uszu i nosa, naznaczone czerwonymi śladami kąciki ust oraz policzki wyżłobione przez łzy. Ramiona miał zapadnięte, z najwyższym wysiłkiem zdołał podnieść głowę, żeby spojrzeć na Holly.

– Nie poznajesz mojego głosu?

– Kim ty jesteś?

– Miałeś dla mnie tyle słodkich słówek, wabiłeś tyloma obietnicami, zadałeś tyle bólu... tak szybko o mnie zapomniałeś? Kiedy ja byłam sama na przełęczy, ty wolałeś mnie porzucić, żeby móc bezpiecznie spać w swoim łóżku.

– Holly, czy to ty? Ty... uciekłaś?

Przeszła dumnym krokiem przez korytarz, nie zważając już na skrzypienie drewnianej podłogi. Podeszła do niego powoli, węsząc, czy w powietrzu nie unoszą się inne zapachy. Czuła jednak wyłącznie mdląco-słodką woń Dumy, którą tak dobrze pamiętała. Stała teraz tuż przed nim, miała pysk na wysokości jego twarzy. Czuła na sobie jego oddech, gdy dyszał, zmagając się z bólem.

– Och, Holly, tak mi przykro... tak mi przykro z powodu tego, co ci zrobiłem.

Odskoczyła jak oparzona. Nigdy nie podejrzewała go o przejawianie jakichkolwiek ludzkich uczuć.

– Zawsze byłaś moją ulubienicą, Holly, bardzo cię lubiłem. Gdybyś wiedziała, jak nienawidziłem tego wszystkiego, co robiłem...

– Łżesz! Wydaje ci się, że *naprawdę* wiesz, co mi uczyniłeś?

Że *naprawdę* wiesz, jak zniszczyłeś moje życie, zanim w ogóle się zaczęło?

– Niestety wiem, Holly. I strasznie, strasznie tego wszystkiego żałuję, uwierz mi.

– Wierzyć ci?! Okłamywałeś mnie, odkąd tylko zostałam tu zaciągnięta, a wszystko dla jakiejś twojej chorej ambicji!

– Holly, moja droga Holly... gdybym tylko mógł to wszystko cofnąć, uwierz mi, że nie zawahałbym się ani chwili. Gdybym mógł oddać ci twoje dawne życie... – głos mu się łamał, był bliski łez.

– Dlaczego to zrobiłeś?! – krzyknęła. Zaczynała tracić panowanie nad sobą. – Po co? Dla twojego cennego Kryształu, który mi obiecałeś? No, gdzie on teraz jest?

– Nie wiem, Holly, on... on został zabrany – głos Dumy był coraz bardziej płaczliwy, a oddech coraz bardziej rwany.

– Powiem ci, gdzie się znajduje. *Ja* go mam i należy teraz *do mnie*!

Duma zachłysnął się powietrzem z osłupienia.

– *Ty* go masz, Holly? Masz go tutaj...*teraz*?

– Tak, jest mój i nie potrzebuję już twoich fałszywych obietnic ani twoich kłamstw.

– Holly, ten klejnot jest niebezpieczny, nie zdajesz sobie sprawy, do czego *ON* jest zdolny – Duma mówił z przejęciem, odzyskawszy głos. – Musisz szybko stąd uciekać... one tu wrócą i cię znajdą. Odbiorą ci Kryształ, a potem...

– Kto niby powróci? – zapytała z kpiącym niedowierzaniem.

– Przyjdą tu, będą cię szukać, bo chcą odzyskać Kryształ. On nigdy nie spocznie, dopóki nie znajdzie się w jego posiadaniu.

– Kto? – spytała, wiedząc jednak dobrze, o kogo chodzi. Strach zaczął wypierać złość w jej sercu.

– *ON*, Holly. Ten, który do ciebie mówi, który nie pozwala ci zasnąć, który będzie cię dręczył na wszystkie sposoby, dopóki nie dostanie, czego chce. Wie, że masz Kryształ, wie, gdzie jesteś, obserwuje cię, kiedy śpisz...

– Przestań, przestań już gadać! – krzyknęła, bardziej przerażona niż wściekła.

– Holly, posłuchaj mnie. Ratuj się, uciekaj stąd! Jak najszybciej, byle dalej stąd!

– On tu zmierza? – spytała.

– Wysyła swoje małpy, to jego niewolnicy. Będą robić dokładnie to, co im każe, ponieważ w przeciwnym wypadku będzie je torturować. Umie zasiać w głowie tak potężny ból, że masz wrażenie, iż zaraz pęknie ci czaszka, ale zawsze w ostatniej chwili przestaje... Chce, żebyś jak najwięcej cierpiała. Holly, błagam, uciekaj stąd już, szybko.

Spojrzała na przywiązanego do krzesła Dumę, skazanego przez los na to, by zostać tu na wieki i znosić tortury obmyślone przez Tego, który pragnie Kryształu będącego teraz w jej posiadaniu.

– Holly, idź już. I błagam, uwierz mi, że żałuję wszystkiego, co ci uczyniłem.

Łzy skapujące po jego policzkach mieszały się z zaschniętymi strużkami krwi. Holly nie była już w stanie zdobyć się na jakąkolwiek nienawiść wobec człowieka, któremu teraz współczuła, rozumiejąc jego ból i cierpienie. W jej sercu nie został nawet ślad żądzy zemsty, czuła jedynie głęboki smutek z powodu niegdyś potężnego władcy, który miał tu cierpieć przez wieczność ku uciesze Tego, który pragnie Kryształu.

– Dlaczego On ci to robi?

– Ponieważ miałem Kryształ, słyszałem jego głos i go nie posłuchałem. Nie mogłem powstrzymać się przed podpaleniem lasu, ale potem zrozumiałem, że to On kazał mi to zrobić. Wiedziałem, że Jego małpy w końcu nadejdą, więc pozwoliłem niedźwiedziom odebrać mi Kryształ. Udałem, że jestem wściekły i pełen nienawiści dla wszystkich, lecz po prostu wiedziałem, że małpy mają rychło nadciągnąć. Kazał mi pilnować Kryształu, ale wiem, że jeśli On położy na nim swoje ręce, wówczas świat czeka zagłada.

Holly wiedziała już, co musi zrobić. Rozejrzała się po korytarzu i spostrzegła wystawę dawnego uzbrojenia, która wisiała za Dumą na ścianie.

Podeszła do niej i sięgnęła zębami rytualny nóż, po czym, cały czas trzymając go w szczękach, przecięła więzy krępujące Dumę.

Głośno westchnął z ulgą, gdy sznur zsunął się na ziemię. Duma padł na podłogę z wyczerpania, przyczołgał się do ściany i z najwyższym trudem stanął na nogach. Ledwie mógł się ruszać po tym, jak tyle czasu spędził przywiązany do krzesła.

– Holly, daj mi nóż.

– Co zamierzasz zrobić? – spytała, przekazując mu go.

– Małpy zaraz się tutaj zjawią i tym razem przyjdą w znacznie większej liczbie, musisz uciekać. Masz przy sobie Kryształ, to ciebie będą gonić... wybacz mi, Holly.

Widząc ból i rozpacz wypisane na twarzy Dumy, nie umiała już pielęgnować w swoim sercu nienawiści do niego.

– Chodź ze mną, uciekniemy razem.

– Nie, moje miejsce jest tutaj. Spróbuję je powstrzymać tak długo, jak tylko będę mógł, ale tym razem nie dam się schwytać i skazać na tortury. Chciałbym cię prosić o przysługę. Jeśli zobaczysz mojego syna... jeśli spotkasz Sonny'ego, to powiedz mu, że... że zawsze byłem z niego dumny. To przez Kryształ zachowywałem się tak, a nie inaczej, nie umiałem nic z tym zrobić.

To nie tak miało być, pomyślała. *Chciałam go skrzywdzić, zadać mu ból, odpłacić za to, co mi zrobił, ale teraz mogę jedynie czuć smutek z powodu jego tragedii.* Holly współczuła mu tak bardzo, że chciało jej się płakać.

Odwróciła się, aby już odejść, ale zatrzymała się w pół kroku, żeby jeszcze raz na niego spojrzeć. Duma ledwo stał, słaniał się na nogach oparty o ścianę, z trudem unosił głowę. Wtem na zewnątrz rozległ się donośny huk.

– Już tu są, Holly! Uciekaj przez tylne wyjście, prędko!

Nie wahała się ani chwili, pobiegła na koniec holu i pchnęła drzwi na tyle, żeby móc dostrzec te z prawej strony. Wychyliła ostrożnie głowę przez próg i spojrzała w lewo. Wszystko wydawało się w porządku. Holly wyszła na ulicę pogrążoną w ciemności. Z drugiej strony budynku słychać było hałas pękającego drewna i tłuczonego szkła. Małpy ogarnął niszczycielski szał, który musiały zaspokoić, zanim będą mogły na nowo zadać Dumie ból.

Holly biegła pośród mroku, panicznie próbując odnaleźć drogę prowadzącą z powrotem w góry.

Dzięki rozlegającym się hałasom Carter dokładnie wiedział, gdzie teraz przebywają małpy. Nos podpowiadał mu również, że Holly jest bardzo blisko. Przyklęknął, żeby rozejrzeć się dobrze po okolicy.

Był pewny, że w pobliżu nie czyha żadne niebezpieczeństwo, lecz mimo to rzucił okiem za siebie. Nie mógł zrozumieć, co jego węch próbuje mu przekazać. Miał wrażenie, że małpy były zarówno za nim, jak i przed nim, choć równie dobrze to wiatr mógł wpaść w jakiś wir. Carter czuł się coraz bardziej zdezorientowany i zaniepokojony. Nie mógł sobie jednak pozwolić na bezczynność.

Wyszedł z cienia na ulicę i natychmiast jakaś potężna siła uderzyła go z całej siły w bok. Pędząca na oślep Holly uderzyła w Cartera, który tak przekoziołkował, że wpadł prosto w pobliskie drzwi, a siła uderzenia wyrwała je z zawiasów. Drzwi wraz z Carterem z hukiem uderzyły o podłogę.

Zdawało się, że całe miasto wstrzymało oddech, nawet wiatr zamilkł, gdy łoskot rozniósł się po mieście, odbijając się od ścian domostw. Grobowa cisza, która zapadła, wydawała się głośniejsza niż spustoszenie, któremu oddawały się małpy.

Carter leżał na ziemi, kompletnie ogłupiały. Widział przerażenie w oczach Holly.

– Carter! – szepnęła wstrząśnięta, dopiero teraz go rozpoznając. – Szybko, musimy uciekać! – powiedziała, stając ponownie na nogi.

Wszystko wokół zaczęło nagle trzaskać i łomotać, a wrzawa zbliżała się do nich z każdą chwilą. Od strony Hali dochodziły odgłosy zaciętej walki, które ucichły, gdy powietrze przeszył pełen wściekłości krzyk.

– Holly, tędy – Carter odwrócił się w stronę, z której przyszedł, ale tę drogę ucieczki blokowała już piątka małp.

– Spróbujmy tutaj, chodź za mną – powiedział, wbiegając do domu, którego drzwi przed chwilą wyłamał. Pobiegli przez całe domostwo aż do końca holu, szukając kuchni i tylnego wyjścia. Carter liczył czas potrzebny małpom, żeby ich dogonić. Wbiegli prędko do kuchni i zatrzasnęli za sobą drzwi. Carter słyszał już małpy zmierzające korytarzem w ich kierunku. Holly panicznie rozglądała się za jakimś wyjściem, gdy nagle zauważyła otwór w ścianie, gdzie dawniej umieszczone było okno, prawdopodobnie wyrwane przez jakąś małpę w napadzie bezmyślnego szału.

– Skaczemy! – krzyknęła i po chwili znalazła się w ogrodzie. Poczuła podmuch powietrza, gdy Carter skoczył za nią. Od razu przeskoczyli płot stojący przed nimi i znaleźli się na zewnętrznej drodze.

Carter tymczasem wciąż odmierzał w głowie czas. Do jego uszu doszedł kolejny łomot: dwie małpy przepychały się między sobą, która pierwsza ma przeskoczyć przez okno. Razem z Holly popędzili wzdłuż drogi, która, mieli nadzieję, wiodła poza miasto. Kiedy zbliżali się do ostatniego domu, zobaczyli, że zza wzgórz wyłaniają się góry. Ten widok sprawił, że Carter częściowo odzyskał nadzieję.

– Holly, już prawie, uda nam się!

Nagle jednak Holly dostrzegła kątem oka coś, co przeleciało w powietrzu i próbowało ją chwycić. Małpa stojąca w pobliżu na straży dostrzegła ich próbę ucieczki i skoczyła tak, by od razu złapać Holly, która jednak natychmiast stanęła w miejscu i wychyliła się w lewo, przez co małpa rzuciła się w pustą przestrzeń. Przekoziołkowała, lecz od razu zerwała się na równe nogi, by kontynuować pogoń.

Biegli ścieżką prowadzącą w górę poprzez rolnicze tarasy, od dawna już nieużywane. Ten odcinek drogi był znacznie łatwiejszy dla ścigającej Holly i Cartera małpy. Oboje czuli, że jej odór staje się z każdą sekundą coraz silniejszy. Gdy Carter wdrapywał się na kolejny taras, poczuł uścisk na tylnej łapie. Przerażony wierzgnął na oślep, zaczepiając pazurami o pierś małpy. To wystarczyło, żeby małpa poluzowała chwyt i zatoczyła się do tyłu. Carter wskoczył na kolejny taras, a tuż za nim małpa.

– Holly, biegnij, biegnij do domu! – krzyknął.

Wiedział, że jeśli ma ją ocalić, musi stawić czoła małpie. Zbliżał się kolejny taras, a prawdopodobnie przed następnym małpa się z nimi zrówna. Przygotowywał się do skoku, kiedy wtem usłyszał dochodzący z ciemności głos, który dobrze znali na dźwięk którego serce chciało mu wyskoczyć z piersi.

– Carter, PADNIJ!

Odruchowo opuścił głowę i poczuł, jak coś przejechało po futrze na jego karku. Kostur Vina prześlizgnął się z głośnym świstem po plecach Cartera i z impetem huknął nadbiegającą małpę prosto w pysk. Rozległo się okropne chrupnięcie pękających kości.

Carter obrócił głowę i zobaczył, jak małpa bezwładnie stacza się wzdłuż tarasów. Jej martwe ciało zatrzymało się w dolnej części wzniesienia.

– Vin! – zakrzyknął zdumiony, uśmiechając się od ucha do ucha. – Przyszliście!

– To było całkiem zgrabne uderzenie, Vin – powiedział Naz. – Nieźle już wywijasz tym kijem.

– Naz, to jest kostur. Za kijem to psy mogą ganiać. Och, Carter, przepraszam...

– Nie przejmuj się, przecież wiem, co masz na myśli. Cieszę się, że trening na coś się przydał – powiedział Carter.

– Jeszcze jak! Ta broń to było moje przeznaczenie – powiedział Vin, kręcąc kosturem nad głową, żeby popisać się nowo opanowanymi ruchami.

– Ćwiczyłeś zatem! – powiedział Carter, wciąż szczerząc zęby.

– Dobra, Vin, wystarczy tego, jeszcze komuś oko wybijesz, jak się zagapisz – powiedział Naz, który właśnie uniknął zderzenia z rozpędzonym kosturem.

Holly zawróciła i spojrzała na nich z wyższego tarasu.

– Tak was przepraszam, że to zrobiłam – powiedziała. W jej głosie słychać było szczerą skruchę.

– Pogadamy o tym w bardziej sprzyjających okolicznościach. Teraz powinniśmy się stąd jak najprędzej zmywać – powiedział Naz. – Masz go ze sobą?

Chwyciła sakiewkę owiniętą wokół szyi.

– Musisz mi go oddać – powiedział Naz.

Holly zrobiła krok do tyłu, wciąż trzymając zawiniątko.

– Naz... może niech na razie Holly niesie Kryształ... przynajmniej dopóki nie dojdziemy do granicy. Będzie czuła się pewniej w naszym towarzystwie, a nas nie będzie kusić, żeby na niego spojrzeć – powiedział Vin.

Naz milczał. Jego zmarszczone brwi zdradzały, że niezbyt podoba mu się ten pomysł.

Holly wykonała jeszcze jeden krok do tyłu. Naz widział, że szykuje się do ucieczki.

– Dobrze – powiedział. – Chyba rzeczywiście najlepiej, żebyś to ty go niosła, Holly. Tylko obiecaj nam, że pozwolisz nam pomóc i od tej pory wszyscy będziemy trzymać się razem, w porządku?

– Jest mi tak wstyd, że sprowadziłam na was to wszystko – odpowiedziała bliska łez Holly.

– Musimy się stąd jak najszybciej zabierać – ponaglił wszystkich Vin.

– Racja. Vin, prowadzisz. Ja idę z tyłu pochodu.

- Wiesz co, Naz, może lepiej to ty idź blisko Holly. Z kosturem bardziej mogę się przydać na tyłach, żeby nas osłaniać.

- W porządku. Holly, trzymasz się blisko mnie – powiedział Naz.

- Nie ma czasu do stracenia, zabierajmy się stąd. Trzymam się za tobą, Naz.

Naz ruszył truchtem ku górze, z łatwością wspinając się na kolejne tarasy. Holly podążała tuż obok niego. Wspięli się niewiele wyżej, gdy nagle się zatrzymała, podobnie jak Carter. Naz odwrócił się, widząc, że oba psy stanęły w miejscu.

- O co chodzi? – szepnął, ciskając na boki zaniepokojone spojrzenia.

- Są przed nami.

- Małpy?

- Tak, czuć je już tutaj i jest ich dużo.

- Co masz na myśli przez „dużo"? – Naz i Vin również wyczuli zapach niesiony przez wiatr.

- Nie umiem określić, ale tych zapachów jest naprawdę sporo i żaden z nich nie wróży nic dobrego.

- Holly, przekaż mi Kryształ, proszę – powiedział Naz.

Popatrzyła na każdego z nich, a następnie wlepiła oczy w ciemność. Nie widać było nic, ale dobrze wiedzieli, że idąc przed siebie, skazywali się na pewną śmierć.

- Jest ich zbyt dużo, czuję to. Nigdy nie uda nam się przedostać – powiedział Carter. – Holly, oddaj mu Kryształ, proszę.

Wzięła głęboki wdech, nie umiejąc spojrzeć żadnemu z nich w oczy.

- Możemy pójść naokoło, na zachodzie jest niewielka sadzawka... – powiedziała cicho.

- Ta, gdzie się zatrzymałaś na postój? – spytał Carter.

– Tak – przytaknęła. – Prowadzi do niej strumyk, musimy się tylko zanadto nie wychylać i będziemy mogli przejść niezauważeni. W ten sposób udało mi się wejść do miasta bez wzbudzania żadnych podejrzeń.

– Wiem, gdzie jest ta sadzawka – odparł Carter. – Rzeczywiście możemy tamtędy ominąć małpy. Odbijemy na zachód, a potem czeka nas wspinaczka. To może się udać.

– Niedługo wzejdzie słońce, musimy znaleźć jakąś kryjówkę. Nie możemy pozwolić, żeby nas zobaczyły w świetle dnia – powiedział Vin.

– Ten plan jest ryzykowny, ale macie rację, to może być nasza jedyna szansa – powiedział Naz, ważąc w głowie za i przeciw. – Zatem zachód. Nie ociągajmy się, widać nas tutaj jak na dłoni.

Carter prowadził ich przez niższe stoki, trzymając się z dala od wydeptanych ścieżek i szlaków. Dotarli w końcu do sadzawki, gdzie woda zdążyła już zamarznąć.

– Pamiętam, że poniżej linii śniegów znajdują się jaskinie – powiedział Naz. – Znaleźliśmy je, kiedy ostatnim razem przeprowadzaliśmy zwiad przed przejściem gwardzistów. Możliwe nawet, że wciąż będą tam jakieś zapasy. Wejście do jaskini widać tylko, gdy świta. Później, kiedy słońce jest już wyżej, wszystko pogrąża się w cieniu i z zewnątrz nie widać absolutnie nic. Nikt nie zdołałby nas znaleźć.

Vin spojrzał na wschodnie szczyty. Niebo płonęło ciemnym szkarłatem, a pozostała czerń stopniowo przeradzała się w odcienie granatu. Gwiazdy zaczynały zanikać.

– Mamy mało czasu, Naz – powiedział Vin.

– Musimy czym prędzej zejść z widoku. Bestii jeszcze nie widać, ale to tylko dlatego, że słońce jeszcze nie wzeszło całkowicie. Na pewno są już gdzieś w pobliżu.

Schowali się za jednym z większych głazów, który stoczył się z wyższych partii gór. Świadomi, że w każdej chwili ktoś mógł ich zauważyć, z niecierpliwością przemieszaną ze strachem wyczekiwali, aż słońce wskaże im kryjówkę.

Wszyscy rozglądali się wokół w poszukiwaniu zagrożenia. W końcu pierwsze promienie światła dotknęły szczytów wznoszących się ponad nimi, oblewając zimną szarą skałę falą ciepłego pomarańczowego blasku. Śnieg raził boleśnie oczy. Obserwowali, jak cień przesuwa po zboczach wraz z każdą sekundą dnia.

Naz pierwszy dostrzegł jaskinie.

– Patrzcie! Tam, po lewej stronie widać szczelinę! Uciekamy stąd, natychmiast!

Pędząc na złamanie karku, wskoczyli do położonego nisko wejścia i przecisnęli się do położonej w głębi groty, która rozpościerała się w głąb na setki metrów, po czym padli na ziemię zdyszani po szaleńczym biegu.

Naz i Vin otworzyli swoje pakunki z zapasami i wyciągnęli wodę, którą podzielili się z pozostałymi. Każdy siedział w milczeniu, pogrążony we własnych myślach, panująca cisza dudniła im w uszach. Milczenie jako pierwsza przerwała Holly.

– Przepraszam, że to wszystko na nas ściągnęłam, ale naprawdę nie byłam w stanie się powstrzymać.

– Wiemy, Holly – powiedział Naz. – Wiemy i nie mamy ci tego za złe. Powinniśmy byli się lepiej przygotować na taką ewentualność.

– Przeciw Niemu nigdy nie można się dostatecznie przygotować.

Wszystkich trzech zamurowało. Nie mieli pojęcia, co Holly ma na myśli.

– Przeciwko komu? – spytał Vin.

– Przeciw NIEMU. Temu, który sprawuje władzę nad małpami. Potrafi wedrzeć się do twojego umysłu i zmusić cię do wykonywania Jego rozkazów, choćbyś z całych sił próbował mu się oprzeć. Jeśli okażesz nieposłuszeństwo, zada ci niewyobrażalny ból.

Znów zapadła cisza.

– Holly, ale kim jest ten cały On? – spytał Carter.

– Tym, kto przez cały ten czas usiłował zdobyć Kryształ.

– Dlaczego tak bardzo go pragnie?

– Każdy, kto widział Kryształ, chce go dotknąć i zatrzymać już na zawsze. Tylko On jednak wie, jak go używać i kontrolować. Widzicie, on posiada Księgę.

ROZDZIAŁ 8

NASTĘPCZYNI

– Podjąłem decyzję – powiedział Sam.

Salli przestała pisać i spojrzała na niego.

– Dobrze o tym wiem – podeszła do niego i ujmując pod ramię, zaprowadziła do jego ulubionego miejsca w ogrodzie.

– Czy jest coś, czego nie wiesz? – spytał.

– To było widać po twoich ramionach – uśmiechnęła się. – Gdy zobaczyłam, jak bardzo opadły, domyśliłam się, że już coś postanowiłeś.

– Czy to nie będzie zbyt wcześnie dla niej?

– Nie, Lu jest silna, a poza tym to tylko symboliczna pozycja. Właściwe przywództwo wciąż będzie należeć do ciebie.

– Ludzie potrzebują królowej, za którą pójdą, której będą mogli zaufać. Nic im po królu, który jest zniedołężniałym starcem.

Przysunęła go bliżej siebie.

– Poświęciłeś swoją koronę, żeby móc uratować dzieci. Gdybyś nie przekroczył tej granicy, nie czułbyś się tak staro jak teraz, to prawda... a my nigdy nie ujrzelibyśmy Lu.

– Wiesz, tak właściwie to nigdy nie chciałem być królem. Czułbym się szczęśliwszy, po prostu łowiąc ryby.

– Chyba najlepiej będzie załatwić to teraz – zaśmiała się.

Salli i Lu wróciły do ogrodu z chłodną lemoniadą. Sam wyprostował się na swoim miejscu, kiedy usiadły. Tkwili przez chwilę w zadumie.

– Tato, coś cię trapi? Wyglądasz na rozkojarzonego – spytała Lulu.

– Lu, jest coś, o czym musimy porozmawiać. Widzisz, klan nie może zbyt długo obywać się bez przywódcy. Mamy we krwi to, żeby podążać za silnym przywódcą, walczyć dla niego i czerpać zeń przykład.

– Cieszę się, że wybrałeś już datę ceremonii, tato – powiedziała Lu.

– Postanowiłem przekazać władzę tobie.

– Co, mnie?! Nie możesz tego zrobić, przecież to ty jesteś naszym prawowitym królem! – powiedziała Lulu.

Sam powoli pokręcił głową.

– Lu, spójrz na mnie. Widzisz, co się ze mną stało? Może i jestem w stanie trzeźwo myśleć, ale ostatnimi czasy ledwo mogę chodzić. Klan potrzebuje kogoś silnego, komu będzie mógł zaufać. To musisz być ty.

– Ale... ale tato, to nigdy się tak nie odbywało. Władza sama przechodziła na kolejną osobę.

– Czasy się zmieniają, Lu, a my musimy wraz z klanem do nich się dostosować, jeśli nie chcemy wylądować na śmietniku historii. Musimy sami zacząć się zmieniać.

– Tato, przecież ja nie mam pojęcia o byciu królową. Skąd mam wiedzieć, co powinnam zrobić?

– Nie ma żadnego poradnika zawierającego wskazówki, co i jak należy robić. Po prostu bądź sobą i dawaj z siebie wszystko. Będę przy tobie, żeby ci służyć radą i wsparciem, ale ludzie muszą właśnie w tobie widzieć przywódczynię. Muszą cię uznać za godną ich zaufania.

Lulu podbiegła nagle do ojca i zarzuciła mu ręce na szyję.

– Tato, to ty jesteś najbardziej godną zaufania osobą, jaką znam.

Wtulona w jego pierś zaczęła płakać, uświadomiwszy sobie poświęcenie, na jakie zdecydował się jej ojciec, przekraczając granicę, by uwolnić ją ze szponów Dumy. Zamknęła oczy i znów zobaczyła go, jak wyłonił się z szalejącej zamieci i otulił ją kocem, mówiąc, że już wszystko będzie dobrze i że wrócą do domu. Wtedy też płakała.

Tyle łez i poświęcenia, pomyślała. *Wszystko przez Dumę i ten przeklęty Kryształ, z powodu którego mój ojciec musiał poświęcić swoje życie.*

Przełknęła łzy i wytarła oczy oraz nos.

– Zrobię, o co mnie prosisz. Tylko obiecaj mi, proszę, że zawsze będziesz obok, żeby mi pomóc.

Spojrzał jej głęboko w oczy, jakby chciał w ten sposób zapamiętać ostatnią chwilę, gdy Lulu była małą dziewczynką, która nie musiała dźwigać ciężkiego brzemienia przywództwa. Wiedział, że w ten sposób skazywał ją na przedwczesną dorosłość.

– Pomogę ci, jak tylko będę mógł – odparł.

– Przekażmy wieści Caseyowi, trzeba rozpocząć przygotowania – powiedziała Salli.

Pozostawiła ich samych, aby mogli nacieszyć się ostatnimi chwilami wolności i beztroski, i poszła odnaleźć największego dryblasa, jaki kiedykolwiek narodził się w ich Klanie.

Casey był nad rzeką, stał oparty o jedną z łódek rybackich wyciągniętych na brzeg. Był pogrążony w rozmowie z Drayem, który przebywał w swojej lwiej postaci. Objął przywództwo nad mieszkańcami miasta jako najbardziej doświadczony człowiek Hordy, podczas gdy Sonny'emu zdawała się odpowiadać sytuacja, w której pozostawiał decyzje innym, samemu prześlizgując się raczej przez życie.

Znów rozmawiali o udaniu się w dół rzeki. Poruszali ten temat każdego dnia i za każdym razem bezowocnie, ponieważ żadna ze stron nie była gotowa na podjęcie ostatecznej decyzji. W międzyczasie zaś uchodźcy z miasta starzeli się na ich oczach wskutek przekroczenia granicy i tego, że nie umieli przybrać zwierzęcej postaci. Tego, co przydarzyło się Samowi, który wszedł w tunel między światami, by ocalić Lulu, doświadczali teraz mieszkańcy miasta.

– Czy mogę się wtrącić? – spytała Salli, podchodząc do Caseya.

Dray skinął.

– Pójdę porozmawiać teraz z moimi ludźmi. Dobrze wiem, że sprawa jest pilna – powiedział, kończąc tym samym kolejną jałową dyskusję.

– Dray – odpowiedziała mu skinieniem Salli. – Zechciałbyś zajść do naszego domu przed wieczornym posiłkiem? Jest coś, co wymaga omówienia.

Dray pokłonił się z szacunkiem, po czym poszedł odnaleźć swoich ludzi.

– Casey, chodź ze mną – powiedziała.

Poprowadziła go pod ramię do brzegu rzeki, rozkoszując się nieśpiesznym nurtem mieniącym się w promieniach popołudniowego słońca, hipnotyzującym niemal swoim spokojem. Słabe wiry wodne wzburzały dno i uwalniały zapachy rzeki, które przypominały Salli o jej domu na wschodzie. Przyglądała się wirom przez chwilę, pogrążona w myślach o rodzinach i całych krainach skazanych na zagładę. Popatrzyła następnie na potężnego olbrzyma obok niej, który poświęcił swoje życie ochronie jej męża.

– Zatem Sam podjął decyzję? – spytał.

– Znowu czytasz mi w myślach? – uśmiechnęła się.

– To naprawdę nie było trudne do odgadnięcia.

– Tak – powiedziała Salli po namyśle. – Zamierza ogłosić decyzję Klanowi dziś wieczorem.

– Jak Lulu to zniosła?

– Boi się odpowiedzialności, która się z tym wiąże, ale każdy żywiłby takie obawy. Przyjęła jednak decyzję Sama, a my zamierzamy ją wspierać na każdym kroku.

– Będzie wspaniałą królową. Właśnie kogoś takiego wszyscy teraz potrzebują.

– Też tak sądzę. Casey, chciałabym, abyś wciąż był u boku Sama, ale w taki sposób, żeby nie zdawał sobie sprawy z twojej obecności. Nie chcę, aby pomyślał, że stracił w naszych oczach swoją siłę.

– Rozumiem, Salli. Nie chciałbym tego robić inaczej.

– Zdajesz sobie sprawę, że to oznacza, iż nie będziesz już mógł opiekować się Kerri?

– Co?

– Case, ona ma już osiemnaście lat i domyślam się, że Lulu poprosi ją, żeby została jej Przyboczną.

Ramiona Caseya wyraźnie się zapadły, gdy westchnął zrezygnowany.

– Ten dzień tak czy owak musiał w końcu przyjść – kiwnął głową.

Ścisnęła go za ramię i przyciągnęła do siebie.

– Spisałeś się fantastycznie, biorąc ją pod swoje skrzydła, gdy jej rodzice zaginęli w lesie. Nikt nie śmiałby oczekiwać od ciebie więcej. Teraz możesz być dumny, że twoja podopieczna będzie chronić naszą królową. Dziękuję ci, Casey.

Znów skinął głową w obawie, że jeśli się odezwie, wyjdzie na jaw gryzące go poczucie straty.

– Zajrzyj do nas przed wieczornym posiłkiem, możemy potem pójść wszyscy razem.

– Bardzo chętnie, Salli.

Wspięła się na palce i pocałowała go w policzek.

– Jesteś wspaniały, Casey. Najwspanialszy z całego klanu… oprócz Sama.

Oboje zaśmiali się, żeby rozładować atmosferę.

Lulu odnalazła Kerri na płaskiej łące nad rzeką. Pola zakwitły bujną zielenią dzięki ostatnim deszczom. Rośliny miały okazję zaczerpnąć ostatniego łyku wody przed nadejściem zimy. Kerri ćwiczyła walkę kosturem wraz z trzema młodzieńcami z Klanu, spuszczając im srogie lanie. Lulu patrzyła w zachwycie, jak jeden po drugim padali po wymierzonych ciosach, które – choć niegroźne i zadane w ramach zabawy – zostawiały na pamiątkę bolesne siniaki.

– Całe szczęście, że przyszłaś – powiedział Avi na widok Lulu. – Nie dam rady przyjąć kolejnych razów od Kerri.

Z ulgą odłożyli swoje kostury.

– Lu, chciałabyś się dołączyć? – spytała Kerri, widząc, że Lulu się do nich zbliża.

– Nie, nie dzisiaj. Powinnam zająć się pewnymi sprawami, a do tego muszę z tobą porozmawiać. Pogniewacie się, jeśli ją zabiorę? – spytała pozostałych uczestników.

– Nie krępuj się – powiedział Avi, który właśnie masował obolałe i posiniaczone ramię.

– Chodź, Kerri, przejdźmy się – zaproponowała Lulu.

– Coś ci chodzi po głowie?

– Raczej coś muszę z tej głowy wyrzucić – odparła.

– Mogę ci jakoś pomóc?

– Wystarczy, że będziesz słuchać – uśmiechnęła się Lu.

Spacerowały przez wysokie trawy, ciesząc się chłodem jesiennego powietrza i dobiegającym z oddali zapachem sosen. Gwar męskich rozmów cichł, w miarę jak wychodziły coraz dalej na otwartą przestrzeń, podświadomie trzymając się jednak z dala od lasu. Zła energia, która biła od delikatnie rozkołysanych potężnych drzew, tym bardziej była obecna w świadomości mieszkańców, odkąd odkryto, że w lesie roi się od małp, które tylko za sprawą jakieś tajemniczej siły nie mogły się z niego wydostać. Teraz wszyscy omijali to miejsce szerokim łukiem.

Kerri zauważyła, że Lulu bierze głęboki wdech. *Musi chodzić o coś poważnego*, pomyślała.

– Chodzi o Cartera – powiedziała w koncu Lulu. Kątem oka

zobaczyła, że Kerri wyraźnie zesztywniała. – Grozi mu niebezpieczeństwo – dodała.

– Dlaczego tak mówisz? – Kerri stanęła w miejscu. Jej ostra reakcja zaskoczyła Lulu.

– Sądzę, że Holly zdradza ich położenie.

– Ale... ale jak? Dlaczego...? Nic z tego nie rozumiem. Dlaczego Holly miałaby narażać Cartera na niebezpieczeństwo?

– To nie jej wina. Nie może nic na to poradzić. Ktoś nią manipuluje, a ona nie wie, jak się spod tego wpływu uwolnić.

– Jesteś pewna, że to Holly?

– Tak.

– To kto jest za to odpowiedzialny... i skąd wiesz o tym wszystkim, skoro są po drugiej stronie granicy?

– To przez dar, który posiadam, choć częściej wydaje mi się, że to raczej jakaś klątwa. I „słyszę" pewne rzeczy. Słyszę, jak ktoś zaszczepia złe myśli w głowie Holly i wydaje jej rozkazy. Często usiłuje z tym walczyć, jest bardzo silna, ale czasami, kiedy jest wyczerpana albo gdy śpi, wówczas te myśli zagnieżdżają się w jej umyśle. Kiedy Holly wzywała pomocy, Carter słyszał ją dokładnie w ten sam sposób. Czasami to, co słychać, jest naprawdę przerażające.

– Muszę po niego iść, Lu, muszę mu pomóc.

– Nie, nie możesz.

– Muszę, on po mnie wrócił, uratował mi życie dwukrotnie. Jeśli rzeczywiście jest w potrzebie, to powinnam mu pomóc.

– Jesteś pewna, że chodzi ci o Cartera, a nie o Holly?

– Co masz na myśli? – spytała Kerri, zbita z tropu tym pytaniem.

– Nikt cię nie obwinia za to, co się stało Holly, to nie była przecież twoja wina. Carterowi też się wydawało, że nie żyje – powiedziała Lu.

– Ale Carter wierzył, że Holly żyje, i specjalnie po nią wrócił, podczas gdy ja w ogóle nie dawałam temu wiary.

– To nie twoja wina. Gdybym sama nie słyszała, jak mnie woła, również bym nie uwierzyła, że Holly żyje.

Kerri ruszyła przed siebie.

– Muszę mu pomóc – powiedziała.

– Nie możesz, potrzebuję cię tutaj... – odparła Lulu. Nagle uderzyła ją oczywistość całej sytuacji – To przecież *jasne*, że chodzi ci o Cartera. Kochasz go, prawda? Jak mogłam to przeoczyć?

– Co?! – krzyknęła Kerri, rumieniąc się. – To tylko chłopiec, który do tego porywa się czasem na naprawdę szalone rzeczy.

Lulu obróciła się i spojrzała na nią. Gdy Kerri spuściła wzrok, Lulu zaśmiała się i postanowiła już o tym nie rozmawiać. Szły we dwie w stronę rzeki zatopione w swoich myślach. Lulu przełamała w końcu ciszę.

– Dziś wieczorem będzie obwieszczenie. Mój tata zrzeka się władzy i przekazuje ją mnie.

– Nie wierzę! – Kerri stanęła jak wryta.

– Chciałabym, żebyś była moją Przyboczną, Kerri... proszę, czy zgodziłabyś się na to?

– Ale... ale... Lu, oczywiście, że tak. Zawsze będę w pobliżu, żeby ci pomóc.

– Tak czułam. Po prostu chodzi o to, że od dzisiaj to już będzie twój oficjalny tytuł.

– Lu, nigdy cię nie opuszczę.

– To oznacza, że będziesz musiała się wyprowadzić z domu Caseya.

– Przecież on nie przeżyje, odżywiając się codziennie naleśnikami. Jego dieta będzie koszmarna.

– Nie martw się o niego. Znam pannę, która mieszka trochę dalej nad rzeką i nie może się doczekać, żeby zaprosić go na kolację. Casey to w końcu najlepsza partia w całym Klanie.

– Co możemy zrobić dla Cartera? Możemy mu jakoś pomóc? – spytała Kerri, znów czując niepokój.

– Możemy się przygotować i czekać z pomocą na właściwy

moment. Wciąż nie rozumiem jeszcze wielu rzeczy, ale mama mi pomaga. Opowiem ci więcej, kiedy sama się czegoś dowiem. Chodźmy już z powrotem do wioski, a w międzyczasie może opowiesz mi, kiedy po raz pierwszy poczułaś do Cartera coś więcej i co się wydarzyło między waszą dwójką po tamtej stronie granicy...

– Lu! – krzyknęła Kerri, śmiejąc się po raz pierwszy od wielu dni.

Spotkali się w domu Sama. Salli oglądała przez duże otwarte okna słońce zachodzące właśnie nad rzeką. Stała tyłem do reszty zgromadzonych. Słońce w końcu schowało się za horyzontem, rozbryzgując na niebie płomienne barwy, które odbijały się w dryfujących na zachodzie chmurach. Jesienne powietrze, ciepłe w ciągu dnia, zaczynało się ochładzać. Członkowie klanu z kawałków powalonych dębów zaczęli rozpalać wspólne ognisko, w cieple którego starsi mogli ogrzać swoje kości. Pierwsze smużki dymu zaczynały przedostawać się przez okna.

Proszę, pozwól im przeżyć tę noc, powiedziała w myślach Salli, modląc się do swego boga.

Dray już czekał, siedząc w ludzkiej postaci przy kuchennym stole razem z Samem, kiedy do domu przybyli Casey oraz Kerri.

Salli nalała im wszystkim ciepłej herbaty przyrządzonej zgodnie z jej własnym przepisem zawierającym zioła, które z pasją hodowała w ogrodzie. Odrobina imbiru oraz własnoręcznie czerpanego miodu była idealnym remedium na chłód jesiennego wieczoru.

Gdy wszyscy już zasiedli, Sam delikatnie zakasłał. Wszyscy w mig pojęli, że ma coś do powiedzenia i należy teraz słuchać.

Jak on to robi?, pomyślał Casey. *Niby będzie dziś mówił do tłumu, ale za każdym razem przemawia tak, że każdy ma wrażenie, jakby rozmawiał z nim w cztery oczy.*

Sam rozejrzał się wokół stołu, skupiając na sobie uwagę wszystkich zgromadzonych.

– Zapewne wiecie, dlaczego się tutaj zebraliśmy, ale wasz takt nie pozwala wam przedyskutować tego między sobą – uśmiechnął się, chcąc okazać szacunek każdej z osób siedzących przy stole. – Przejdźmy więc do sedna sprawy. Zrzekam się władzy. Od jutra waszą nową królową będzie Lucinda. Moja rola będzie wyłącznie doradcza, natomiast wszystkie decyzje należeć będą wyłącznie do niej. W związku z tym chciałbym teraz oddać głos Lulu.

– Dzięki, tato – Lulu wstała i podeszła do okna, żeby dać sobie chwilę na zebranie myśli. Gdy się obróciła i zobaczyła Caseya i Draya, dostrzegła na ich twarzach wyczekiwanie. – Nie oczekuję dzisiejszego wieczoru żadnych formalności ani ze strony klanu, ani też ze strony naszych gości. Będę jednak oczekiwać szacunku, na jaki zasługiwać będą moja pozycja oraz decyzje, które podejmę. Patrzę teraz na was, bo chcę, żeby było to przestrzegane zwłaszcza podczas pierwszych dni moich rządów. Proszę was jednocześnie o cierpliwość i zrozumienie, podczas gdy będę starała się odnaleźć w nowej roli.

Wszyscy wyrazili zgodę kiwnięciem głowy.

– Casey, chcę, abyś utrzymał swoją pozycję Przybocznego mojego ojca – powiedziała.

– Lu, nie potrzebuję już ochroniarza. Nigdy nie będę królem, Casey powinien raczej chronić ciebie.

– Tato, już chcesz zaczynać?

– A myślałem, że się ciebie pozbędę, Case! – Sam zaśmiał się, unosząc ręce w geście poddania.

– Nie tak prędko – odparł Casey.

– Kerri będzie moją Przyboczną.

– Cóż, tutaj zatem też bez zmian – powiedział Sam. Pozostali zgromadzeni przy stole zaśmiali się.

– Dray, jako że jesteś nieformalnym przywódcą swojego ludu, to u ciebie będę zabiegać o poparcie dla moich decyzji.

Wiem, że zgodnie z waszym zwyczajem to Sonny powinien stanąć na czele, ale nie jest jeszcze na to gotowy.

Dray milcząco przytaknął.

– Jutro rozpoczynamy przygotowania, by udać się na zachód. Ruszamy w dół rzeki.

Dray bardzo głośno wciągnął powietrze.

– Lucindo, akceptuję twoją decyzję...

– Mów mi Lulu albo nawet po prostu Lu, tak jak wszyscy.

Dray uniósł brwi zaskoczony tym, jak nieformalne były stosunki panujące pośród Klanu.

– Lulu, czy mogę zapytać o powód, który stoi za tą decyzję?

– Chciałabym, abyś zadał mi to pytanie dziś wieczorem w miejscu spotkań, żeby wszyscy mogli usłyszeć odpowiedź. Jutro natomiast chciałabym, żebyś odnalazł Sonny'ego i przysłał go do mnie. Najwyższy czas, żebyśmy porozmawiali. Kerri, chcę, żebyś zabrała Sonny'ego nad rzekę dziś wieczór, pospacerowała z nim i porozmawiała o pogodzie, łowieniu ryb, o czymkolwiek, byle nie usłyszał o naszym planie odejścia stąd. Casey, chcę, żebyś jutro zabrał Sonny'ego na poszukiwanie mchu i odciągnął go od wioski na cały dzień. Powiedz mu, że w ten sposób budujemy więzi czy coś takiego.

– Dlaczego mu nie ufasz? – zapytała Kerri, zaskoczona tym podejściem.

– Nie wiem, co powinnam teraz o nim myśleć. Jego dawna zarozumiałość gdzieś się ulotniła, martwię się, jak Sonny zniósł ostatnie wydarzenia. Mają w tym udział siły, które są poza naszą kontrolą i wykraczają poza nasze zrozumienie. Wolę się po prostu upewnić, zanim podejmę dalsze decyzje. Na razie skupmy się na najbliższych planach, mamy w końcu ceremonię do ukończenia.

Wszyscy wstali. Casey i Dray z uznaniem patrzyli na Lulu, która z taką pewnością siebie objęła przywództwo nad wspólnotą, natomiast w oczach Sama i Salli widać było niekłamaną dumę.

· · ·

Wszyscy zgromadzili się na spotkaniu przed zapadnięciem wieczoru. Od kilku dni wśród ludzi krążyły plotki, że Sam rozważał wyłączenie samego siebie z sukcesji władzy. Wszyscy czekali na decyzję ich przywódcy, odkąd zmarł Dziadek, król Willard Southernland.

Klan oraz mieszkańcy miasta zasiedli wokół wspólnego ogniska, dzieląc się posiłkiem. Pieczony chleb, sery i ryby zdawały się tracić na smaku w związku z wyczekiwaniem i niecierpliwością towarzyszącym dzisiejszym wydarzeniom.

Rozedrgane cienie rzucane przez ognisko poruszyły się mocniej; ludzie zauważyli, że Sam właśnie wstaje. Rozmowy ucichły, kiedy wszyscy spostrzegli, że stoi on w migoczącym świetle ogniska. Kiedy nastała całkowita cisza, Sam odezwał się donośnym głosem.

– Zdecydowałem, zgodnie z przysługującym mi prawem, zrzec się korony naszego Klanu i przekazać ją mojej córce, Lucindzie Southernland. Proszę was, abyście okazali jej wierność oraz wsparcie w decyzjach, które podejmie, mając na uwadze dobro naszego ludu, jak i naszą jedność, bowiem tylko zjednoczeni możemy być silni.

Casey powstał i stanął obok Sama. Uniósł do góry swój kostur.

– Siła poprzez jedność! – zakrzyknął niskim, basowym głosem.

Klan powstał, odpowiadając na zew Caseya. Czuli w sercach dumę, słysząc, jak ich głosy niosą się w głuchą noc i odbijają echem od ściany lasu.

Gdy wszyscy ponownie zasiedli, Gerath wystąpił naprzód. Był on jednym ze starszych Klanu i nadano mu tytuł kustosza korony. Z wielkim namaszczeniem wyjął koronę z wyściełanej jedwabiem drewnianej szkatuły, której dno pokryte było gęsim puchem. Wnętrze miało kolor ciemnego fioletu uzyskiwanego z miażdżonych jagód, aby nadać mu piękny odcień ukochany przez cały Klan.

Gerath chwycił koronę wykonaną z toczonego i polerowanego drewna i uniósł ją wysoko w górę, aby wszyscy ją zobaczyli. Korona migotała się w blasku ognia. Jej cztery zwieńczenia były inkrustowane kamieniami i metalami szlachetnymi. Pierwsze ozdobione było złotem, które miało symbolizować zboże żywiące Klan, drugie szmaragdem symbolizującym trawę, na której pasły się latem ich zwierzęta. Trzecie zawierało turkus odwołujący się do rzeki, która zapewniała im ryby przez cały rok, natomiast ostatnie ozdobione było czarnym kamieniem oznaczającym noc, która przynosiła wszystkim odpoczynek. Dopiero teraz, gdy korona była prezentowana ogółowi, Sam uświadomił sobie, że czarny kamień w koronie był kamieniem otwierającym przejście między światami, który niegdyś spadł z impetem na ziemię, rozpalając po drodze niebiosa.

Z wielkim namaszczeniem korona została nałożona Lulu na głowę. Wszyscy, którzy siedzieli wokół ogniska, w tym uciekinierzy z miasta, wstali, by oddać hołd nowej królowej Klanu.

– Królowa Lucinda Southernland, piętnasta władczyni Rzecznej Równiny – oznajmił wszystkim kustosz korony.

Na te słowa rozległ się radosny gwar. Lulu z trudem starała się zachować dostojny wyraz twarzy i nie zacząć chichotać. Wiedziała, że przemowa, którą zaraz wygłosi, będzie bardzo trudna.

Kiedy wszyscy ponownie zasiedli i powrócili do posiłku, wśród rodzin zapanowała powszechna wesołość. Wraz z ukończeniem ceremonii mogli powrócić do swoich codziennych spraw, spokojni, że monarchia zachowała swoją ciągłość. Ludzie kładli się na ziemi, ciesząc się swoim towarzystwem w ciepły wieczór.

Lulu w końcu wstała i udała się na środek miejsca spotkań.

Oddała koronę Gerathowi i zwróciła się twarzą do ludzi siedzących wokół ogniska. Wszystkie oczy były w nią wlepione.

– Jutro rozpoczynamy przygotowania do podróży na zachód. Będziemy zmierzać w dół rzeki.

Niektórym zaparło dech, inni kiwali głową ze zrozumieniem. Nikt jednak nie zabrał głosu. Dray, przebywający w swojej ludzkiej formie na znak szacunku wobec nowej królowej, wstał i odkaszlnął, stremowany obecnością tylu rodzin dookoła.

– Królowo Lucindo – zaczął. – Szanując waszą pozycję jako przywódczyni klanu oraz naszych łaskawych gospodarzy, chcę zwrócić się z prośbą o zwracanie się do was po imieniu na znak przyjaźni między naszymi plemionami.

– Z radością będziemy w was widzieć przyjaciół. Nie naciskamy na formalności i chciałabym, abyś zarówno ty, jak i twoi ludzie nazywali mnie Lulu.

Dray ukłonił się nowej królowej.

– Czy mogę zatem spytać, jaki powód stoi za twoją decyzją?

Lulu poszła się napić, żeby dać sobie chwilę na zebranie myśli.

– Dla twojego ludu nie ma już drogi wstecz. Po waszej krainie grasują małpy i nie będziecie w stanie do niej wrócić, dopóki niebezpieczeństwo nie zostanie zażegnane. Wasi ludzie umierają na oczach nas wszystkich, zaś ci, którzy nie są w stanie przemienić się w górskie lwy, nie zdołają przeżyć długo po tej stronie granicy. Sądzę, że nasza rzeka wpada do oceanu położonego na zachodzie, gdzie nasze światy prawdopodobnie łączą się bez pośrednictwa bram. Tam też wszyscy będziemy mogli wieść nasze życie, nie muszą się martwić o gwałtowną starość i bez obaw o konieczność przebywania w zmienionej postaci, by przeżyć.

Wśród zebranych rozległy się pomruki aprobaty.

– Również i nasza kraina jest zagrożona – ciągnęła dalej Lu. – Choć wszystko zdaje się być spokojne, odkąd deszcze ugasiły pożar lasu, wszyscy zdajemy sobie sprawę, że zagrożenie, które widzimy na jego skraju, z każdym dniem staje się coraz większe. Małpy wiedzą, że tu jesteśmy, i tylko czekają na swoją szansę, na kolejny pożar, żeby zaatakować. Chcę, żeby moi ludzie byli z dala od tego zagrożenia. Jako że decyzja ta dotyczy zarówno nas, jak i naszych gości, będę odpowiadać dziś wieczorem na wszystkie wasze pytania, dopóki nie zgodzicie się, że to jest tak naprawdę jedyne wyjście. Od jutra natomiast oczekuję akceptowania moich decyzji bez dodatkowych narad. Nasza ziemia i nasze bezpieczeństwo są tutaj stawką.

Matki odruchowo chwyciły swoje dzieci w obronnym odruchu. Rozumiały zagrożenie, które dotyczyło wszystkich. Lulu spojrzała na Draya, który siedział wśród swoich ludzi, ostatnich niedobitków niegdyś kwitnącego miasta, dla których wysokie góry były domem.

– Małpy, które zaatakowały i splądrowały wasze miasto, znajdują się w lesie za nami. Las jest granicą, która za sprawą tajemniczej, niewidzialnej siły trzyma małpy z dala od nas. Te małpy nie są bezmyślnymi bestiami, ktoś nimi kieruje – rzekła Lulu i poczekała, aż wszyscy przetrawią to, co właśnie usłyszeli. – Małpy są zniewolone i kontrolowane wyłącznie dla jednego celu, jakim jest odzyskanie Kryształu. Śmierć i pożoga, którą niosą, to ich zemsta za to, że Kryształ został im odebrany. Teraz zaś, o ile wiem, śnieżne niedźwiedzie ponownie utraciły Kryształ.

To był szok dla zebranych. Mężczyźni gorączkowo dyskutowali między sobą, co to może oznaczać, jeśli okaże się prawdą.

Z miejsca wstał Casey.

– Królowa przemawia! – krzyknął. Jego potężny głos uciął wszystkie dyskusje. Lulu uśmiechnęła się do niego w podzięce.

– Działają tutaj siły, których jeszcze nie rozumiemy. Z czasem jednak poznamy ich naturę, a wtedy będziemy potrafili się im przeciwstawić. Zdobędziemy szansę, by odzyskać nasze ziemie i ponownie żyć w pokoju.

– Skąd wiesz, że na zachodzie są jakiekolwiek ziemie? – spytał ktoś z tłumu.

– Nasze legendy mówią o rzece, która obejmuje horyzont. Dobrze wiemy, że nasza na pewno nie mogłaby tego dokonać – powiedziała, wskazując w stronę rzeki. – Nawet podczas powodzi. Dlaczego zaś nasze legendy są tylko legendami? Nikt nigdy nie podjął na nowo podróży i posiadamy tylko historie, nic więcej. Śnieżne niedźwiedzie wiedzą jednak o istnieniu oceanu, powiedział mi o tym Naz, który twierdził, że go widział. Fale są tam wyższe niż domy i z sykiem uderzają o brzeg. Ich kraina znajduje się na północ od waszej i znają oni ocean. Nasz świat położony jest na południe od was i nasze legendy również wspominają o oceanie. Księga Dziejów opowiada o przodkach śnieżnych niedźwiedzi, którzy przybyli zza oceanu w czasach, kiedy wszyscy byliśmy jednym ludem. Kiedy jednak znaleziono ląd, Klany się rozproszyły, aby nie wyjałowić swoich terenów. To zapewne my jesteśmy tym ludem. Ziemia zaś będzie czekać na nas nie tylko nad oceanem, lecz również za nim, tam, skąd przybyli nasi przodkowie.

Ludzie siedzieli w ciszy, próbując pojąć sposób, w jaki ich tradycyjne opowieści przenikały się między sobą.

– A co z naszymi zapasami? Co ze zbiorami? – spytał ktoś z Klanu.

– Nie ma nic, czego nie moglibyśmy zabrać. Mamy zapasy wędzonej ryby i zboża na trzy lata. Mamy nasiona i zakonserwowane jedzenie. Ta podróż nie będzie łatwa, ale możemy to zrobić. To jest dla nas jedyna szansa, żeby żyć jak jedno plemię, zjednoczeni. Łańcuch górski będzie nas chronić przed wszelkim atakiem, żadna małpa nie przeżyje przeprawy przez góry, nawet latem. To jest nasza szansa na wolność.

Pytania ciągnęły się do późnej nocy, Lulu odpowiadała każdemu na wątpliwości dotyczące ogłoszonego przez nią planu.

Kiedy już nikt nie miał żadnych obiekcji, wszyscy udali się do łóżek, po raz pierwszy od wielu dni czując nadzieję na lepsze jutro.

Poranne słońce wlewało się przez okno do kuchni, gdzie Lulu krzątała się razem z matką. Koronacja na królową nic tutaj nie zmieniła, wciąż były warzywa, które trzeba było przyrządzić na obiad. Sam i Casey siedzieli przy drugim końcu stołu, omawiając szczegóły organizacji całej przeprawy – należało w jakiś sposób umieścić cały Klan i niedobitków z miasta w istnej flotylli, a następnie popłynąć w dół rzeki nie wiadomo dokąd. Tymczasem Kerri ćwiczyła w ogrodzie walkę z kosturem na specjalnie skonstruowanym do tego manekinie. Odgłosy tych ćwiczeń dochodziły cały czas do kuchni.

– Cześć, Kerri – zawołał Sonny. – Mogę podejść?

– Och, witaj, oczywiście, że możesz, przecież wiesz – odkrzyknęła Kerri.

Stał przez chwilę w miejscu, patrząc na Kerri. Nerwowo bawił się skrawkiem swojej tuniki, zupełnie jakby założenie ubrań na to spotkanie jawiło mu się jako coś niestosownego. Jego smukłe palce świadczyły, że nie nawykł on do pracy. Jego spojrzenie zaniepokoiło Kerri, która domyśliła się, że coś jest zdecydowanie nie tak. Coś go trapiło, coś, czego dokładnej natury nie była pewna i przez co czuła się nieco niekomfortowo.

– Mmm... Kerri, będę mógł z tobą porozmawiać, jak już zobaczę się z Lulu? – spytał.

Było w nim czuć pewną nerwowość, co z pewnością nie pomagało dystansowi, jaki powstał między nimi, odkąd przekroczył granicę.

– Jasne, i tak zawsze jestem w pobliżu. Będę tu na ciebie czekać – powiedziała z wymuszoną lekkością. Wróciła do ćwiczeń z kosturem i zaatakowała manekin zabójczym, zamaszystym ciosem w szyję, żeby rozładować napięcie. Włożyła w to tyle siły, że głowa odpadła od reszty korpusu.

– No nie, to nie miało tak wyglądać! – powiedziała, po czym poszła naprawić szkody.

– Wejdź, Sonny – zawołała Salli, zanim ten zdołał nawet zapukać do drzwi.

Sonny nieśmiało wsunął głowę do pokoju.

– Dzień dobry, powiedziano mi, że chciałaś ze mną porozmawiać.

– Sonny, daj spokój, nie mów tak. Miałam po prostu nadzieję, że będziemy mogli pogadać, nic więcej – powiedziała Lulu, próbując zażegnać jego niepewność. – Chodźmy może do drugiego pokoju, tam będzie ciszej.

Pokój na czele domu miał okna z widokiem na Północne Równiny. Na wygodnych drewnianych siedzeniach ustawionych przy kominku znajdowały się wypchane poduszki. Gdy usiedli, Lulu uważnie zmierzyła Sonny'ego wzrokiem.

– Sonny, czy opowiedziałbyś mi coś o Krysztale?

Jego oczy nieznacznie drgnęły, kiedy spuścił wzrok.

Widział go, pomyślała.

– Co masz na myśli? – spytał, wciąż nie mogąc znieść spojrzenia Lulu. – Mogę powiedzieć ci tylko tyle, co mi o nim powiedziano.

– Nie – powiedziała Lulu. – Miałam nadzieję, że powiesz mi, jakie to uczucie zobaczyć Kryształ albo nawet trzymać go w ręku.

– Nigdy go nie miałem w ręku – wypalił, zdecydowanie zbyt szybko.

Czuję się, jakbym przepytywała dziecko, pomyślała załamana. Wzięła głęboki wdech. – Sonny, to ważne. Muszę wiedzieć o Krysztale jak najwięcej, bo w pewnym momencie ta wiedza może ocalić nasze życie. Chcę, żebyś pomógł mi zrozumieć siły, które są tutaj obecne. Opowiedz mi, co się wydarzyło. Obiecuję ci, że nie będę oceniać twoich czynów.

Sonny spojrzał przez okno, przyglądając się, jak wiatr prześlizguje się po wysokich trawach, kołysząc nimi w tę i z powrotem. Lulu cierpliwie czekała, wiedząc, że nie może go zmusić, żeby powiedział, co wie.

– To druga najpiękniejsza rzecz, jaką kiedykolwiek widziałem – powiedział, śmiejąc się do samego siebie.

Lulu była zbita z tropu tą reakcją, ale postanowiła dalej milczeć. Siedziała i wciąż się uśmiechała, chcąc zachęcić go, żeby kontynuował.

– To jakbyś patrzyła w pustą przestrzeń, dziurę, która nigdy się nie kończy. Wciąga cię w głąb. Stałaś kiedyś na skraju bardzo wysokiej skały i poczułaś zawroty głowy, jakbyś miała zaraz spaść, chociaż twardo stoisz na ziemi?

Lulu uśmiechnęła się i przytaknęła.

– To samo czuć, kiedy spojrzy się w Kryształ. Masz wrażenie, że wpadasz w tunel pełen piękna, ciepła i kolorów. To hipnotyzujący widok. Sprawia, że cały czas chcesz do niego wracać tylko po to, żeby się upewnić, że to wszystko jest prawdziwe, że nic ci się nie przywidziało. Samo przebywanie w pobliżu Kryształu jest przyjemnością, nagrodą.

– Kiedy go widziałeś? – spytała delikatnym głosem.

– Zszedłem pewnej nocy po schodach na dół. To było niedługo po tym, jak mój ojciec wrócił z wyprawy za północną granicę. Słyszałem podniesione głosy. Mój ojciec, Duma, i mój stryj, Dray, kłócili się, czy coś oddać. Przez otwarte drzwi widziałem, że siedzieli przy stole, a przed nimi stała mała złota szkatułka, którą mój ojciec trzymał blisko siebie. Ze szkatułki dochodziło światło, które oblewało twarz ojca ciepłym blaskiem. Na jego twarzy widać było szczęście, ale również coś, czego nigdy przedtem u niego nie widziałem.

Lulu siedziała bez słowa, mając nadzieję, że Sonny sam

pociągnie historię dalej. Spojrzał przez okno nieobecnym wzrokiem, jakby przeżywał całą scenę na nowo.

– Cóż... musiałem się dowiedzieć, co sprawiło, że na twarzy mojego ojca odmalowała się taka... zachłanność, miał takie chciwe spojrzenie. Następnej nocy zakradłem się na dół, gdy wszyscy już spali. Wiedziałem, gdzie ojciec schował szkatułkę, ponieważ cały czas zerkał na jedno miejsce w ścianie, gdzie była poluzowana cegła. Nie mógł oderwać oczu od tego miejsca, jakby cały czas sprawdzał, czy Kryształ jest na swoim miejscu. Wyjąłem szkatułkę i otworzyłem ją. Ogarnęło mnie bardzo dziwne uczucie, że muszę zagarnąć go dla siebie, ale za bardzo się bałem, że ojciec mnie zaraz przyłapie. Już wyciągałem rękę, żeby wziąć Kryształ w dłoń, kiedy usłyszałem, jak ktoś idzie po schodach. Co tu dużo mówić, spanikowałem i odłożyłem szkatułkę wraz z klejnotem na miejsce, a potem schowałem się pod stołem. Następnego dnia ojciec schował ją gdzie indziej, prawdopodobnie podejrzewając, że ktoś ruszył kamień.

– Oparłeś się pokusie spojrzenia jeszcze raz na Kryształ?

– Wydaje mi się, że strach przed moim ojcem był silniejszy. Niemniej często o nim myślę.

– Sonny, czy zdarza ci się słyszeć głos?

– Skąd wiesz o głosie? – Sonny popatrzył na nią podejrzliwym wzrokiem.

– Ja również go słyszałam.

– Naprawdę? – odparł zaskoczony Sonny.

– Czy odpowiadasz mu?

– Cóż, z początku wydawało mi się, że to mój własny głos i że gadam ze swoim sumieniem. Więc tak sobie dyskutowałem „sam ze sobą”, ale z czasem ten głos stawał się coraz poważniejszy i złowróżbny.

– W jakim sensie? – spytała Lulu.

– Mówił, że to wszystko wina mojego ojca. Że gdyby nie on, Holly wciąż by żyła. Zacząłem wierzyć, że cała ta tragedia wydarzyła się przez moją rodzinę.

– Sonny, nie możesz brać na siebie winy swojego ojca.

– Głos mówił mi też, żebym wrócił do miasta i uratował ojca, ale ja nie chciałem stąd odchodzić. Za bardzo bałem się tam wrócić, wiedząc, że wokół miasta grasują małpy. Obiecywał mi Kryształ, jeśli się odważę – Sonny patrzył w podłogę, nie mogąc podnieść wzroku. – Potem głos kazał mi pójść odnaleźć Holly. Tak się ucieszyłem, kiedy dowiedziałem się, że Carter wyruszył ją uratować, ponieważ to oznaczało, że sam nie muszę iść.

Siedzieli przez chwilę w niezręcznej ciszy. Lulu wstała, dając do zrozumienia, że to koniec ich rozmowy.

– Dlaczego nie chciałeś odejść? To przecież nie jest twój dom – spytała.

– Byłem rozdarty między szukaniem ojca, którego się boję, i pozostaniem u boku kogoś, kogo kocham.

Musi chcieć być blisko matki, stwierdziła w duchu po chwili namysłu. Uznała jednak, że pociągnięcie rozmowy w tym kierunku byłoby nie na miejscu. – Sonny, obiecaj mi coś. Jeśli znów usłyszysz głos w swojej głowie, proszę, przekaż mi, co ci powie.

Skinął głową, wciąż wbijając wzrok w podłogę.

– Pomożesz Caseyowi dzisiaj przy zbieraniu mchu? Brakuje mu teraz rąk do pomocy – poprosiła go Lulu, odprowadzając do drzwi. – Przy okazji, co było najpiękniejszą rzeczą, jaką widziałeś w życiu? – spytała z uśmiechem, chcąc rozchmurzyć atmosferę.

– Kerri – odparł krótko.

Przechodząc przez ogród, zobaczył, że Kerri wciąż trenowała walkę kosturem. U jej stóp leżały już dwa zniszczone manekiny.

– Nigdy nie masz dość? – spytał.

– Trening czyni mistrza. A poza tym po prostu to lubię. Chodź, też powinieneś spróbować. Takie umiejętności mogą ci się kiedyś przydać.

– Chciałbym się przyłączyć, Kerri. Spędzić razem czas. Jak

tamtej nocy w górach, kiedy leżeliśmy razem w jaskini i patrzyliśmy w gwiazdy, pamiętasz?

Kerri popatrzyła na niego i zobaczyła w jego oczach coś – smutek? a może słabość? – co zdecydowanie jej się nie podobało.

– Sonny, mówisz, jakby to były jakieś wakacje, a dobrze wiesz, że tak nie było. O mały włos, a byśmy tam zginęli i o ile dobrze pamiętam, to nie podobała ci się z początku moja obecność – zaśmiała się, chcąc zażartować z całej sytuacji. Za późno. Zobaczyła, że Sonny nie najlepiej to przyjął, kompletnie bez humoru.

– Co musiałbym zrobić, żebyś chciała spędzić ze mną więcej czasu?

Tym razem to Kerri kiepsko przyjęła jego słowa.

– Może na początek zastanowiłbyś się, jak zaskarbić sobie szacunek swoich ludzi. Nie zaszkodziłoby, gdybyś zaczął myśleć, co możesz zrobić, żeby ich ocalić, zamiast snuć się pogrążony we własnych fantazjach – coraz bardziej była na niego zła.

– Nie chciałem, żeby tak wyszło, chciałem tylko z tobą porozmawiać tak jak tamtej nocy.

– Sonny, mówiłam ci już wcześniej, wybij to sobie z głowy – przypomniała mu.

– Będziemy razem. Jeszcze się przekonasz.

– Nie wygłupiaj się, Sonny, nie będziemy razem i nigdy ci się to nie uda. Co niby zrobisz, porwiesz mnie?

Gdy tylko wybrzmiały ostatnie słowa, uświadomiła sobie, co przed chwilą powiedziała. Nagle przypomnieli jej się Holly, Carter i Lulu, uwięzieni w śnieżycy, uprowadzeni przez Dumę. Od razu pożałowała tamtego pytania. Widziała, jak w Sonnym gotuje się na myśl, że miałby postąpić jak jego ojciec.

– Teraz rozumiem – odwrócił się i wyszedł z ogrodu w stronę rzeki.

– Sonny! Sonny! – zawołała. On jednak dalej szedł, nie oglądając się za siebie.

Casey stał przy bramie i patrzył, jak Sonny wychodzi. Bardzo starał się go nie oceniać, ale nie mógł jednocześnie być obojętnym wobec tego, jak Sonny potraktował *jego* Kerri.

– Jak poszło z Sonnym? – spytał Sam.

– Został splugawiony, jestem pewna, tato.

– Co?! – Salli natychmiast podeszła i przysiadła się do nich.

– Widział Kryształ. Chciał go dotknąć, ale powstrzymał się, ponieważ bał się swojego ojca. To znaczy, że są siły zdolne przezwyciężyć jego wpływ. Niemniej szkoda została wyrządzona. Ponieważ Sonny ujrzał Kryształ, otworzył się na Niego, który teraz go zadręcza.

– Co mu robi? – spytała Salli.

– Nie daje mu spokoju ciągłymi wyrzutami sumienia. Mówi Sonny'emu, że to jego rodzina spowodowała cały ten chaos, obiecuje mu Kryształ, wmawia mu, że to jego ojciec doprowadził do śmierci Holly i że powinien udać się na jej poszukiwania. Ale on znowu mu się sprzeciwił. Wiecie dlaczego?

Oboje w milczeniu czekali na odpowiedź.

– Bo kogoś kocha i chce być jak najbliżej tej osoby.

– Masz na myśli Kerri? – spytała Salli.

– Skąd wiedziałaś?

– Gdy tylko Kerri jest w pobliżu, od razu dostaje rozmaślonych oczu i zachowuje się jak mały szczeniaczek.

– Mamo, widzisz, co to oznacza? Miłość i strach są silniejsze niż przyciąganie Kryształu. Może to jest wiedza, której możemy użyć, żeby zwyciężyć.

– Zdajecie sobie sprawę, że skoro Sonny użył obu tych emocji, żeby przeciwstawić się Jego głosowi, to znaczy, że ma bardzo silny charakter? Można go wydostać spod wpływu Kryształu – powiedział Sam.

– Wiem, tato, ale dopóki nie rozgryzę, jak możemy to wykorzystać, Sonny stanowi dla nas zagrożenie. Głos w jego głowie ma bezpośredni wgląd w nasze zamiary i obecne działania. Od tej pory Sonny nie może nic wiedzieć o naszych planach, dopóki nie ma takiej konieczności.

– Porozmawiam z Drayem – powiedział Sam.

– Mamo, a może powinnyśmy nauczyć Sonny'ego, jak blokować głos, żeby nie panoszył się po jego umyśle?

– A gdyby jednak nie? Może podałybyśmy Sonny'emu informacje, które On chce usłyszeć? – odparła po chwili zastanowienia.

Usiadły, rozważając za i przeciw obu rozwiązań.

– Jak możemy zgromadzić armię w taki sposób, żeby Sonny się o niczym nie dowiedział? – spytała Lulu.

– Armię? – Sam zareagował z zaskoczeniem.

– Tato, niedługo nadejdzie pora, kiedy wszyscy będziemy musieli walczyć. Nieważne, jak to nazwiemy, czy to będzie armia, oddział obronny albo nawet szajka, ale musimy być przygotowani na wypadek ataku. Możemy nauczyć ludzi z miasta walki z kosturami na nasz sposób, a potem możemy zająć się innymi pracami lub jeśli zajdzie taka konieczność, stanąć do walki ramię w ramię.

– Może powierzymy Sonny'emu jakieś zadania zwiadowcze? Mógłby wysforować się naprzód i znaleźć dobre miejsce do wylądowania. Posłalibyśmy Bena i Aviego razem z nim, żeby poczuł się pewniej. On sam może być największym zagrożeniem dla siebie – powiedział Sam.

– Dobry pomysł, zajmę się tym.

Stał, wpatrując się w złotą misę. Dokładał do ognia tylko tyle węgli, żeby woda delikatnie bulgotała i syczała na całej powierzchni. Wsypał do naczynia kilka ziaren szkarłatnego proszku i obserwował, jak para wiąże się ze składnikiem i tworzy gęstą mgłę tuż nad wrzącą cieczą. Dodał szczyptę siarki i mgła się rozproszyła. Zdjął naczynie z ognia, powierzchnia wody była teraz absolutnie gładka, odbijała jego twarz niczym lustro.

Wejrzał w głąb misy, teraz jakby nieskończenie głębokiej, sięgającej setki metrów poniżej podłogi świątyni, w której się znajdował. Rozżarzone węgle rzucały pomarańczowy blask na ściany, na których cienie tańczyły w rytm trzaskających płomieni.

Zawołał go delikatnym głosem, czekając na najsłabszą odpowiedź pokazującą, że został usłyszany.

– Sonny, to ja, twój ojciec. Pomóż mi, potrzebuję cię – szepnął.

Powierzchnia wody zadrżała. Wiedział, że jest słuchany.

– Sonny, proszę cię, pomóż mi. To tak bardzo boli...

Kolejna fala, tym razem większa, zaburzyła lustro wody.

– Sonny, gdzie jest Holly? Musisz ją znaleźć, musisz uśmierzyć mój ból.

Woda zaczęła się podnosić, groźnie sycząc.

– Sonny... Kerri nigdy cię nie zechce, drwi sobie z ciebie, gardzi tobą... ona już wybrała, wybrała Cartera. Opuść to miejsce, znajdź Holly.

Woda syczała w kontakcie ze złotą misą, wielkie bąble powietrza unosiły się ku górze i donośnie pękały, bryzgając wokół.

– Sonny... – mówił słodko, by ofiara tym łatwiej uwierzyła w każde jego słowo. – Sonny... powiedz mi, synu, jak zamierzają zwalczyć małpy?

Lulu gwałtownie otworzyła oczy i prędko usiadła na łóżku.

– MAMO! – zawołała.

– Wiem wszystko, również to słyszałam – powiedziała Salli, wbiegając do jej sypialni i naciągając szal wokół siebie. – Miejmy nadzieję, że Sonny przyjdzie ci o tym powiedzieć.

ROZDZIAŁ 9

ODEJŚCIE

Siedzieli w kółku, jedząc otrzymane na drogę wypieki. Cały czas nerwowo wyglądali na zewnątrz jaskini, sprawdzając, czy nie grozi im niebezpieczeństwo.

– Niezłe, Vin. Sam robiłeś?

– Nie, to akurat moja mama zrobiła specjalnie dla ciebie, Carter.

– Przekaż jej, że bardzo dziękuję.

– Mam nadzieję, że wiesz, iż naprawdę nie obwiniamy Holly za to, co zrobiła. To samo zdarzyło się przecież Dumie i zdarzy się każdemu, kto podejdzie zbyt blisko Kryształu – powiedział z uśmiechem Vin.

– To miłe, że tak mówisz. Znam Holly i wiem, że nigdy nie chciałaby nikomu wyrządzić przykrości, a już zwłaszcza tobie i pani Mamie, zwłaszcza po tym, jak ciepło nas przyjęliście.

Vin skną głową.

Z głębi jaskini, spod ściany dobiegł jęk. Carter spojrzał na Holly, która leżała zwinięta w kulkę i znowu krzyczała przez sen.

– Zostaw mnie! Wynoś się!

Pozostali również się odwrócili. Holly zaczęła miotać się we śnie, trzepocząc głową i machając rękami w obronie przed niewidzialnym napastnikiem.

– Sadzawka! Jaskinia! – krzyczała coraz głośniej, tarzając się po rozpostartych kocach.

Carter podbiegł do niej i potrząsnął Holly.

– Holly, Holly! Obudź się! Co ci się śni? Z kim rozmawiasz? Co z sadzawką i jaskinią, o co chodzi? Obudź się!

Wybałuszyła oczy, patrząc przed siebie zdziczałym wzrokiem. Dopiero po chwili dostrzegła Cartera, który się nad nią pochylał. Zarzuciła mu ręce na szyję i zatopiła głowę w jego piersi.

– Tak mi przykro, że to na was ściągnęłam – głos jej drżał z emocji, była na skraju płaczu.

– Kogo widziałaś we śnie? Z kim rozmawiałaś?

– To znowu był On. Ten sam, który cały czas wracał i zsyłał te wszystkie przerażające wizje, gdy leżałam pod śniegiem. Wciąż nie chce zostawić mnie w spokoju.

– Już wszystko będzie dobrze, zaopiekujemy się tobą.

– Wiem, Carter. Zawsze dotrzymujesz słowa.

Delikatnie położył ją z powrotem na kocach.

– Spróbuj odpocząć jeszcze chwilę, niedługo ruszamy.

Powrócił do czekających obok Vina i Naza.

– Mówi Mu, gdzie się znajdujemy.

– Domyśliłem się, ale nie możemy przecież zabronić jej spać przez całą noc. Jej snów tym bardziej nie damy rady kontrolować – powiedział Vin.

– A może mech by coś zdziałał? Na wszystko do tej pory przecież pomagał – dorzucił Naz.

– Nie pomyślałem o tym. Możemy spróbować dać jej coś do picia i wrzucić tam trochę gotowanego mchu. Powinna po tym zasnąć tak głęboko, że nawet On nie zdoła do niej przemówić – powiedział Carter.

Vin wyjrzał przez wejście do jaskini. Niewielka szpara znajdująca się tuż przy ziemi sprawiała, że grota była właściwie niewidoczna gołym okiem, podczas gdy od wewnątrz można było obserwować okoliczne zbocza i położone niżej miasto.

– Vin, czuję małpy. Są blisko – powiedział Carter, wyglądając przez wejście.

W dolinie pod nimi około czterdziestu małp wybiegało właśnie z miasta swoim charakterystycznym truchtem.

Po położonych niżej skałach grasowały pomniejsze stada zawzięcie przeczesujące okolicę. Było pewne, że nie spoczną, dopóki nie znajdą ich oraz Kryształu.

– Niedługo się ściemni. Musimy wtedy coś zrobić, bo jeśli tu zostaniemy, to na pewno w końcu nas znajdą – powiedział Naz.

Carter wskazał na czwórkę małp niedaleko, które rozkopywały głazy dookoła, szukając Kryształu.

– Musimy je jakoś wyminąć i zostawić w tyle. Myślisz, że zdołasz znaleźć nam drogę po ciemku?

– Na pewno się uda – powiedział Carter. – Bez problemu pójdziemy z powrotem po śladach Holly, wystarczy jej zapach.

– Odciągnę je od was – powiedział Vin.

– Co?!

– Pobiegnę w stronę granicy wiecznego śniegu, robiąc tyle hałasu, ile tylko zdołam i ściągnę na siebie możliwie najwięcej małp.

– Vin, to samobójstwo, one na pewno cię złapią – powiedział Carter.

– Nie, jeśli dobiegnę do śniegu. Wspinam się po górach lepiej niż one, a poza tym małpy zdążą umrzeć z zimna, zanim mnie złapią.

– Nie możesz tego zrobić – rzekł Naz. – Razem jesteśmy silniejsi.

– A masz inny pomysł?

– Vin, musimy trzymać się razem – utrzymywał Naz.

– Naz, nie możemy wrócić do waszego kraju.

Gdy Carter powiedział w końcu na głos to, co każdy z nich już wcześniej rozważał, bojąc się jednak wyrazić swoje obawy i wątpliwości, zapadła głucha cisza.

– Musimy dostać się do domu, naszego domu. To nasza jedyna szansa, żeby ujść stąd z życiem – powiedział Carter.

Naz i Vin uświadomili sobie, do czego Carter zmierza.

– Kryształ powinien znaleźć się z powrotem po naszej stronie granicy – powiedział Naz.

– Wiem, ale jesteśmy już w połowie drogi do naszych ziem. Holly już wypoczęła i wciąż mamy zapasy. Jeśli wrócimy teraz z wami, możemy już nie mieć najmniejszych szans, żeby następnym razem dotrzeć tak daleko. Muszę przyprowadzić Holly z powrotem do domu, to moja powinność. Tylko dlatego tutaj się znalazłem.

– Jeśli zostaniemy złapani wraz z Kryształem, żadne stworzenie na tym świecie nie będzie już bezpieczne. Małpy będą mogły przekraczać granice wedle życzenia, zemszczą się na nas, a potem skierują swój gniew przeciw wam, Carter. Nikt nie będzie bezpieczny.

– Rozumiem twoje obawy. Możemy zrobić tak, że wy weźmiecie Kryształ i podążycie na północ – dostrzegł, że Holly odruchowo złapała sakiewkę z Kryształem zawieszoną wokół szyi – podczas gdy Holly i ja możemy udać się na południe. Jestem pewien, że zdołamy je prześcignąć, już wcześniej nam się to udało – zaproponował Carter.

– Naz, nie możemy pozwolić dzieciakom biegać bez opieki w tej okolicy – powiedział Vin.

– Właśnie myślałem o tym samym. Obiecaliśmy, że odprowadzimy was bezpiecznie do domu, a nigdy bym sobie nie wybaczył, gdyby coś złego wam się przytrafiło.

– Co racja, to racja, Naz. Lepiej, żeby te małpiszony was nie dorwały.

– To co robimy? – spytał Carter.

– Trzymamy się razem.

– W porządku. Obudźmy Holly i pakujmy manatki. Nie chcielibyśmy raczej pozostawić śladów naszej bytności tutaj – rzekł Naz. – Możemy już wyruszać, jest wystarczająco ciemno.

Dwa śnieżne niedźwiedzie oraz dwa dzikie psy bezszelestnie wyczołgały się z jaskini. Jak na swoje rozmiary niedźwiedzie poruszały się zaskakująco cicho. Kilka chwil po wyjściu z groty Carter padł płasko na ziemię, dając znak pozostałym, żeby zrobili to samo.

– Małpy przed nami – szepnął.

Leżeli w bezruchu, wstrzymawszy oddech w obawie przed wyjawieniem swojej obecności. Carter cicho wycofał się w stronę pozostałych.

– Czuję je wszędzie – szepnął. – Wydaje mi się, że te, które widzieliśmy wcześniej, jak biegły przez dolinę, są już na zboczach. Ich zapach jest wszechobecny, jesteśmy otoczeni.

Lulu stała na brzegu, obserwując, jak ludzie załadowują łodzie. Kerri stała obok, zatopiona w swoich myślach podobnie jak jej władczyni. Dostrzegły w oddali Caseya, który wracał razem z Sonnym po nocnym zbieraniu mchu. Obaj nieśli wyładowane i widocznie ciężkie worki. Casey szedł swoim zwyczajnym dziarskim krokiem, podczas gdy Sonny co jakiś czas zataczał się pod ciężarem, który musiał nieść.

– Matko! Ile wy tego nazbieraliście? – rzuciła Lulu na powitanie.

– Cześć, Lu! Cześć, Kerri! – zawołał radośnie Casey, schylając się, żeby ucałować Kerri w czoło. – Co tam u mojej ulubienicy?

– Wszystko w porządku – odparła wesoło. Popatrzyła na Sonny'ego. – A tobie jak się podobało zbieranie? – spytała, ale Sonny szybko odwrócił wzrok, udając, że nie słyszy.

Lulu zauważyła ten zgrzyt przy powitaniu. *To od gniewu tak mu zabłyszczały oczy?* Popatrzyła na Kerri, która kompletnie straciła humor, zlekceważona.

Lulu podeszła do Sonny'ego i biorąc go pod ramię, odprowadziła z dala od pozostałych.

– Spanie pod gołym niebem ma niesamowity urok,

zwłaszcza na Północnych Równinach. Kiedy obserwuje się stamtąd niebo, można odnieść wrażenie, że gwiazd jest tyle, że nie można ich policzyć. To chyba dlatego, że nie przeszkadzają im tam światła z miejsca spotkań albo znad rzeki – powiedziała.

– Tak, gwiazdy były bardzo piękne tej nocy – przytaknął Sonny.

– Dobrze spałeś tej nocy? Żadnych koszmarów ani obcych głosów?

– Nie... żadnych głosów, spałem naprawdę mocno. Chyba zawdzięczam to świeżemu powietrzu – spuścił wzrok, nie będąc w stanie spojrzeć na Lulu, i zaczął bawić się sznurkiem, którym obwiązane były worki.

Lulu obróciła się i spojrzała mu w twarz. Dotknęła jego ręki na znak przyjaźni i ciepło się uśmiechając, spytała:

– Czy jest coś, o czym powinnam wiedzieć?

Nie mógł wytrzymać jej spojrzenia, wlepił wzrok w rzekę.

– Mchu powinno wystarczyć aż do zimy.

Dlaczego nie powiesz mi prawdy?, zastanawiała się w myślach Lu. Trapiło ją, że Sonny ostatecznie zawiódł jej zaufanie.

– Trochę gwarno się zrobiło wokół łodzi, ktoś się stąd wynosi? – spytał, udając niewiedzę.

– Ależ oczywiście – odparła Lulu, papugując jego niewinny ton. – Ben i Avi ruszają w dół rzeki nazbierać ryb, żeby je ususzyć i uwędzić przed zimą. Powinieneś popłynąć z nimi, to ci dobrze zrobi. Najlepiej będzie dla ciebie teraz mieć dużo rzeczy do roboty.

– Nie, ja...

– No chodź, przedstawię cię Benowi – powiedziała Lulu, wcinając mu się w słowo.

– Ale przecież dopiero co wró...

– Żadnych wymówek – zaśmiała się, prowadząc go ku łodzi. – Jeśli masz komuś pomóc pewnego dnia, musisz się nauczyć jak najwięcej o naszym sposobie życia. Ben! Możesz podejść? – pomachała, żeby przyciągnąć jego uwagę. – Zabrałbyś Sonny-

'ego ze sobą na łódź i pokazał mu, jak przyrządzamy zapasy na zimę?

– Jasna sprawa, Lu. Chętnie cię zabierzemy – uśmiechnął się w stronę Sonny'ego.

– Ustalone zatem. Robi się z ciebie cenny nabytek, Sonny! – powiedziała z uśmiechem, kiedy Ben prowadził go w stronę łodzi. – Ach, właśnie, Ben! Tutaj macie coś, żeby przegonić chłód w nocy – dodała, wręczając mu małe papierowe zawiniątko.

Ben kiwnął głową ze zrozumieniem, po czym wrócił do Sonny'ego, któremu zaczął tłumaczyć, co należy załadować na łódź.

Lulu szła z powrotem razem z Kerri i Caseyem.

– Lu, chłopak gadał we śnie – powiedział Casey, gdy byli już wystarczająco daleko od Bena i Sonny'ego. – Żeby tylko gadał. Krzyczał i miotał się na wszystkie strony, jakby ktoś go atakował.

Lulu skinęła głową.

– Wygląda na to, że trochę się ochłodziło między wami.

– Mieliśmy mało przyjemną rozmowę.

– Aż tak?

– Bardzo.

– Chcesz o tym porozmawiać – spytała Lulu.

– W żadnym wypadku – odparła Kerri.

Wrócili do domu w milczeniu.

Odbili od brzegu i pozwolili prądom rzeki ponieść łódkę. Sonny stał przy burcie, patrząc, jak wyspa po lewej stronie powoli się od nich oddala. Przypomniał sobie pierwszą samotną noc na wyspie i złość z powodu złamanej w wyniku idiotycznego wypadku nogi. Oraz zdziwienie tym, jak przyjął go Klan, chociaż był schwytany jako jeden z członków wyprawy mającej porwać ich dzieci.

Następnie przypomniało mu się niedowierzanie, gdy rano

ujrzał swoją nogę. Mikstury doktora Mossmana na bazie mchu całkowicie zaleczyły złamanie w ciągu jednej nocy. Widział samego siebie, jak płynął przeciw prądom rzeki, walcząc o przeżycie, kiedy daremnie próbował zbiec przed Klanem. Wszystko wydawało się teraz zupełnie inne, odległe o całe stulecia.

– Hola, Sonny, nie ma czasu na marzycielstwo. Chodź, robota czeka – zawołał Ben dobrodusznym głosem.

Sonny puścił poręcz biegnącą wzdłuż krawędzi statku, ciężko westchnął i poszedł pomóc zarzucić linę, żeby podnieść żagiel.

Powinienem był powiedzieć Lulu, że On znowu wzywał mnie we śnie, pomyślał. *Dlaczego skłamałem?*

Nie rozumiał już tego, co robił ani tego, co mówił. Złapał się na tym, że wpatrywał się w przesuwający się po bokach brzeg rzeki, właściwie w ogóle nie rejestrując tego, co widzi. Usiłował sobie cokolwiek przypomnieć, ale pomimo przepłyniętych wielu kilometrów miał wrażenie, że w jego umyśle nie pozostał po nich nawet najmniejszy ślad.

Ben stwierdził, że na razie najlepiej będzie dać Sonny'emu chwilę spokoju.

Niech sobie jeszcze pospaceruje jako pasażer, może dołączy do nas w porze posiłku. Wszyscy tak czy owak jedziemy na jednym wózku, pomyślał.

Przypomniał sobie też ścisłe instrukcje Lulu dla ludzi płynących z nim. „Płyniecie na połów, nic więcej".

Niech i tak będzie, stwierdził w myślach.

Rozległ się nagle głośny huk, coś mocno uderzyło o barierkę. Ben szybko się obrócił i zobaczył, jak Sonny wali pięścią w reling.

– Niech ją diabli wezmą – krzyknął. – I jego też!

– Sonny, wszystko w porządku? – spytał Ben, podchodząc bliżej.

Sonny mocno potrząsnął głową, jakby pozbywając się jakichś myśli.

– Tak, wszystko już dobrze.

Ben chwycił go za ramię i obrócił, żeby spojrzeć mu w oczy. Widział, że wzrok Sonny'ego nie jest skupiony na nim, tylko wpatrzony gdzieś w horyzont.

– Rusz się i pomóż chłopakom przy kuchni. Robi się już gorąco, przyda ci się pobyćtrochę w cieniu.

Sonny skinął głową, właściwie nie widząc Bena. Bardziej powłóczył nogami w stronę schodów prowadzących pod pokład, niż tam szedł.

To może być znacznie trudniejsze, niż myślałem. Może już teraz powinienem otworzyć tę paczkę od Lulu, pomyślał Ben w duchu.

Stał w blasku rozedrganego światła, płomienie rzucały potworne cienie na ściany świątyni. Jedynym uchwytnym dźwiękiem był trzask uwięzionego w lampach oliwnych ognia. Wdychał głęboko opary, które unosiły się nad syczącą wodą wypełniającą złotą misę zawieszoną nad rozżarzonymi węglami. Naczynie wspierała podstawka, której cztery nogi zostały wyrzeźbione na podobieństwo potężnych smoczych łap. Brązowe szpony poprawiały jej stabilność, chwytając się podłogi wyłożonej kafelkami wypolerowanymi tak, że odbijały światło niczym lustro. Spiralne linie, które tworzyły ułożone na przemian białe i czarne kafle, sprawiały wrażenie obcowania z nieskończonością.

Trzymał w rękach srebrne naczynie, w którym znajdowała się niewielka górka czerwonego proszku. Spoglądał na ten proszek z pewnym nabożeństwem. Proszek, znany ze swojej znakomitej jakości i czystości substancji, został wydobyty z kopalni położonej głęboko pod świątynią. Cały proces wykopywania, kruszenia i przetapiania, zanim osiągnięto zadowalające Go efekty, trwał miesiącami. Wsypał kilka ziaren do bulgoczącej wody i podniósł misę znad węgli.

Zajrzał do środka i czekał, aż w wodnym wirze otworzy się

portal, który da mu wgląd na ziemie odległe od jego świątyni i połączy z umysłem każdego, kto kiedykolwiek został dotknięty działaniem Kryształu, *jego* Kryształu.

Skupił się na wodzie, kierując całą swoją uwagę na obraz małpy, która pojawiła się w wirze. Woda zaczęła od razu wrzeć i gwałtownie obijać się o ściany naczynia.

– Gdzie jest Duma? – spytał. Jego głos groźnie rozbrzmiał w umyśle małpy.

Mógł teraz zobaczyć w misie świat oczami potwora. Patrzył, jak małpa rozgląda się wokół korytarza i widzi swoich martwych lub mocno poturbowanych towarzyszy leżących na podłodze. Stoły i okna były zniszczone, wszędzie walały się porozrzucane krzesła. Małpa przekrzywiła głowę w stronę rzeki krwi, która wciąż wypływała z powykręcanego ciała Dumy. Spojrzała w dół na jego ręce zaciśnięte wokół noża, który pod koniec walki wbił w swoją pierś.

Stał wpatrzony w rozszalałe wody naczynia pokazujące mu sceny pełne śmierci i zniszczenia. W jego oczach płonęła wściekłość.

– Mówiłem wam, że macie go pozostawić przy życiu. Mieliście się z nim zabawiać wedle uznania, ale miał być ŻYWY! – furia jego głosu zdawała się trząść posadami świątyni.

Wziął głęboki wdech, zamknął oczy i skupił się na zarysowaniu wizji małpy, która przed nim stała. Małpa w jego umyśle zaczęła się trząść, padła na kolana i chwyciła się za głowę, wrzeszcząc z bólu. Skupił się jeszcze bardziej i dopracował szczegóły, jej mózg miał być rozsadzony wewnątrz czaszki. Władza, którą teraz odczuwał, i przyjemność płynąca z zadawania tak potwornego bólu upajały go.

Widział teraz na własne oczy, jak małpa zwija się i na próżno usiłuje uśmierzyć ból, który rozsadza jej czaszkę. Zanim jej ciało padło nieżywe na podłogę, przebiegł przez nie ostatni przedśmiertny skurcz. Krew sączyła się z jej uszu, nosa, oczu i ust. Pozostałe małpy znajdujące się wokół w pomieszczeniu patrzyły bez wyrazu na swojego martwego przywódcę, jeszcze kilka chwil temu budzącego strach i posłuch.

Zwrócił swoje myśli ku małpie stojącej nad truchłem i wpatrzonej w twarz poprzedniego już samca alfa, wykrzywionej teraz niewyobrażalnym cierpieniem. Ta twarz miała być ostrzeżeniem dla wszystkich, że nie należy go rozczarowywać.

– Crag! – ryknął. – Znajdź dziewczynę, Holly, i znajdź chłopca, Cartera. Żadnych zabaw, te szczeniaki należą do mnie i włos ma im z głowy nie spaść... na razie. – Groźba zawarta w jego głosie sprawiła, że małpa skuliła się ze strachu. – A TERAZ RUSZAJCIE I ZNAJDŹCIE ICH!

Woda w misie ponownie zaczęła bulgotać, a wir kręcił się coraz szybciej, aż w końcu się rozproszył. Wszystko znów było spokojne.

Stał pogrążony w swoich myślach. Już drugi raz Kryształ wyślizgnął się z jego rąk. Choć nie było tego po nim widać, wewnątrz gotował się z wściekłości. Tylko skończony głupiec dałby się nabrać na ten pozorny spokój, jego oczy płonęły teraz żywym ogniem.

Duma zginął zbyt wcześnie. Powinien jeszcze trochę pożyć i pocierpieć za to, że nie zdołał dostarczyć mi Kryształu. Zasłużył na wszystko, co te bezwartościowe plugastwa byłyby w stanie wymyślić, żeby zadać mu ból. Duma mnie zawiódł, chciał zatrzymać Kryształ dla siebie. Zasłużył na wszelką karę za sprzeciwienie się moim rozkazom.

Pocieszył się wspomnieniem tortur, jakim wcześniej codziennie poddawały Dumę małpy.

Dlaczego nie trzymał go przy sobie dłużej? Moje małpy były już w drodze. A co jeśli on CHCIAŁ się go pozbyć i go oddać?, raz zasiana wątpliwość nie dawała mu spokoju. *Pozbył się go? POZWOLIŁ im go zabrać?*

Raz jeszcze przeanalizował wszystkie elementy układanki,

wszystkie pionki, których działania miały ostatecznie doprowadzić do tego, że Kryształ powróci do jedynego człowieka posiadającego wiedzę i siłę, jak go kontrolować. Nowe wątpliwości jednak coraz bardziej go dręczyły.

Coś mi umyka, przyznał przed samym sobą. *Czyżbym postąpił zbyt pochopnie, niszcząc dostęp do umysłu Cartera? Może powinienem był poczekać przed zaatakowaniem go Grzmotem i Błyskawicą?*

Nie... Carter był o włos od powstrzymania Holly, fechtował się z samym sobą na argumenty. *Carter niemalże powstrzymał Holly przed przyniesieniem Kryształu przez granicę, do mnie.*

To jednak wciąż nie uśmierzało trapiącego go niepokoju. Znowu przemyślał wszystkie podjęte na każdym etapie decyzje, w ostatecznym rozrachunku tylko jednak dogadzając swojemu aroganckiemu ego. Nie umiał mimo wszystko pozbyć się uwierającej go niepewności.

Nasyłając na niego Grzmot i Błyskawicę, odciąłem sobie możliwość wszelkiej kontroli nad nim w przyszłości. Może rzeczywiście się pośpieszyłem?

Wątpliwości narastały.

Mógł mi się jeszcze przydać... nie! Powinienem był go wtedy zniszczyć i nie ulegać prośbom Holly, żebym go oszczędził. Ja się nie targuję, ja ROZKAZUJĘ!

Utwierdzenie się w przekonaniu o swojej władzy, choćby i przed samym sobą, dostarczyło mu pewnej ulgi.

NIE! Carter musiał zostać powstrzymany. Holly musiała przedostać się przez portal. Teraz już Kryształ jest na wyciągnięcie ręki, znajduje się na moich ziemiach, a jeśli Carter znów będzie chciał się wtrącać w moje plany, to... cóż, czy istnieje bardziej fantastyczny sposób na powstrzymanie go niż poprzez zazdrość i chęć zemsty?

Uśmiechnął się do samego siebie.

Pora znaleźć Sonny'ego.

. . .

Popołudnie ciągnęło się nad wyraz leniwie, prażąc wszystkich otępiającym żarem. Około południa posilili się ciepłą zupą, słodkim chlebem i duszonymi owocami.

Sonny leżał na pryczy pod pokładem, promienie późnojesiennego słońca przenikały przez otwory w deskach statku i rzucały światło na wirujący w powietrzu pył, oświetlając ciemnobrązową podłogę kajuty. Świetliste smugi kołysały się wraz z rytmem falowania łodzi, przebiegając po twarzy Sonny'ego.

Delikatne bujanie fal i jęk skrzypiącego drewna sprawiły, że Sonny odpłynął w świat swoich fantazji. Świat, gdzie jedyna rzecz, która naprawdę się liczyła, to być razem z Kerri.

Zamknął oczy przed oślepiającymi smugami światła, które muskały go po twarzy. Powieki zrobiły mu się w końcu tak ciężkie, że nie miał już siły ich otwierać. W głowie zaczęły migać mu obrazy Cartera powracającego do domu razem z Holly.

Bohater... bohater, którym JA powinienem być, stwierdził kpiąco.

Osunął się całkowicie w otchłań niespokojnych snów, które przerodziły się w kolaż pogardy wobec samego siebie i zarazem nienawiści wobec Cartera. Widział Kerri uśmiechającą się do Cartera, tulącą się do niego. Potem się obróciła i wyśmiała go, drwiąc sobie z jego niezdolności do działania. Wtem Sonny doznał olśnienia.

Holly powiedziała kiedyś, że Kerri jest jej najlepszą przyjaciółką. Jeśli przyprowadzę Holly do domu, wtedy z całą pewnością Kerri zmieni zdanie i mnie pokocha. Dlaczego dopiero teraz na to wpadłem?

W tym świecie było miejsce tylko dla niego i dla Kerri.

– Musimy teraz podjąć decyzję. Jeśli małpy zbliżą się do nas jeszcze bardziej, nigdy nie zdołamy stąd uciec – powiedział Vin.

– Naz? Lepiej ty rozstrzygniej – odparł Carter.

– Trzymamy się razem, to nasza najlepsza gwarancja przeżycia. Idziemy w stronę gór i kontynuujemy wspinaczkę tak wysoko, dopóki te smrodliwe małpiszony nie przemarzną do szpiku kości. Kiedy już nie będziemy musieli się przejmować pościgiem, wracamy po naszych śladach i ruszamy na południe w stronę granicy. Przetrwamy tylko, jeśli będziemy się trzymać w grupie. Zamiast robić jak najwięcej hałasu, tak jak wcześniej rozważaliśmy, proponuję, żeby jednak przemieszczać się możliwie cicho. Jeśli jednak coś nas zdradzi, wtedy przechodzimy do strategicznego odwrotu. Pamiętacie, co to?

– Pędzimy, ile sił w nogach? – upewnił się Carter.

– Tak – potwierdził Naz. – Ale pędzimy cały czas w grupie. Vin, idziesz na czele razem z Carterem.

Naz odliczył do trzech i na dany sygnał wszyscy rzucili się do biegu, pochyleni, żeby jak najmniej rzucać się w oczy. Gnali w stronę granicy wiecznych śniegów, nie oglądając się za siebie. Kiedy pokonywali bardziej zaśnieżony odcinek drogi, Vin poślizgnął się, posyłając w dół trochę śniegu i kamieni. Po chwili rozległy się opętańcze krzyki i wrzaski.

– Słyszały nas – zawołał Naz. – Darujemy sobie skradanki, strategiczny odwrót!

Posuwali się w głąb śniegów potężnymi susami, wbijając się pazurami w miękki śnieg dla lepszej przyczepności. Po niedługim czasie urwali się ścigającym ich potworom, byli już bardzo blisko najwyższych partii gór. Coraz rzadsze i zimniejsze powietrze znacznie spowolniło ich tempo, ale małpy znosiły te warunki równie źle. Jakkolwiek wciąż znajdowały się w zasięgu wzroku, nie były w stanie zmniejszyć dzielącej ich odległości. Ich marsz powoli zaczął przypominać powolny spacer. Stanęli i spojrzeli w dół na małpy, które z trudem próbowały pokonać gęsty śnieg i niską temperaturę. Musiały odpoczywać niemalże po każdym kroku, bo rozrzedzone powietrze nie dostarczało im wystarczająco dużo tlenu. Podniosły łby w górę, przyglądając się Nazowi, Vinowi, Holly i Carterowi. Wiedziały, że ten pościg był już dla nich przegrany.

Bez słowa rozdzieliły się na trzy grupy. Jedna poszła na

zachód, druga na wschód, a pozostałe miały kontynuować wspinaczkę.

– Vin, te draństwa są znacznie bystrzejsze, niż wyglądają – powiedział Naz. – Spróbują odciąć nam drogę ucieczki. Zaciągnijmy je w stronę grani położonych na wschodzie, tamten odcinek jest piekielnie trudny do przejścia. Albo uda im się pójść naszym śladem, albo polecą w dół.

– Podoba mi się ten plan – rzekł Vin. – Możemy też odbić w stronę tamtych głazów i ewentualnie powitać te paskudy małą lawiną.

– Dobry pomysł, ruszamy.

Poprowadzili dwie grupy jeszcze wyżej i dalej na wschód, dopóki nie dotarli do ostrej jak brzytwa grani ułożonej ukośnie względem góry. Byli pewni, że małpy nie mają pojęcia, w jakie niebezpieczeństwo właśnie się pchają. Szły jedyną znaną im ścieżką, która jednocześnie była ich jedyną drogą odwrotu. Gdy cała czwórka popatrzyła z wysoka na północną ścianę góry, przekonała się, że jej północna strona jest absolutnie niemożliwa do przeprawy.

Naz zarządził odpoczynek, zachęcając małpy, żeby poszły dalej na wschód i zauważyły, że jedyna droga może prowadzić jeszcze bardziej w górę, ku niemalże pewnej śmierci. Jedyną alternatywą było zawrócić. Bez wahania zaczęły piąć się w górę, trzymając się blisko krawędzi grani.

– Dokładnie tak, jak chcieliśmy – powiedział Naz. – Pomóżcie mi ruszyć kilka głazów, może uda nam się z tą lawiną.

Drapali pazurami i kopali śnieg i skały, odrywając fragmenty, które były skute lodem. Na małpy kłębiące się poniżej spadł kamienny grad, a ich jedyną drogą ucieczki była ta, którą wcześniej przybyły. Naz zdołał poruszyć jeden z większych głazów, podnieść go i cisnąć nim w stronę małp. Odbił się od ziemi i błyskawicznie nabrał pędu pod wpływem ciężaru. To wystarczyło. Wszyscy poczuli łomot i drżenie pod stopami, mieli wrażenie, że tracą grunt pod stopami.

– Zaraz huknie, Naz! – krzyknął. – Wszyscy trzymać się razem!

Pęknięcie powstało tuż pod nimi, czuć było, jak cała góra się trzęsie. Sypki śnieg wzbił się ku górze jak para w miejscu, gdzie pojawiła się szczelina. Holly rzuciła się na Cartera, oplatając przednie łapy wokół jego szyi, a tylne wokół piersi. Vin złapał jedną łapą Holly, chwytając ją za kark, podczas gdy Naz zrobił to samo, uczepiając się Cartera i jednocześnie, drugą łapą, wpijając się pazurami w skałę.

Potężna warstwa śniegu i lodu osunęła się spod ich stóp, wzbijając gęstą chmurę śniegu, która całkowicie ich oślepiła. Czuli w kościach śmiertelny ryk lawiny, której kaprysy wściekle nimi miotały, gdy próbowali z całych sił utrzymać się przy skale. Wstrząsy, ryki, grzmoty i tumany śniegu zdawały się nie mieć końca i wysysały z nich resztki sił.

W końcu hałas ucichł, śnieg zaczął powoli osiadać, a powietrze przerzedziło się, pozwalając na dojrzenie czegokolwiek. Miejsce, które jeszcze przed chwilą pokryte było gładką taflą lodu i śniegu, teraz było chaotyczną mozaiką mniejszych i większych kamieni i śniegu rozsypaną po niższych zboczach. Góra wyglądała tak, jakby ktoś wyciął z niej pokaźny kawał lodu, odsłaniając jej szary twardy miąższ.

Stary śnieg wciąż leżał na stokach położonych tuż nad nimi, grożąc osunięciem.

– Uff! Było blisko – powiedział Naz.

– „Blisko” to mało powiedziane, Naz. Wolę już nigdy nie próbować takiego manewru – odparł Vin.

Mały, samotny kamień spadł z góry i przeleciał nad ich głowami. Śledzili wzrokiem jego bieg i spostrzegli, że nie było wokół najmniejszego śladu małp: tych, które utknęły na grani ani tych, które wspinały się tuż za nimi. Lawina zmyła je wszystkie z powierzchni ziemi.

– Musiała być ich ze trzydziestka – powiedział Vin będący pod wrażeniem spustoszenia, którego właśnie dokonali.

– Sądzicie, że można już zejść na dół? – spytał Carter.

– Możemy powoli ruszać, wątpię, żebyśmy musieli się śpieszyć. Vin, chcesz iść na czele razem z Carterem?

– Chodźmy – powiedział Vin.

Szli na przestrzał wzdłuż odsłoniętego teraz fragmentu góry. Schodzili w zimnym świetle księżyca po nagich skałach, niebudzących zaufania głazach i pomniejszych kamieniach. Kamienie, po których stąpali, były zdradziecko śliskie, uciekały spod stóp i pękały na kawałki, gdy tylko poczuły większy ciężar.

Gdy schodzili, Carter miał wrażenie, że chmury wzięły go sobie za cel. Spojrzał w górę i zobaczył, że światło gwiazd jest coraz bardziej zamglone, przesłonięte przez ciężką, gęstą chmurę i mgłę, która zdawała się przesłaniać wszystko. Widzieli coraz mniej, a powietrze robiło się coraz zimniejsze.

– Carter, czujesz to? – spytała Holly.

– Co? Co się dzieje?

– Wiatr się wzmaga. Mgła i śnieg robią się coraz bardziej dokuczliwe – powiedziała.

Dopiero teraz zwrócił uwagę, że padające z nieba płatki śniegu atakowały z coraz większą napastliwością, a wiatr coraz głośniej hulał wokół nich.

– Nie martw się, już niedługo będziemy na dole.

– Carter, zbliża się kolejna burza, czuję to. Zaczyna się dokładnie tak samo jak wtedy.

– Wszystko będzie dobrze, zdążymy być na dole, zanim wszystko się zacznie – w jego głosie pobrzmiewała pewność, której zupełnie nie odczuwał.

Pamiętał poprzednią śnieżycę, która ich uwięziła. Pojawiła się znikąd i po kilku minutach mroźny, wyjący wiatr przeszywał ich do szpiku kości, a oni sami byli odrętwiali z zimna i bliscy śmierci z wyziębienia.

– Musimy się pośpieszyć! Śnieżyca tutaj nie należy do najprzyjemniejszych doświadczeń – krzyknął Carter.

Naz i Vin rozejrzeli się wokół. Ciężkie szare chmury, które przesłaniały najbliższy szczyt, zostały przegnane przez rozpędzone wiatry. Tam, gdzie przed chwilą widać było skrawki czystego, rozgwieżdżonego nieba, teraz kotłowały się wichry przynoszące ze sobą gęste mgły. Szli pochyleni, z głowami w dole, próbując oprzeć się coraz silniejszym podmuchom, które wiały w ich kierunku. W końcu nie byli w stanie dojrzeć nic poza własnymi stopami.

Naz zebrał ich blisko przy sobie, żeby mieli jakąkolwiek szansę przekrzyczeć wyjący wiatr.

– Carter, jesteś w stanie wywęszyć, co może na nas czekać tam dalej? – spytał Naz.

– Jeśli masz na myśli małpy, to tak, ale w tej chwili nie czuję żadnej.

– Właśnie to miałem na myśli. Pójdziesz z przodu? Vin, złap Cartera za ogon. Holly, złap za jeden ze sznurków sakwy Vina, natomiast ja złapię ciebie za ogon. Nikt nikogo nie puszcza!

Szli gęsiego, wbijając wzrok w ziemię, żeby osłonić się jakoś przed porywistym wiatrem. Carter prowadził ich dalej wzdłuż zbocza, opierając się wyłącznie na węchu. Kiedy znów znaleźli się na terenie, gdzie leżał śnieg, niestrudzenie przebijał się dalej, prowadząc wszystkich w dół. Dotarł do miejsca, gdzie świeży śnieg pokrywał oblodzone skały. Łapy niemal od razu zaczęły mu się rozjeżdżać, ale poczuł równocześnie przyjazne łapy, które pomogły mu odzyskać równowagę. Obrócił się w stronę, gdzie powinni być Holly i Naz.

– Puściła mnie, kiedy się poślizgnąłeś – krzyknął Vin.

Carter próbował się rozejrzeć, ale wzmagająca się śnieżyca nie pozwalała dostrzec niczego wokół. Cofnął się kilka kroków i złapał trop Holly uwięziony w śniegu. W pobliżu miejsca, gdzie prawie upadł, Holly odbiła w innym kierunku. Carter i Vin popatrzyli na siebie zdezorientowani sytuacją.

Vin wskazał łapą na odchodzące ślady.

– Pójdziemy za jej śladem, prowadź – krzyknął Vin, przebijając się przez wiatr, po czym znów złapał Cartera za ogon.

Odbili od pierwotnej trasy, trzymając się ścieżki, którą podążali Holly i Naz. Wiatr wgniatał ich w ziemię, gdy próbowali iść po szybko zanikających w zamieci śladach. Po dłuższej chwili Carter wpadł na coś dużego i mocnego. Z początku wystraszony, uspokoił się, gdy dostrzegł, że trafił na cielsko Naza, który próbował wrócić do nich po własnych śladach.

– Co się stało? – spytał Carter, próbując przekrzyczeć zamieć.

Naz potrząsnął głową.

– Uciekła! – odkrzyknął. – Powiedziała, że cię zgubiła i powinniśmy zawrócić, co też zrobiliśmy, ale ona nagle mnie puściła. Spojrzałem za siebie i już jej nie było.

– Chce Kryształ dla siebie! – krzyknął Carter.

Naz i Vin przytaknęli mu bez słowa.

– Carter, ruszaj za nią, nie pozwól, żeby była podczas takiej burzy sama. Dogonimy was.

Carter popatrzył na dwa niedźwiedzie, czując opory przed pozostawieniem przyjaciół w samym sercu zamieci. Vin od razu dostrzegł jego wahanie.

– Biegnij za nią, mały, nie oszczędzaj sił. Nam nic nie będzie, widywaliśmy gorsze zawieruchy niż ta. No, już, zasuwaj!

Carter spojrzał ostatni raz na przyjaciół, obrócił się i popędził za zanikającym w śniegu śladem.

– Naprawdę widziałeś gorszą śnieżycę? – spytał Naz.

– Nigdy by się stąd nie ruszył, gdybym mu powiedział, że to najbardziej zabójcza, jaką widziałem – potrząsnął głową Vin.

Naz zaśmiał się i klepnął go w ramię.

– Nic nam nie będzie, Vin, w końcu gwardzista to gwardzista, co nie? Tylko chociaż ty mnie teraz nie puszczaj.

– Się robi! – Vin również się zaśmiał pomimo ponurej sytuacji.

Ruszyli za śladem pozostawionym przez Cartera.

· · ·

Carter zaprzestał prób chodzenia po śniegu i zaczął przemieszczać się do przodu skokami. Ten sposób był piekielnie męczący, ale pozwalał mu szybciej nadrobić straty.

Zapach Holly pozwalał mu wciąż podążać jej śladem w dół zbocza. Po chwili jednak uświadomił sobie, że w powietrzu wisi również inny zapach. Czuł na języku obrzydliwy odór małp dochodzący ze wszystkich stron. Zaczął iść powolnym krokiem, świadomy tego, że z każdą chwilą zapach stawał się coraz bardziej intensywny. W końcu stanął w miejscu, próbując zinterpretować wszystko, co jego nos dawał radę uchwycić.

Przykucnął w śniegu, zawzięcie węsząc w powietrzu. Wiedział, że Holly była przed nim, ale z przodu, podobnie jak po lewej i prawej stronie, znajdowały się również małpy, które do tego wciąż się przemieszczały. Obrzydliwy zapach mówił mu, że małp jest naprawdę sporo i że właśnie krążą wokół niego.

Wiedzą, że tu jesteśmy? Ta myśl nie dawała mu spokoju. *Może Holly chce przekazać, gdzie jest, temu, który ją wzywał i wydawał wszystkie rozkazy?*

Wciąż czołgał się naprzód, zapach Holly był coraz silniejszy.

Czy ona wie, że tu jestem? Może mnie wyczuć?, zastanawiał się.

Odpowiedź przyszła znienacka. Chociaż nie mógł nic zobaczyć przed sobą przez szalejącą śnieżycę, usłyszał znajomy głos.

– Carter, wiedziałam, że przyjdziesz. Zawsze przychodzisz.

Podpełzł jeszcze kilka kroków i dostrzegł Holly, stojącą nisko na łapach, wpatrzoną w niego. Czekającą, aż wyłoni się z zamieci.

– Holly, dlaczego? Dlaczego uciekłaś?

– Carter, ja go potrzebuję, a niedźwiedzie chcą mi go odebrać. Zabiorą go z powrotem do siebie, na północ.

– Ale Kryształ należy do nich, Holly. On nie jest twój.

– Należy do tego, kto go dzierży. A one same ukradły go małpom wieki temu.

Carter położył się obok niej, niemalże głowa w głowę. Trzymał pysk bardzo blisko jej ucha, żeby mogła go usłyszeć. Wiedział, że to nie jest najlepsza pora na kłótnie.

– Wszędzie wokół grasują małpy, idą tuż za nami.

– Wiem – odparła. – Też je czuję.

– Jeśli spróbujemy uciec, na pewno nas złapią. Wydaje mi się, że dalej z przodu ustawiły się w szeregu, spodziewają się nas tam. Czy ten głos znowu cię wzywa?

– Próbuje, ale coraz lepiej idzie mi odpieranie jego ataków. Umiem już powstrzymać się przed wykonywaniem jego rozkazów z wyjątkiem chwil, gdy śpię.

– Więc dlaczego to robisz? Przestań próbować uciec z Kryształem.

– Robię to dla siebie, Carter, nie dla Niego. To nigdy nie było dla Niego. Duma obiecał Kryształ *mnie*.

– Holly, nie uda nam się pokonać tylu małp, a jeśli szybko się stąd nie ruszymy, to nas otoczą.

– Wciąż mogę złapać nasz trop z dzisiejszego wieczoru. Możemy wrócić do jaskini i tam przeczekać najgorsze. Nigdy nas tam nie znajdą pośród tej zamieci – powiedziała.

– Holly, nie! Naz i Vin wejdą prosto w pułapkę. Nie mają szans w takim starciu, musimy wrócić i ich ostrzec. To nasi przyjaciele, pamiętasz?

Holly tkwiła w bezruchu, rozdarta między wyborem.

– Kryształ jest mój.

– A oni są naszymi przyjaciółmi, Holly. Nie ma ważniejszej rzeczy na tym świecie. Właśnie dlatego po ciebie wróciłem, bo jesteś moją przyjaciółką.

– Nie widziałeś nigdy Kryształu, nie wiesz, jaki jest piękny, nie miałeś go w rękach.

– Nie widziałem i nie chcę go widzieć. Chcę za to uratować zarówno ciebie, jak i moich przyjaciół od śmierci z rąk tych potworów.

Dostrzegł, że Holly płacze. Po raz pierwszy, odkąd ją poznał, płakała.

– Holly, proszę... chodź ze mną – powiedział łagodnym głosem.

W końcu kiwnęła głową i spojrzała mu w oczy.

– Tak bardzo przepraszam, że cię w to wpakowałam – powiedziała, a spływające łzy zamarzały na jej futrze.

– W nic mnie nie wpakowałaś. Sam zdecydowałem się wrócić po ciebie... i to bardzo miłe, że tak długo na mnie czekałaś.

Przytuliła się do niego, czując bijące od niego ciepło.

– Zabierajmy się stąd – powiedziała.

Odwrócił się i ostrożnie poprowadził ich drogą, którą wcześniej przyszli, lawirując między grasującymi w pobliżu małpami.

Szli tuż przy ziemi, na czele Carter przedzierał się przez śnieg. Każdy krok stawiali bardzo ostrożnie, bojąc się, że zdradzi ich nadmierne skrzypienie śniegu, przez co przemieszczali się powoli. Wciąż padający śnieg nie ułatwiał sprawy. Oboje musieli wysoko podnosić łapy, żeby pokonać coraz większe zaspy i móc dalej posuwać się naprzód. Jednocześnie śledzili ruchy małp krążących wokół, oceniając je na podstawie zapachu wiszącego w powietrzu. Wciąż jednak istniał cień szansy, że przypadkiem wpadną na jedną z nich przez wirujący wiatr.

– Zdaje się, że one cały czas chodzą w kółko – powiedział Carter. – Nie wiem, czy się zgubiły, czy celowo nas tak szukają.

– Sądzę, że On wie, że tu jesteśmy.

Carter spojrzał na Holly i dostrzegł strach w jej oczach.

– Uwierz mi, Holly, wydostaniemy się stąd. Pomyśl może po prostu o czymś innym, o czymkolwiek, tylko nie o tym, gdzie teraz jesteśmy, skoro tamten słyszy twoje myśli.

– Pomyślę o Kerri i o wszystkich fajnych rzeczach, które będziemy robić razem, gdy tylko wrócę do domu.

Po raz pierwszy od dawna Carter się uśmiechnął.

– Myślę o niej cały czas – przyznał. Zobaczył, że spojrzenie Holly zmiękło, straciło na dzikości. Wiedział, że się uśmiecha.

– Carter, cieszę się, że tu jesteś. Nie mogę się doczekać, żeby zaraz po naszym powrocie powiedzieć Kerri, że cały czas o niej myślisz i...

– Nie! Nie waż się jej tego mówić... słuchaj, pogadamy o tym później, teraz może jednak skupmy się na wydostaniu się z tego bałaganu... Ćśśś! Jedna z małp jest bardzo blisko... gdy tylko przejdzie dalej, pędzimy przed siebie na złamanie karku. Małpa jest tam, z prawej strony, teraz trzymajmy się nisko.

Oboje leżeli płasko na śniegu, zdawało się, że jego grube płatki zasypią ich w ciągu kilku chwil. Węch pomagał Carterowi dostrzec to, co zasłaniały przed nim ciemności. Nerwy miał napięte jak postronki, a serce zaczęło mu walić jak młot, ponieważ w powietrzu pojawił się nowy zapach, który zmierzał prosto w ich kierunku. To był Naz, tego zapachu nie dało się pomylić z żadnym innym.

Carter i Holly leżeli nieruchomo przykryci śniegiem. Jedyne, co się odcinało na tle krajobrazu, to ich czarne nosy wystające niewiele ponad śnieg, które gorączkowo węszyły za wrogą wonią. Modlili się, żeby małpa czym prędzej przeszła dalej.

Carter uniósł głowę, rozglądając się ostatni raz wokół nich.

– Szybko, teraz! Inaczej Naz i Vin wejdą prosto w pułapkę.

Oboje wyskoczyli ze swojej śnieżnej kryjówki i przemykając pomiędzy patrolującymi teren małpami, pobiegli tak szybko, na ile pozwalał głęboki śnieg.

Czując, że dalej nie powinno być już żadnych małp, Carter zaczął posuwać się naprzód żabimi skokami. Po chwili znalazł ich własny ślad, zaś Naz i Vin również byli coraz bliżej. Uniósł głowę wyżej i dostrzegł wyraźny ruch wśród ciemności. Po chwili obaj wyłonili się z zamieci, niemalże niewidzialni dzięki swoim białym futrom, całkowicie zagubieni w śnieżycy. Naz prawie podskoczył, kiedy Carter znowu na niego wpadł.

– Nie ma co, miło cię znów zobaczyć – krzyknął Naz, walcząc z wiatrem.

– Nie ma jak się stąd wydostać, Naz. Małpy grasują wszędzie.

– Wiedzą, że tu jesteśmy?

– Tak sądzę. Wyglądało na to, że specjalnie krążą wokół nas. Jest ich niesamowicie dużo.

– Możemy mieć tylko nadzieję, że śnieg szybko zasypie nasze ślady – powiedział Vin.

– Jak daleko udało wam się dojść? – spytał Naz.

– Prawie dotarliśmy do jaskini, ale nie mamy szans przedostać się przez krążące w pobliżu małpy – odparł Carter. – Nie ma żadnej drogi, którą można by je wyminąć.

– Jedyne, co możemy teraz zrobić, to biec. Musimy zdobyć jak największą przewagę już na samym starcie – powiedział Naz.

– Nie chcę tutaj być. Jeśli nas złapią, zrobią nam to, co zrobiły Dumie – powiedziała Holly.

– Możesz być pewna, że to się nie stanie. Zrobimy wszystko, żebyście powrócili do domu – powiedział Vin.

– Vin, słuchaj, jeśli znajdą tam ślady Holly i Cartera i zdadzą sobie sprawę, kim są, rzucą się od razu w pościg za nami, a jeśli do tego burza niedługo się skończy, to znajdą nas bez problemu, idąc po naszych własnych śladach. Musimy biec. Bardzo szybko.

Carter i Vin skinęli głowami, natomiast Holly stała nieruchomo, patrząc na pozostałych bez słowa.

– Mam pomysł – powiedział Carter. – Holly, ktokolwiek siedzi w twojej głowie, nie może wiedzieć, gdzie jesteśmy. Czy umiesz pomyśleć bardzo przekonująco, że jesteśmy gdzie indziej?

– Nie rozumiem, co masz na myśli – odparła Holly.

– Czy możesz skupić swoje myśli na tyle, żeby ten, który usiłuje cię opętać, uwierzył, że znajdujesz się znowu w jakiejś przyjemnie ciepłej i suchej jaskini albo że schroniłaś się w mieście? Albo że jesteś cała w skowronkach, bo już niedługo będziesz w domu? Nada się wszystko, co sprawi, że uwierzy, że nie jesteś teraz uwięziona w tej burzy.

– Nie mam pojęcia, czy jestem na tyle silna, żeby go oszukać, ale obiecuję wam, że spróbuję. Ale co w chwili, gdy zasnę? – powiedziała Holly.

– Tym będziemy martwić się później. Na razie spróbujmy załatwić sobie choćby najmniejszą przewagę.

ROZDZIAŁ 10
ŁODZIE ODPŁYWAJĄ

Casey stał razem z Samem w dokach.

– I stało się. Resztki drewna i pozostałych zapasów załadowane na łodziach. Mamy tam wszystko, czego trzeba, żeby przeżyć zimę. Na wiosnę będziemy już zdani wyłącznie na siebie.

– Casey, damy radę. Już wcześniej porywaliśmy się na coś takiego. Najbardziej jednak martwi mnie, czy uda nam się odnaleźć granicę. Inaczej tamci nie dożyją wiosny.

– Czy Lu mówiła coś, gdy odchodziła? – spytała Kerri, opuszczając ostatnią łódź, którą należało załadować.

– Próbują coś rozgryźć razem z Salli. Chodzi o tego, który kontroluje małpy i usiłuje narzucić Holly swoją wolę. Czekają teraz, aż On wezwie Sonny'ego jeszcze raz.

– Sam, co się stało z naszym dotychczasowym prostym życiem? Skąd się nagle wzięła cała ta magia i opętania?

– To chyba po prostu zawsze się czaiło gdzieś tam, w oddali. To my żyliśmy w jakimś rajskim świecie kompletnie odciętym od tego wszystkiego i dopiero tysiące kilometrów stąd Duma wykradł Kryształ, sprowadzając na nas wszystkich całe to zło.

– Powinien zapłacić za to, co wszystkim wyrządził.

– Chodźmy zobaczyć, co tak pochłania Salli i Lu – zaproponował Sam.

Weszli do kuchni, gdzie przy stole siedziała Lulu. Salli stała nad nią, zaglądając znad jej ramienia w złotą misę wypełnioną parującą cieczą. Salli rzuciła na nich okiem, kiedy weszli, i przyłożyła palec do ust, żeby byli cicho.

Różowawy dekokt bulgotał, kiedy Salli i Lulu zaglądały do wnętrza naczynia. Salli chwyciła mocniej ramiona córki, kiedy wywar zaczął groźnie syczeć i chlupotać wokół. Sam i Casey stanęli po obu stronach stołu, ale żaden z nich nie mógł dostrzec nic w gotującej się cieczy, która po chwili całkowicie się uspokoiła. Jej powierzchnia była gładka jak lustro, a barwa zmieniła się w ciemny szkarłat. Lu zapadła się w krześle, wyczerpana wlewaniem swoich myśli w wir, który wytworzył się w naczyniu.

– Co to było? – zapytała zdumiona Kerri.

– *On* zaczyna tracić władzę, jego posunięcia stają się nerwowe. Popełnił właśnie swój pierwszy błąd.

– Kim jest *On*? – spytał Sam.

– Tym, który chce zdobyć Kryształ. Sprawuje władzę nad małpami i usiłuje kontrolować poczynania Holly, Sonny'ego i każdego, kto przez chwilę będzie miał kontakt z Kryształem.

– Co tu się wydarzyło przed chwilą? – spytał Casey.

– Próbował wezwać Holly, kiedy nie spała – powiedziała Salli. – I po raz pierwszy udało jej się nie dopuścić Go do siebie. Obroniła się i odrzuciła Jego głos. Zaczyna rozumieć, co się naprawdę dzieje, dlatego staje się coraz silniejsza. Potem próbował wywrzeć wpływ na Sonny'ego, ale on już prawdopodobnie wypił mieszankę soku z jagód i mchu, której Lu kazała użyć Benowi. Sonny najpewniej teraz nic nie słyszy i jest wolny od wszelkich myśli – tłumaczyła. – Więc zaczął wyładowywać swoją wściekłość na małpach, ponieważ nie mogą znaleźć Holly i Cartera. Przez tę złość właśnie stracił kontrolę nad sobą... ujawnił się!

– Jest coś, o czym nam nie mówisz – powiedział Sam.

– Tylko dlatego, że dopiero teraz jestem całkowicie przekonana. Do tej pory ograniczałam się do domysłów, nigdy nie
miałam absolutnej pewności. Teraz jednak wiem – rzekła.

– Co wiesz? – spytał Sam zirytowany.

– Wiem, kim On jest.

Zapadła wyczekująca cisza. Salli wstała, zbierając myśli.
Milczenie przerwał w końcu Casey.

– *Usłyszymy* w końcu, kim on jest, czy nie?

– Żeby wam o tym opowiedzieć, będę musiała najpierw
cofnąć się bardzo daleko w przeszłość. Wydaje mi się zresztą, że
najwyższa pora, aby Lu się o wszystkim dowiedziała – powiedziała Salli, spoglądając na Sama.

– Już zbyt długo to ukrywaliśmy – powiedział.

Salli usiadła obok Lulu i chwyciła jej dłoń.

– Lu, jest coś, co trzymaliśmy przed tobą w tajemnicy, aby
móc mnie ochronić. Teraz jednak, jako że jesteś królową,
powinnaś dowiedzieć się o wszystkim. Widzisz, ja nie pochodzę
z tego Klanu. Przybyłam tu jako mała dziewczynka... choć może
„przybyłam" to nienajlepsze słowo. Zostałam znaleziona przez
twojego ojca. Siedziałam w łódce, która płynęła wraz z nurtem
rzeki. Byłam nieprzytomna, spędziłam wiele dni bez pożywienia
i wody. Nie mam pojęcia, ile tak dryfowałam, ale na pewno było
to bardzo długo. Od tego też czasu, odkąd twój ojciec wyciągnął
mnie na brzeg, starałam się nie ujawniać.

– Dlaczego się ukrywasz?

– Ponieważ uciekłam. Zbiegłam ze swojej własnej ojczyzny,
zabierając coś bardzo ważnego dla tych, którzy tam żyją.

– Czy jest to coś, co wszyscy powinniśmy usłyszeć? – spytał
Casey.

– Tak. Proszę, zostańcie. Ty i Kerri również powinniście
wiedzieć. Ten sekret już od dawna był dla mnie zbyt dużym
utrapieniem. Pora, by ludzie się dowiedzieli – powiedziała Salli.

– Widzicie, moja rodzina należała do warstwy społeczeństwa, która rządziła tamtą krainą. Ojciec dzierżył klucze do skarbca, gdzie przechowywane były nasze najcenniejsze artefakty. Miał sprawować pieczę nad nimi i dbać o ich bezpieczeństwo. W naszym społeczeństwie to rodziny decydowały o tym, z kim wezmą ślub ich dzieci. Im samym nie przysługiwało prawo wyboru. Ojcowie próbowali aranżować małżeństwa z rodzinami cieszącymi się podobnym prestiżem, a jako że mój ojciec piastował ważny urząd w kraju, chciał, abym wyszła za kogoś, kto wywodziłby się z równie prestiżowego środowiska. Chłopiec, którego dla mnie wybrał, był synem Prawodawcy naszych ziem. Było jasne, że chłopiec pewnego dnia przejąłby jego obowiązki jako sędziego rozstrzygającego sprawy wśród naszego ludu. W tamtych czasach mieliśmy mądre i sprawiedliwe prawa, a ci, którzy rządzili, dobrze wywiązywali się ze swych obowiązków. Nasze społeczeństwo żyło dostatnio, nie było może idealne, ale ogólnie ludzie byli szczęśliwi.

Sam i Casey dosiedli się do stołu. Sam zobaczył, jak Casey coraz bardziej rozdziawia usta ze zdziwienia, im dalej Salli ciągnęła swoją opowieść.

– Ponieważ ojciec chłopca był Prawodawcą, miał dostęp do Księgi Mądrości, jednej z trzech ksiąg spisanych przez lud, który jako pierwszy rządził naszymi ziemiami, i przekazywanych z pokolenia na pokolenie. To oni właśnie położyli podwaliny pod znane nam społeczeństwo. Znamy ich jedynie jako Pradawnych. To oni dali nam Księgę Mądrości, która pokazywała, jak rządzić sprawiedliwie. Zawierała prawa i zasady, którymi ludzie powinni się kierować, aby we wspólnocie zawsze panowały wolność i sprawiedliwość. Przekazali nam również Księgę Dziejów, która opowiada o naszych narodzinach jako wspólnoty, o narodzinach wszystkich ludów. Zawiera historie o ich królach, władcach i prawodawcach oraz wyjaśnia, dlaczego porzucili swoją ojczyznę i zdecydowali się przepłynąć morza. Księga Mądrości i Księga Dziejów uczyły nas, *jak* oraz *dlaczego* to Prawodawcy powinni odpowiadać przed ludźmi, nigdy zaś na odwrót. Księga Dziejów została jednak skradziona przez gromady, które nagle znikąd pojawiły się na naszych ziemiach. Teraz wiemy, że posiadali Kryształ, który pozwalał im wedle woli przekraczać granice. Przybyli, zobaczyli... po czym zniszczyli i złupili wszystko, co tylko mogli znaleźć. Jedną z rzeczy, na które natknęli się najeźdźcy, była Księga Dziejów. Księgę, jak wiemy, zabrał Ran, bohater Północy, gdzie żyją śnieżne niedźwiedzie... gdzie żyją Naz i Vin. To właśnie Naz opowiedział mi o przeszłości jego ludu oraz o tym, jak Ran wykradł Kryształ. Dokładnie ten sam, którego strzegły śnieżne niedźwiedzie, dopóki nie zawłaszczył go Duma, sprowadzając na nas nieszczęście.

– Mamo, mówiłaś, że były trzy księgi. Powiedziałaś tylko o dwóch – powiedziała Lulu.

Salli siedziała przez chwilę wpatrzona w dal, w przeszłość, która nie pozwalała o sobie zapomnieć. Spojrzała znów na Lulu.

– Pradawni przekazali również trzeci tekst, Księgę Władzy, która była najważniejsza ze wszystkich. Pradawni piszą w niej bowiem o Krysztale, który wręczyli im ludzie pochodzący z innej *epoki*. Kryształ był darem, który miał otworzyć granice do wszystkich światów, zjednoczyć wszystkich ludzi pod jednym Głosem i jednym Prawem, jedną przeszłością i jedną przyszłością. Księga tłumaczyła następnie, jak po tym zjednoczeniu wykorzystać moc Kryształu, aby połączyć się na nowo z tymi, którzy go nam pozostawili. Mówiła o niewyobrażalnej wiedzy oraz potędze. Bez Kryształu oczywiście księga była po prostu zlepkiem słów, które trudno było zrozumieć, a co dopiero wprowadzić w życie. Aby móc w pełni korzystać z mocy Kryształu, potrzebne są wszystkie trzy księgi. Należy wiedzieć najpierw, skąd Kryształ przybył, jeśli chce się wiedzieć, dokąd następnie poprowadzi. Należy nauczyć się, czego szukać, posiąść mądrość pozwalającą właściwie korzystać z Kryształu i zrozumieć wskazówki, które objaśniają, jak okiełznać drzemiącą w nim moc. Podobno ten, kto zgromadzi wszystkie trzy księgi oraz Kryształ, posiądzie nieograniczoną potęgę... Księga Władzy zawsze była uznawana za zbyt niebezpieczną, by mógł ją czytać ktoś, kto nie zna związanej z tym wszystkim historii oraz zagrożeń. Oprócz tego ktoś taki musiałby zdobyć mądrość, dzięki której wiedziałby, jak używać mocy Kryształu w sposób słuszny i sprawiedliwy. Z tego też powodu Księga była przechowywana w zamknięciu, w oczekiwaniu na dzień, kiedy wszystkie elementy układanki zostaną zebrane razem przez ludzi godnych tego zaszczytu, którzy połączą się ponownie ze swoją przeszłością, aby móc kształtować naszą przyszłość.

– Ale co to ma wspólnego z tobą? W ogóle nie wyjaśniłaś, dlaczego musisz się ukrywać albo czego się tak boisz – powiedziała Lulu.

– Ponieważ ukradłam Księgę Władzy. Mam ją tutaj.

Zapadła ogłuszająca cisza. Wszyscy patrzyli z niedowierzaniem na Salli, która po dłuższej chwili głęboko westchnęła.

– To długa historia, a my musimy wyruszać. Łodzie są gotowe, a ludzie już czekają na pokładach. Chodźcie, wyjaśnię wam wszystko po drodze. Będę się czuła znacznie bezpieczniej, kiedy będziemy się przemieszczać.

Stały na pokładzie i patrzyły, jak inni spychają do rzeki pozostałe na brzegu łodzie, wpędzając je w delikatne objęcia jej nurtu. Niektórzy z własnej woli przystawali, żeby im pomóc. Członkowie Klanu wciągnęli kładki łączące statki z lądem i rzucili ostatnie spojrzenie na znajomy brzeg, za którym w głębi znajdowało się miejsce spotkań, stanowiące od dawna serce ich społeczności. To tam spędzali noce, radząc nad problemami Klanu. To tam spędzali zawsze czas na tańcach i zabawach; opowiadali sobie legendy i dzieje dawnych bohaterów. Wszyscy płynęli przygnieceni poczuciem straty.

Kerri i Lulu stały na rufie ostatniej łodzi, która miała wyruszyć. Lu złapała ją za rękę i ścisnęła mocno.

– Przyrzekam ci, że powrócimy tutaj, kiedy to wszystko się skończy. Zbudujemy miasto, w którym osiądziemy i gdzie nauczymy się uprawiać zboża i rośliny. Które z czasem rodziny będą z dumą nazywać domem.

– Wierzę ci, Lu. Wiem, że ci się uda.

Patrzyły, jak plaża powoli znika za kolejnymi zakrętami rzeki, która – przepływając przez równiny na południu – prowadziła ich ku nieznanemu.

Pod pokładem Lulu czekała z niecierpliwością, aż Salli i Sam skończą jeść. Kerri wróciła z góry z kubkami i dzbanem wody.

– Obawiam się, Casey, że naleśniki nie wrócą do jadłospisu, dopóki nie wrócimy. Myślisz, że zdołasz nie umrzeć z głodu?

– Zobaczę, co da się zrobić – zaśmiał się na jej uwagę.

Kiedy Kerri dosiadła się do nich, Lulu spojrzała na matkę.

– Więc...? Opowiesz nam teraz? – głos drżał jej z podniecenia i ciekawości.

Salli rozejrzała się wokół. Pod pokładem nie było już nikogo innego, wszyscy bowiem zajęli się swoimi obowiązkami albo po prostu wygrzewali się w promieniach popołudniowego słońca.

– Cóż... żeby wyjaśnić, dlaczego ukradłam książkę, muszę się jeszcze bardziej cofnąć w czasie – zaczęła. – Jak wam mówiłam, mój ojciec posiadał klucze do skarbca naszej społeczności. Z tego też powodu był niezwykle szanowany, a nasza rodzina cieszyła się przywilejami, których nie miały inne, nawet te o zbliżonym do naszego statusie. Mieliśmy duży dom nad rzeką, dostęp do wyjątkowych potraw, ponieważ ojciec i matka podejmowali różnych gości z całego kraju. Należało więc zadbać, żeby posiłki były najwyższej klasy. Co najważniejsze jednak, otrzymywaliśmy wykształcenie, które znacznie wykraczało poza to, czego uczyli się moi rówieśnicy.

Zamilkła na chwilę.

– Jak mówiłam wam wcześniej, mój ojciec postanowił, że gdy

skończę osiemnaście lat, zostanę wydana za obiecującego młodzieńca z rodziny Prawodawcy. Kiedy byliśmy mali, chodziliśmy razem do szkoły, bawiliśmy się, a nasze rodziny spędzały dużo czasu ze sobą. Stopniowo jednak zaczęto nas nauczać różnych rzeczy. Mieliśmy zajęcia z innymi nauczycielami, ponieważ każde z nas czekało inne przeznaczenie. Nie spędzaliśmy już tyle czasu razem, a okres zabaw zdawał się minąć bezpowrotnie. Widywaliśmy się coraz rzadziej i rzadziej – mówiła. – Pamiętam, że miałam siedemnaście lat, kiedy przyszedł wraz z rodziną, aby omówić nasze wesele. Zobaczyliśmy się wtedy po raz pierwszy od przeszło roku. Jego wygląd, jego postawa... to był dla mnie wstrząs, ledwo go poznałam. Kiedy mnie zawołał, nie umiałam powiedzieć, kto to. Nawet głos mu się zmienił, zatracił swoją młodzieńczą, beztroską barwę. Stał się za to... władczy, niemalże groźny.

Zastanowiła się chwilę i uporządkowała myśli.

– Usiedliśmy razem, ja chciałam porozmawiać o dawnych czasach i wspólnie spędzonych chwilach, ale takie rzeczy już go w ogóle nie interesowały. Wydawały mu się błahe, dziecinne. Chciał jedynie mówić o tym, jaką wiedzę posiadł i jaka moc leży w jego zasięgu. Wszystko brało się stąd, że jego nauczyciel rozpoczął z nim studia nad tekstami Księgi Mądrości – powiedziała. – Czułam się wtedy, jakbym poznawała kogoś zupełnie mi obcego, a każde kolejne spotkanie niepokoiło mnie coraz bardziej. Dzień naszego ślubu nadchodził, a ja zamiast odczuwać bliskość, zaczynałam się go bać. Mówił o potędze, którą zyska, gdy zostanie Prawodawcą; że jego nauczyciele prowadzący go przez Księgę Mądrości są w błędzie. Według niego tekst tak naprawdę głosił, że Prawodawca powinien posiadać więcej władzy. Wychodził z siebie, próbując udowodnić mi swoje racje – kontynuowała. – Pewnego dnia, późnym popołudniem, jego rodzina złożyła nam wizytę. Podczas gdy nasi rodzice spędzali miło czas nad rzeką, my mieliśmy zaplanować naszą ceremonię. On jednak nie umiał mówić o niczym innym niż o władzy, którą miał wkrótce odziedziczyć. Powiedział mi, że po naszym ślubie będzie mógł w końcu położyć swoje ręce na Księdze Władzy i wykorzystać to, czego się nauczył – albo po prostu zrozumiał po swojemu – aby zdobyć moc przekraczającą najśmielsze sny. Jak możecie się domyślić, nawet przez myśl mu nie przeszło, żeby zapytać o moją opinię.

Westchnęła głęboko na wspomnienie tamtych słów.

– Wiedziałam dzięki moim studiom, że coś takiego było zabronione. Nikt nie mógł tknąć Księgi Władzy, nie przeczytawszy wcześniej Dziejów, a następnie Księgi Mądrości. Była zbyt niebezpieczna, żeby czytać ją bez pewnej wiedzy i przypomniałam mu o tym. Od razu zrobił się bardzo oschły, zdystansowany. Powiedział, że jako żona Prawodawcy miałam czynić to, co... rozkaże. Dokładnie tego słowa użył. Zaczęłam się naprawdę bać, bo tutaj nie chodziło już tylko o moje bezpieczeństwo, ale o losy mojej rodziny i całego kraju. Wszyscy mogli znaleźć się w niebezpieczeństwie, gdyby ten człowiek zyskał władzę i zaczął interpretować prawa na swój sposób. Byłam zmuszona siedzieć bezczynnie i patrzeć, jak omotał mojego ojca, który ulegał jego zachciankom... widzicie, mój ojciec był bardzo dumny i szczęśliwy, że jego jedyna córka miała szansę wejść do tak wysoko postawionej rodziny. Kiedy próbowałam porozmawiać z nim o moich podejrzeniach, zbył mnie, mówiąc, że uszczęśliwienie tamtej rodziny jest znacznie ważniejsze i żebym nie robiła nic, co mogłoby zniweczyć cały mariaż.

Salli zamilkła i spojrzała w dal nieobecnym wzrokiem, tak jakby znów widziała samą siebie i swoją rodzinę w domu nad rzeką, zachłyśnięta wspomnieniami.

– Wszystko zdarzyło się na tydzień przed planowaną datą naszego ślubu. Przyszedł do nas... nie tyle pukał, co głośno walił w nasze drzwi. Kiedy otworzyłam, wprosił się bez zaproszenia, mówiąc, że musi zobaczyć się z moim ojcem. Gdy spytałam go, po co właściwie przyszedł, odparł tylko, że chodzi o księgę, że musi zobaczyć księgę. Wiedziałam, że chodzi mu o Księgę

Władzy i że żąda niemożliwego. To było bezwzględnie zakazane. Mój ojciec zjawił się w domu, po czym obaj udali się do pokoju gościnnego i zamknęli drzwi. Byłam na górze, ale dobrze słyszałam, że głośno ze sobą rozmawiali. Słyszałam też, jak mój narzeczony ustawicznie powtarzał, że wszystko znajdowało potwierdzenie w Księdze Mądrości i w istocie *było* dozwolone. Potem usłyszałam tylko ciche kroki wzdłuż korytarza i cichy jęk zamykanych drzwi. Była wtedy późna noc, a oni i tak udali się do miasta. Postanowiłam poczekać na powrót ojca. Dobrze wiedziałam, dokąd poszli. Byłam ciekawa, jak ojciec wytłumaczy mi się z tego, że złamał prawo i pokazał mu Księgę, choć nie omówił tego z Radą. Kiedy wrócił, wyglądał, jakby ktoś go mocno poturbował, jak ktoś, komu właśnie zniszczono życie. Domyślam się, że zdawał sobie sprawę z powagi swojego przestępstwa, ale jego jedyną odpowiedzią było to, że musimy dopilnować, aby rodzina Prawodawcy była zadowolona. Nie chciał o tym więcej rozmawiać. Nie mogłam spać całą noc i bardzo wczesnym rankiem, jeszcze przed świtem, zabrałam ojcowskie klucze do Skarbca. Weszłam tam, wierząc – sama nie wiem dlaczego – że księga wciąż tam będzie. Gdy tylko jednak przekroczyłam próg świętej biblioteki, zobaczyłam, że jej nie ma. Ojciec przekazał mu zakazany wolumin.

W tej chwili była na skraju płaczu. Otarła jednak łzy, zanim którakolwiek zdążyła wyżłobić swój ślad na jej twarzy. Westchnęła głęboko i powróciła do opowieści.

– Wiedziałam, że jak tylko wyjdzie na jaw, że księga zaginęła, pozycja mojego ojca legnie w gruzach. Cała wina za zniknięcie spadłaby na niego, bo to jego obowiązkiem było jej strzec. Nigdy nie uważałam go za człowieka słabej woli. Po prostu za bardzo zależało mu, aby ten ślub doszedł do skutku, to go zgubiło. Bardzo go kochałam i nie potrafiłam znieść myśli, że zostanie okryty taką hańbą. Wiedziałam też, że skoro *ON* wszedł w posiadanie księgi, nasze małżeństwo nie jest mu już do niczego potrzebne. Miał już to, czego najbardziej pragnął. Wymyśliłam więc naprędce pewien plan – Salli zaśmiała się na samo wspomnienie swojej dawnej naiwności. – Chciałam ochronić ojca, a mojego niedoszłego męża powstrzymać przed pozbawieniem ludu i Rady całej przysługującej im władzy. Wiedziałam, że księga zawsze spoczywała na piedestale w świętej bibliotece. Bardzo cicho położyłam piedestał na podłodze i schowałam pod nim mój szal. Dla jeszcze lepszego efektu upuściłam klucze na podłogę. Chciałam, żeby ludzie nabrali przekonania, że to ja zabrałam klucze ojcu, a w swoim pośpiechu zrzuciłam do tego piedestał. Następnie pobiegłam do domu Prawodawcy. Dobrze znałam cały jego układ. Mój narzeczony niedawno przechwalał się pomieszczeniem pod ziemią, które nakazał przerobić na coś w rodzaju świątyni. Napawało go to wielką dumą. Tam właśnie prowadził swoje studia nad Księgą Mądrości, więc domyśliłam się, że w swoim „sanktuarium" przechowuje również Księgę Władzy. Dostałam się do domu niezauważona i zstąpiłam pod ziemię. Pamiętam, że drzwi były ciężkie, wykonane z solidnego dębu i że zazwyczaj pozostawały zamknięte. Wiedziałam jednak, że klucz był zawsze przechowywany tuż nad drzwiami. Jeszcze nigdy nie słyszałam, żeby jakiekolwiek drzwi robiły tyle hałasu przy otwieraniu! Był wczesny ranek, cisza była niemalże grobowa, więc możecie sobie wyobrazić, że jęk był taki, jakby nagle rozwrzeszczał się żłobek pełen dzieci. Byłam pewna, że ktoś usłyszał łoskot i szczęk metalowego zamka albo przeciągłe skrzypnięcie nienaoliwionych zawiasów. Jakimś cudem jednak wszyscy dalej spali.

Pokręciła głową ze zdumieniem, nawet teraz zdziwiona własnym szczęściem.

– Księga leżała otwarta na stole. Wyglądało na to, że wybudował sobie coś w rodzaju małego ołtarzyka, przy którym oddawał się lekturze ubiegłej nocy. Zabrałam ją i uciekłam, nie zamykając nawet drzwi za sobą. Po prostu pędziłam na oślep przed siebie. Dopiero kiedy wybiegłam z domu, uświadomiłam sobie, że właściwie nie mam pojęcia, co dalej. Miałam nadzieję, że gdy ludzie odkryją, że księga zaginęła, On nigdy nie przyzna się, że zmusił mojego ojca, by mu ją przekazał. Modliłam się w duchu, żeby ojciec przypomniał sobie o moich ostrzeżeniach i nie powiedział nic, co sugerowałoby, że klucze i księgę wykradł ktoś inny niż ja. Z całego serca chciałam uchronić moich rodziców przed upokorzeniem w oczach wszystkich. Postanowiłam pobiec do domu, bo mieliśmy nad rzeką małą szopę, gdzie trzymaliśmy łódkę, której od lat nikt nie używał – powiedziała. – Myślę, że rzeczywiście nikt już o niej wtedy nie pamiętał – dodała zamyślona, po czym wróciła do głównego wątku. – Miałam nadzieję, że upłynie trochę czasu, zanim ktoś wpadnie na pomysł, żeby sprawdzić, czy łódź jest na swoim miejscu. Wypłynęłam wraz ze wschodem słońca. Tak też upłynął mój ostatni dzień w moich rodzinnych stronach.

– Mamo, nie miałam najmniejszego pojęcia o tym wszystkim! Nawet sobie nie wyobrażałam, że byłaś taka odważna – powiedziała Lulu.

– Może i było w tym trochę odwagi, ale przede wszystkim byłam bardzo głupia. Wpakowałam się na tę łódź bez żadnych zapasów. Nie miałam ze sobą żadnego prowiantu, nie mówiąc o wodzie czy ciepłym ubraniu. Tylko ja i skradziona książka! – Salli zaśmiała się na wspomnienie swoich błędów.

– Salli, wiedziałaś w ogóle, dokąd zmierzasz? Wiedziałaś o naszym istnieniu? O istnieniu Klanu? – spytał Casey.

– Nie, żyliśmy zupełnie odcięci od świata. Wiedzieliśmy jedynie o istnieniu Wędrujących, czyli tych, którzy wyłonili się pewnego dnia z lasu i spustoszyli nasze miasto, wykradając Księgę Dziejów. O innych ludach tego świata nie wiedzieliśmy natomiast zupełnie nic. Myśleliśmy, że na tym świecie istniejemy tylko my i Wędrujący. Od wielu pokoleń nikt nie zgłębiał treści Księgi Dziejów, a po tym, jak została skradziona, nie było już nikogo na tyle wiekowego, żeby pamiętał jej treść... w każdym razie więc jestem ja, moja łódka i księga, nic więcej. Nie mam pojęcia, co robię ani tym bardziej, co należy zrobić. Rzeka, która przepływała przez naszą krainę, przez większość czasu łagodnie płynęła przez równiny. Wiedziałam, że u swojego ujścia rozwidlała się na dziesiątki pomniejszych odnóg, ale nie wydaje mi się, żeby ktokolwiek zapuścił się tak daleko, by zobaczyć, dokąd ostatecznie prowadzi. A przynajmniej nikomu nie udało się powrócić i o tym opowiedzieć.

Wszyscy patrzyli i słuchali w skupieniu, podczas gdy Salli prawie w ogóle nie zdawała sobie już sprawy z ich obecności. Zupełnie jakby nie była już wraz z nimi przy stole, tylko znów tam, na łodzi. Znów uciekała z miasta, nie wiedząc właściwie, dokąd *powinna* uciec ani co powinna zrobić. Nie wiedziała nawet, czy w ogóle przeżyje.

– Chciałam jak najszybciej opuścić główny bieg rzeki – przypomniała sobie. – Ale nie byłam przygotowana na to, że nurt będzie tak wartki. W rejonach gór deszcz padał przez wiele dni, przez co rzeka znacząco wezbrała. Z olbrzymim trudem udało mi się utrzymać łódź na właściwym kursie. Postanowiłam płynąć na południe bez jakiegoś wyraźnego powodu. Za każdym razem, gdy droga się rozwidlała, kierowałam się południową odnogą. Miałam taki głupi sen, że będę mogła kiedyś wrócić, a wtedy wystarczy, że popłynę na północ. Słyszałam co nieco o delcie rzeki, ale nigdy nie wyobrażałam sobie, że to będzie tak pokręcony labirynt, zwłaszcza że na moich oczach wzmocniona ulewami rzeka ryła dla siebie nowe korytarze. Próbowałam utrzymywać właściwy kurs, obserwując słońce, ale w sytuacji gdy otwierały się przede mną trzy ścieżki, spośród których każda prowadziła na południe, moje wybory przestały mieć znaczenie. Ulewne deszcze sprawiły, że wszędzie wokół bujnie kwitła przyroda. Im dalej zapuszczałam się w ujście rzeki, tym gęstsze i wyższe stawały się trawy, które tam rosły. Pod koniec drugiego dnia nie wiedziałam już w ogóle, gdzie jestem, ale przynajmniej pozostawałam poza zasięgiem głównego nurtu rzeki, bardziej porywistego, i spokojnie dryfowałam przed siebie. Nie miałam wyjścia, musiałam popłynąć z prądem.

– Ile tak płynęłaś, Mamo? Jak w ogóle udało ci się stamtąd wydostać? – spytała osłupiała Lulu.

– Nie wiem. Myślałam, że pierwszej nocy zamarznę na śmierć, a kiedy potem słońce wzeszło ponad wysokie trawy, myślałam, że spłonę. Nie miałam wody, jedzenia, zupełnie nic – zaśmiała się. – Pod koniec trzeciego dnia zaczęłam majaczyć, czwartego doszły do tego halucynacje. Piątego dnia to traciłam, to odzyskiwałam przytomność. Wiedziałam jedynie, że łódź dalej się porusza, a ja coraz bardziej oddalam się od *Niego*. Nie umiem powiedzieć, ile tak dryfowałam. Już wiele dni wcześniej porzuciłam nadzieję, że uda mi się przepłynąć przez trzciny.

– Jak w takim razie przeżyłaś, skoro nie miałaś nic do jedzenia ani do picia? – spytała Kerri.

– Jedyną rzeczą, którą jeszcze miałam przy sobie, była płachta nieprzemakalnego materiału. Wcześniej służyła do przykrywania łodzi. Stwierdziłam, że mogę ją wykorzystać do gromadzenia wody, więc zrobiłam z niej taką prowizoryczną misę. Nocami sporo padało, więc udawało mi się zebrać wystarczająco dużo deszczówki, żeby przeżyć. Zaczęłam tracić przytomność dopiero, kiedy opady całkowicie ustały. Moja podróż doprowadziła mnie w końcu do naszej rzeki. Sam mówił mi, że pewnego dnia wybrał się na żniwa i zobaczył przepływającą obok łódź. Szybko spostrzegł, że była zupełnie inaczej zbudowana niż te, z których korzysta Klan. Popłynął wpław, żeby przyciągnąć ją na brzeg. Znalazł mnie w ostatniej chwili, leżałam na wpół żywa pod płachtą na dnie łodzi. Udało mi się jednak uciec przed Nim.

– Mamo, kim on jest? Jak on ma na imię?

– Nie ośmielę się powiedzieć głośno jego imienia. Boję się, że mnie usłyszy.

– Mówisz poważnie?

– Nie ma w tym krzty przesady. Wiem, że czytał Księgę

Władzy, ale nie wiem, ile z niej pamięta. Z całą pewnością opanował zdolność Zewu oraz prawdopodobnie Jasnosłyszenia. Z całą pewnością zna moc Grzmotu i Błyskawicy. Wybuch, który Carter usłyszał w swojej głowie, podobnie zresztą jak ty, Lulu, był jego sprawką. Nie umiem powiedzieć, czy On zdaje sobie sprawę, że może tej zdolności użyć tylko raz. Jeśli kogoś nią zaatakuje, jego więź z tą osobą zostaje wówczas zerwana i nie może jej już usłyszeć ani połączyć się z nią telepatycznie. Dlatego należy korzystać bardzo rozważnie z tego zaklęcia.

– A to, czego mnie nauczyłaś, żebym mogła Go odeprzeć, również pochodzi z Księgi? – spytała Lulu.

– Zgadza się – przytaknęła Salli.

– Czy to znaczy, że wciąż ją masz ze sobą? Przetrwała podróż? Masz ją tutaj? – spytała Kerri.

– Tak. Jest tutaj, z nami.

Zapadła martwa cisza, gdy wszyscy sobie uprzytomnili, jak potężny artefakt przewozili.

– Salli, mogłabyś wyjaśnić, na czym polega moc Zewu? – spytała Kerri.

– Cóż, przy sprzyjających okolicznościach można zaszczepić drugiemu człowiekowi swoje własne myśli, naginając go tym samym do swojej woli. Dystans nie gra tutaj żadnej roli. W miarę upływu czasu można wpływać na innych nie tylko wtedy, gdy śpią, lecz również w ciągu dnia. Wszystko musi być jednak przeprowadzone bardzo delikatnie, inaczej ta osoba domyśli się, że kogoś „słyszy", a jeśli tak się stanie, wówczas istnieje szansa, że się zbuntuje przeciw głosowi, który – jak się okazało – wcale nie należał do niej. Szczególnie łatwo jest manipulować tymi, którzy widzieli Kryształ. Księga Władzy uczy jednak, że „wezwać" można każdego, nawet jeśli ten człowiek nigdy nie miał bezpośredniego kontaktu z Kryształem – odparła Salli. – Kiedy uciekłam i Sam mnie odnalazł, słyszałam Jego głos, próbował mnie wzywać. Był młody i niedoświadczony, a do tego nie miał pewności, czy robi wszystko jak należy. Bardzo szybko nauczyłam się chronić swoje myśli tak, że nie był w stanie określić, czy go słyszałam ani czy w ogóle jeszcze żyję. Ja Go jednak słyszałam. Z początku wygrażał mi, potem zaczął błagać, mówiąc, że chce mnie poślubić! Desperacko pragnął zdobyć Księgę i był gotów przysiąc wszystko, żeby mnie przekonać. Szło mu to bardzo nieudolnie. Obecnie jest silniejszy i działa znacznie delikatniej. Ja jednak również nabrałam doświadczenia przez ten czas. Mogę Go podsłuchiwać na tyle subtelnie, że On nie zdaje sobie z tego sprawy. Teraz wyczuwam w Jego głosie tylko zemstę, a pragnienie zemsty oznacza nieroztropność. Zamierzam wykorzystać Jego potknięcia przeciwko Niemu.

– Kogo jeszcze próbuje wzywać? – spytała Kerri.

– Ma władzę nad Holly, odkąd tylko Duma pokazał jej Kryształ. Chciał ją nakłonić, żeby Mu go przyniosła albo chociaż małpom, nad którymi sprawuje władzę. On też utrzymał ją przy życiu pod śniegiem i sparaliżował, przez co wydawało jej się, że jest zamrożona i nie może ruszać rękami i nogami. Kerri, kiedy sprawdzałaś, czy Holly rzeczywiście nie żyje, On wstrzymał jej oddech, więc nie musisz, a nawet nie możesz wyrzucać sobie, że ją tam zostawiłaś. Młodych jest zawsze znacznie łatwiej kontrolować, ale Holly z każdym dniem staje się coraz silniejsza. Rozumie, do czego On zmierza i stara się temu przeciwdziałać. Wciąż jednak znajduje się pod wpływem Kryształu. Nie sposób teraz określić, czy to jest silniejsze, czy jednak Jego głos. Nie możemy jednak zapomnieć, że Holly jest przecież tylko małą dziewczynką, która nosi w sobie ciężką traumę po tym, jak porwał ją Duma. Kiedy leżała pod śniegami, wówczas On ją wzywał. Raz ją pocieszał, raz siał w niej przerażenie. Całkowicie się od niego uzależniła, choć było coś, co bardzo długo pozwalało jej utrzymać się przy zdrowych zmysłach. Wiara, że Carter w końcu przyjdzie i ją uratuje, tak jak jej to obiecał w noc podczas śnieżycy, gdy śnieżne niedźwiedzie chciały sforsować przełęcz – wyjaśniła Salli. – Opętał również ojca Sonny'ego, który jednak nie odpowiada już na jego wezwania. Przypuszczam, że nie żyje, poniewacz tak się wściekł na jedną ze swoich małp, że zamordował ją mocą Grzmotu... teraz natomiast próbuje omotać Sonny'ego.

Wszystkich zamurowało na tę wieść.

– Czy Sonny wykonuje jego polecenia? – Casey jako pierwszy przełamał milczenie.

– Nie nazwałabym tego wykonywaniem poleceń, raczej podatnością na sugestie. Podkopuje wiarę Sonny'ego, który wpadł w pułapkę. Słucha Jego głosu i wydaje mu się, że podąża za własnymi myślami. Wiem, że Sonny reaguje w taki sposób, w jaki On sobie tego życzy.

– Czy jest dla niego jakaś szansa? Da się pomóc Sonny'emu? – spytał zatroskany Sam.

– Szansa jest zawsze, Sam. Wszystko zależy jednak od tego, jak silny okaże się Sonny, a w tej chwili jest bardzo, bardzo osłabiony. Wydaje mu się, że to własny ojciec go wzywa. Gryzą go wyrzuty sumienia, obwinia się za to, że zostawił ojca, ale jednocześnie boi się wyruszyć, aby go uratować. *On* jednak właśnie zmienia strategię. Chce nagiąć Sonny'ego do swojej woli przy pomocy zazdrości.

– O co Sonny mógłby być zazdrosny? – spytał Casey.

Salli i Lulu spojrzały na Kerri. Nie zrozumiała ich reakcji.

– Głos w głowie Sonny'ego mówi mu, że źródłem wszystkich jego problemów jest Carter. Gdyby nie on, wówczas Kerri na pewno by go pokochała.

– Co?! – krzyknęła Kerri. – Używa mnie jako... jako nagrody za skrzywdzenie Cartera?

– Tak – powiedziała Lulu.

– Muszę do niego iść. Muszę mu pomóc, ostrzec go – odparła Kerri.

– To byłaby najgłupsza rzecz, na jaką moglibyśmy sobie teraz pozwolić. *On* nie może się dowiedzieć, że wiemy, co planuje wobec Sonny'ego – powiedziała Salli.

– Jaki masz zatem plan? – spytał Casey.

– Nie robimy nic, żeby zakłócić Jego łączność z Sonnym – zarządziła Salli. – Skoro wiemy, że Sonny Go słucha, to pod warunkiem, że nie ma pojęcia o naszych planach, nie jest w stanie nam zaszkodzić.

– Mam nadzieję, że Sonny teraz leży na wznak i mocno śpi po miksturze, którą Ben wlał mu do napoju na moją prośbę – powiedziała Lulu. – Kiedy następnym razem zobaczymy się z Sonnym, ani słowa o naszych zamiarach. Sprzedam mu jakiś na tyle wiarygodny blef, żeby On dał się nabrać.

– Chcesz wykorzystać Sonny'ego? – spytała Kerri.

– Podjął decyzję – powiedziała Lulu. – Prosiłam go o szczerość, natomiast on próbował mnie oszukać. Musi zapracować, jeśli chce odzyskać zaufanie.

– Nie skreślaj go tak od razu – wtrącił się Sam. – Może nie natrafiłem na Sonny'ego przez przypadek u wrót portalu, gdy leżał tam, wtedy, ze złamaną nogą... Gdyby nie on, nie dowiedzielibyśmy się nigdy, dokąd nasze dzieci zostały zabrane albo jak przekraczać granicę. Nie mógłbym odnaleźć ciebie, Lu. Wydaje mi się, że rola Sonny'ego jeszcze nie dobiegła końca.

– Mówiłaś, że On może również nas podsłuchiwać? – spytała Kerri.

– Gdy posiądzie się umiejętność Jasnosłyszenia, można „usłyszeć", gdy ktoś o tobie mówi. Gdybym teraz powiedziała głośno jego imię, byłby w stanie odczytać moje myśli. Właśnie dlatego to tak ważne, żeby nigdy go nie wymawiać.

ROZDZIAŁ 11
NOWE ZIEMIE

Kerri i Casey stali na rufie, wdychając wieczorne powietrze. Oboje cieszyli się swoim milczącym towarzystwem, szczęśliwi z samego faktu, że mogą znowu być razem.

– Będzie mi cię brakować, Kerri.

– Chciałeś powiedzieć „brakować tego, jak robisz mi naleśniki".

– Niech będzie, za tym też będę tęsknić. Nikt nie robi tak dobrych jak ty – powiedział.

– Case, mnie też będzie ciebie brakować. Całe to bycie Strażnikiem to dla mnie coś zupełnie nowego, nie wiem, czy dam radę – powiedziała Kerri.

– Przyboczną – poprawił ją Casey. – Jesteśmy teraz Przybocznymi.

– Ty od zawsze towarzyszyłeś Samowi, podczas gdy ja w ogóle się na tym nie znam – rzekła.

– Po prostu żyj tak jak do tej pory. I nie przestawaj ćwiczyć, nigdy. Każdego dnia powtarzaj to, czego cię nauczyłem. Dasz sobie z tym radę sama. Nie ma już nikogo, kto dorównałby ci w walce, nie licząc mnie!

– Casey... wiesz, jak jestem ci wdzięczna za wszystko, co dla mnie zrobiłeś? Wiesz to, prawda?

– Zrobiłem to, co każdy by zrobił na moim miejscu po tym, jak twoi rodzice zaginęli.

– Mylisz się. Zrobiłeś więcej, niż można by od kogokolwiek wymagać. Chcę, żebyś wiedział, że nigdy ci tego nie zapomnę.

– Dajmy już sobie spokój z tą paplaniną. Umówmy się po prostu, że zawsze będziemy się wspierać.

– W porządku! – zaśmiała się Kerri.

Stali w bezruchu, obserwując gwiazdy. Czuli delikatne kołysanie łodzi pod stopami.

– Case, uda nam się? – spytała.

– Staram się być optymistą. Wydaje mi się, że ludzie z miasta naprawdę wzięli się w garść i dość szybko uczą się walki kosturem. Czuć w nich ducha współpracy, dadzą radę obronić nasze flanki, a niektórym kotom wraca dawna wiara w siebie. Słyszałem nawet, że znowu nazywają samych siebie górskimi lwami. Mieć odwagę stanąć do walki to już połowa sukcesu, odwaga karmi się właśnie tą pewnością siebie.

– I treningiem – dokończyła Kerri.

Wsłuchiwali się w jęk desek znajdujących się pod nimi oraz napinających się lin, którymi kołysał lekki wiatr.

– Jak sądzisz, wrócimy kiedyś do domu? – spytała.

– Tak naprawdę pytasz o to, czy zwyciężymy w walce z Nim. Wierzę w Lulu. Ona i Salli mają w rękawie moce, o które nigdy ich nie podejrzewaliśmy, choćby i ubiegłego lata.

– Prawda. Pamiętasz w ogóle tamto lato? Mam wrażenie, że to był zupełnie inny świat. Zanim dowiedzieliśmy się o istnieniu tych wszystkich kotów, niedźwiedzi, małp albo czytaniu ludziom w głowach, naszym jedynym zmartwieniem było to, czy spadnie deszcz.

– I co włożyć do naleśnika.

– Myślisz czasem głową zamiast żołądkiem, Case? Mówię serio.

Casey przysunął się do niej i mocno uścisnął. Odwzajemniła uścisk, oplatając go ramionami wokół brzucha.

– Przecież wiem, Kerri. Po prostu chcę cię trochę rozweselić. Chyba nie umiem rozstać się z tym, jak było do tej pory, i pogodzić z faktem, że nie jesteś już moją małą dziewczynką. Nie mogę znieść myśli, że pewnego dnia dorośniesz i znikniesz na zawsze z mojego życia.

– O to się nie martw, Case. Zawsze będziemy mieć siebie nawzajem, to się nigdy nie zmieni. Nawet kiedy będę stara, a moim głównym zajęciem będzie smażenie naleśników dla maluchów biegających mi pod nogami, a ty w końcu odważysz się poprosić tę Brendę o kasztanowych włosach, żeby za ciebie wyszła, to i tak nic się nie zmieni.

– Skąd o niej wiesz i skąd przyszedł ci do głowy taki pomysł?

– Jak by ci to powiedzieć... widać gołym okiem, że masz motyle w brzuchu na jej widok. Są nawet zakłady, kiedy w końcu zrobisz pierwszy krok.

– Motyle w brzuchu! Powiedz mi, kto rozsiewa te plotki, zamienię słówko z tym człowiekiem.

– Spokojnie, Case, spokojnie. Zrobimy tak. Powiesz mi, kiedy zagadasz w końcu do Brendy i oboje zgarniemy całą pulę z zakładu. Może wygramy tyle jagód, że wystarczy nam do następnej zimy. No więc? Kiedy zamierzasz do niej zagadać?

– Gdyby była okazja, żeby razem zjeść, to wtedy może rzeczywiście wyszedłbym jakoś bardziej z inicjatywą – zaśmiał się Casey.

– Ha! Wiedziałam. Tylko w takim razie będziesz musiał zaproponować jej coś znacznie więcej niż naleśniki. Brenda pochodzi z rodziny piekarzy, więc z pewnością nie zadowolisz jej podniebienia byle czym.

– Jak to? Co masz na myśli? – Casey zaczynał się martwić tym, co słyszy.

– Nie wypada serwować kobiecie naleśników i soku z jagód, a już zwłaszcza nie na pierwszej randce.

– Co w takim razie proponujesz? – spytał.

– Na razie nie wiem, ale na pewno się zastanowię.

– W porządku, ale nie waż się nikomu o tym powiedzieć – ostrzegł ją Casey.

– Słówkiem nie pisnę – odparła.

Usłyszeli kroki, ktoś wspinał się po drabinie. Obrócili się i zobaczyli Lulu i Salli wyłaniające się spod pokładu.

– Śliczny wieczór, spójrzcie tylko na te gwiazdy! – powiedziała Lulu.

– Racja, pięknie dzisiaj – przytaknęła Kerri.

– Co wy tutaj knujecie? – zaśmiała się Lulu.

– Zastanawiamy się, kiedy Casey zaprosi Brendę na obiad.

– Kerri! – krzyknął Casey. – Przed chwilą obiecałaś!

– No nareszcie, Case! Najwyższy czas, żebyś przestał się wałęsać i w końcu ustatkował – powiedziała Salli. – Kiedy zamierzasz to zrobić?

– Nie wiem. Myślałem, że może jakoś, jak wylądujemy.

– Szlag! – powiedziała Lulu. – Trzy do jednego postawiłam, że nie zdobędziesz się na to przed nastaniem zimy, kiedy w twoim łóżku będzie hulać zimny wiatr.

– Lucinda! – skarciła ją Salli.

– Przepraszam, mamo, ale nie mogłam przegapić takiej szansy.

– Spodziewałam się po tobie więcej – powiedziała Salli. – Postawiłam cztery do jednego, że zrobi to w tym tygodniu.

Siedzieli na pokładzie pogrążeni w rozmowie o przyszłości, o tym, co przyniosą im najbliższe dni, o swoich lękach i wątpliwościach. Kerri spojrzała w niebo, mając nadzieję, że znajdzie swoją ulubioną konstelację.

– Gwiazdy znikają, zaczyna się chmurzyć – rzekła.

– Mgła gęstnieje – zawołał Avi, który pełnił rolę sternika. – Lepiej, żebyśmy rzucali kotwice, zaczynam tracić z oczu światła łodzi, które są przed nami.

Wezwał ludzi spod pokładu, żeby pomogli pozostałym. Z

oddali doszedł głośny chlupot, gdy kolejna łódź zakotwiczyła. Zapadła mgła tak gęsta, że zdawała się gasić wszelkie tlące się życie, otulając podróżnych kożuchem zimnego, wilgotnego powietrza. Mogli się tylko bezradnie trząść z zimna, utraciwszy z oczu wszelkie punkty orientacyjne. Stanęli u burty, próbując wypatrzeć czerwone światła lamp, które wskazałyby im, gdzie zakotwiczyły pozostałe łodzie. Nagle coś szarpnęło łodzią, Kerri straciła równowagę i upadła na podłogę.

– Prąd jest zbyt silny! – krzyknął Avi. – Zrzućcie drugą!

Rozległ się kolejny głośny chlupot, gdy kotwica roztrzaskała lustro wody.

Noc upłynęła im na nerwowym sprawdzaniu, czy kotwice oprą się prądom rzeki. Niesione przez nią gałęzie co chwila uderzały o łódź, nie pozwalając im zmrużyć oka. Niemniej kotwice wytrzymały. Nadchodzący świt zmroził ich do szpiku, wciąż jednak stali na pokładzie i czekali. Czasem w oddali, zza przerzedzającej się miejscami mgły, zamigotała czerwona lampa zawieszona na innej łodzi, szybko jednak jej blask ginął, stłamszony rozlaną wokół mleczną bielą.

Rankiem w końcu dostrzegli blade słońce, które ogrzało powietrze na tyle, że mgła mogła się podnieść razem z temperaturą. Ku swojemu zdumieniu i przerażeniu ujrzeli tylko jedną zakotwiczoną łódź. Nie było śladu po pozostałych czterech, które wyruszyły razem z nimi.

– Jakiś pomysł, gdzie mogą być? – spytał Sam.

– Możliwe, że mieli niezłą widoczność, jeszcze zanim opadły mgły. To się może bardzo różnić w zależności od miejsca. Jestem pewien, że jak ruszymy, to niedługo uda nam się ich dogonić.

Podciągnęli kotwice i rozwinęli żagle. Popłynęli na zachód wraz z prądem rzeki. Pod koniec dnia jej koryto rozrosło się do tego stopnia, że z trudem dostrzegali lewy brzeg, który powoli niknął w oddali. Blady, zimny księżyc rzucał wystarczająco dużo światła, żeby mogli bezpiecznie płynąć wzdłuż brzegu. Cały czas gorączkowo wypatrywali świateł pozostałych łodzi, jednak wciąż na próżno.

Następnego ranka dostrzegli, że nad linią brzegu rysują się niskie wzgórza, które prowadzą do ośnieżonych łańcuchów górskich w oddali. Kerri zadrżała na ten widok, przypominając sobie niebezpieczeństwa, z którymi musiała się wtedy zmagać w takich warunkach. Pamiętała wszystko, nawet najdrobniejsze i najbardziej bolesne szczegóły.

Góry zdawały się kroczyć ku nim z każdym kolejnym dniem, tworząc spiętrzone klify, zza których wyłaniały się wysokie szczyty, coraz bardziej przytłaczające swoją potęgą. Ich łódka wyglądała teraz całkiem niepozornie w obliczu potężnych formacji skalnych. W oddali widać było burze szalejące w górnych partiach gór. Od północy sunęły ciężkie chmury wraz ze śniegiem i zostawiały za sobą gęste białe ślady, wskazując kierunek wiatrów.

– To musi być strasznie nieprzyjazne miejsce zimą – powiedział Casey, stojąc wraz z Kerri przy burcie.

– Rzadko kiedy w ogóle jest przyjazne – odparła. – Case, możesz mi wierzyć. Byłam tam i chociaż te góry rzeczywiście wyglądają czasami bardzo pięknie, to w ciągu kilku chwil wszystko wokół może przeistoczyć się w prawdziwe piekło.

Dni wlokły się z mozołem, a otaczający krajobraz zlał się w ich świadomości w jednolitą, monotonną masę.

Pewnego dnia Lulu obudziła się z dziwnym przeczuciem, którego nie potrafiła nazwać ani też określić, co mogłoby być jego źródłem. Wspięła się na pokład i podeszła do Kerri, która zdawała się spędzać cały swój czas, wpatrując się w odległe góry. Wyczuła jej obecność i obróciła się, zanim Lulu zdążyła się odezwać.

– Czujesz to? – spytała.

– Co to jest? Coś na pewno się zmieniło, ale nie mam pojęcia co.

– Powietrze. Coś wisi w powietrzu, czuję sól na wargach.

– Nawet pachnie inaczej – odparła Lulu.

– Stojąc tutaj każdego dnia, patrzyłam i zastanawiałam się, co kryje się za każdą kolejną górą. Zawsze wyłaniała się po prostu kolejna góra, ale tym razem jest inaczej. Musimy być już blisko, spójrz tam – powiedziała, wskazując na południe. – Ledwo widać brzeg. Zauważyłaś, jak zmienia się kolor wody?

– Może to właśnie jest ten cały ocean, o którym mówił nam Naz – odparła Lulu, przytulając się do Kerri. – Dopłyniemy tam, pozostaje nam teraz tylko znaleźć granicę – dodała z nadzieją w głosie.

Tego samego dnia silnie wezbrały fale, uderzając z impetem w dziób łodzi, która zaczęła przez to dryfować w stronę lądu. Na próżno płynęli wprost na nadchodzące fale, spienione bałwany wciąż spychały łódź niebezpiecznie blisko klifów, które nagle wyrosły z prawej strony. Statek znalazł się w potrzasku, nie było żadnego bezpiecznego miejsca, żeby przeczekać najgorsze; rozbryzgane wody rzeki wściekle uderzały o skały, powietrze wypełniał głuchy ryk. Dopiero po chwili Kerri i Lulu zauważyły, że ich łódź płynie prosto w stronę klifu. Patrzyły, jak łódź przed nimi unosi się niebezpiecznie wysoko na olbrzymiej fali, przez sekundę kiwa się na jej grzbiecie, po czym leci w dół, jeszcze bardziej wzburzając wody. Ta sama fala zbierała się właśnie przed nimi, zasłaniając wszystko. Zadarli wysoko głowy, próbując dostrzec jej szczyt.

– Złapcie się czegokolwiek, byle moc... – wiatr rwał na strzępy słowa Aviego.

Ustawił łódź dziobem do fali, która wciąż wzbierała, zdając się przeczyć grawitacji. Grzbiet dalej piął się ku górze, kładąc statek niemalże na rufie. Wszyscy wstrzymali oddech, podczas gdy cały przewożony ładunek szczękał i trzaskał pod pokładem.

Fala uderzyła, obryzgując statek pianą, przez chwilę wydawało im się, że szybują w powietrzu. Poczuli nieprzyjemne szarpnięcie w żołądkach, gdy fala całkowicie opadła wraz z łodzią, która uderzyła dziobem o dno rzeki. Kolejna fala już wzbierała przed nimi, ale załamała się, zanim statek zdołał wpłynąć na jej szczyt. Rzęsista ulewa zalała wszystkich na statku, boleśnie kąsając mrozem. Woda na pokładzie sięgała im do kolan, choć jednocześnie albo wylewała się bokami statku, albo wpadała do pomieszczeń pod pokładem.

– Potrzebuję pomocy ze sterem! – krzyknął Avi od Caseya. – Jest za ciężki, a musimy ustawić łódź dziobem do fali, inaczej nas przewróci!

Casey, chybocząc się, z trudem ruszył naprzód. Dotarł do Aviego, gdy pojawiła się przed nimi kolejna fala. Obaj z całej siły chwycili ster, próbując utrzymać kurs. Łódź pięła się w górę fali, gdy nagle Avi dostrzegł kolejną z łodzi po prawej stronie koryta rzeki. Skierował statek tak, że przecinał falę na skos, po czym ustawił się dziobem do kolejnej.

– Uspokaja się! – krzyknął Avi, przebijając się przez ryk fal.

Po przejściu kolejnego wstrząsu znowu ustawił łódź skośnie, pędząc przez koryto rzeki. Następne fale były już znacznie łagodniejsze i nieznacznie bujały statkiem.

– Co to było? – spytał Casey, nie wierząc w to, czego przed chwilą był świadkiem.

– Dno rzeki było tam znacznie płytsze, a przez to, że woda z głębin uderzała o nie, powstawały tamte fale. Na szczęście właśnie wypłynęliśmy na głębsze wody.

Avi zaśmiał się jak człowiek, który właśnie otarł się o śmierć.

– Casey! – zawołał, wskazując na lewo. – To musi być ocean! Naz o nim opowiadał!

– Patrzcie! Tam! – krzyknęła stojąca na rufie Kerri. Wskazywała ląd.

Wszyscy się odwrócili i spojrzeli na miejsce, w którym kończyły się góry, a zaczynało morze. Rozciągały się tam szerokie, delikatnie wzniesione połacie terenu. Wodę od lądu oddzielała wstęga żółtego piasku.

W oddali zaś widać było coś jeszcze – pnący się ku niebu słup dymu.

Avi kierował łodzią tak, by złapać najbliższą wezbraną falę, która łagodnie posłała ich na brzeg. Wraz z Caseyem zarzucili cumy przy wtórze oklasków i gwizdów ludzi czekających na plaży, po czym z pomocą innych przyciągnęli statek bardziej w głąb lądu.

Casey pierwszy wyskoczył z łodzi, chcąc pomóc przy jej wciąganiu na brzeg. Woda sięgała mu do kolan, a on sam miał podczas podróży wrażenie, że nogi ma z waty i że zaraz grunt usunie mu się spod nóg. Wziął Salli na ręce, żeby mogła suchą stopą znaleźć się na plaży.

– *Nigdy* więcej nie chcę przechodzić przez coś takiego – powiedziała.

– Już wolę las o jakiejkolwiek porze jakiegokolwiek dnia – zawtórował Casey.

– A ja uważam, że było całkiem fajnie – rzuciła Kerri, która właśnie do nich dołączyła.

– Fajnie?! – odpowiedzieli jej zdumieni Casey i Salli.

– No dobra, niech wam będzie, że ekscytująco. Ale nie chciałabym tego zbyt często powtarzać, to prawda.

Zabezpieczywszy łódź, Ben czym prędzej do nich przybiegł.

– Nie wyobrażacie sobie, jaka to ulga was widzieć – powiedział. – Pozostałe trzy łodzie przypłynęły wczoraj, ale nie zaliczyły takiej przygody jak wy. Kierunek wiatru musiał się zmienić.

– Czy wszyscy są bezpieczni? – spytała Lulu. Nogi miała jak z galarety, spacer po linii prostej zdecydowanie był ponad jej siły.

– Raptem parę potłuczeń i skaleczeń, nic, co by było ponad

siły Mossmana – powiedział Ben, po czym objął ją roześmiany. – Za kilka godzin ci przejdzie. Ciało musi się po prostu przyzwyczaić, że jest na suchym lądzie, a nie na rozchybotanej łajbie. Do tego czasu jednak będziesz powłóczyć nogami jak Frank!

– Zabrał ze sobą żółte jagody? – spytała zaskoczona.

– Obawiam się, że tak. Świętuje, odkąd tutaj wylądowaliśmy – odparł Ben.

– Co takiego świętuje? – spytał Sam, szczerząc zęby w uśmiechu.

– Nie uwierzycie... – zaczął. – Przekroczyliśmy granicę!

Chóralne „CO?!” jeszcze bardziej go rozbawiło.

– Naprawdę! Znaleźliśmy sposób, udało nam się bez czarnego kamienia! Zagubieni z miasta już nie są zgubieni! Są tutaj już tydzień i mówią, że z każdym dniem czują się coraz młodsi, popatrzcie tylko na nich... my natomiast nie odczuwamy żadnych negatywnych skutków. Dzieci nie muszą zmieniać formy, żeby przeżyć, możemy tutaj normalnie żyć!

– Jesteś pewny? – krzyknął Sam, próbując przebić się przez wesołą wrzawę i taneczny zgiełk, który właśnie powstał. Przyciągnął Bena do siebie, poklepali się nawzajem po ramionach.

– Głowę mogę za to dać – odkrzyknął.

– To gdzie macie te żółte jagody? – zawołał Sam.

Ruszyli w głąb lądu, gdzie ci, którzy dotarli na początku, zdążyli rozbić już obozowiska. Płonęło ognisko, przy którym wszyscy się mogli wysuszyć, a unoszący się w powietrzu zapach świeżo pieczonego chleba i smażonej ryby doprowadzał ich wygłodniałe żołądki do ekstazy.

Kiedy tak siedzieli, Ben zarządził, żeby rozładować i wciągnąć bliżej dwie łodzie, tak aby znalazły się poza zasięgiem wody. Po tym, jak zjedli i wypoczęli, Lulu nakazała, żeby ludzie zebrali się w jednym miejscu.

Wszyscy zaczęli wiwatować, gdy weszła pomiędzy Klan oraz Zaginionych.

– Zapewne słyszeliście już dobre wieści. W tym miejscu możemy żyć tak, jak chcemy, bez konieczności zmieniania naszej postaci. Możemy trwać przy naszych tradycjach, wiedząc, że przyszłość nie jest zagrożona. Nie musimy się już bać tego, że następnego dnia obudzimy się jako zniedołężniali starcy. Nasza przyszłość może powstać właśnie w tym miejscu.

W odpowiedzi usłyszała kolejne okrzyki radości i brawa.

– Czeka nas wiele pracy. Casey, Dray, chcę, żebyście wspólnie opracowali plany obrony. Potrzebujemy ludzi zdolnych do walki oraz umiejących współpracować ze sobą.

Obaj skinęli głową, Casey podszedł do Draya i poklepał go po ramieniu.

– Jeden lud, jedna obrona – powiedział i podali sobie dłonie razem z Drayem.

– Ben, ktoś musi zająć się kwestią zapasów. Trzeba rozesłać łodzie rybackie, zbudować spichlerze... Musimy się dowiedzieć, co ta ziemia może nam zaoferować i gdzie możemy zasiać ziarna – mówiła Lulu. – Avi, potrzebujemy solidnego rekonesansu, chcę wiedzieć, czy możemy dotrzeć do Ziem Północnych, gdzie są śnieżne niedźwiedzie. Wiedzą o istnieniu oceanu tak jak my teraz. Jest duża szansa, że istnieje tylko jeden i że to właśnie jest ten – rzekła, wskazując na ciemny błękit ciągnący się aż po horyzont. Ich kraj musi w którymś momencie stykać się z wielką wodą. Wyślij ludzi na północ wzdłuż wybrzeża, zobaczymy, co znajdą – rozkazała. – My natomiast – powiedziała, patrząc na oba zgromadzone ludy – możemy skupić się na tym, żeby stworzyć tutaj nowe społeczeństwo kierujące się wspólnym dobrem. Zbudujmy tu *nasze* miasto.

Wszyscy zaczęli krzyczeć z radości i wiwatować. Tutaj był ich nowy dom.

. . .

Salli i Lulu siedziały przy ogniu. Pokój, w którym przebywały, miał z czasem stać się częścią holu zgromadzeń, gdzie każdy mógłby przyjść porozmawiać, zjeść i odpocząć. Ogień płonął słabym płomieniem, rozlewając wokół ciepłe pomarańczowe światło. O ile namioty, które rozbili, miały pełnić rolę tylko tymczasowego schronienia, hol – a właściwie jego część – był pierwszą trwałą budowlą wzniesioną przez nowych osadników. Pomiędzy Salli i Lulu spoczywała złota misa, w której znajdowała się woda o różanym odcieniu. Nad naczyniem unosiła się cienka biała mgiełka. Salli wsypała kilka ziaren sproszkowanych korzeni, woda natychmiast zaczęła bulgotać. Skinęła na córkę, że może już zaczynać.

Lulu spojrzała, jak ciecz w misie zaczyna wirować. Zajrzała głębiej, przedzierając się wzrokiem poza dno naczynia. Czuła, jak wchłania ją spiralna otchłań będąca zarazem drogą do umysłu Cartera. Patrzyła oczarowana na wszystko, co widziała przed oczami: Carter i Holly biegli przez głębokie śnieżne zaspy. Carter zatrzymał się na chwilę i rozejrzał wokół, jakby kogoś szukał albo wyczuł, że coś jest nie na miejscu. Widziała, że razem z nimi są Naz i Vin, którzy wspinali się po stromej górskiej ścianie.

Słyszała oddech Cartera. Głęboki i rytmiczny, zgrywał się z jego krokami podczas biegu. Widziała i słyszała go. Miała wrażenie, że gdyby tylko wyciągnęła rękę, mogłaby go dotknąć. Czuła emanujący z niego spokój, myślami był w znacznie milszym miejscu. Lulu widziała, jak przed oczami Cartera przepływały wspomnienia tego, jak pływał w rzece, Kerri mówiącej mu „dzień dobry", dumy, że pamiętała jego imię. Wszystko na chwilę spłowiało i po chwili Lulu przyglądała się, jak Kerri i Carter wspólnie oglądają gwiazdy. Potem jak w strugach deszczu Kerri wiruje w jego ramionach. Uśmiechnęła się, wiedząc teraz, że w jego sercu panuje spokój.

Aż szkoda go stamtąd wyrywać, pomyślała.

Skupiła się teraz na tym, żeby w jej głowie powstał obraz Cartera, tak jak nauczyła ją matka.

– Carter – zawołała cicho. Woda w naczyniu zaczęła syczeć. – Carter – powtórzyła – tu Lucinda.

Zawartość misy zaczęła wrzeć, pęcherzyki powietrze pękały z głośnym bulgotem.

– Carter, czekamy na was po drugiej stronie góry. Pomożemy wam. Idźcie w stronę przełęczy, tam się spotkamy. Kieruj się na zachód. Ufaj wiatrom, one cię poprowadzą.

Woda jeszcze raz cicho zasyczała, zanim jej lustro nie powróciło do swojego nienaruszonego stanu. Salli przykryła misę kawałkiem materiału.

– Lepiej, żeby nikt nas nie podglądał – uśmiechnęła się.

– Jak myślisz, mamo, usłyszał mnie? – spytała Lulu.

– Z pewnością. Pozostaje jednak pytanie, czy uwierzy temu, co usłyszał.

Lulu przytaknęła ze zrozumieniem.

– Teraz kolej na Sonny'ego – rzekła Salli.

– Myślałam, czy by tego nie odłożyć w czasie. To dzieciak i trudno mieć do niego pretensje o to, co robi. To nie jego wina, że jego ojciec dopuścił się takich zbrodni.

– Masz rację, nie jest – zgodziła się Salli – ale pamiętaj jednocześnie, że miał szansę, by ci powiedzieć o głosach, które słyszy, ale ci nie zaufał, co oznacza, że nie nadeszła jeszcze pora, aby zaufać jemu.

– Wiem, że masz rację. Po prostu przykro mi, że go okłamię – powiedziała Lulu.

– Pamiętaj słowa ojca, Sonny wciąż ma jakąś rolę do odegrania w tym wszystkim, a my musimy zrobić wszystko, by uratować go przed *Jego* wpływem. Zbliża się bitwa, w której będzie musiał wziąć udział. Czas pokaże, po czyjej stanie stronie.

. . .

Salli pochyliła się do przodu, żeby podnieść misę. Gdy trzymała ją oburącz, poczuła przez złote ścianki bardzo słabe bulgotanie. Osłupiała z wrażenia szybko odstawiła ją na miejsce i przyłożyła palec do ust, dając Lulu znak, żeby była cicho. Ostrożnie zdjęła kawałek tkaniny, który wcześniej na niej położyła. Woda delikatnie syczała i układała się w wir skierowany w stronę dna. Salli dostrzegła spojrzenie Lulu, która patrzyła na to wszystko zafascynowana, ale jednocześnie świadoma strachu malującego się na rozedrganej twarzy matki. Głos dochodził z daleka, aksamitny i kojący, o uzależniającej barwie głosu.

– Holly, gdzie jesteś moja ptaszyno?

Czuć było nutę desperacji, głos wyjątkowo mocno pragnął, żeby Holly mu odpowiedziała.

– Gdzież, ach, gdzież jesteś, ptaszynko? Tęskniłem za tobą.

Woda w misie zaczęła gwałtownie wrzeć, pryskając wokół.

– Gdzie masz swój Kryształ? – spytał ponownie głos.

– *Ja* go mam, tak jak *mnie* obiecano – głos Holly był zdecydowany i zirytowany.

– Tak się cieszę, Holly, że ci się udało, w końcu odnajdziesz upragnione szczęście. A dokąd to chciałabyś go zabrać?

Woda znów zasyczała i spieniła się do tego stopnia, że prawie wylała się z naczynia. W wirze mignął obraz słońca zachodzącego za górami i Cartera biegnącego w jego stronę.

– Holly, Holly, Holly, dlaczego nie idziesz na południe? Dlaczego nie idziesz do mamy i taty? Oboje strasznie za tobą tęsknią, Holly. Usychają z tęsknoty za swoją córeczką.

Lulu i Salli wytrzeszczyły oczy w zdumieniu, gdy ciecz wystrzeliła w górę i rozlała się wszędzie wokół nich. Salli zakryła misę tkaniną, zanim pozwoliła sobie wypuścić głośno powietrze.

– Co tu się właśnie wydarzyło? – Lulu próbowała złapać oddech.

– Holly próbowała go zwalczyć, wypchnąć ze swojej głowy i wygląda na to, że jej się udało. Zrozumiała, co On usiłował jej zrobić i przerwała połączenie.

– Staje się coraz silniejsza – odparła Lulu.

– Wciąż walczy. I wygląda na to, że niesie Kryształ na zachód.

– Coraz bliższa jest chwila, kiedy będziemy musieli się z Nim zmierzyć w walce. Jedynym sposobem, by go powstrzymać, jest Kryształ oraz księga zawierająca sposób, jak go poskromić.

– Ale przecież nie tak dawno mówiłaś, że to niebezpieczne, nie mając pozostałych dwóch ksiąg – zauważyła Lulu.

– Musimy podjąć to ryzyko, jeśli chcemy wykonać jakiś ruch i może w ogóle to zakończyć.

– Lepiej zajmijmy się Sonnym, zanim znowu będzie miał jakąś wizję.

Carter pędził przez śnieg w rytm swojego oddechu. Niemal płynął w powietrzu, wysiłek przysparzał mu tylko więcej radości. Akurat znajdował się w połowie skoku, gdy wydarzyło się coś, co było jak uderzenie w tył głowy. Poplątały mu się łapy i w rezultacie głośno zarył głową o śnieg. Holly, biegnąca tuż za nim, zdołała go przeskoczyć. Naz i Vin zatrzymali się tuż przed nimi.

– Co się dzieje? – spytała Holly.

Leżał przez chwilę na ziemi z zamkniętymi oczami, kręciło mu się w głowie.

– Holly, uderzył w coś – spytał Vin.

– Nic nie widziałam, po prostu się przewrócił.

– Vin, zostało trochę mchu? – spytał Naz.

– Jest, jest, już wyciągam – powiedział i zaczął sięgać do swoich pakunków.

– Wszystko w porządku, obejdzie się bez interwencji – powiedział Carter. Otrząsnął się i stanął na łapy.

– Co się stało? – spytał Naz.

– Nie jestem pewien, czy mi uwierzycie – Carter spojrzał im w oczy, nie wiedząc, jak opisać to, co się wydarzyło przed chwilą.

– Ale w co uwierzymy? – spytał zniecierpliwiony Vin.

– Słyszałem głos Lulu. Mówiła do mnie.

– Lulu? *Tej* Lulu? Królewny Lucindy, przyszłej królowej Ziem Południowych i Rzecznej Równiny? – spytał oniemiały Vin.

– Wiem, że to brzmi niedorzecznie, ale przysięgam wam, że słyszałem ją tak, jakby stałatutaj obok nas.

– Ja ci wierzę, Carter – powiedziała Holly.

– Naprawdę?

– Jasne – odparła. – Lulu robi to samo co On, kiedy namawiał mnie do tych wszystkich okropieństw. Nie chciałam ich robić, nie z własnej woli, nigdy nie chciałam nikomu wyrządzić przykrości... ale po prostu czasami nie umiem się powstrzymać.

– Wiemy – powiedział Carter.

– Jak sądzisz, dlaczego Lulu cię wołała? – spytał Vin.

– Chciała mi powiedzieć, żebym poszedł na zachód.

– Zachód? Bzdura, przecież granica jest na południu.

– Powiedziała, że będą na nas czekać po drugiej stronie góry, pomogą nam w dalszej podróży. Mamy spotkać się na przełęczy.

– Na południu nie ma żadnych przełęczy – rzekł Naz.

– Nie, mówiła wyraźnie, żeby iść na zachód.

– Wierzycie w to? – spytał Naz.

– Ja wierzę – powiedziała Holly. – On cały czas mi tak robił.

– Vin, a ty w to wierzysz? – spytał Naz.

– Pogubiłem się już w tym wszystkim... rok temu o tej porze siedziałem sobie w ciepłym domku i wypiekałem ciasta.

– A były to dobre ciasta... – przerwał mu Naz.

– Dobre? Chyba najlepsze! – Vin uniósł się dumą.

– W porządku, Naz, niech ci będzie, rzeczywiście były najlepsze, ale mniejsza z tym. Co robimy z tymi głosami?

– No więc... skoro Holly je słyszy, a teraz jeszcze Carter je słyszy, tooo... może po prostu taki ich urok? Wiesz, taka natura, nic na to nie poradzisz?

– Vin, skąd ty, do diabła, bierzesz swoje pomysły?

– Czytam dużo książek, Naz.

– To jak? Idziecie z nami na zachód? – spytał Carter.

– Co? Tak po prostu pójdziesz tam, dokąd każą ci iść głosy w twoim łbie? – zdziwił się Naz.

– To nie były po prostu „głosy". To była Lulu, znam ją, znam jej głos. Chciała mi przekazać, jak trafić do domu.

– Carter, „dom" jest na południu – rzekł Vin.

– A jeśli przenieśli się na zachód?

– A co, jeśli pójdziemy na zachód, nikogo tam nie będzie, nie będzie żadnej przełęczy, nie znajdziemy granicy, nigdzie się nie przedostaniemy, a małpy zamkną nam drogę odwrotu? Ktoś na pewno ucierpi, a mamy już za mało mchu, żeby dać się poobijać.

– Tak, tak, Vin, rozumiem, o co ci chodzi. Więc nie chcesz iść?

– Nie mówię, że nie chcę, po prostu dzielę się swoimi wątpliwościami.

– Zaufajcie mi, proszę. Jestem pewien, że to była Lulu. Słyszałem ją tak wyraźnie, jakby stała tuż obok.

– A powiedziała coś jeszcze oprócz tego, żeby iść w złym kierunku? – spytał Naz.

– „Ufaj wiatrom, one cię poprowadzą".

Naz i Vin popatrzyli na siebie.

– Chyba rzeczywiście przydzwonił sobie w głowę, jak upadł.

– Na to wygląda. Chodź Carter, położę ci mchu na czoło, poczujesz się lepiej, a głosy znikną – powiedział Vin.

– Nic mi nie jest, serio. To *była* Lulu i chciała mi przekazać wiadomość.

– Dobra, ale jeśli ktoś zadaje sobie trud, żeby szeptać ci prosto w mózg, to można by oczekiwać, że będzie mówił z sensem. A co ma niby znaczyć „ufaj wiatrom"? Jedynymi osobami, które doprowadzą was do domu, jesteśmy ja i Vin. Dlaczego nie powiedziała „ufaj Nazowi i Vinowi, na pewno cię zabiorą do domu"?

– Może wie coś, o czym my nie wiemy?

– Punkt dla niego, Naz. Lulu jest bystra, umiała się przecież postawić temu zaprzańcowi, Dumie.

– Dobra, przekonaliście mnie, a do tego to przecież królewna, to też coś. Nie ma ich za wiele wokół.

– Naz, to jedyna królewna w okolicy i jeszcze dalej.

– To przecież miałem na myśli. Zatem postanowione, słuchamy głosu w głowie Cartera i mamy nadzieję, że to głos królewny.

– Hmmm – zamyślił się Vin. – „Ufaj wiatrom”... wolałbym jednak, żebyś miał ufać nam niż pogodzie.

– Nie wydaje mi się, żeby Lu chciała wam tym dopiec – powiedział Carter.

– Jak następnym razem zacznie do ciebie gadać, to możesz jej powiedzieć, żeby zaczęli szykować żarcie na nasz powrót? – zasugerował Naz.

– To w którą stronę na zachód, Naz? Wiatr przestał wiać.

– Tamtędy – wskazał. – Spójrzcie, słońce będzie niedługo w tamtym punkcie, więc musimy iść w przeciwnym kierunku. Holly, nie zmęczyłaś się już od noszenia Kryształu? Może cię zmienić?

– Dam sobie radę, dzięki. Jestem mocniejsza, niż mogę się wydawać – powiedziała.

– Znajdźmy więc tę przełęcz.

Salli stała nad nim, dmuchając na tlące się zioła. Dym o ostrym zapachu unosił się nad twarzą Sonny'ego, który zmarszczył nos, odetchnął głęboko, po czym wybałuszył oczy.

– Witaj, Sonny – powiedziała Lulu. – Spałeś tak długo, że zaczynałam się zastanawiać, czy w ogóle planujesz się kiedykolwiek obudzić.

– Na pewno jesteś głodny – powiedziała Salli, wręczając mu miskę zupy.

Usiadł na łóżku i wziął od niej miskę.

– Pachnie pysznie. Kiedy zdążyliśmy wrócić?

– Jeszcze nie wróciliśmy, ale niedługo powinniśmy wyruszać.

Musimy wrócić do Południowych Ziem, bo inaczej zestarzejemy się w zastraszającym tempie – powiedziała Lulu. – Masz siłę na kolejny rejs?

– Wydaje mi się, że tak... ale dlaczego tu jesteś?

– Cóż – odparła, patrząc na matkę – musimy zobaczyć, gdzie jest najlepsze miejsce do obrony granicy z Południowymi Ziemiami. To miejsce się nie nadaje, trzeba by pilnować zbyt dużo przejść, idealne byłoby jakieś wąskie, pojedyncze przejście. Z tego, co wiem, na wschodzie nic się nie czai, więc jeszcze dziś moglibyśmy tam wyruszyć. Zdołasz się przygotować?

– Na pewno. Też z wami płynę?

– Tak, a co? Wybierałeś się dokądś?

– Nie, nie... chodziło mi o to, czy mam pomóc przy łodziach.

– Ach, rozumiem – powiedziała Lulu.

– Na razie zajmij się zupą. Do zobaczenia później.

Salli i Lulu wyszły w stronę sali zgromadzeń, gdzie w pośpiechu przygotowały złotą misę z ciepłą wodą. Salli prędko wsypała kilka ziaren sproszkowanej ochry, którą wcześniej zmieliła. Usiadły i niecierpliwie czekały, co się wydarzy. Woda niemal natychmiast zaczęła kipieć.

– Szybko się zorientował, że Sonny się obudził – powiedziała Lulu.

– Ćśś... – Salli przyłożyła palec do ust. Obie bacznie przyglądały się falującej cieczy. W naczyniu pojawił się wir, a w ich uszach rozbrzmiał znajomy głos.

– Sonny, gdzie jesteś? Brakowało mi naszych rozmów, zaczynałem się o ciebie martwić – głos był tak miły, że aż lepki. W nich jednak budził obrzydzenie.

Woda zaczęła wrzeć. Znalazł Sonny'ego.

– Góry... opuszczamy góry, zbyt trudno ich bronić. Wracamy tam, skąd przypłynęliśmy, płyniemy na wschód – odrzekł mu zahipnotyzowany głos.

– Znajdź Cartera, Sonny. Znajdź go i powstrzymaj – rozkaz rozległ się echem.

– Muszę powstrzymać Cartera. Znajdę Holly, Holly jest moja, przyprowadzę ją z powrotem – odpowiedział mu sennie Sonny, na wpół bełkocząc.

– Pomogę ci, Sonny. Jesteś przecież moim przyjacielem. Razem zajmiemy się Carterem i będziesz mógł przyprowadzić Holly do domu. Chcę ci pomóc – głos brzmiał wyjątkowo pogardliwie, czego Sonny nie był w stanie dostrzec. – Będziesz bohaterem. Kerri pokocha cię bezgranicznie.

– Tak... będę bohaterem, Kerri mnie pokocha... muszę powstrzymać Cartera!

Lulu wzięła gwałtowny wdech, wstrząśnięta tym, z jaką nienawiścią i jadem Sonny mówił o Carterze. Wir wodny uległ zachwiał się, a jego górna część zaczęła kołysać się na różne strony, jakby była okiem wypatrującym wokół zagrożenia. Salli szybko sięgnęła po chustę i zakryła naczynie.

– Musisz zachować absolutną ciszę, kiedy obserwujesz. Inaczej On cię usłyszy – powiedziała Salli. – To tak, jakbyś stała w tym samym pomieszczeniu co Sonny. Wystarczy, że wydasz z siebie najcichszy dźwięk i możesz zostać znaleziona.

– Przepraszam, mamo, ale po prostu nie mogłam uwierzyć, że Sonny mógłby się zdobyć na tak podłe uczucia wobec Cartera.

– Nie zapominaj, że On zbrukał myśli Sonny’ego – powiedziała Salli. – Nie wierzę, żeby Sonny naprawdę taki był. *On* zaszczepił te myśli Sonny’emu, żeby wzbudzić w nim zazdrość. Chce powstrzymać Cartera przed odprowadzeniem Holly do nas, bo wtedy będzie mógł odebrać jej Kryształ.

– Teraz rozumiem, mamo. Ale Sonny jest przez to niebezpieczny!

– *On* widział, że Holly zmierza na zachód, więc chce, żeby Sonny ją zawrócił. Wyśle swoje małpy w teren – rzekła Salli. – Sonnym nie musimy się martwić, zaraz zaśnie. Po tej zupie znowu będzie spał przynajmniej jeszcze jeden dzień, i to tak mocno, że On nie będzie miał żadnych szans dowiedzieć się, co planujemy.

– Na razie wierzy, że opuszczamy to miejsce, więc możemy wysłać pomoc Carterowi i Holly, żeby sprawniej powrócić.

– Będziemy potrzebowali każdej pary rąk, żeby uporać się z małpami. Kryształ musi się tutaj znaleźć. To nasza jedyna szansa na wygranie tej walki.

– Mamo, jak chcesz go użyć?

– Nie ja to zrobię, lecz ty. Nauczę cię, kiedy przyjdzie właściwa pora.

Lulu wyszła szybkim krokiem z Holu Spotkań. Widziała po drodze, jak Zagubieni ćwiczą walkę kosturem razem z Kerri, która od razu dostrzegła jej zaaferowanie i wybiegła, aby się z nią spotkać.

– Niebezpieczeństwo? – spytała.

– Musimy wysłać wsparcie Holly i Carterowi.

– Co się dzieje?

– Wydaje mi się, że niedługo będą mieli na karku całe stada polujących na nich małp – Lu uznała, że lepiej ujawnić tylko część prawdy. Gdyby Kerri dowiedziała się, co wyprawia Sonny, to starcie między nimi mogłoby się zakończyć tylko w jeden sposób. *Chyba nikt nie uszedłby z życiem przed rozwścieczoną Kerri, gdyby dowiedziała się, że ktoś skrzywdził Holly albo Cartera...,* dodała w myślach. *Cieszę się, że to MOJA Strażniczka.*

– Ja pójdę – odparła bez wahania.

– Pójdziemy wszyscy. Widziałaś Caseya?

– Jest na plaży, właśnie ćwiczy.

– Ściągnij go. Zabieramy każdego przeszkolonego i gotowego do walki.

Kerri podbiegła do grupki mężczyzn stojących wokół Caseya, który przewyższał o dwie głowy nawet najbardziej rosłego „wychowanka". Uzbrojony w dwa kije, z łatwością parował kolejne ataki wyprowadzane bez ostrzeżenia przez każdego, kto stał w kręgu, i odpowiadał własnym ciosem.

– Case!... Casey! – zawołała, biegnąc po piasku.

Lulu podeszła do Draya, który przechodził akurat własne szkolenie pod nadzorem jednego z członków Klanu.

– Dray – zawołała. – Podejdź, proszę.

Skinął mentorowi w podziękowaniu i podszedł do Lulu.

– O co chodzi?

– Wyruszamy w góry, potrzebujemy wszystkich twoich ludzi, którzy są już przeszkoleni.

– Natychmiast ich zgromadzę. Mogę wiedzieć, o co chodzi, czy na razie powinno to zostać w tajemnicy? – spytał.

– Carter i Holly idą w naszą stronę. Prawdopodobnie niedługo dołączy do nich całe stado małp.

Casey i Kerri powrócili w biegu.

– Wiadomo, przez którą przełęcz będą przechodzić? – spytała Kerri.

– Avi znalazł tylko jedną, więc to ich jedyna droga.

Obróciła się i wskazała na szczelinę pomiędzy dwoma szczytami przykrytymi grubą warstwą śniegu. Długie, białe, wstęgowate chmury zstępowały ze szczytów, kierując się w ich stronę.

– Nadchodzi burza ze wschodu. Będziemy potrzebowali dużo zapasów, jeśli mamy to przeżyć – powiedział Dray.

– Kerri, możesz znaleźć Bena i się tym zająć?

– Już biegnę.

– Dray, będziemy potrzebować twojej wiedzy dotyczącej gór, jeśli mamy to przeżyć.

– Damy radę, Lu, przysięgam.

– Dzięki za otuchę – uśmiechnęła się Lulu. – To właśnie chciałam usłyszeć. Musimy dotrzeć jako pierwsi do Holly i Cartera.

– Rozumiem. Nakażę rozpocząć przygotowania – powiedział Dray.

– Casey, mój ojciec pod żadnym pozorem nie może iść z nami, bez względu na to, jak będzie nalegał. Góry to nie jest miejsce dla niego, zwłaszcza podczas burzy.

– Dopilnuję, żeby został, choćby to miało oznaczać, że będę zmuszony przywiązać go do krzesła. Tylko jedna rzecz, Lu, ty również nie powinnaś z nami iść. Twoje miejsce jest tutaj, na czele Klanu. Dray i ja poradzimy sobie z tym.

– Ja również mam w tym pewną rolę do odegrania. Poza tym przeżyłam już jedną taką śnieżycę, wiem, czego można się spodziewać. Każdy, kto nie jest w stanie zmienić się w zwierzę, ma być częścią tylnej straży stacjonującej niżej. Tyczy się to również ciebie, Casey.

– Lu, moje miejsce jest przy tobie!

– Nie, twoje miejsce jest na czele tylnej straży. Tej burzy nie przetrwa nikt, kto nie umie zmienić się w lwa górskiego bądź ogara. Nie przeżyłbyś tam nocy.

– Lu, potrzebujesz...

– Casey, klamka zapadła – powiedziała, tym razem trochę łagodniej, dotykając jego ramienia. – Rozumiem twoje obawy, ale przecież będę miała Kerri u boku. Czy mogłabym wymarzyć sobie lepszego obrońcę?

Zwiesił głowę niemy, zrezygnowany.

– No już, wielkoludzie – zaśmiała się, ściskając jego dłoń. – Nie ma czasu na dąsy, trzeba się zbierać.

ROZDZIAŁ 12
KU GÓROM

Rozsiadł się wygodniej na zimnym marmurowym siedzisku. W swojej pysze zaczął je nawet w myślach nazywać tronem. Solidny, biały kamień bił trupim chłodem, On zaś upajał się niewzruszoną siłą marmuru, poczuciem jego wieczności. Masował skronie, usiłując uspokoić gonitwę myśli oraz poskromić emocje.

Oddychał głęboko, nasilająca się fala ekscytacji powoli słabła. Pomyślał teraz o tych wszystkich latach ciągłego dopracowywania planów, ustawiania pionków na właściwej pozycji, obdarowywania łaską jednych i skazywania na śmierć drugich. Nigdy jednak nie tracił z oczu swojego najwyższego celu, a Kryształ właśnie znalazł się w jego zasięgu.

Analizując w głowie wszystkie możliwe scenariusze, wciąż nie mógł jednak pozbyć się irytującej myśli, zagnieżdżonej w najodleglejszych zakamarkach świadomości, że czemuś powinien się jeszcze raz przyjrzeć, że coś nie do końca się zgadzało. Tylko co? Nie umiał wskazać, co go tak jątrzy i powstrzymuje przypływ euforii.

Może po prostu dlatego, że czekałem tyle lat, nie umiem cieszyć się końcem?, pomyślał. A może dlatego, że już niedługo cała ta moc będzie wyłącznie moja i nikt nie będzie mógł tego zobaczyć... nikt nie doceni mojej wielkości? Nie będzie obok mnie Salli. Nie będzie jej dane zoba-czyć władzy, którą posiądę. Kto w takim razie doceni cały mój trud?

– Salli! – krzyknął drwiąco. *Niedojrzały dzieciak niezdolny do skrzywdzenia własnego ojca, nawet jeśli oznaczałoby to potęgę niemożliwą do ogarnięcia rozumem.* – I tak byłaby tylko ciężarem – oznajmił otaczającej go pustce.

Jego głos odbijał się od kamiennych ścian i podłogi wyzna-czających przestrzeń, która stanowiła sanktuarium poświęcone jego własnej wielkości.

Cały czas jednak pozostawało to „coś", co nie dawało mu spokoju i pozostawało nieuchwytne.

– Ale... dlaczego... zachód? – zapytał głośno samego siebie, myśląc nad każdym słowem, jakby w którymś z nich ukryta była odpowiedź.

Dlaczego nie ruszyli na południe najprostszą drogą? Przeszliby wówczas równiny, a moje małpy nie miałyby wówczas problemu, żeby ich złapać. Północ... muszą wiedzieć, że są otoczeni, tamte przej-ścia są pod moją kontrolą, a też nikt nie byłby na tyle głupi, by pójść na wschód, prosto do mnie. Tylko czy te dzieci i skretyniałe sterty futra są zdolne do takiego wnioskowania? Co przeoczyłem? Dlaczego zachód?

Jego myśli dalej krążyły wokół tego jednego pytania, on zaś sukcesywnie odhaczał kolejne punkty zaplanowanego scenariu-sza, który – jak mu się wydawało – miał pod kontrolą.

Sonny znajdzie Cartera i go zabije. Przez chwilę będzie mógł nawet nacieszyć się Holly. Zaśmiał się w uznaniu dla swojej przebie-głości. Gra na emocjach tych dzieci jest... ożywcza? Nie, raczej... satys-fakcjonująca, tak. Dlaczego tylko ja mam utracić to, co mi obiecano, a potem patrzeć, jak inni są szczęśliwi, choć w ogóle na to nie zasłużyli? Jakim prawem ten dzieciak, Carter, ma odnaleźć szczęście w życiu, gdy ja musiałem poświęcić miłość w imię mojego przeznaczenia?

Te plugawe i chaotyczne myśli popychały go dalej w spiralę usprawiedliwiania swoich czynów i umacniały jego pychę.

Mniejsza z tym. Już wkrótce dojdzie do bardzo interesującego star-

cia. Co się okaże NAPRAWDĘ najsilniejszym uczuciem? Strach? Czy zniszczyłem pewność Sonny'ego na tyle, że będzie zbyt przerażony, żeby obronić Holly przed małpami? Że będzie się bał tak jak wtedy, gdy strach przed ojcem powstrzymał go przed przyniesieniem mi Kryształu?

A może zazdrość i chęć zemsty? Zemsty za to, że ukochana osoba jest w istocie obiecana komuś innemu...

Zaśmiał się na wspomnienie gier, które toczył z Sonnym w jego podświadomości. W chwilę po tym ogarnęło go jednak zwątpienie.

A może mimo wszystko Pradawni mieli rację i to miłość jest najsilniejszym uczuciem, jak głosi Księga Mądrości? Z tym swoim żałosnym przekonaniem, jakby odkryła jakieś odwieczne prawo wszechświata dostępne wyłącznie najgodniejszym... Zaśmiał się szyderczo, przypominając sobie naiwne niby-mądrości zawarte w Księdze, którą zgłębiał noc w noc i dzień po dniu, aż był w stanie recytować jej treść wspak. Cały ten czas wierzył, że starożytny tekst zawiera jakieś ukryte znaczenie.

I czym okazała się być ta cała ich „mądrość"? Wiarą, że miłość zwycięży wszystko?

Brzmiało to tak niedorzecznie, że znów parsknął ze śmiechu.

Co oni niby wiedzieli? „Pradawni", też coś! Istoty niezdolne zrozumieć, czym jest człowiek. To nie miłość jest najsilniejszym uczuciem, tylko żądza władzy! Władzy nad człowiekiem i zwierzęciem, nad życiem i śmiercią, władzy nad światem i kosmosem... i wszystko to było w Księdze Władzy, która niegdyś do mnie należała, dopóki Sallinia jej nie wykradła, by chronić ojca.

Zaczął w nim narastać gniew, który ściskał mu gardło na myśl o tamtym dniu.

Salli... ta, która zaginęła, gdy wylała rzeka. Zaginęła zupełnym przypadkiem razem z naszym najcenniejszym skarbem. Nie, jednak nie, skarcił się. Wciąż jest jeszcze Kryształ.

Jego myśli powróciły do niewyjaśnionej wątpliwości.

Co oni chcieli osiągnąć, żeglując na zachód? Znaleźli tam coś, co *teraz chcą zabrać na tę swoją polankę przy lesie? I tak niedługo dopadną ich moje małpy i się z nimi zabawią. Muszą wkrótce wrócić do siebie, nie przeżyją zbyt długo poza granicami swojego świata. Choć zarazem to byłoby dość zabawne patrzeć, jak na moich oczach zmieniają się w nieporadnych starców, zupełnie jak poddani Dumy. Nikt nie pożyje długo po przekroczeniu granicy, jeśli nie chronią go zwierzęce geny.*

Ale dlaczego popłynęli na zachód?

Może szukali tej legendarnej krainy za oceanem, o której mówi Księga Dziejów? Pff! Kolejna bajeczka mająca dać tym żałosnym istotom jakąś nadzieję i złudną wiedzę o własnej przeszłości. Pradawni byli szalenie zakłamani.

Wrócą niedługo tam, gdzie zawsze się spotykali. Muszą, inaczej będzie dla nich za późno. Gdy już jednak tam dotrą, te obrzydliwe kreatury będą już na nich czekać. Zaśmiał się sam do siebie.

Myśl o małpach sprowadziła go z powrotem na ziemię. Wciąż przecież istniały elementy układanki, które właśnie teraz należało dopasować. Rozbudził się i podszedł z powrotem do stojaka, na którym spoczywała złota misa. Jej zawartość delikatnie bulgotała. Zdjął naczynie i wsypał kilka ziaren zmielonej ochry. Gdy tylko mgła się rozwiała, zawołał, kierując twarz w stronę kręcącego się wiru.

– Crag! – warknął. Głos miał teraz niski, dźwięczny i władczy. – CRAG! – jeszcze raz wypluł to imię z pogardą, atakując jednocześnie umysł małpy, którą namaścił na tymczasowego przywódcę stada. Słyszał jego skomlenie, gdy bezskutecznie próbował uchylić się przed siłą, która zawłaszczała jego umysł.

– Odpowiadaj, gdy wołam, Crag. Następnym razem nie będę tak łagodny.

Crag ochoczo pokiwał głową, czując, że ból zmniejsza swój ucisk.

– Holly, ta dziewczyna, zmierza na zachód. Jest z nią chłopak i dwa bezużyteczne niedźwiedzie. Rozdziel swoje małpy. Połowa ma pójść na zachód niższymi zboczami i koniec końców odciąć im drogę ucieczki. Pozostali mają ich śledzić, podążając wierchami aż do przełęczy. Teraz precz z moich oczu. Nie mogą wam się wymknąć. I pamiętaj, dziewczyna jest moja, nie może jej się stać najmniejsza krzywda. Jeśli spadnie jej choćby włos z głowy, będziesz cierpieć bardzo długo i bardzo powoli. Z pozostałymi możecie zrobić, co wam się podoba... DZIEWCZYNA ZAŚ NALEŻY DO MNIE!

Crag energicznie pokiwał łbem, nie chcąc, żeby głos zadał mu jeszcze więcej bólu.

– Teraz idź. Masz wziąć ze sobą wszystkie swoje bestie. MASZ ICH ZŁAPAĆ TYM RAZEM.

Crag nisko się skłonił. Wierzył, że w ten sposób zyska choć na chwilę przychylność swojego pana. Ten zaś obserwował przez wir, jak małpa wydaje z siebie potężny wrzask, ściągając pobratymców wokół siebie. Przejechał ręką nad powierzchnią wody i rozproszył unoszącą się nad nią mgłę. Wir kręcił się coraz wolniej, aż w końcu zanikł całkowicie.

A teraz zajmijmy się Sonnym, pomyślał z uśmiechem.

Skryli się pod jedną z pokrytych szronem skał. Carter spojrzał na wyżłobioną w śniegu ścieżkę, która prowadziła w góry. Dostrzegł w oddali małe czarne plamki – bardzo wyraźne na tle wszechogarniającej bieli – i ich powolny, ale konsekwentny ruch naprzód. Małpy nie zamierzały dać za wygraną.

Ich ciała nie są przystosowane do takich chłodów i już niedługo to poczują, przypomniał sobie. – Czuć je już stąd – dodał na głos z obrzydzeniem.

– Widzicie tamtą zgraję, która pędzi, żeby do nich dołączyć? – spytał Vin. – Chyba wysłali na nas całą armię tego tałatajstwa – powiedział. – Przecież biegnie ich tam przynajmniej czterdziestka.

– Nie ma szans, żeby nas nie znalazły – powiedział Vin. –

Nawet ślepa kura trafiłaby teraz na nasz ślad, nie mamy co marzyć, żeby jakoś zgubić pościg.

– Niestety masz rację – Vin przytaknął i spojrzał na nadciągające z daleka małpy. – Carter, muszę zadać to pytanie. Jesteś naprawdę, naprawdę pewny, że zjawią się na przełęczy, żeby nas ochronić?

– Musicie mi uwierzyć, tak jak ja wierzę Lulu. Będzie tam, po zachodniej stronie i pomoże nam się stąd wydostać.

Naz pokiwał głową i spojrzał na Vina.

– Nie mamy wyjścia, Vin. Trzeba iść dalej.

– Wpadliśmy w to razem, to razem z tego wyjdziemy, Naz.

– Zatem zachód! Chodźmy przetrzeć trochę szlak.

Na znak dany przez Naza wszyscy naraz wygrzebali się spod skały, świadomi tego, że i tak zaraz zostaną zauważeni, a grupa pościgowa tylko przyspieszy tempa.

Vin i Carter wysunęli się na czoło, żeby ułatwić pozostałym przejście przez śnieg – Carter przesuwał się, stawiając duże kroki, natomiast Vin rozrzucał zalegające warstwy rozpędzoną szarżą. Najważniejsze było teraz dotrzeć do przełęczy. Przełęcz oznaczała bezpieczeństwo.

Biegli tak cały dzień, towarzysząc słońcu w jego wędrówce. Późnym popołudniem zatrzymali się, żeby coś zjeść i złapać oddech. Naz jako pierwszy dostrzegł wtedy chmury, które ciągnęły ze wschodu. Zachodzące słońce rzucało na nie czerwony blask, wśród którego dostrzec można było ciemne odcienie szarości tknięte fioletem, niewątpliwy znak nadchodzącej burzy.

Naz trącił Vina i wymownie spojrzał na chmury. Żaden z nich nie miał złudzeń, co to oznacza.

– No to mamy dylemat – powiedział Naz.

– Co to „dylemat”? – Carter spojrzał znad swojego napoju.

– Będzie naprawdę nieprzyjemnie – Naz wskazał na zbliżające się chmury burzowe. – Jeśli pójdziemy wyżej, wówczas najpewniej trafimy na burzę. Jeśli postanowimy pójść dolnymi szlakami, nie zdołamy zgubić małp, które nas gonią.

– Naz, błagam, żadnych burz! Nie chcę żadnej burzy! – powiedziała rozpaczliwie Holly, mając w pamięci poprzednią zawieruchę w górach.

– Możemy próbować przed nią uciec – rzucił Vin.

– Holly, ochronię cię. Tym razem będę przy tobie cały czas. Przysięgam, nie zostawię cię samej – powiedział Carter.

– Jeśli pójdziemy dołem, małpy dogonią nas w okamgnieniu. Równie dobrze moglibyśmy im się podać na tacy. Musimy wejść wyżej, to nasza jedyna szansa. Obiecuję ci, że ani ja, ani Vin nie zostawimy cię tutaj. Trzymamy się razem, choćby nie wiem co się działo, a do tego będziesz miała przy sobie Cartera – powiedział Naz.

– Ale przyrzekacie? Przyrzekacie, że nie zostanę sama?

– Tak. Zrobimy *wszystko*, żeby nic ci się nie stało – rzekł Carter.

– Lepiej już chodźmy – przerwał im Vin. – Może uda nam się zwiać przed burzą. Jeszcze mamy szansę.

Ruszył na czele razem z Carterem, a Holly i Naz podreptali za nimi. Słońce już zachodziło, coraz silniejszy i chłodniejszy wiatr smagał im plecy i jednocześnie popychał do przodu. Gdy zapadła ciemność, całą okolicę wypełniało jego potępieńcze wycie. Przez prószący śnieg nie mogli dostrzec prawie nic poza własnymi łapami, wiatr zaś zagłuszał wszystko, co mówili. Vin zatrzymał się na chwilę i poczekał, aż pozostali dołączą. Przywołał ich do siebie i wszyscy stanęli w kółku, mocno wciśnięci w siebie, żeby mieć szansę się usłyszeć.

– Nie możemy się teraz od siebie oddalać. Trzymamy się tak, jak robiliśmy to poprzednio, tylko tym razem nikt pod żadnym pozorem nie puszcza osoby idącej z przodu. Holly, rozumiesz? Choćby nie wiem co się działo, trzymamy się *wszyscy* razem – krzyczał Vin, przekrzykując wiatr.

Wszyscy skinęli bez słowa.

Vin szedł z przodu, za nim Carter, trzymając się jego kostura. Holly trzymała się ogona Cartera, a pochód zamykał Naz. Szli skuleni i zgarbieni, usiłując jakkolwiek chronić się przed przeszywającym mrozem. Zacinający śnieg oślepiał ich, gdy tylko podnosili głowy, a wiatr zagłuszał chrzęst śniegu pod ich nogami, które podnosili z coraz większym trudem.

Gdy prowiant był już gotowy, wyruszyli za Drayem, który poprowadził ich z dala od nadbrzeżnych równin. Grunt szybko się podnosił, wokół pojawiało się coraz więcej wzgórz, kiedy w pewnym momencie spostrzegli stado wysokich, potężnie zbudowanych zwierząt, które przyglądały im się z pewnym zainteresowaniem. Z ich postawy biły spokój i duma. Nie widać było po nich żadnego strachu przed obcymi wkraczającymi na te tereny.

– Może to te konie, o których opowiadał Vin? – powiedział Ben, gdy okrążali stado szerokim łukiem.

Jedno ze zwierząt, które stało w centrum stada, uniosło wysoko głowę, żeby obserwować pochód nieznajomych istot. Potrząsnęło zamaszyście głową, by zwrócić uwagę reszty, potężna grzywa zafalowała na wietrze. Pozostałe stworzenia spojrzały na przywódcę stada. Ogier zawrócił i poprowadził grupę w dół zboczy, z dala od nieznajomych istot.

Niedługo po tym krajobraz zaczął robić się coraz bardziej skalisty, co skutecznie spowolniło ich marsz. Odcinek, który wskazał wcześniej Avi, wydawał się być jedyną drogą pozwalającą przedostać się na drugą stronę. Najeżony szczytami ostrymi jak brzytwy łańcuch górski zdawał się czyhać na życie każdego, kto byłby na tyle lekkomyślny, że chciałby go sforsować.

Dray zarządził krótki postój, żeby wszyscy mogli się napić i dać odpocząć zbolałym nogom. Spojrzał na położoną daleko w dole osadę, która rodziła się nad brzegiem. Ludzie wyglądali z tej odległości jak drobinki kurzu krzątające się po nowo powstałym mieście. Przesunął wzrok ku wielkiej wodzie, która ciągnęła się aż po horyzont. Widział wyraźnie, jak biel spienionych fal obijających się o brzeg przechodzi kolejno w czysty turkus, a następnie ciemny szafir. Powietrze było czyste, choć wciąż wyraźnie czuć było zapach oceanu. Sprawdziwszy jeszcze raz ich położenie, omiótł wzrokiem znajdujący się przed nimi łańcuch górski, który rozpościerał się aż do okolic nadbrzeża. Z oddali wydawało się, że wpada bezpośrednio do oceanu.

Co może się znajdować za tymi górami? Pustynia na północy i dom śnieżnych niedźwiedzi?, zastanawiał się, zadając sobie te same pytania co zawsze.

Żywa zieleń lasów oraz niższych wzgórz malowniczo kontrastowała ze złotym odcieniem plaż oraz ciemną głębią wód.

Trudno byłoby wymarzyć sobie lepsze miejsce, pomyślał, poruszony do głębi tym widokiem.

– Lepiej ruszajmy – rzekł Casey, wyrywając Draya z zamyślenia.

Dray skinął milcząco i zaczął rozglądać się za najłatwiejszą drogą prowadzącą w górę.

Dotarli na miejsce, gdy robiło się już ciemno. Przejście położone było między dwoma ostro zakończonymi szczytami. Obserwowali stamtąd, jak słońce niknie na zachodzie za wielką wodą. Wraz z ciemnością przyszły również silne wiatry, które smagały ich twarze.

– Casey, tutaj znajduje się najwęższy punkt – rzekła Lulu. – Będziesz tu stacjonował z tylną strażą. Poślij zwiadowców możliwie najdalej do przodu, żeby obserwowali, czy coś się aby nie zbliża. Kerri, Dray i ja idziemy dalej.

– Nie podoba mi się ten plan, Lu – odparł.

– Domyślam się, co sobie myślisz, ale naprawdę wszystko będzie w porządku. Kerri będzie ze mną.

– To ja tam powinienem być i czuwać nad waszą dwójką.

– Casey, będziesz. Muszę mieć pewność, że nikt ani nic nie

zaatakuje mnie z tyłu i wiedzieć, kiedy powinnam się wycofać tak, żeby nie spotkała mnie żadna przykra niespodzianka.

– Zdajesz sobie sprawę, że nie zaatakujesz tych stworzeń? Zwymiotujesz od ich smrodu i krwi, już wcześniej to widziałem. Będziesz potrzebowała naszych oddziałów wyposażonych w kostury, tylko walka na krótką odległość ma jakiś sens.

– Nie idę tam, żeby atakować małpy, tylko żeby wyprowadzić stamtąd Holly oraz pozostałych. Bitwa i tak się rozegra, czy tego chcemy, czy nie, a ja muszę mieć pewność, że będziesz tu na nas czekał i zabezpieczał nasze tyły. Rozstaw teraz straż i wszyscy się ukryjcie. Niewykluczone, że będziecie długo czekać.

Potrząsnął głową, wiedząc, że nic już tutaj nie wskóra.

– Wszystko będzie dobrze – uśmiechnęła się, chcąc dodać mu otuchy, po czym udała się w stronę Draya i Kerri.

– Najwyższa pora zmienić postać.

Stanęli razem i spojrzeli sobie w oczy po raz ostatni jako ludzie, świadomi tego, że może to być ich ostatnia wspólna chwila. Wszyscy mieli już okazję walczyć z małpami i doskonale zdawali sobie sprawę, że przeciwnik nie cofnie się przed niczym. Po nikim nie było widać zapału, żeby iść dalej, lecz jednocześnie każdy miał powód, dla którego się tam znalazł. Posłali sobie ostatnie niemrawe uśmiechy, zanim zmienili postać. Po chwili w tym samym miejscu stanęły ogary oraz lwy górskie wyczekujące nadchodzącej bitwy.

– Dray, chodź ze mną – zawołała Lulu.

Ruszyli na ustalone pozycje. Lwy prowadziły pozostałych przez zaspy, a Kerri i Lulu szły w środku pochodu.

– Znasz tę okolicę? – spytała Lulu.

– Nigdy nie byłem na *tej* górze, ale wiem, że z północy na zachód prowadzi tylko jedna ścieżka, biegnie wzdłuż górnych zboczy. Jeśli pójdzie się wyżej, robi się zbyt stromo, a kamienie same osuwają się spod stóp, więc wspinaczka jest zbyt niebezpieczna. Jeżeli rzeczywiście idą od północy, to będą musieli pójść właśnie tamtędy – powiedział Dray, wskazując na grań po ich lewej stronie.

Ruszyli na przełęcz za Drayem. Wokół Kerri i Lulu bezszelestnie i pewnie stąpały lwy górskie. Wiatr wiał coraz silniej, spowalniając ich marsz. Minęli po drodze gońców Klanu, którzy wypuścili się naprzód, żeby obserwować okolicę. Szli dalej ścieżką, która zaczynała się rozszerzać.

Kerri jako pierwsza zwietrzyła trop. Powęszyła chwilę i podeszła do Lulu.

– Małpy. Są niedaleko – rzekła.

Pobiegła do Draya na czoło grupy. Zapach był już tak silny, że doprowadzał ją do mdłości.

– Wiem. Sam już mogę je wyczuć – powiedział, zanim zdążyła się odezwać.

– Musi być ich sporo, sądząc po zapachu – odparła.

Dray skinął głowę i odwrócił się do lwa idącego za nim.

– Przekaż wieści tym z tyłu, że wróg jest tuż przed nami.

– Umiesz powiedzieć dokładniej, gdzie są? – spytał.

Potrząsnęła głową. Nadchodziła burza, a wiatr wiał we wszystkie strony. Połapać się w tym galimatiasie było po prostu niemożliwe. Usiłowała złapać jakiś zapach, określić, skąd właściwie dochodzi, gdy powoli wkraczali w objęcia burzy.

Szturchnęła Draya, żeby się zatrzymał. Oboje nisko przykucnęli w śniegu. Była pewna, że nikt nie zdążył ich zauważyć. Małpy były już jednak bardzo blisko. Rozejrzała się ostrożnie wokół i je dostrzegła. Od razu musiała powstrzymać wzbierające wymioty, gdy przypomniała sobie, jak przegryzła gardło jednej z nich, i towarzyszący temu smród.

Zaczęła rozpoznawać kształty w oddali pomimo zacinającego w oczy śniegu. Małpy stały w śniegu, ich skołtunione futra były zlepione lodem. Trzęsły się z zimna ze skrzyżowanymi na piersiach łapami, daremnie próbując obronić się przed zimnem.

Przyłożyła pysk do ucha Draya.

– Im dłużej Carterowi i reszcie zajmie dotarcie tutaj, tym lepiej dla nas – powiedziała na tyle głośno, żeby wiatr jej nie zagłuszył, i na tyle cicho, żeby nie zwrócić na siebie ich uwagi.

Dray skinął głową, wzrok miał wlepiony w oddalone od nich sylwetki, które czaiły się w zasadzce.

– Kiedy przyjdą, ruszę na ich przywódcę. Spójrz, jest tam. Musimy zrobić wyrwę w szeregach małp, żeby udało im się przedostać. Będziemy mogli wtedy zwabić małpy do walki z tylnąstrażą Caseya – odparł.

– Biegam najszybciej z was wszystkich. Mam największe szanse, żeby się przebić, a potem wrócić do Caseya i nie dać się przy tym złapać.

– To jest coś, co ja muszę zrobić, Kerri. Ja pójdę...

Zanim skończył mówić, potężna małpa stojąca na czele stada wyprostowała się i wydała z siebie potężny ryk, który odbił się echem po całej okolicy. Brzmiała równie groźnie, jak wyglądała.

Kerri popatrzyła to na małpę, to na Draya.

– Masz rację, ty idź – powiedziała.

Dray uśmiechnął się i wyprostował. Widziała niepewność w jego oczach.

– Dopilnuj, żeby nic nie stało się Lulu.

To dopiero jest odwaga, pomyślała.

Wejrzał w wirującą ciecz, skupiając swoje myśli na Holly. Po raz pierwszy jednak nie dostrzegł nic oprócz unoszącej się mgły i oparów. Skoncentrował całą swoją wolę na jednym pytaniu – *Holly... gdzie jesteś?*

Mgła jednak wciąż wisiała w powietrzu. Nic się nie działo, nieważne, co robił. Dopiero po chwili uzmysłowił sobie, że to właściwie wszystko, co Holly może teraz zobaczyć. Tkwiła przecież w śnieżycy, stąd wszechobecna biel.

– Ptaszynko! Co oni ci robią? Biedactwo ty moje... wpędzili

cię w kolejną burzę, prawda? Mimo że dobrze wiedzieli, przez co musiałaś wcześniej przejść, to oni i tak swoje!

Czuł teraz jej zmysłami. Słyszał i widział to, co ona. Czuł, że trzęsie się z zimna i coraz bardziej się boi. Z radością przyglądał się jej narastającemu przerażeniu.

– Pozwól mi sobie pomóc. Przyjdź do mnie, uratuję cię od burzy – powiedział, po czym usłyszał w myślach jej głos.

– Mam Kryształ, Kryształ należy do mnie... mam Kryształ, Kryształ należy do mnie – powtarzała to w głowie jak mantrę. Żadne inne myśli nie miały prawa zaprzątać jej uwagi.

Tak blisko... nareszcie tak blisko..., pomyślał, po czym jeszcze raz ją zawołał. – Zmykaj przed tą burzą, Holly. Poprowadzę cię do domu – powiedział delikatnie.

– Mam Kryształ, Kryształ należy do mnie, mam Kryształ, Kryształ...

Dziecko zaczyna się powoli łamać. Wystarczy burza, żeby zupełnie spanikowała, pomyślał obojętnie. – Spokojnie, moja kochana Holly, burza niedługo minie, a ja w okamgnieniu przyjdę cię stamtąd zabrać – głos miał teraz przyjemnie ciepły, tym bardziej kojący dla osoby stojącej w sercu śnieżycy.

– Ja go mam, jest mój, należy do mnie...

Już jest moja... a teraz ostrożnie, żeby nie zniszczyć tej małej cząstki, która jeszcze została, pomyślał beznamiętnie. – Holly, pozwól mi pomóc. Możesz zatrzymać Kryształ dla siebie, ja tylko chcę...* – urwał w pół zdania. Zawartość naczynia wściekle zabulgotała, wytrysnęła od wrzasku Holly, który dobiegł z drugiej strony. Odskoczył, zdumiony impetem, z jakim wylała się woda.

Usiadł na marmurowym tronie pogrążony w swoich myślach.

Staje się silniejsza. Cóż, z tym większą satysfakcją będę patrzył, jak popada w szaleństwo, gdy odbiorę jej Kryształ. Teraz tylko czekać, aż przejdzie burza, bo dopiero wtedy będę mógł zobaczyć, co widzi

Holly. Tym razem jednak dyskretnie, tak, żeby o niczym się nie dowiedziała.

Rozmarzył się, wyobrażając sobie, że zdobył już Kryształ i czuje bijącą od niego moc oraz ciepło, jak przenikają całe jego ciało. Nagle dostrzegł kątem oka ruch poniżej, na podłodze.

Spojrzał na złotą misę leżącą u jego stóp. Jej wnętrze migotało, odbijając światło świec. Woda co jakiś czas falowała, przez co wszystko ulegało kolejnemu załamaniu. Wpatrywał się wnikliwie w powolne ruchy cieczy. Powstawał wir! Dopiero po chwili zrozumiał, co to znaczy.

Ktoś inny używa Zewu! Chce połączyć się z Holly?

– Nie! – krzyknął, zrywając się z marmurowego tronu. Odpowiedziała mu tylko cisza panująca w pustym pokoju. – To niemożliwe! Nikt inny nie jest do tego zdolny!

Ponownie wlepił wzrok w wir. Woda wrzała, ale niczego nie mógł dostrzec ani dosłyszeć, nawet przetaczającej się przez góry burzy. Ciecz natomiast wciąż krążyła wokół.

Ktoś wzywa. Ktoś słucha.

Gdy uświadomił sobie, co to wszystko oznacza, poczuł, jakby ktoś uderzył go z całej siły w brzuch. Ktoś, kto opanował Zew, kontaktował się z osobą, z którą on już nie mógł. Z którą swoje połączenie przeciął, gdy poraził ją gromem, żeby nikt nie przeszkodził Holly. Nic nie słyszał, ale wiedział, że ktoś nawiązał połączenie z Carterem. Kopnął miskę z całej siły, rozlewając wodę we wszystkich kierunkach.

– Carter, idźcie na zachód. Lulu idzie po was. Nie zatrzymujcie się. Znajdzie was.

Szybko usłyszała odpowiedź. Myśli Cartera były wyraźne, ale czuć w nich było strach.

– Słyszę cię, Salli, ale za diabła nic nie widzę. Burza jest naprawdę silna, jesteśmy przemarznięci do kości.

– Carter, macie go ze sobą? Czy macie przy sobie Kryształ?

– Jest tak zimno, nie wyjdziemy stąd żywcem... chcę iść spać i obudzić, jak to wszystko się skończy.

– Nie możesz zasnąć. Carter, musisz iść dalej. Ufaj wiatrom, podążaj za nimi na zachód.

Wir nagle ustał, znikając bez żadnego ostrzeżenia.

Musiało się stać coś bardzo złego, pomyślała Salli.

Carter leżał w śniegu, całe jego ciało żałośnie domagało się snu. Zmusił się mimo to, żeby stanąć na czterech łapach.

– Rozumiem, Salli – powiedział głośno. – Podążamy za wiatrem!

Odwrócił się do Holly, która stała za nim.

– Musimy iść dalej – krzyknął. – Jeśli tu zostaniemy dłużej, zamarzniemy na śmierć. – Widział, jak Holly się trzęsie. *To nie może być z zimna...*, pomyślał. – Naz, Vin, nie możemy tu tak sterczeć, idziemy dalej! Lulu jest już niedaleko, pomoże nam! – zawołał. *A skoro Lulu idzie nam ratunek, to Kerri na pewno idzie razem z nią*, dodał w myślach. Poczuł przypływ optymizmu. *Skoro zaś Kerri tam będzie, to wszystko dobrze się ułoży.*

Wstali z trudem, podtrzymując się wzajemnie.

– Trzymamy się razem, nie puszczajcie się – zakrzyknął, przebijając się przez wiatr.

Ruszył jako pierwszy, pozwalał wiatrowi, żeby pchał go do przodu. Było mu już obojętne, którędy idzie, wierzył, że żywioł rzeczywiście poprowadzi go do domu. Wierzył, że Lulu i Kerri będą na niego czekać.

Podmuchy ustały na chwilę i pomiędzy nimi Carter wyczuł bardzo słaby zapach unoszący się w nieruchomym powietrzu. Serce skoczyło mu do gardła. Małpy były niedaleko. Wiatr znowu zaczął wiać, rozwiewając odór, który poczuł Carter. Stał jak wryty, nie mogąc drgnąć choćby mięśniem. Zza śnieżnej zawieruchy wyłoniła się olbrzymia sylwetka dorównująca wzrostem śnieżnemu niedźwiedziowi. Carter jeszcze nigdy nie widział małpy tak potężnej ani tak przerażającej. Miał wrażenie, że właśnie wypełzło przed nim coś z samego piekła.

Resztki futra były zmierzwione i pokryte lodem. Oblicze małpy wykrzywiał ból spowodowany wiatrem, który wiał jej prosto w oczy. Spojrzenie pełne było cierpienia, wyczerpania oraz umysłowych tortur, które przeszła. Widać było również, że mróz odcisnął na niej swoje piętno. Oczy wyglądały jak dwie czarne dziury wydrążone w twarzy, kipiące szałem i nienawiścią do wszystkiego, co żyje. Uniosła łeb i wydała z siebie triumfalny ryk na widok Cartera, czując ulgę, że w końcu znalazła swoją zdobycz. Po chwili z zamieci wyłoniło się więcej małp, którym udało się przeżyć do tej pory burzę. Wszystkie były pokryte dużymi okruchami lodu, które wkręciły się im w potargane futro oraz w skórę.

Naz i Vin pojawili się obok Cartera i stanęli na tylnych łapach, strząsając lód z futer. Bez najmniejszego wahania Naz ruszył na największą małpę.

ROZDZIAŁ 13
BITWA

Z rozpostartymi ramionami i wysuniętymi niczym sztylety pazurami Naz skoczył na górującą nad nim małpę. Crag dojrzał go, zrobił krok wstecz, by przygotować się do odparcia ataku i wymierzył zaciśniętą pięść w bok głowy nadlatującego Naza. Odwracając się, by Naz przeleciał obok, Crag poczuł, że traci grunt pod palącymi bólem nogami. Kolana ugięły się pod nim i upadł tam, gdzie stał, niezdolny do podniesienia się.

Naz był w powietrzu, gdy zobaczył, że ogromna małpa upada. Zdezorientowany zamachnął się mimo to, rozcinając skórę i mięśnie na jej ramieniu. Upadł na śnieg i błyskawicznie zerwał się na nogi.

Dray widział, że małpy znacznie gorzej radzą sobie w mroźnych warunkach, były powolne i ospałe, zupełnie nieprzygotowane do walki na takiej wysokości ani też w mrozie, od którego drętwiało całe ciało. Podbiegł chyżo do małpy, która chciała w pojedynkę zablokować całe przejście. Zanim w ogóle uzmysłowiła sobie jego obecność, Dray był już za nią i dwoma szybkimi cięciami pazurów przeciął jej ścięgna w kolanach. Crag runął na ziemię tam, gdzie stał, sparaliżowany ogarniającym go bólem.

Mało brakowało, a Dray zostałby zgnieciony na miazgę przez szybującego w powietrzu Naza, który ostatecznie upadł obok, rozrzucając wokół śnieg. Dray widział, jak ramię Craga opada bezwładnie, brocząc krwią z rany zadanej przez Naza.

Są tutaj!, pomyślał. Czuł, jak kamień spada mu z serca. *Udało im się!*

Obrócił się instynktownie tam, gdzie Kerri leżała w śniegu.

– Niedźwiedzie! – krzyknął. – Udało im się dotrzeć!

Widział, że Crag wciąż klęczy w śniegu, rycząc z wściekłości, unieruchomiony na dobre.

Do rana umrze z zimna, pomyślał, po czym zwrócił się w stronę pozostałych małp, które niemrawo i ospale ruszyły do ataku.

On stał tymczasem nad misą wypełnioną wirującą cieczą. Nie do końca był w stanie zrozumieć, co się dzieje. Widział świat oczami Craga. Kiedy usłyszał ryk małp idących do ataku, serce zabiło mu mocniej z podniecenia.

Miałem rację. Dopadnę ich w tym przejściu, pochwalił samego siebie. Widział, jak niedźwiedź szarżuje na Craga, który robi krok w tył, żeby przygotować się na cios. Nagle jednak goryl upadł. *On* nie mógł zrozumieć, dlaczego tak się stało. Patrzył, jak całkowicie bezbronny Crag klęczy w śniegu i powoli obraca się za siebie, by zobaczyć, co przed chwilą się stało. Ujrzał oczami Craga wpatrującego się w niego górskiego lwa. Poczuł, jak na ten widok ścina mu się krew w żyłach.

– Są za tobą! – krzyknął. – Uchyl się! Uchyl!

Gdy Crag runął kolanami na ziemię, czuł jedynie potworny ból w nogach. Miał wrażenie, że płonie mu ramię, co i tak było przyjemną odmianą po kąsającym mrozie, z którym musiał się zmagać od tylu dni.

Już niedługo zasnę i nie będę czuł chłodu, pomyślał. Dostrzegł drugiego niedźwiedzia. Szedł na niego z długim kosturem w łapach, którego świst usłyszał pomimo szalejącej wkoło śnieżycy. W głowie huczał mu głos wrzeszczący „UCHYL SIĘ! UCHYL!", lecz teraz nareszcie mógł się nim nie przejmować. Z radością czekał na ostateczną ucieczkę przed gromami rozsadzającymi mu czaszkę i mrozem, który przeszywał go aż do kości. Spojrzał na Vina wzrokiem kogoś, kto po latach cierpienia w końcu może zaznać spokoju. Wydał z siebie ostatni ryk, szczęśliwy, że nareszcie spotkał go koniec.

Vin ruszył przed siebie, widząc, że wielki goryl padł na kolana.

Nawet sobie nie wyobrażałem, że mogą być takie wyrośnięte, pomyślał. *Naz musiał nieźle stetryczeć, jeśli nie trafił czegoś takiego.*

Zamachnął się kosturem tak, jak uczył go Carter, opuszczając delikatnie ramię, żeby drzewce zatoczyło idealny łuk. Spojrzał małpie w oczy na ułamek sekundy i zamiast nienawiści, która, jak mu się wydawało, była tam zawsze, dostrzegł przebłysk czegoś innego. Ulgi? Szczęścia?

Bzdura, one nie potrafią odczuwać szczęścia, pomyślał. *No, duży... lecisz.*

Z zadowoleniem usłyszał głośny huk, gdy broń idealnie trafiła w czaszkę bestii, której ciało bezwładnie osunęło się naprzód z głową odrzuconą na bok.

Naz poczuł nagły przypływ optymizmu i zawołał Vina, który stał w pobliżu.

– Carter miał rację! Koty i psy rzeczywiście przyszły!

Rozbryzgi śniegu uprzedziły ich przed atakiem kolejnych małp. Kątem oka Naz dostrzegł, jak Vin huknął kijem małpę, która następnie padła na ziemię, wzbijając tuman śniegu.

– Musimy stąd wyciągnąć pozostałych, za mną! – krzyknął Dray.

Naz pobiegł z powrotem tam, gdzie zostawił Holly i Cartera.

Chłostana wiatrem recytowała swoją mantrę, cały czas jednak nie tracąc czujności. Czuła, jak On sonduje jej umysł. Z całych sił walczyła, żeby go nie wpuścić.

Przysunęła się bliżej Cartera, złakniona ciepła, dotyku i wsparcia. Gdy oparła się o niego, poczuła, że cały się trzęsie. Spojrzała mu w oczy i przez ułamek sekundy znów ujrzała tego młodego chłopaka znad rzeki, który kochał pływać, zawsze się z nimi grzecznie witał, a do tego nosił jej torbę, kiedy Kerri nie było w pobliżu. Ogarnął ją straszny smutek na myśl, że ten chłopiec, który tak kochał pływać, musiał poświęcić całą swoją młodość, bo obiecał jej, że przyjdzie ją odszukać. A nie wyobrażał sobie nie dotrzymać raz danego słowa.

– Nie bój się, uda nam się – powiedziała. – Ja się tym zajmę, mam już wprawę. Skoro mogłam walczyć z niedźwiedziami, to mogę walczyć i z małpami.

Carter spojrzał na przyjaciółkę, nie wiedząc, co powiedzieć.

– Wiesz... gdybyś nie wrócił po mnie, nie miałabym ci tego za złe – powiedziała. – Czasami naprawdę wolałabym, żebyś mi nie obiecywał, że będziesz mnie bronić. Naprawdę żałuję, że cię wtedy wzywałam.

– Przyszedłbym, nawet gdybyś tego nie zrobiła, przecież jesteśmy przyjaciółmi, Holly.

– Jesteś najlepszym przyjacielem, jakiego tylko można sobie wymarzyć. Ale nie mów tego Kerri, dobrze?

– Wykaraskamy się z tego, Holly. To też ci mogę obiecać.

– Carter, nie, proszę. Nie możesz mi obiecywać czegoś takiego, nie masz pojęcia, co zrobiłam.

Zdawało się, że świat wokół się zatrzymał. Nie czuli mrozu, nie słyszeli wiatru. W ich świecie nie istniały żadne niebezpieczeństwa, byli tylko oni, dwójka przyjaciół.

– Każdy popełnia błędy, a przyjaciele są od tego, żeby takie błędy wybaczać... musimy się przecież nawzajem wspierać.

– Nie, Carter, ja zrobiłam coś naprawdę strasznego, wszyscy mnie za to znienawidzicie...

– Holly, jesteś moją przyjaciółką, należymy do jednego Klanu, to jest najważniejsze. Nikt nie będzie cię nienawidzić za to, co zrobiłaś, cokolwiek by to nie było.

– Nie rozumiesz... – żałowała, że nie są teraz ludźmi. Najchętniej przytuliłaby tego chłopca, który musiał przedwcześnie dorosnąć, bo chciał ją uratować. Chciałaby wtulić się w niego i wypłakać, prosząc o wybaczenie. – Carter, ja... ja nie mam Kryształu ze sobą.

– Co? Holly, jak to...?

– Szybko! Za mną! – krzyknął Naz, po czym szeroko wyszczerzył zęby. – Carter, miałeś rację! Wcale nie upadłeś na głowę, głos w twojej bani miał rację! Rzeczywiście na nas czekali! A teraz zbierajmy się stąd, MIGIEM!

Popatrzył na Holly, była ewidentnie na skraju płaczu.

– Holly, już niedługo będziesz w domu! To jest teraz najważniejsze, nic innego się nie liczy. Chodźmy.

Pobiegł za Nazem, zerkając co chwilę, czy Holly wciąż podąża razem z nim. Mijając zwłoki jednej z małp, nie mógł oprzeć się pokusie spojrzenia w jej puste oczy.

Lwy zaatakowały od tyłu, a ich pojawienie się wyczerpane chłodem małpy zauważyły na dobre dopiero po chwili. W międzyczasie lwom udało się powalić sześciu przeciwników stojących w środku szeregu, który miał za zadanie uwięzić Holly i pozostałych. Atakujący mieli w końcu szansę w walce z przerażającym do tej pory przeciwnikiem.

Dray poprowadził Naza, Cartera i Holly przez powstałą wyrwę. Widzieli, jak Vin toruje sobie drogę kolejnymi uderzeniami, rozrzucając małpy na prawo i lewo. Tych jednak zdawało się nie ubywać i wciąż próbowały ich otoczyć i załatać wyrwę, która powstała wraz ze śmiercią Craga.

Nagle, bez ostrzeżenia, spośród śniegu wyłoniły się Kerri oraz Lulu. Wszyscy potrzebowali chwili, żeby się wzajemnie rozpoznać, ponieważ ich futro było ubłocone i potargane, a do tego cali byli upstrzeni w lodowych grudach.

– Mówiłam ci, żebyś nie zmuszał mnie, bym po ciebie poszła i przytargała z powrotem – rzekła Kerri na powitanie.

– Ciebie też dobrze widzieć – odparł z uśmiechem. – To co, ścigamy się do domu?

Spojrzała na Holly i natychmiast zalała ją fala smutku.

– Holly, tak mi przykro, że cię zostawiłam, ja nie...

– Nic nie szkodzi, Kerri, naprawdę, rozumiem – powiedziała. – To nie była twoja wina, tylko Jego. Wystarczy mi to, że mogę was znowu widzieć.

– Porozmawiamy później – powiedziała Lulu. – Teraz musimy się stąd wycofać. Chodźcie za mną i skaczcie, kiedy ja będę skakać.

– Carter, biegniesz za mną – Kerri wyszczerzyła zęby, czując ulgę, że udało im się wszystkim spotkać. – Olbrzymy też idą z nami – zawołała Naza i Vina. – Zwijamy się stąd.

Carter z zachwytem przypatrywał się jej pewności siebie. Wszelkie poczucie zagrożenia wyparowało, bo Kerri była teraz obok niego.

Naz gnał przez przełęcz, czując na karku oddech Vina.

– Właśnie po to się urodziłem! – krzyknął podekscytowany Vin.

– Nie najgorzej ci idzie z tym badylem – sapnął Naz.

– Naz, do diaska, to jest kostur, który w odpowiednich rękach staje się absolutnie zabójczą bronią. Rany, ale przyjemnie było się w końcu odegrać i im przywalić.

– Już się tak nie ekscytuj, mamy jeszcze kawał do pokonania – wydyszał Naz, czując narastające zmęczenie.

Widzieli nadbiegające z obu stron małpy, które usiłowały

odciąć im drogę. Głęboki śnieg znacząco utrudniał ruch, ale mimo to niestrudzenie brnęły dalej. Naz i Vin biegli, stawiając długie kroki, tuż za Lulu i Kerri. Dalej, przed nimi, biegli gońcy Klanu, którzy opuszczali swoje pozycje, żeby zawiadomić Caseya i tylną straż o nadciągającym przeciwniku. Razem z nimi biegł Dray wraz z lwami górskimi, wszyscy uciekali przed śmiercią na złamanie karku w stronę zwężającego się przejścia.

Casey klęczał w śniegu, na głowie miał ciężki, wełniany kaptur. Wiatr dobiegający z przodu niósł ze sobą zgniły odór małp. Czując narastające napięcie, spróbował technik uspokajających, których zawsze używał Sam przed walką. Oddychał głęboko, żeby uspokoić walące jak młot serce. Zerknął przez cienką szparę, którą pozostawił w kapturze, wszyscy, łącznie z nim, byli już solidnie przysypani śniegiem, co przyjął z dużym zadowoleniem. Ktoś nieświadomy ich obecności nigdy nie zdołałby ich dostrzec.

Wziął kolejny wdech, żeby oczyścić myśli i wyostrzyć zmysły. Z oddali dochodziły krzyki, które niosły się szerokim echem wzdłuż przejścia.

A więc nadszedł czas, pomyślał. *Choć wolałbym wiedzieć, co tam się dokładnie dzieje.* Powoli wypuścił powietrze, czując się znacznie pewniej.

Uzmysłowił sobie po chwili, że wiatr na moment ustał. Nad całą okolicą zapadła grobowa cisza. Widział parujące oddechy swoich towarzyszy po bokach, na skraju jego płaszcza oraz na twarzy formował się lód. Wstrzymał oddech. Resztki wiatru rozgoniły chmury i odsłoniły księżyc w pełni, który skąpał wszystkich w sinym świetle. Po raz pierwszy mogli spojrzeć w głąb przejścia. Krzyki były coraz głośniejsze, zwielokrotnione echem odbijającym się od skał. Wszyscy członkowie Klanu nerwowo czekali na początek walki. Tumult stawał się coraz bardziej wyraźny, Casey widział już zwiadowców, którzy wracali ze swoich pozycji. Wypuścił oddech ze świstem, wpatrzony w formującą się parę.

– Są tutaj! Przygotujcie się! – wrzeszczeli.

– Na pozycje! – powiedział Casey mocnym, spokojnym głosem. Zaskoczyło go własne opanowanie.

Gońcy przeskoczyli przez linię obrony i zajęli pozycje u boku pozostałych, trzymając nisko kostury. Strach krążył wysoko nad nimi.

Pogoda nam sprzyja, pomyślał. *Pełnia, śniegu jest w bród, niesamowicie wąskie przejście... wyjdziemy z tego.*

– Nadchodzą! – usłyszał głos dobiegający obok niego.

W końcu ją zobaczył. Poczuł olbrzymią ulgę, widząc Kerri wyprowadzającą wszystkich z wąwozu.

– Załatwimy ich bez problemu – powiedział do siebie. Odszukał wzrokiem Lulu biegnącą obok dwóch zaśnieżonych kup futra, które były Holly i Carterem. Naza i Vina rozpoznał od razu po wielkich krokach, jakie stawiali. Przez sekundę poczuł w duchu wdzięczność, że to nie z nimi będzie musiał się bić. Lwy górskie biegły po bokach, odpędzając każdą małpę, która podeszła za blisko. Znów mogli być panami gór.

– Nie wstawajcie jeszcze – zawołał. – Wiedzą, gdzie jesteśmy.

Słyszał już chrzęst śniegu i trzask lodu pod ich łapami. Wszystko toczyło się jakby w zwolnionym tempie, dopóki Kerri nie przeskoczyła ponad linią obrony rozstawioną przez Klan. Wtedy zaczęło się na dobre.

Kerri zwolniła podczas biegu przez wąwóz i zrównała się z Carterem oraz Holly.

– Mówiłam ci, że to ja jestem najszybsza – krzyknęła doń.

– Po prostu łapy mi trochę zesztywniały z zimna – odszczekał.

– Mam nadzieję, że tylko one, zaraz skaczemy. Jak najdalej, Carter, jak najdalej!

Nie miał pojęcia, o co chodzi, ale ufał jej całkowicie. Nagle się rozpędziła i po krótkim rozbiegu skoczyła w dal. Holly i Carter bez chwili namysłu zrobili tak samo i skoczyli w tym samym miejscu, przelatując nad niewielkimi górkami usypanymi ze śniegu. W powietrzu uświadomił sobie, że te dwa rzędy kopców rozciągnięte u wejścia wąwozu to członkowie jego Klanu, ukryci i wyczekujący wroga.

Gdy wylądowali, Kerri i Lulu natychmiast zawróciły, żeby pomóc pozostałym. Carter i Holly zaś, wycieńczeni całymi dniami marszu bez wytchnienia, wzbili dużą chmurę śniegu, ponieważ osłabione łapy nie były w stanie utrzymać już ich ciężaru. Upadli, turlając się kilka metrów do przodu. Oboje leżeli, łapczywie połykając powietrze, nie mając pojęcia, co za chwilę się wydarzy.

Vin i Naz również skoczyli, widząc, że robią to pozostali, lecz w kluczowym momencie zabrakło im lekkości, przez co wpadli na dwóch nieszczęsnych członków tylnej straży, wywracając ich. Gdy leżeli na ziemi, walcząc o oddech, lwy górskie swobodnie przeleciały nad nimi.

Obaj wstali, próbując zorientować się w sytuacji. Widzieli, że Kerri i Lulu biegną do Holly i Cartera, lwy górskie skaczą wokół, ale nikt nie planował nigdzie dalej uciekać. Zobaczyli również całe mrowie małp zmierzające w ich kierunku od strony przejścia.

– Naz, ruszaj się, musimy uciekać – krzyknął Vin.

On tymczasem przyglądał się całej sytuacji i szybko pojął, do czego wszystko zmierza.

– Stójcie, Gwardzisto! – zawołał, chcąc otrzeźwić Vina. – Tu właśnie stajemy do walki.

– Co? Że my dwaj?

– Trochę wiary, Gwardzisto! Ci południowcy wiedzą, co robią.

Vin popatrzył na maleńkie kopce oraz dwóch mężczyzn, których niechcący przygnietli.

– Jesteśmy Gwardzistami, Vin, i naszym obowiązkiem jest stanąć tutaj do walki. Będą nas potrzebować.

Vin chwycił kostur, zwrócił się ku szarżującym w ich stronę małpom i przyjął pozycję bojową. Kiedy małpy chciały przeskoczyć przez pierwsze kopce, usłyszał ryczący głos Caseya.

– PIERWSZY SZEREG! – zawołał.

Vin zobaczył, jak obrońcy wzniecają chmurę śniegu, zrzucając swoje płaszcze. W górę wystrzelił rząd kosturów, które trafiały nadbiegające małpy w brzuch i w głowę. Nie miały najmniejszego pojęcia, skąd przyszedł cios. Obrońcy natychmiast przyklęknęli z powrotem.

– DRUGI SZEREG!

Kolejny tuman śniegu i kolejny rząd kosturów wystrzelił w powietrze, wypełniając szczeliny pozostawione przez tych, którzy stali z przodu. Druga linia obrońców wykonała krok naprzód i ze świstem opuściła broń, nokautując kolejną falę rozpędzonych małp. Nocne powietrze wypełnił trzask pękających kości, odbijający się od pobliskich skał. Następnie drugi szereg obrońców również przyklęknął.

Małpy, zdezorientowane tym, co się dzieje, wstrzymały natarcie i zaczęły się wahać, nie mając już ze sobą samca alfa, który stanąłby na ich czele. To wystarczyło, by zorganizować kontratak.

– NAPRZÓD! – ryknął Casey.

Tylny szereg ruszył przed siebie, bezlitośnie okładając małpy, które nie zdążyły się wycofać. Gdy skończyli atak, ponownie przyklęknęli.

– NAPRZÓD! – rozległ się ponownie rozkaz.

Obrońcy powtórzyli manewr i odepchnęli bestie jeszcze dalej, tratując przy tym martwych oraz rannych. Wytraciwszy początkową szarżę, małpy nie były w stanie zagrozić wojownikom Klanu. Naz i Vin stali za walczącymi, pilnując, żeby jakaś małpa, która przedarłaby się przez te ludzkie zasieki, nie zdołała zranić Holly.

– Pięknie im to idzie, nie ma co – powiedział oniemiały z zachwytu Vin.

– Racja. Technikę mają boską, po prostu boską.

– Jak wrócimy do domu, sam wytrenuję taką grupkę. Będziemy elitą, śmietanką całej Gwardii, będziemy mieć najlepsze kostury i najlepsze jedzenie.

– Hmm... zastanowię się, czy by się nie zgłosić. O, uważaj na tę z lewej, chyba będziesz musiał ją unieszkodliwić.

– Robi się, Naz – powiedział, po czym łupnął małpę, która próbowała zerwać się na nogi.

– Świetna robota, Gwardzisto – rzekł Naz.

– Doskonały przykład dobrego przywództwa, Naz. Powinni cię zrobić Szefem, gdy tylko wrócimy do domu – odparł Vin z uśmiechem.

– Nie spuszczaj teraz tamtego z oka, wydaje się za bardzo rwać do bitki. Co do powrotu do domu, to jest coś, co powinniśmy omówić, Vin. Płynąłeś kiedyś łodzią?

Narastały w Nim jednocześnie wściekłość i panika, gdy przez wir obserwował wydarzenia oczami Craga. Wiedział, że leży w śniegu i właśnie z ulgą wita śmierć, a jego duch ostatecznie ucieka przed bólem.

Może nie powinienem był ich wysyłać tak wysoko w taki mróz? W jego głowie zaczęły pojawiać się pierwsze wątpliwości. *Tylko zmarnowałem siły.*

Widział kota, którego zwali Dray, widział niedźwiedzie oraz jego ukochaną ptaszynę, jak ucieka. Teraz był po prostu wściekły do granic.

Wyczuł w zmysłach Craga coś nowego. Coś, czego nigdy wcześniej tam nie znalazł, choćby w najmniejszej ilości. Był szczęśliwy. Szczęśliwy, że jego życie właśnie dobiegało końca.

– Małpy nie zasługują na szczęście – wrzasnął. Skupił myśli i wysłał swojemu słudze ostatni podarunek, potężną eksplozję w jego umyśle, której przyglądał się z zimną obojętnością, podczas gdy Crag miotał się w agonii, próbując krzyczeć z bólu. Z jego gardła nie mógł się jednak wydobyć żaden dźwięk.

Wir wypełniła czerń. Oczy Craga widziały już tylko mrok.

– *Gdzie* jest ten przeklęty Sonny? – ryknął w swej świątyni próżności. Przez chwilę rozważał, czy nie zesłać nań Grzmotu w napadzie gniewu. – I tak jest bezużyteczny! – krzyczał.

– Nie, nie... – napomniał się. – Pamiętaj błąd, jakim był Carter. Nie odrzucaj go jeszcze. Pewnego dnia może się przydać – przekonywał sam siebie, obmyślając już kolejne posunięcia. – Najpierw jednak zajmijmy się naszą ulubienicą... tym razem jednak bardzo delikatnie.

Wsypał sproszkowaną ochrę do bulgoczącego naczynia położonego nad ogniem. Szukał w pamięci tajemnic Holly, które wydarł z jej umysłu. Miał z czego wybierać, znał każde jej marzenie, każdy lęk. Wszystko, co wyciągnął z jej umysłu wtedy, kiedy dniami i nocami torturował ją psychicznie, a ona była uwięziona pod śniegiem i zdana na jego łaskę.

Coś miłego, ładnego..., pomyślał i przypomniał sobie obrazek zaczerpnięty z jej najszczęśliwszego wspomnienia. Skupił się na nim i przywołał go do życia. Holly stała na skraju rzeki, był właśnie dzień wyścigu pływackiego do wyspy, cała podskakiwała z podniecenia tym wydarzeniem. W tej wizji była bezgranicznie szczęśliwa...

– Dalej, Carter, dalej!

– Carter na pewno teraz wygra – mówili wszyscy wokół.

– To właśnie mój przyjaciel, Carter! Pływa najszybciej na świecie – krzyczała.

– Udało mu się! Wygrał!

Wytężył umysł, aby odtworzyć to samo uczucie szczęścia w jej umyśle. Ciecz wirująca w misie wyklarowała się dosłownie na moment, widział ją, miał ją!

– Mam Kryształ, Kryształ należy do mnie... Mam Kryształ, Kryształ należy do mnie...

Wiedział, że Holly czuje, jak „opukuje” jej umysł, szukając jakiegoś słabego punktu.

– Nie, jeszcze delikatniej – powiedział sam do siebie. – A gdyby tak coś uspokajającego...

Przesiał jeszcze raz wspomnienia, które z niej wyciągnął.

Kerri! Przecież to była jej najlepsza przyjaciółka.

Widział, jak przechadza się w porannym słońcu, wymachując torbą, pogrążona w rozmowie z Kerri. Spacerowały sobie wzdłuż rzeki. Wykorzystał swoją moc, aby jeszcze bardziej uszczegółowić wizję – poranek był ciepły, niedaleko śpiewały ptaki, trawę wypełniało skrzypienie świerszczy, wszystko roztaczało kojący urok. Carter szedł w ich stronę, co bardzo podekscytowało Holly.

– No, Kerri, pogadaj z nim – szepnęła półgębkiem.

– Cicho! – szturchnęła ją łokciem w odpowiedzi.

Carter szedł wpatrzony w dróżkę, żeby nie musieć nikomu patrzeć w oczy.

Holly dała Kerri lekkiego kuksańca w żebra, porozumiewawczo kiwając głową i wskazując na Cartera. Usłyszała, jak Kerri bierze wdech, żeby zagadać.

– Się masz, Carter – zawołała.

Holly wyszczerzyła zęby, dumna z przyjaciółki. Popatrzyła na Cartera, który osłupiał, spojrzawszy na Kerri.

Ale strzelił karpia... dobrze mi się zdawało, Kerri mu się podoba, pomyślała z widoczną satysfakcją.

– Wracasz z pływania? – spytała, żeby uratować go z ambarasu, który sama mu zgotowała.

– Jak zawsze, może chcecie się przyłączyć następnym razem? – odparł Carter. W odpowiedzi usłyszał chichot ich obu, gdy odchodziły.

– Do zobaczenia na wyścigu – krzyknęła na pożegnanie Kerri.

Holly zerknęła ukradkiem za siebie i zobaczyła, że Carter stoi w tym samym miejscu i odprowadza je wzrokiem. Uśmiechnęła się i dyskretnie doń pomachała.

– Mówiłam? – szepnęła do Kerri. Spojrzała na nią, uśmiechała się do siebie.

Obraz, który uformował się w naczyniu, emanował przyjemnym ciepłem. Szły dalej, roześmiane, drogą biegnącą wzdłuż rzeki.

– Chodź, pościgamy się – powiedziała.

– Nigdy mnie nie złapiesz – roześmiała się Kerri.

Miał ją. Teraz stała w świetle wczesnego poranka, tuż obok Cartera, patrząc na Kerri i Lulu.

– Mówiłam, że mnie nigdy nie złapiesz – powiedziała Kerri ze śmiechem do Cartera. Byli razem w czwórkę, byli szczęśliwi, to było najważniejsze. *On* zaś mógł widzieć, słyszeć i czuć to, co ona... czuła strach!

Dlaczegóż to? Ach, Holly się boi, bo ma jakiś sekret, który sprawia jej ogromny ból. O co takiego chodzi, moja ptaszynko?, pomyślał i obserwował dalej w milczeniu, jak potoczy się sytuacja, zadziwiony faktem, że Holly zdołała coś przed nim ukryć.

Nie ma najmniejszego pojęcia, że wtargnąłem do jej umysłu, pomyślał z dawną pewnością siebie.

Salli również siedziała nad misą, bacznie obserwując, jak nieznacznie bulgocze po wrzuceniu proszków. Zobaczyła swoją córkę śmiejącą się z przyjaciółmi. Przykryła na chwilę misę i odwróciła się do Sama.

– Udało im się, są bezpieczni!

Sam usiadł obok niej w nowo wybudowanej sali zgromadzeń położonym na nadbrzeżu. Salli kategorycznie zabroniła mu się odzywać podczas tej czynności, więc jedynie obserwował zafascynowany magię, która działa się na jego oczach.

– Tak się cieszę, że wróciliście, że chce mi się krzyczeć! – usłyszała głos córki.

– Carter, tobie to by się przydała porządna kąpiel albo jeszcze lepiej kilka rundek do wyspy i z powrotem. Mam dla ciebie niespodziankę tak swoją drogą – powiedziała Kerri. – Mamy nową plażę! – zaśmiała się.

Salli natychmiast zauważyła, że Carter w ogóle nie zareagował, wydawało jej się, że bardzo płytko oddycha, jakby się z czymś zmagał.

– Carter jest okropnie zdenerwowany – szepnęła do Sama.

Lulu popatrzyła na Cartera.

– Nie słyszałeś? Kerri powiedziała, że mamy nową...

Lu, coś jest nie tak, Salli wezwała w myślach córkę.

Lulu zamilkła, usłyszawszy ostrzeżenie matki. Czuła, że jest już pod ochroną jej zaklęć.

– Lu, muszę ci coś powiedzieć, to naprawdę ważne – mówił Carter.

Uważaj na siebie, powiedziała Salli.

Kerri była trochę wstrząśnięta, nie tak miało wyglądać wyglądać ich ponowne spotkanie.

– Czy to może poczekać? – spytała Lulu. – Może moja mama powinna to usłyszeć?

– Wszyscy powinni się o tym dowiedzieć, ale nie wiem, co powinienem zrobić. Spójrz, Naz i Vin też jeszcze o tym nie wiedzą.

Salli wstrzymała oddech i ścisnęła rękę Sama, żeby dać ujść emocjom. Widziała, że Carter przysuwa się bardzo blisko Holly, szukając w niej choćby śladu wsparcia. Lulu dopiero teraz dostrzegła, że Holly z trudem unosi głowę.

– Lu, nie pozwól mu się odezwać. Musi zaczekać, aż będę mogła go ochronić, a z takiej odległości nie dam rady.

– Och, jestem pewna, że to może poczekać – powiedziała Lulu. – Na pewno nic się nie stanie, jak opowiesz nam o tym dopiero, gdy będziemy mieli te górskie przygody za sobą. Do tego czasu zaś *ani słowa* – dodała z uśmiechem, ale w jej głosie pobrzmiewał lęk.

Carter popatrzył to na Lulu, to na Kerri. Salli widziała teraz, że Holly cała się trzęsie z płaczu i głośno pociąga nosem.

– Lu, przyprowadź ich tutaj. Szybko – szepnęła.

Stał w swojej świątyni, wpatrzony w misę. Gdy zobaczył, że Holly zaczyna płakać, głośno chwycił powietrze.

Salli podskoczyła, usłyszawszy westchnienie dochodzące setki tysięcy kilometrów od niej. Od razu wiedziała, kto był po drugiej stronie.

– On wrócił, wrócił! – krzyknęła, choć od razu wiedziała, że to była tragiczna decyzja. Odsłoniła się.

On również ją usłyszał. Ktoś przyglądał się temu samemu miejscu w tym samym czasie, a głos tej osoby był przez sekundę głośniejszy od grzmotu i zagłuszył wszystko. Wszędzie by go rozpoznał, głosów tak bliskich nigdy się nie zapomina.

– Sallinia! – nie mógł powstrzymać głośnego westchnienia. Jego narzeczona, która, jak sądził, lata temu zginęła podczas powodzi zaraz po tym, jak wykradła Księgę Władzy, *żyła*. Zatoczył się do tyłu, osłupiały tym odkryciem. *Księga wcale nie zaginęła!*

Lulu również się przestraszyła.

– Nic nie mów – powiedziała z naciskiem w głosie. – Holly, On cię nasłuchuje, jest w twojej głowie i podgląda nas przez twoje oczy.

– Nie! – wyrwał jej się kolejny szloch, po czym od razu wzięła głęboki oddech. – Kryształ należy do mnie... Kryształ należy do mnie – zaczęła powtarzać bez opamiętania.

– Holly, nie myśl teraz o niczym innym, choćby nie wiem co i powtarzaj to dalej. Musimy jak najszybciej pójść do mojej mamy, ona cię obroni – powiedziała Lulu.

Lu, musisz ją natychmiast tutaj sprowadzić, nie pozwól, żeby cokolwiek cię zatrzymało.

– Kerri, znajdź Caseya, musi nas sprowadzić na dół. Wyruszamy *teraz*. Dray! – zawołała. Stał na czele oddziału, przyglądając się martwym bądź dogorywającym małpom. Rzeź wymykała się zdrowemu rozsądkowi, lecz było to naturalną konsekwencją strategii małp – kroczyć naprzód, dopóki nie ostanie się ani jedna.

Casey wrócił biegiem razem z Kerri, usłyszawszy napięcie w głosie Lulu. Podszedł prędko do Cartera i Holly i bardzo mocno objął ich oboje.

– To cud, to jakiś cholerny cud, nawet sobie nie wyobrażacie, ile to dla nas znaczy, że wróciliście. Zupełnie jakbyście wrócili z martwych – powiedział Casey.

– Nie udałoby mi się, gdyby nie Naz i Vin – odparł Carter.

Zobaczył załzawioną Holly mamroczącą zapamiętale pod nosem.

– Casey... – Lulu weszła mu w słowo.

– Tak, o co chodzi?

– Zabierz Holly na dół, musi jak najszybciej znaleźć się u mojej mamy. Nie czekaj na nas, będziemy tuż za tobą.

Zgarnął Holly swoimi potężnymi ramionami i ruszył do biegu, nie domagając się dalszych wyjaśnień.

– Dray, zostańcie tutaj wraz z Nazem i Vinem. Przyda ci się ich pomoc na wypadek, gdyby pojawiła się kolejna grupa małp.

– Spodziewasz się kolejnego ataku? Powinienem o czymś wiedzieć?

– Nigdy nie wiadomo. Jeśli do południa będzie spokój, sprowadź ich na dół, już my się nimi zaopiekujemy w mieście.

– Lu, co się dzieje? – spytał Dray.

– Nie mogę ci powiedzieć, teraz nawet boję się o tym myśleć, ale wszystkiego dowiesz się, kiedy wrócisz. Zostaw tutaj kilku strażników na stałe, dopóki nie będziemy dokładnie wiedzieli, na czym stoimy. Dopilnuję, żeby dosłać tutaj więcej zapasów. Zacznijcie kopać jamy w śniegu, to jest jedyna droga w stronę nabrzeża i musi być broniona za wszelką cenę, jeśli mamy ocaleć.

– Rozumiem. Zostanę tutaj, dopóki wszystko jakoś nie okrzepnie i nie powstanie obóz z punktami obserwacyjnymi. Powinienem bez problemu wytrzymać do wiosny. Nie ma szans, żeby małpy przeżyły na takim mrozie, a co dopiero rwały się do kolejnej walki.

– Powinniśmy już ruszać. Musimy jak najszybciej ruszać do mojej mamy.

– Wąwóz zostaw mnie – omiótł okolicę wzrokiem i zatrzymał się na leżących z wyczerpania Vinie i Nazie. *Przynajmniej śnieg już przestał padać*, pomyślał.

ROZDZIAŁ 14

POWRÓT DO DOMU

Holly milczała przez cały czas, gdy schodzili, mrucząc bezustannie swoją mantrę, by trzymać Go z daleka, niezdolna do podniesienia głowy znad ramienia Caseya, by zobaczyć swoją nową ojczyznę. Kerri i Lulu szły z obu stron, wciąż podtrzymując ją na duchu.

Pierwszy raz od wielu dni Carter nie miał przy sobie Naza i Vina, już tęsknił za ich towarzystwem. Spojrzał w górę na panoramę szerokiego niebieskiego oceanu, turkusowej wody w miejscu, gdzie znajdowała się rafa oraz bujnej zieleni na nadbrzeżnej równinie. Dla niego wyglądało to jak raj. Późnym popołudniem światła nowo powstałego miasta stały się widoczne. Szli miękką trawą wyściełającą niskie pagórki. Teraz, gdy byli bezpieczni na dole, Kerri wróciła, by iść obok Cartera.

– Witaj w swoim nowym domu – powiedziała.

Uśmiechnął się do niej.

– Czuję, jakbym wyjechał lata temu – powiedział.

– Też tak się czuję, tak wiele się zmieniło odkąd odszedłeś. Ale nie martw się. Pomogę ci się odnaleźć. *Naprawdę* się cieszę, że znów cię widzę.

– Każdego dnia gdy mnie nie było, myślałem o tobie.

Głównie o chwilach, gdy byliśmy tylko we dwoje i walczyliśmy o powrót do domu po raz pierwszy.

– Wiem, też za tym tęskniłam. Nie za niebezpieczeństwem, ale za byciem razem. Zawsze w ciebie wierzyłam, nawet gdy nie rozumiałam, dlaczego zrobiłeś to, co zrobiłeś.

Zaśmiał się.

– Mamy sobie wiele do opowiedzenia.

– Jestem pewna, że ty masz – uśmiechnęła się.

Zatrzymała się, by spojrzeć mu w oczy.

– Carter, to, co zrobiłeś, sprowadziłeś Holly do domu, to było niesamowite. Naprawdę będziesz jednym wśród bohaterów naszego Klanu.

– Proszę, nie mów tak, Kerri. Chcę tylko normalnego życia i chcę je dzielić z kimś wyjątkowym.

– Co, już dość wycieczek po całym świecie?

– Chcę pływać, piec ryby i spędzać czas wśród rodziny i przyjaciół.

– Dobry plan – powiedziała.

– Wy dwoje, musimy się pospieszyć – powiedziała Lulu.

– To dopiero Szef. Mówiłam ci, że jest teraz Królową?

Salli siedziała w sali zgromadzeń, z Holly i Carterem po jednej stronie, a Lulu po drugiej. Odprawiła całą ceremonię tak jak było napisane w Księdze Władzy, lecz mimo to denerwowała się, czy wszystko się powiedzie.

– Mogę tylko mieć nadzieję, że On nie wie o tych zapiskach i nie będzie w stanie ich zwalczyć – powiedziała Salli. – Powinnaś spróbować się rozluźnić. To twój nowy dom, rodzice już na ciebie czekają, ale najpierw musimy porozmawiać. Proszę, powiedz mi, co się stało z Kryształem – spytała Salli.

Holly spojrzała po wszystkich siedzących przy stole. Wzięła głęboki wdech, przygotowując się.

– To wspaniałe uczucie, być znów małą dziewczynką, Salli. Tęskniłam za byciem sobą. Chyba nie lubię być ogarem. Nie rozumiem, czemu myślę tak, jak myślę, kiedy się przemieniam. O wiele bardziej wolę być małą dziewczynką.

Te słowa poruszyły czułą strunę w sercu Salli. Czuła, że jest bliska łez na myśl o tym, co wycierpiała Holly. Spróbowała utrzymać zimną krew i nic nie powiedziała.

– Cieszę się, że jestem znów wśród Klanu, ale wiesz, że nie byłoby mnie tutaj, gdyby Carter mnie nie uratował. On jest bohaterem, Salli, i zawsze będzie moim najlepszym przyjacielem.

Słuchali jej, starając się zrozumieć, w jaki sposób mała dziewczynka mogła przetrwać tak ciężką próbę.

– I Naz, i Vin, i mama Vina, oni są najlepszymi ludźmi na świecie, i tak mi wstyd za to, że ich zawiodłam i ukradłam im Kryształ. Po prostu nie mogłam nie ulec. I nie chcę już nigdy w życiu widzieć śniegu i...

– Holly... gdzie jest Kryształ? – zapytała Salli.

Znów popatrzyła po kolei na każdego z nich.

– Nigdy się od tego nie uwolnię, prawda, Salli? Marzę o tym, żeby nigdy go nie chcieć, czasem go nienawidzę, ale po prostu nie potrafię przestać o nim myśleć.

– Dlaczego nie próbujesz oddać go komuś? Powiedz sobie, że to nie jest dla ciebie dobre. Jesteś najsilniejszą dziewczynką, jaką kiedykolwiek spotkałam Przetrwałaś w górach, przetrwałaś pod śniegiem, przetrwałaś w walce z małpami. Nigdy nie poznałam kogoś tak młodego, a zarazem tak silnego. Dlaczego nie spojrzysz teraz w swoje wnętrze, nie znajdziesz swojej siły i nie powiesz sobie „nie chcę już tego, to nie jest dla mnie dobre" i nie oddasz go?

– Ale gdybyś go zobaczyła, Salli. Chciałam przynieść go do domu, żeby pokazać go mojej mamie, jest taki piękny i ciepły i...

– Gdzie go zostawiłaś, Holly?

– Niesienie go przez cały czas było zbyt niebezpiecznie, a ja tak bałam się go zostawić, ale jestem pewna, że nikt już go nigdy nie znajdzie.

– Może powiesz mi, gdzie go zostawiłaś? Nie będziesz się już musiała o niego martwić, my będziemy za niego odpowiedzialni – powiedziała łagodnie Salli.

Holly przez chwilę siedziała zamyślona, patrząc na krajobraz w oddali, który tylko ona mogła dostrzec.

– Myślę, że masz rację, to tylko zniszczy mi życie. Teraz to widzę. I czuję taki spokój w naszym nowym mieście na wybrzeżu. Czuję się o wiele lepiej tu, bez niego. Carter, może mogłabym przekazać go tobie za to, że ocaliłeś mi życie?

– Nie wiedziałbym co z nim zrobić, Holly – powiedział.

– Hmm... masz rację. Ja również nie bardzo wiem, co z nim zrobić. A ty masz jakiś pomysł, Salli?

– Mogłabym spróbować użyć go do powstrzymania tych małp przed przyjściem na nasze nowe ziemie i zaatakowaniem nas – zaproponowała Salli.

– Byłoby wspaniale, ale najpierw muszę go odzyskać.

– Co z nim zrobiłaś, Holly?

– Ukryłam go... Najpierw myślałam, że Duma będzie chciał mi go zabrać, jeśli przyniosę go do miasta. A potem bałam się, że Naz zabierze go, jeśli mnie znajdzie, a potem pomyślałam, że jeśli powiem im, gdzie go schowałam, to Carter wróci po niego, a małpy go schwytają i będą go torturować, tak jak torturowały Dumę, a tego nie chciałam. I było mi wstyd, bo pani Mama Vina była taka miła dla mnie i traktowała mnie, jakbym należała do ich rodziny, i było mi smutno, że ją zawiodłam, więc udawałam, że wciąż go mam.

– Gdzie go schowałaś, Holly? – spytała Salli.

Holly patrzyła na nią przez dłuższą chwilę, splotła razem dłonie i siedziała na wysokim krześle, wymachując stopami.

– Długo szukałam miejsca, w którym mogłabym go zostawić. Nikt go nie znajdzie, jest bezpieczny, więc nie musicie się o niego martwić.

– Wiem, że dobrze się spisałaś, by był bezpieczny. Zechcesz mi powiedzieć, gdzie go ukryłaś, Holly?

– Chciałabym ci powiedzieć, Salli, ale i tak nie wiem, co to dokładnie za miejsce.

– Dlaczego nie powiesz Carterowi, gdzie go ukryłaś, może on rozpozna to miejsce?

Holly zaczęła głęboko wdychać i wydychać powietrze, jakby miała zaraz zdjąć ze swoich ramion ogromny ciężar. Machała zamaszyście nogami ze zdenerwowania. Wpatrywała się w swoje dłonie, wykręcając je na kolanach.

– Zakopałam go pod jakimiś kamieniami, na dnie sadzawki zasilanej górskim strumieniem na występie skalnym ponad miastem Dumy – powiedziała, z trudem łapiąc powietrze.

Opadła z powrotem na swoje miejsce, wyczerpana trudem, jakim było uwolnienie się od mocy Kryształu.

Salli spojrzała na Cartera. Skinął głową.

– Wiem, gdzie on jest. Przy sadzawce jest mały stos usypany z kamieni.

Salli podeszła, by uściskać Holly.

– Jesteś jedną z najsilniejszych dziewczynek, jakie kiedykolwiek znałam. Witaj w domu, Holly.

Wszyscy odwrócili się na dźwięk głośnego pukania w drewniane drzwi. Dwaj nieznajomi stojący w świetle migoczącej lampy wyglądali jak obraz nędzy i rozpaczy. Ich długie blond włosy były brudne i potargane. Nieogolone twarze nadawały im wygląd podróżnych, którzy przyszli z daleka i niemało zobaczyli. Lulu zauważyła, że obaj mieli wielkie siniaki na ramionach, a jeden z nich miał głębokie rozcięcia na potężnie zbudowanej klatce piersiowej. Nawet w ciężkich wełnianych kocach, które otulały ich ciała, ich wzrost był imponujący. Wypełnili całe wejście, zasłaniając nocne niebo.

Chociaż ich twarze i klatki piersiowe były poobijane, oczy wciąż lśniły młodością i energią. Młodszy miał figlarny uśmiech na twarzy, gdy przyglądał się sali. Carter wstał szybko, przewracając swój stołek i ruszył w ich stronę.

– Naz, Vin, wróciliście! – przeszedł przez salę, by uściskać swoich przyjaciół.

Salli i Lulu stały z opadniętymi szczękami, zastanawiając się, czy widzą w końcu śnieżne niedźwiedzie w ich prawdziwej postaci. Salli jako pierwsza wyciągnęła w ich stronę rękę na powitanie. Uśmiechy przyniosły nowy blask do pokoju.

– Więc to tak naprawdę wyglądacie! – powiedziała Lulu, wyszczerzając zęby w uśmiechu.

Kiedy już wszyscy podali sobie dłonie i objęli się na powitanie, Salli zaprosiła ich, by usiedli i się napili.

– Jeśli tylko nie będzie to sok z żółtych jagód – powiedział Naz.

– Tym razem dostaniecie tylko herbatę, ale jestem pewna, że czeka nas dziś dużo świętowania, skoro jesteście wszyscy bezpiecznie w domu – powiedziała.

– W imieniu Klanu pragnę podziękować wam obu za sprowadzenie Holly i Cartera całych i zdrowych do domu – Lulu spoważniała na chwilę.

– Carter uratował nam skórę przy niejednej okazji, więc my też chcielibyśmy podziękować.

– Ale gdzie jest Holly? – spytał Vin. – Naprawdę chcę ją przytulić i powiedzieć, że będę jej najnowszym najlepszym przyjacielem!

Salli odchrząknęła, by zabrać głos, lecz Lulu wstała, przerywając jej.

– Holly jest ze swoimi rodzicami, Vin, i wydaje mi się, że będzie spać przez tydzień. Doktor dał jej trochę herbaty z mchu. Sądzi, że sen pomoże jej przemóc traumę, przez którą przeszła.

– Królowo Lucindo – powiedział oficjalnie Naz. – Z całym szacunkiem proszę, by Kryształ, który został zabrany z naszych rąk, został nam zwrócony.

Pokój wypełniła martwa cisza. Lulu powoli usiadła, z wyprostowanymi plecami i dłońmi złożonymi na kolanach. Patrzyła to na Vina, to na Naza, którzy wyczekująco ją obserwowali.

– Nie mam go... a raczej nie *mamy* – poprawiła się. – Holly nie przyniosła go ze sobą – powiedziała wolno i spokojnie.

– Ale... ale Holly go niosła... miała go przy sobie przez cały czas... ona... – powiedział Naz, kręcąc głową.

– Holly ukryła Kryształ. Kiedy pomieszało jej się w głowie, myślała, że wy lub Carter albo małpy zabierzecie go jej. Więc go ukryła. Ufam, że w tej chwili jest bezpieczny.

– Ale czy wiesz, gdzie on jest? – spytał Naz, który nadal nie wyszedł z szoku.

– Carter wie – Lulu skinęła na Cartera.

– Zanim zeszła w dół do miasta, tej nocy, gdy zobaczyła Dumę, ukryła go w sadzawce ponad miastem. Zaznaczyła to miejsce. Wiem, gdzie on jest – powiedział Carter.

Naz usiadł oniemiały, nie wiedząc, co powiedzieć.

– Była opętana, Naz, i myślę, że to przez Kryształ, a ten głos prowadził ją na manowce.

– Nie możemy go tam zostawić. Jeśli małpy odkryją, że go nie mamy, zajrzą pod każdą skałę w górach, szukając go. Nie zatrzymają się, dopóki go nie zdobędą i w końcu go znajdą – powiedział Naz.

– Myślę, że na chwilę obecną jest bezpieczny – powiedziała Lulu. – Sadzawka jest teraz prawdopodobnie zamarznięta. Małpy nie wiedzą, że go nie mamy. Zdajecie sobie sprawę z tego, że małpy są kontrolowane przez kogoś o niecnych zamiarach?

Naz skinął głową, zatopiony we własnych myślach i obawach.

– Jeśli go znajdą, zniszczą moją krainę i moich ludzi, a potem przyjdą po was.

– Tylko osoby obecne w tym pokoju wiedzą, że Kryształu tu nie ma. Moja mama nałożyła blokadę na to miejsce. Tarczę, jeśli wolicie. Ten, który torturował Holly, nie może nas zobaczyć ani usłyszeć.

– Torturował? Zobaczyć nas? Naprawdę uważacie, że głos w głowie Holly byłby zdolny do czegoś takiego? – spytał Naz.

– Jestem pewna – przerwała Salli. – Też go słyszałam. Wiem, kto to jest i wiem, do czego jest zdolny.

Zapadła cisza, a Salli czekała, aż ktoś zada jej pytanie.

– Kto to jest i w jaki sposób dostaje się do głowy Holly?

– W tej chwili jest pewnie przywódcą innego plemienia... moich ludzi – powiedziała Salli. – Może to robić, bo ma moce, których nauczył się ze świętej Księgi. Księgi, którą obecnie posiadam ja. To jedna z tych, o których wiedzą twoi ludzie, Naz. Jeśli będzie mieć Kryształ i Wiedzę, posiądzie niewyobrażalną moc.

– Na tę chwilę im mniej ludzi wie, gdzie znajduje się Kryształ, tym będzie bezpieczniejszy – powiedziała Lulu.

– Musimy wracać, życie moich ludzi zależy od tego, czy znajdziemy i przyniesiemy go do domu – powiedział Naz.

– Jest coś jeszcze, o czym powinieneś wiedzieć, Naz – powiedziała Salli. – On nas widział, widział mnie i wie, że mam Księgę. Księgę, która jak myśli, należy do Niego. Przyjdzie tutaj. Nie przestanie wysyłać małp, dopóki nie dostanie tego, czego chce. Naz, myślę, że nasi ludzie stoją na skraju wojny, i to takiej, która zakończy się całkowitą zagładą jednej ze stron.

Naz i Vin siedzieli oszołomieni w ciszy. Vin przemówił jako pierwszy.

– Musimy się dostać do domu i powiedzieć Szefowi, co się tutaj dzieje. Muszą wiedzieć i muszą się przygotować.

– Naz, myślisz, że wasi ludzie wesprą nas w walce? – spytała Lulu.

– Nie mogę orzekać za moich ludzi, nie mam takiego autorytetu. Ale tak jak powiedział Vin, musimy wracać do domu. Powinniśmy wyruszyć właściwie natychmiast. Najważniejsze to odzyskać Kryształ i upewnić się, że jest bezpieczny. Od tego zależy los naszych ludów.

– Masz rację, Naz – powiedział Sam. – Zrobimy wszystko, co możemy, by wam pomóc. Czy weźmiesz ze sobą list do swoich ludzi?

– Oczywiście. Ja również mam list dla Ciebie, od naszego Szefa. Opiszesz nam dokładnie, gdzie jest sadzawka i jak Holly ją oznaczyła? – spytał Naz.

Carter siedział w ciszy, patrząc w ogień. Nie byli pewni, czy usłyszał pytanie Naza.

– Carter? – Lulu delikatnie ścisnęła jego rękę.

Powoli uniósł głowę, kierując wzrok na Naza i Vina.

– Ja pójdę i go znajdę. Wiem dokładnie, gdzie on jest. Mogę pójść tam i wrócić w ciągu czterech dni.

Lulu i Salli aż sapnęły.

– Carter! Nie możesz wrócić...

– Nie mam wyboru. Nie widzicie? Nie ma innej drogi. Ktoś musi dostać się tam szybko i wrócić. Mogę wyprzedzić małpy i wrócić tu, zanim się zorientują, co się stało.

– Carter, to, co chcesz zrobić, jest bardzo odważne, ale nie możemy się na to zgodzić, nie tym razem – powiedział Naz.

– Nie możesz iść, Carter, nie pozwolimy na to – powiedziała Lulu. – Pomyśl o swojej rodzinie, pomyśl o Holly. Będzie się obwiniać, jeśli pójdziesz, i do czego to doprowadzi? Potrzebujemy cię tutaj.

– Musicie zacząć znów wieść zwyczajne życie. Ludzie cię tu potrzebują, Kerri cię potrzebuje – powiedział Vin.

– Pamiętasz drogę, Vin? Pamiętasz wodospad? Albo linię grzbietową, albo półkę skalną?

– Damy radę to znaleźć, narysuj nam mapę, a znajdziemy.

– W ciemności, w śniegu, pod lodem, kiedy w mieście i w górach roi się od małp?

Naz i Vin siedzieli cicho, patrząc na niego.

– Nie będzie czasu na szukanie czy czekanie, aż lód się rozpuści. Małpy są w mieście i wszędzie dookoła. Mogę je wywąchać w ciemności, mogę złapać trop Holly spoza granicy, nawet w tej chwili.

Wszyscy zamilkli. Naz siedział, kręcąc głową, wpatrzony w podłogę, niezdolny spojrzećmu w oczy.

– A co, jeśli wpadniesz w zasadzkę lub cię otoczą? Nie będziesz miał dokąd uciec. Musisz myśleć przede wszystkim o Krysztale. Bezpieczeństwo naszych krain jest teraz najważniejsze.

– A co, jeśli go nie znajdziecie? – spytał Carter. – Nigdy nie będziemy mieć pewności, będziemy żyć w ciągłym strachu. Musimy się upewnić, że jest bezpieczny. Jeśli małpy go znajdą, będą mogły zaatakować w każdej chwili, bez ostrzeżenia. Zabiorę was tam, pokażę, gdzie on jest.

Napięcie wisiało w powietrzu, każdy zdawał sobie sprawę z konsekwencji, gdyby Kryształ wpadł w ręce małp.

– Myślę, że nie mamy innego wyboru, Naz – powiedział Vin. – Jeśli cokolwiek się nam stanie, ludzie będą musieli wiedzieć.

– I jesteś pewien, jesteś absolutnie, całkowicie pewny, że jeśli tam wrócimy, będziesz w stanie odnaleźć strumień i Kryształ?

Carter wpatrywał się w swoich przyjaciół przez dłuższą chwilę. Wiedział, że powinien ich w jakiś sposób przekonać, że wcale go nie wykorzystują, a on sam też potrzebuje ich pomocy. Zmiękczyć ich opór.

– Znajdę go dla was, Naz. Poprowadzę was w to miejsce i wrócicie bezpiecznie do domu.

– Czy istnieje jakaś inna opcja? – spytał Naz, rozkładając ręce w geście poddania.

– Kto powie Kerri?

<hr>

Również dostępna trzecia część Trylogii...

BITWA KOŃCA CZASÓW

Głęboko w górach ukryto Kryształ, który daje niewyobrażalną moc każdemu, kto tylko go posiądzie. Przed Przymierzem stoi ostatnia szansa, aby znaleźć artefakt, zanim wpadnie w łapy krwiożerczych goryli i ich złowieszczego Pana.

Gdy jednak Carter prowadzi Śnieżne Niedźwiedzie ku opanowanym przez małpy krainom, aby odzyskać Kryształ, odkrywają, że zostali zdradzeni. Jest jednak za późno, gdyż bohaterowie wpadają prosto w pułapkę.

Kryształ zmierza już w stronę Złego i tylko Kerri może ocalić Cartera oraz Niedźwiedzie. Tylko ona może powstrzymać Złego, zanim ten użyje mocy Kryształu, by zniszczyć świat.

Przymierze gromadzi wszystkie siły przed ostatecznym starciem w zapierającym dech w piersiach rozdziale Zmierzchu Epoki.

O AUTORZE

Shaun L. Griffiths urodził się w południowej Walii, w Cardiff. Studiował inżynierię elektroniczną w Llandaff College, którą ukończył z najlepszymi wynikami wśród swojego rocznika.

Pierwszą uczciwą pracę podjął w amerykańskiej firmie, która produkowała dyski twarde do komputerów. Po pięciu latach pracy w sterylnych pomieszczeniach, gdzie nigdy nie można odróżnić nocy od dnia, doszedł do wniosku, że jego życie nie musi tak wyglądać i zaczął podróżować po świecie.

W latach dziewięćdziesiątych pracował w londyńskiej dzielnicy finansowej, gdzie na własne oczy mógł zobaczyć, jak pod ciężarem chciwości i korupcji upadają wielkie niegdyś firmy, a późniejsza „reorganizacja" dotknęła również i jego. Była to jego ostatnia „uczciwa" praca. Przeprowadził się do Polski, gdzie żyje obecnie wraz z rodziną i psem w zbudowanym przez siebie domku w lesie.

Świat Zmierzchu epoki *mam właściwie u progu własnego domu. Gdzie nie spojrzeć, można trafić na miejsca, które znajdują się na kartach tej książki. Nikt jednak tutaj nie umie zmieniać się w zwierzę... choć czasami nie jestem tego taki pewien.*

Niniejsza książka jest jego drugą powieścią. Wyczekujcie ostatniej części trylogii *Zmierzchu epoki* i jej wstrząsającego zakończenia.

NIEZWYKLE WAŻNA PROŚBA

Bardzo Ci dziękuję za pobranie mojej książki. Z wielką chęcią wysłucham Twoich uwag i spostrzeżeń na temat postaci i świata, który razem stworzyliśmy i który stworzymy w następnej części.

Będę szalenie wdzięczny, jeśli zechciał(a)byś napisać szczerą i pomocną recenzję książki w serwisie, gdzie została ona zakupiona.

Gdybyś chciał lub chciała otrzymywać najnowsze wiadomości dotyczące książki oraz informacje o promocjach przed premierą *Zmierzchu epoki*, daj mi znać tutaj.

Jeśli chcesz ze mną porozmawiać, napisz na adres shaun@shaunLgriffiths.com
lub odwiedź moją stronę internetową:
www.shaunLgriffiths.com

Dziękuję z całego serca,
Shaun L Griffiths